Madeira

Über den Autor

Joyce Summer lebt ihren Traum mit Krimis, die in sonnigen Urlaubsorten spielen. Politik und Intrigen kennt sie nach jahrelanger Arbeit als Projektmanagerin in verschiedenen Banken und Großkonzernen zur Genüge: Da fiel es Joyce Summer nicht schwer, dieses Leben hinter sich zu lassen und mit Papier und Feder auf Mörderjagd zu gehen.

Die Fälle der Hamburger Autorin spielen dabei nicht im kühlen Norden, sondern in warmen und speziell ausgesuchten Urlaubsregionen, die die Autorin durch lange Aufenthalte gut kennt. Die Nähe zu Wasser hat es Joyce Summer angetan. Sei es in ihren Büchern, die immer Schauplätze am Wasser haben, oder im echten Leben beim Kajakfahren auf Alster und Elbe.

Mehr Informationen finden Sie unter *https://www.joycesummer.de/*

Weitere Bücher der Autorin:
Malteser Morde – Paulines zweiter Fall
Paulines Weihnachtszauber – Eine weihnachtliche Kurzgeschichte
Madeiragrab – Comissário Avila erster Fall
Madeirasturm – Comissário Avilas zweiter Fall
Tod am Kap – Captain Pieter Strauss ermittelt

Madeiraschweigen

Kriminalroman

Joyce Summer

Bibliografische Information der Deutschen Bibliothek
Die Deutsche Bibliothek verzeichnet diese Publikation in der Deutschen Nationalbibliografie; detaillierte bibliografische Daten sind im Internet über die Adresse http://dnb.ddb.de abrufbar.

Der vorliegende Text darf nicht gescannt, kopiert, übersetzt, vervielfältigt, verbreitet oder in anderer Weise ohne Zustimmung des Autors verwendet werden, auch nicht auszugsweise: weder in gedruckter noch elektronischer Form. Jeder Verstoß verletzt das Urheberrecht und kann strafrechtlich verfolgt werden.

Juli 2020
Copyright Text
© Joyce Summer 2020
Umschlaggestaltung:
Kay Fretwurst - im Auftrag für BoD
/OC Wolkenschaufler
Bildmaterial:
Portuguese_eyes / Vitor Oliveira (Casa de Montezelo)
CC BY 2.0 – https://creativecommons.org/licenses/by-sa/2.0/
Korrektorat:
Claudia Heinen

Joyce Summer
c/o AutorenServices.de
König-Konrad-Str. 22
36039 Fulda

Printed in Germany
Herstellung und Verlag:
Books on Demand, Norderstedt
ISBN: 978-3-751957960

Inhaltsverzeichnis

Inhaltsverzeichnis

Madeiraschweigen......7

Nachwort......312

Danksagung......315

Personenverzeichnis......318

Portugiesische Begriffe, Speisen und Getränke......320

Bereits erschienen......322

»Man braucht keinen
poetischen Tod zu suchen,
wenn man einen so schönen
Tod vor sich hat.«

*Kaiserin Elisabeth von Österreich beim
Anblick des Cabo Girão, Madeira*

Prolog

Mit einem gurgelnden zornigen Plätschern brach sich das klare Wasser an dem Unrat, der es auf seinem üblichen Weg hinderte. Auf der Suche nach einem neuen Bett hinunter ins Tal sickerte das kühle Nass der Levada in den Boden.

»Krxxxx.«

Die Spitze der gebogenen kleinen Harke kratzte über den unebenen Stein des Wasserkanals. José verursachte dieses Geräusch ein unangenehmes Kribbeln auf der Kopfhaut.

Merda, Mist. Warum tue ich das hier eigentlich? Wo sind diese verdammten Levaderos? Wieso mache ich hier ihre Arbeit?, schimpfte er vor sich hin. Er griff in seine Hosentasche, um sein telemóvel, sein Mobiltelefon, herauszuholen. Mitten in der Bewegung hielt er inne. *Bolas, oh nein. Das Ding liegt immer noch zu Hause auf dem Nachttisch. Wie oft will ich heute noch darauf reinfallen?*

Ich hätte im Bett bleiben sollen, wünschte er sich, um sich gleich darauf zu korrigieren. Nein, doch besser nicht, denn zu Hause war auch seine Frau und der wollte er im Moment lieber nicht begegnen. Sie hatte ihm heute Morgen eine Riesenszene gemacht, weil er am Abend davor mal wieder mit den Jungs in der Bar Camarão ein paar Poncha zu viel gehabt hatte. Wieso konnte sie ihm nicht den kleinsten Spaß gönnen? Sie hatte ja keine Ahnung, wie stressig seine Tage waren.

Von morgens bis abends war er unterwegs, um dafür zu sorgen, dass die Bauern in Camacha und Umgebung ihr Wasserstündchen bekamen. Gerade in diesem Sommer, in dem die heißen Winde der Sahara viel früher als sonst eingesetzt hatten, hing alles von seiner Arbeit ab. Und jetzt das hier. Als er heute Morgen von Palheiro Ferreiro zur

Levada dos Tornos lief, hatte er schon geahnt, dass etwas nicht in Ordnung war. Die Levada war komplett trockengefallen. Sofort hatte er zu seinem telemóvel greifen wollen, nur um festzustellen, dass es nicht in seiner Hosentasche steckte. Fluchend machte er sich an den Aufstieg in Richtung Pico Alpires. Wenn er Glück hatte, hatte einer der Bauern schon das fehlende Wasser bemerkt und Pascoal, den Vorarbeiter der Levaderos, angerufen. Aber wahrscheinlich klingelte gerade bei ihm zu Hause sein Telefon Sturm und sein Weib würde heute Abend noch mehr Grund für schlechte Laune haben. Er folgte der Levada um eine Biegung und sah schon von Weitem Senhora Baroso auf sich zu humpeln. Die alte Frau hatte an der Levada eine Parzelle gepachtet, um mit Salat und anderem Gemüse ihre kleine Rente aufzubessern.

»Engenheiro, ich habe schon versucht, Sie zu erreichen! Meu deus, mein Gott, es ist eine Katastrophe, das Wasser ist weg!« Sie deutete auf ihr Feld. »Sehen Sie, wie welk mein Salat aussieht? Wenn er heute nichts zu trinken bekommt, habe ich nichts, was ich am Freitag auf dem Mercado dos Lavradores in Funchal verkaufen kann.« Sie schaute ihn mit zusammengekniffenen Augen an, als ob er schuld an der leeren Levada war.

»Senhora Baroso, ich werde gleich nach dem Rechten sehen! Es wird irgendwo Steinschlag gegeben haben und die Levada weiter oberhalb verstopft haben. Haben Sie vielleicht schon versucht, Pascoal zu erreichen?«, setzte er nach.

»Aber Sie haben uns doch gesagt, wir sollen Sie anrufen, wenn das Wasser nicht kommt, Engenheiro«, erwiderte die Alte. »Gilt das jetzt etwa nicht mehr?«

»Desculpe, Entschuldigung. Sie haben alles richtig gemacht. Ich versichere Ihnen, Sie bekommen Ihr Wasser.« Mit einem kurzen Kopfnicken verabschiedete er sich und stapfte leise vor sich hin schimpfend die Levada hoch.

Senhora Baroso blieb nicht die Einzige, die ihm an diesem Morgen Vorwürfe machte. Sein Weg entlang der Levada glich einem Spießrutenlauf vorbei an den wartenden Bauern. Erleichtert atmete er auf, als der Lauf der Levada die Felder verließ und durch ein Stück Lorbeerwald emporstieg. Immer noch war kein Wasser in dem kleinen Kanal. Die Ursache musste weiter oben liegen. Demnächst musste die Abzweigung der Levada da Serra do Faial kommen. Ob sie auch betroffen war? Er ging um die nächste Biegung, vorbei an einem blühenden roten Fingerhut, für dessen Schönheit er aber heute keinen Blick übrig hatte. Da sah er es. Es war kurz hinter der Gabelung. Vor dem Gitter, das Zweige und Blätter abfangen sollte und so den Levaderos die Arbeit erleichterte, hatte sich ein größerer Haufen gebildet. Die Levada hatte sich davor so aufgestaut, dass sie bereits über ihr etwa achtzig Zentimeter tiefes Bett floss. Vorsichtig beugte er sich über den Wasserlauf, um das Geröll näher in Augenschein zu nehmen. Es half nichts, er musste versuchen, mit seinen Mitteln das Hindernis zu beseitigen. Wenn er jetzt loszog, um Pascoal zu erreichen, würde zu viel Zeit vergehen und die aufgebrachten Bauern am Ende noch seinen Chef anrufen. Fluchend zog er seine Schuhe aus, krempelte die Hose hoch und stieg in den gestauten Teil der Levada. *Caramba, verdammt, das Wasser ist scheißkalt.* Er zog die aus einer Zinke bestehende gebogene Harke aus seinem Hosenbund, mit der er normalerweise die kleinen Steine an den Abzweigungen der Levada zu den Feldern forträumte, um die Bewässerung zu regulieren. Etwas Besseres hatte er nicht. Mit dem Zinken pulte er abgestorbene Äste und abgeknickte Farnzweige aus dem Geröll. Das tote Holz und die Zweige warf er im hohen Bogen in Richtung der Lorbeerbäume. Immer noch machte das Wasser keine Anstalten, auf der anderen Seite durch das Gitter zu fließen. Wieder bohrte er die Harke in das Geröll und etwas Größeres löste sich. Das musste der Übeltäter sein. Er griff ins Wasser. Seine Hände umschlossen etwas Weiches, was sich irgendwie klebrig anfühlte. *Que diabo ...? Was zum Teufel?* Fassungslos starrte er auf den Gegenstand, den er eben herausgeholt hatte: eine Hand mit abgeplatztem Nagellack. An der Stelle, an der einmal ein weiblicher Arm gewesen war, war nur noch ein ausgefranster Stummel. Mit einem Schrei ließ er die Hand wieder in die aufgestaute Levada fallen. Platschend tauchte sie in das klare, kalte Wasser ein.

Drei Tage vor dem Fund

»Fühl mal meine Haut.« Leticia Avila streckte ihrer Freundin Inês die rechte Hand entgegen.

»Wie die Haut von eurer kleinen Felia! Was hast du für eine Behandlung machen lassen? Das brauche ich auch!«

»Ich habe ein Meersalzhandpeeling gehabt mit einer anschließenden Algenmaske. Verrate es Fernando nicht, aber ich habe mir gleich einen großen Tiegel von dem Peeling für zu Hause gekauft. Sündhaft teuer, aber ich kann mich nicht erinnern, schon einmal so weiche Hände gehabt zu haben.«

»Du brauchst dich vor deinem Mann doch nicht zu rechtfertigen! Schließlich hast du das letzte Jahr doch damit verbracht, dich um Felia zu kümmern. Es wird Zeit, dass du dir auch mal etwas gönnst.« Inês schüttelte den Kopf.

»Ich weiß, aber ich habe schon ein schlechtes Gewissen, weil dieses Wochenende so viel kostet. Dafür hätten Fernando, Felia und ich auch zu meiner Mutter nach Barcelona fliegen können.«

»Hättest du dich dabei entspannt? Fernando wäre doch die meiste Zeit von seiner Schwiegermutter genervt gewesen und du hättest dich dabei aufgerieben, zwischen den beiden zu vermitteln.«

»So schlimm ist das Verhältnis der beiden gar nicht«, protestierte Leticia. Insgeheim musste sie ihrer Freundin aber recht geben. Der letzte Besuch ihrer Mutter Sabrina bei ihnen in Garajau war eine Katastrophe gewesen. Fernando hatte sich am Ende sogar freiwillig beim Wolf, seinem Chef, gemeldet, um alte ungelöste Fälle zu bearbeiten. Nur, um Sabrinas spitzer Zunge und ständiger Kritik an seinen Vaterqualitäten zu entgehen.

»Ach, ist das so?« Inês musterte sie und zog dabei ihre frisch gezupften Augenbrauen hoch. »André hat mir erzählt, dass Fernando bei ihm im Büro war und um Arbeit gebeten hat.« Leticia seufzte. Ihrer Freundin konnte sie nichts vormachen. Das lag nicht nur an Inês' wachem Verstand, sondern ebenso an der Tatsache, dass ihr Mann André Lobo, genannt »der Wolf«, Fernandos Chef bei der Mordkommission war.

»Hast du mitbekommen, was vorhin oben auf der Empore vor den Behandlungsräumen los war?«, wechselte Leticia schnell das Thema. »Ich dachte, es würde gleich Tote geben, so laut hat diese Journalistin herumgeschrien. Leider konnte ich nicht genau verstehen, worum es ging.«

»Oh, das kann ich dir sagen.« Inês schaute kurz über die Schulter, um zu prüfen, ob sie auch alleine im Aufenthaltsbereich der Schönheitsfarm waren, der im offenen ebenerdigen Bereich des Gebäudes lag. Hier trafen sich die ausschließlich weiblichen Gäste zwischen ihren Anwendungen zu Kräuter- oder Entschlackungstees oder um ihre Mahlzeiten einzunehmen. »Sofia Lima ist nicht besonders glücklich mit dem Ergebnis von Claras Behandlung.«

»Du meinst aber nicht das Permanent-Make-up, von dem sie uns heute Morgen am Frühstückstisch so ausführlich erzählt hat? Das täte mir wirklich leid.« Leticia kicherte. Schadenfreude war normalerweise nicht ihr Ding. Aber in diesem Fall … Der einzige Wermutstropfen an dem Aufenthalt hier war die Tatsache, dass man ihnen Sofia Lima an den Tisch gesetzt hatte und sie jetzt bei jeder Mahlzeit die endlosen Tiraden der Lissabonnerin ertragen mussten. Im Vertrauen hatte sie ihren Tischnachbarinnen erzählt, dass sie Journalistin war. Genau genommen sogar Investigativjournalistin, die quasi Hand in Hand mit der Polizei arbeitete und viele Fälle im Alleingang gelöst hatte. Gerade jetzt wäre sie wieder an einer Geschichte dran. Bei jeder Mahlzeit die gleiche Leier. Zum Glück schien es aber im echten Leben mit ihrer Spürnase nicht so weit her zu sein, da sie nicht herausgefunden hatte, dass sie mit den Ehefrauen der beiden wichtigsten Männer der madeirensischen Mordkommission an einem Tisch saß.

Inês stimmte in Leticias Lachen ein.

»Oh doch, und ich muss gestehen, es tut mir gar nicht leid. Wenn ich es richtig verstanden habe, hat Clara die Form der tätowierten Augenbrauen anders ausgeführt als abgesprochen. Ich habe nur gehört, dass Sofia beklagte, sie müsse jetzt mit einem Ausdruck ständiger Überraschung herumlaufen.«

»Ich freue mich schon, nachher bei Tisch das Ergebnis zu begutachten.«

Inês wurde wieder ernst. »Mir tut es für Clara leid. Sofia hat damit gedroht, sie zu verklagen. Sie meinte, das grenze schon an Körperverletzung, so wie sie jetzt verunstaltet ist.«

»Arme Clara. Aber ich kann mir nicht vorstellen, dass die hier auf der Farm nicht gegen solche Fälle versichert sind. Isabel Delgado macht auf mich den Eindruck einer klugen Geschäftsfrau. Die wird damit umgehen können.«

»Hauptsache, sie entlässt Clara nicht. Das Mädchen hat göttliche Hände. Ich hatte vorhin eine Fußreflexzonenmassage bei ihr. So entspannt war ich noch nie.«

※ ※ ※

Zwei Stunden später konnten die Freundinnen beim Abendessen das Ergebnis der Tätowierung begutachten.

»Haben Sie gesehen, was diese kleine Schlampe mit mir gemacht hat?«, begann Sofia Lima sofort das Gespräch, kaum das Leticia und Inês Platz genommen hatten.

Am liebsten hätte Leticia so getan, als ob sie keine Veränderung feststellen könnte. Tatsächlich aber bewirkten die hoch aufgemalten Augenbrauen einen erstaunten Ausdruck auf den verhärmten Gesichtszügen der älteren Frau. Allerdings fand Leticia, dass sie dadurch freundlicher aussah als vorher.

»Ich finde, es steht Ihnen gut. Es macht Ihr Gesicht weicher«, erwiderte sie vorsichtig.

»Aldrabona! Blödsinn! Ich sehe aus wie eine aufgeschreckte Kuh!«

»Wenn Clara die Augenbrauen ein wenig breiter zieht und nach unten hin ausfüllt ...«, versuchte Inês, die Wogen zu glätten.

»Sie glauben doch nicht, dass ich diese unfähige Person noch einmal an mein Gesicht lasse?«, unterbrach Sofia sie.

»Nein, wenn ich mit der fertig bin, kann sie sich einen neuen Job suchen. Besser noch, sie wird das letzte Mal als Kosmetikerin gearbeitet haben. Gleich am Montag werde ich meinen Anwalt anrufen.« Zur Bestätigung zeigte sie den beiden einen Eintrag in ihrem Terminkalender, den sie ständig mit sich herumschleppte, um sich Dinge zu notieren. Dort stand das Wort »Advogado« in Großbuchstaben und war dick unterstrichen.

»Aber damit würden Sie das Leben des Mädchens ruinieren. Gestern Abend waren Sie voll des Lobes, vergessen Sie das nicht. Schließlich hat sie Ihnen so schöne Fingernägel gemacht.« Leticia deutete auf die langen Fingernägel der Journalistin, die mit weiß-rosa Blütenblättern und Strasselementen verziert waren. Sofia hatte ihnen gestern noch versichert, dass Clara tatsächlich keine vorgefertigten Schablonen benutzt hatte, sondern jeden einzelnen Nagel wie ein Gemälde gestaltet hatte.

»Mir doch egal. Das Ergebnis heute zählt und das ist eine Katastrophe. In Lissabon würde so jemand wie diese Clara schon lange nicht mehr arbeiten. Ich sehe die Schlagzeile bereits vor mir: ›Frau auf Schönheitsfarm entstellt‹.«

Leticia merkte, wie sie langsam sauer wurde. Diese Journalistin war furchtbar.

»Ich denke, Sie übertreiben. Wie Inês schon sagte, ein paar kleine Korrekturen und es ist in Ordnung.«

Die Lima stand abrupt auf. Der Stuhl erzeugte ein lautes, quietschendes Geräusch auf den Terrakottafliesen und die Gespräche an den anderen Tischen verstummten.

»Da bin ich aber anderer Meinung! Sie Madereinser stecken alle unter einer Decke! Aber Sie werden noch sehen. Ich lasse mich nicht mundtot machen!« Sie stürmte mit hocherhobenem Kopf aus dem Raum in Richtung des linken Flurtraktes, in dem die Zimmer der Gäste untergebracht waren. Kurze Zeit später verließ sie, den Kopf mit einem bunten Schal verhüllt, die Farm.

»Das ist ja furchtbar. Wenn die Lima einen Artikel über diesen Vorfall schreibt, werden der Quinta da beleza die Gäste ausbleiben. Wer weiß, was für einen Schmutz sie sich ausdenkt. Die Frau hat die ganzen letzten Tage hier ständig herumgeschnüffelt und rumgemäkelt. Jetzt sieht es tatsächlich so aus, als ob sie etwas gefunden hat, um die Quinta schlecht zu machen. Ich mag keine Journalisten!«, stellte Leticia fest.

»Meine Damen, es tut mir so leid, dass Ihr Aufenthalt durch diesen kleinen Vorfall ebenfalls gestört wird. Darf ich Ihnen als Entschädigung eine Packung von unserem wunderbaren Entschlackungstee schenken?« Isabel Delgado war unbemerkt an ihren Tisch getreten.

Leticia wollte sofort ablehnen, aber ein schmerzhafter Tritt ihrer Freundin unter dem Tisch hielt sie zurück. Inês nickte begeistert.

»Ja? Wunderbar, ich bin gleich wieder bei Ihnen.« Isabel verschwand mit wiegendem Schritt in ihr Büro.

»Inês, das sollten wir nicht machen! Hast du nicht gesehen, was so eine Packung kostet?«

»Natürlich habe ich das. Der Tee kostet fünfundsechzig Euro. Aber ich bin mir sehr sicher, dass dies nicht der Einkaufspreis ist. Vielleicht hat Isabel sogar Muster von der Firma bekommen und die gibt sie jetzt nur an uns weiter. Außerdem überlege ich schon seit gestern, ob ich diese Entschlackungskur auch zu Hause fortführen sollte. Ein paar Kilo weniger wären nicht schlecht.« Inês kniff sich in ihren Bauch, der sich im Sitzen in einer kleinen Falte über den Hosenbund schob.

Fünf Minuten später kam Isabel mit zwei Packungen des teuren Tees in ihren sorgfältig manikürten Händen zurück. Ein kurzer Blick von Leticia auf die Verpackung bestätigte Inês' Annahme. Não vender, nicht zu verkaufen, stand auf dem Karton.

»Ich versichere Ihnen, wir kümmern uns um Senhora Lima, damit sie diesen Aufenthalt doch noch in guter Erinnerung behält«, meinte die junge Chefin und schob sich eine Strähne, die sich aus ihrem sorgfältig gesteckten Dutt gelöst hatte, hinter das linke Ohr. »Clara ist am Boden zerstört und wir besprechen gerade im Team, wie wir das Ergebnis der Behandlung verbessern können.«

»Es tut uns wirklich leid für Sie«, beeilte sich Inês zu sagen, während sie eine der Packungen in ihre wie immer prall gefüllte Handtasche stopfte. »Wir fühlen uns sehr wohl in der Quinta da beleza und haben auch vor, in unserem Golfklub kräftig für Sie zu werben. Es gibt nicht viele solcher Häuser hier auf Madeira, wo man als Frau sich ungestört verwöhnen und ausspannen kann.«

»Vielen Dank, dass Sie für uns Werbung machen wollen.« Isabel klatschte in die Hände. »Wir sind nach der Eröffnung vor drei Monaten noch dabei, uns hier zu etablieren. Ich glaube, Sie sind die ersten Madeirenser, die hier zu Gast sind. Bisher waren es fast ausschließlich Damen vom Festland oder Touristinnen.«

»Sie sollten versuchen, bei den englisch-stämmigen Expats Interesse zu wecken. Die Briten, die nach Madeira ausgewandert sind, sind meist sehr gut situiert und die Damen können Sie bestimmt für diesen kleinen Luxus hier begeistern.«

»Inês hat recht. Sie sollten sich zunächst auf die Zugewanderten konzentrieren«, bestätigte Leticia ihre Freundin. Im Stillen dachte sie: *Wenn ich vorher gewusst hätte, wie teuer so ein verlängertes Wochenende wird, hätte ich Inês' Vorschlag nicht angenommen. Allzu oft werde ich mir so eine Extravaganz auch nicht leisten können. So wird es den meisten hier auf der Insel gehen. Nicht jeder hat so viel Geld wie Inês und der Wolf zur Verfügung.*

»Das ist eine sehr gute Idee! Um auf Ihren Golfklub zurückzukommen: Darf ich Ihnen ein paar Flyer zur Auslage für den Klub mitgeben? Ich würde sie Ihnen auf Ihre Zimmer legen lassen.« Sie blickte die beiden Damen dankbar an. Wie schon die letzten Tage fiel Leticia dabei wieder die ungewöhnliche Augenfarbe der jungen Frau auf. Es war fast veilchenblau. Irgendwo hatte sie einmal gelesen, dass Elisabeth Taylor ebenfalls veilchenfarbene Augen gehabt haben sollte, hatte das aber immer für ein Märchen gehalten.

»Siehst du, ich sagte doch, diese Isabel ist eine tüchtige Geschäftsfrau«, meinte Inês, als sie wieder mit Leticia alleine am Tisch saß. »Schau dich doch um, wie sie dieses Hotel innerhalb von einem halben Jahr komplett umgebaut und zu dieser Luxusfarm geformt hat. Ich kenne einige Schönheitsfarmen auf dem Festland. Dahinter muss sich diese wirklich nicht verstecken.«

»Woher diese junge Frau wohl das Geld hat? Denkst du, es gibt noch ein paar reiche Investoren im Hintergrund?«, wollte Leticia wissen.

»Wir werden es bald erfahren. Auf dieser Insel ist kein Geheimnis lange sicher.«

Garajau, Bar Camarão, ebenfalls drei Tage früher, 17:03

»Urso, lass das!« Avila beugte sich zu seinem Hund, der mitten auf der überdachten Terrasse saß, den Kopf im Nacken, und heulte.

»Wie ich sehe, bist du mit deiner kleinen Bagage hier.« Ana kam aus dem Lokal und stellte Avila eine Schale mit Tremoços hin. Sofort hörte Urso auf zu heulen und schnupperte an ihren Beinen. Es könnte ja sein, dass sich dort eine Leckerei für ihn versteckte.

Die Kellnerin tätschelte Ursos Kopf. »Für dich habe ich auch gleich etwas, mein Schöner. Wir haben in der Küche ein paar Chouriços. Der Koch merkt gar nicht, wenn ich ihm eine für dich stibitze. Aber zuerst lasse ich mir von deinem Herrchen erklären, was es mit dem Heulen auf sich hat.«

»Frag mich nicht, Ana. Seit ein paar Wochen hat er diese Marotte. Sobald ein Auto mit Sirene vorbeikommt, setzt er sich hin und spielt den Wolf, der den Mond anheult. Es macht mich wahnsinnig.«

»Vielleicht hat er sich das bei Galina abgeschaut?«

»Bei Fonsecas ausgebildetem Polizeihund? Die würde im Dienst sogar still liegen bleiben, wenn ihr ein Hase über die Schnauze springt. Nein, auf die Idee ist Urso von ganz alleine gekommen. Gott sei Dank scheint es Felia nicht aufzuregen. Sie schläft wie ein Stein.« Er deutete auf den Buggy, den er in die Ecke der Terrasse geschoben hatte. Felias Kopf war auf die Brust gesunken und der kleine Stoffhase, den sie kurz vorher noch fest umklammert hatte, war zur Seite gerutscht.

»Lass mich mal eure kleine Schönheit sehen.« Ana ging zum Buggy. Felia hob den Kopf und blickte sie aus großen Augen an. »Von wegen Schlafen! Dein Mädchen bekommt alles mit!« Sie strich der Kleinen mit dem Finger leicht über die Wange. »Darf ich sie hochnehmen?« Als Avila nickte, schnallte sie Felia los und nahm sie vorsichtig auf den Arm. »Was für eine weiche Haut! Dazu dieser Babygeruch. Ach, Babys riechen so gut.« Ana setzte Felia auf ihre Hüfte, was mit einem erfreuten Quieken erwidert wurde. »Sie ist schon ganz schön groß geworden. Wie alt ist sie jetzt?«

»Übernächste Woche wird sie ein Jahr«, verkündete Avila und streckte die Brust vor.

»Läuft sie schon?«

»Nein, da lässt sie sich Zeit. Sie kann aber schon alleine aufrecht sitzen und sie liebt es, wenn man sie an beiden Händen festhält und sie mit den Beinen hüpfen lässt.« Das ließ sich Ana nicht zweimal sagen und probierte mit Felia dieses Kunststück aus. Die beiden hatten gerade ein paar Meter zurückgelegt, als das Quietschen einer Mülltonne Carlos, Avilas besten Freund, ankündigte.

»Boa tarde«, grüßte der Müllmann, nachdem er die Tonne links neben dem Eingang auf der Straße geparkt hatte. Wie immer hatte er dabei bedacht, sie so hinzustellen, dass sie keinen der Fußgänger oder Gäste behinderte.

Ana schnallte die protestierende Felia wieder im Buggy fest und drückte ihr den Stoffhasen in den Arm.

»Zwei Caneca für euch? Oder wollt ihr Poncha?«

»Für mich heute kein Poncha, Ana. Und bitte nur ein Fläschchen Bier«, winkte Avila ab.

»Du willst deine Tochter heute Abend wohl nicht mit einer Alkoholfahne ins Bett bringen«, neckte ihn Ana. »Für dich auch nur eine Garaffa, Carlos?« Er nickte kurz und sie verschwand im Inneren der Bar.

Avila wendete sich an Carlos, der sich schweigend einen Stuhl herangezogen hatte und auf den Tisch starrte.

»Ist alles in Ordnung bei dir, meu amigo, mein Freund? Du bist so still.«

19

Carlos schreckte aus seinen Gedanken auf. Er fuhr sich durch die Haare und ein leichtes Lächeln ging über sein Gesicht.

»Viel zu tun.« Avila wusste, dass Carlos mehrere kleine Jobs parallel hatte und gut beschäftigt war. Mal passte er auf die Häuser der viel reisenden Bewohner von Garajau auf, dann wieder verdiente er sich Geld mit Hausmeistertätigkeiten in Hotels oder Apartmentanlagen hinzu. Normalerweise strahlte der Müllmann dabei Ruhe aus und vergaß nie, die Schönheit der Welt um sich herum zu genießen. Aber heute war es anders. Carlos' graue Haare waren ungekämmt und standen ihm in Wirbeln vom Kopf ab. Das sonst immer saubere und gebügelte weiße T-Shirt unter seiner Latzhose war zerknittert und wies Schmutzränder am Hals auf. Unter den Augen hatten sich Tränensäcke gebildet.

Carlos bemerkte die vorsichtige Musterung durch seinen Freund und hob abwehrend beide Hände.

»Mach dir keine Sorgen, Fernando. Jetzt, wo ich hier bei dir sitze, ist alles gut. Erzähl mal, hast du etwas von Leticia gehört? Und vor allem, wie fühlt es sich an, so als Strohwitwer mit Kind alleine zu Hause? Kommt ihr klar?«

»Wir verstehen uns prächtig! Außerdem hat Leticia dafür gesorgt, dass ich nicht groß nachdenken muss. Die ganze Kühltruhe ist voll mit Vorgekochtem. Sowohl für Felia als auch für mich. Alles mit kleinen Zettelchen versehen, sodass ich uns jeden Tag mithilfe des Ofens oder der Mikrowelle ein Festmahl zubereiten kann.« Avila lachte leise, als er sich die lange Liste vor Augen führte, die Leticia ihm an den Kühlschrank gehängt hatte. Dort war für ihre gesamte Abwesenheit minutiös aufgeschrieben worden, was er zu beachten hatte. Auch an die Telefonnummern des Kinderarztes und des Tierarztes hatte sie gedacht. *Meine Leticia, was wäre ich nur ohne sie,* sinnierte er.

»Du hast eine wunderbare Frau«, durchbrach Carlos seine Gedanken. »Andere Männer haben mit den Frauen nicht so viel Glück wie du.«

Gerade wollte Avila nachfragen, ob sein Freund an jemand Bestimmtes dachte, als Ana mit ihrem Bier erschien.

»Saúde. Lasst es euch schmecken.« Sie stellte zwei Flaschen eisgekühltes Coral vor die Freunde. »Braucht ihr ein Glas?«

»Ist doch schon im Glas«, kam Avilas üblicher Spruch an der Stelle, bevor er die beschlagene Flasche zum Mund führte. Ana lachte und verschwand.

»Und wie gefällt es den beiden Damen auf der Schönheitsfarm?«, wollte Carlos wissen.

»Sie sind begeistert. Wahrscheinlich werde ich Leticia gar nicht wiedererkennen, wenn sie am Mittwoch wiederkommt.«

»Deinen Kontostand wahrscheinlich auch nicht«, lachte Carlos.

»Du hast recht. Es ist teuer. Aber ich wollte, dass Leticia sich etwas Gutes tut. Die letzten Monate waren sehr anstrengend für sie. Du weißt ja, wie katastrophal das Wochenende im Februar war.«

»Hat sie Folgeschäden von der Vergiftung?«

»Nein, es ist alles gut gegangen. Aber nur, weil der Wolf und Palmeiro so geistesgegenwärtig waren. Wenn sie mit mir alleine gewesen wäre, wäre sie jetzt tot.« Avila schluckte.

»Ich erinnere, dass du in der Nacht einem Mörder bei schwerstem Sturm und Unwetter hinterhergelaufen bist, nur um deine Tochter zu retten. Du musst dir wirklich keine Vorwürfe machen!«

»Für meine Familie würde ich alles opfern, auch mein Leben. Du verstehst das vielleicht nicht.«

»Sei dir versichert, ich verstehe das ...« Carlos' Stimme brach und er nahm einen großen Schluck Bier.

21

»Ist wirklich alles in Ordnung mit dir?« Avila überlegte, wie wenig Einzelheiten er von dem Leben seines Freundes kannte. Hatten sie je über Carlos' Familie geredet? Hier auf Madeira wohnte der Müllmann allein. Wie der Comissário kam auch Carlos vom Festland. Allerdings lebte er bereits auf Madeira, als Avila 2008 auf die Insel zwangsversetzt wurde. Mehr Einzelheiten wusste Avila nicht. Immer, wenn er versucht hatte, etwas mehr über das Vorleben seines Freundes zu erfahren, hatte dieser abgeblockt.

»Es wird alles gut«, kam wieder eine ausweichende Antwort.

Avila beschloss, nicht weiter nachzufragen. Sein Freund hatte ein Recht darauf, seine Gedanken für sich zu behalten. *Wenn Leticia oder Inês hier wären, würden sie anfangen zu bohren. Aber wir Männer tun so etwas nicht.*

»Wie wäre es doch noch mit einem Poncha? Das Bier war so klein, ich könnte noch einen vertragen, bevor ich nach Hause gehe«, wechselte er zu einem unverfänglicheren Thema.

Carlos schüttelte den Kopf.

»Es tut mir leid, aber heute Abend habe ich nicht so viel Zeit. Ich muss gleich los.« Er leerte seine Flasche und schob den Stuhl zurück.

※※※

Avila war etwas überrascht über den plötzlichen Aufbruch, beschloss aber, noch eine Weile den lauen Abend zu genießen. Er holte sich die aktuelle Ausgabe der Diário de Notícias vom Nachbartisch und begann zu lesen.

Die Tageszeitung war voll mit Berichten über das anstehende Weinfest, die berühmte »Festa do Vinho«. Ab Ende August würde wieder Ausnahmezustand in Funchal und in Câmara de Lobos herrschen, wenn die Weinbauern traditionell die Weinernte feierten.

Avila stöhnte. Gerade hatten sie die Rali Vinho da Madeira hinter sich gebracht, bei der die Rennfahrer wie die Verrückten über die Insel rasten, und jetzt gab es schon das nächste Fest. In dieser Zeit, mit dem Auto nach Funchal zur Arbeit zu fahren, würde wieder fürchterlich werden. Schade, dass Vasconcellos jetzt direkt in der Hauptstadt auf der Orchideenfarm wohnte. Es war so praktisch gewesen, als dieser ihn jeden Morgen auf seinem Weg von Camacha in Garajau am Kreisel neben der Tankstelle aufgelesen hatte. *Aber vielleicht reduziert sich mein Parkplatzproblem ja bald*, dachte Avila. *Mal sehen, was Leticia von der Idee hält. Wir müssten uns etwas einschränken, aber es könnte funktionieren.*

Nach einer halben Stunde war die dünne Zeitung ausgelesen und Avila begab sich entlang der Hauptstraße zurück nach Hause. Spontan hielt er noch bei der Pastelaria, um sich zwei noch warme Queijadas einpacken zu lassen. Die Frischkäsetörtchen würde er nachher beim Bier auf seiner Terrasse genießen. Als er den leichten Anstieg der kleinen Seitenstraße zu ihrem Haus hoch ächzte, hatte er kurz ein schlechtes Gewissen, dass er wieder schwach geworden war. *Wieso eigentlich?*, dachte er. *So wie Leticia am Telefon klingt, wird sie ab der nächsten Woche wieder diäten wollen. Irgendein Idiot hat ihr auf der Farm den Unsinn in den Kopf gesetzt, dass sie zu dick ist. Das heißt dann auch für mich, dass ich kürzertreten muss. Leticia wird keine große Lust haben, mit knurrendem Magen für mich zu kochen.*

Zu Hause angekommen, brachte er Felia sofort zu Bett. Sie war schon in der Bar eingeschlafen und er musste das kleine Bündel nur noch vorsichtig aus dem Karren heben und in ihr Gitterbettchen legen. Er verzichtete auf das Windelwechseln und den Schlafanzug für die Kleine, um sie nicht zu wecken. Gut, dass Leticia das nicht sah. Aber solange sie nicht da war, hatten Felia und er eigene Regeln. Leise platzierte er das Babyfon neben dem schlafenden Kind und ging hinunter zur Küche.

Dort holte er sich ein eiskaltes Coral aus dem Kühlschrank und legte die beiden lauwarmen Törtchen auf einen Teller. Er schaffte es gerade noch ins Wohnzimmer, bevor das Telefon klingelte. Das musste Leticia sein, die sich versichern wollte, dass alles in Ordnung war.

»Cara minha, ich habe mir schon gedacht, dass du das bist«, nahm Avila nach einem kurzen Blick auf das Display den Anruf entgegen.

»Ist alles okay bei euch? Ich habe schon vor einer halben Stunde angerufen, da war aber niemand da.«

»Wir haben noch einen kleinen Abendspaziergang gemacht. Es gibt nichts, worüber du dir Sorgen machen musst.«

»Lass mich raten, dieser Spaziergang hat dich auf direktem Wege in die Bar geführt. Du weißt doch, was ich davon halte, wenn du Felia dorthin mitnimmst!«

»Wir haben uns ein stilles Plätzchen gesucht«, beschwichtige Avila. »Ana findet übrigens, dass Felia schon sehr groß geworden ist.«

»Ich vermisse euch.« So schnell, wie sich Leticia aufgeregt hatte, war ihr Zorn wieder verflogen.

»Wir vermissen dich auch, cara minha. Hast du denn keine gute Zeit?«, setzte Avila nach. Bei dem Geld, das er für diesen Urlaub ausgab, musste sie ihm wenigstens den Gefallen tun, es zu genießen.

»Doch, doch, die Quinta ist wunderbar. Die Menschen hier sind allerliebst und es ist schön, sich verwöhnen zu lassen.«

»Und diese Journalistin, die dich und Inês so nervt? Ist sie jetzt freundlicher?«

»Im Gegenteil.« Leticia erzählte Avila von den Vorfällen des Tages. »Zum Glück ist sie heute Abend außer Haus zu einer Verabredung. Derjenige tut mir jetzt schon leid, bei der Laune, die sie heute verbreitet hat. Inês und ich sind ernsthaft am Überlegen, ob wir Isabel bitten, uns an einen anderen Tisch zu setzen.«

»Das solltet ihr tun. Es kann doch nicht sein, dass euch diese Frau den gesamten Urlaub mit ihren Launen verdirbt!«, bestärkte Avila sie. Beide ahnten noch nicht, dass diese Maßnahme nicht mehr notwendig sein würde.

23. Dezember 1893

»Heute früh nichts geschossen. Fahre Abends auf das Dampfschiff und pirsche noch morgen früh und Abend, worauf ich nach Buda-Pest reise. Wetter bessert sich. Es geht mir sehr gut. Bin hier nicht zum Schreiben gekommen. Auf baldiges Wiedersehen.«
(Telegramm Kaiser Franz Josef von Österreich an die Kaiserin)

»Eure Ma...«

»Wie sollen Sie mich nennen, meine Liebe?«

Baroness Anna Concini biss sich auf die Zunge. Es war richtig, dass sie schon hier an Bord der »Greif« die korrekte Anrede übte. Die anderen Hofdamen waren schon länger im Dienst und den im Ausland bevorzugten Titel bereits von vielen Reisen gewöhnt.

»Ich meine, Eure Durchlaucht. Ist das Wasser zu Eurer Zufriedenheit temperiert?«

»Es muss noch kälter sein. Sind Sie sicher, dass Sie die sieben Grad eingehalten haben? Es kommt mir zu warm vor. Ich musste heute Morgen auf der Waage sehen, dass es fast 98,4 Pfund waren. Holen Sie mir noch mehr Eis!«

Anna rief nach einem der Diener und bat ihn, noch weitere Eiswürfel für das Badewasser zu holen. Als sie die Würfel in die Wanne gleiten ließ, lief es ihr kalt den Rücken herunter. Das konnte doch nicht gesund sein? Wieso diese Sorge um das Gewicht? Sie sah nur, wie schmal und verloren die hochgeborene Dame in dem Badezuber wirkte.

»Der Kapitän meinte, es käme von Norden Wind auf und zu unserer Sicherheit müsste er die Maschinen wieder starten. Würden Eure Durchlaucht das Bad unter diesen Umständen beenden wollen?«

»Gut, bringen Sie mir meinen Morgenmantel. Hat der Kapitän Ihnen gesagt, wann wir Madeira erreichen?«

»Der Wind soll sehr günstig aus Nordosten blasen. Unter Segeln können wir es bis heute Nachmittag schaffen, meinte er.«

»Das sind doch gute Nachrichten. Sagen Sie bitte der Coiffeurin, dass sie sich bereithalten möge.« Sie richtete die schmale Gestalt zu ihrer vollen Größe auf. Dabei überragte sie die zierliche Gräfin um fast einen Kopf. »Ich möchte, dass wir gleich an Land gehen können, sobald wir angelegt haben. Ich muss mir dringend die Beine vertreten.«

※ ※ ※

Drei Stunden später sahen sie die steilen Hänge der Vulkaninsel vor sich. Kaum war die Jacht in Sichtweite des sonnengelb strahlenden Forts São Tiago, ertönten Kanonenschüsse.

»Was hat das zu bedeuten? Wie kommen die Menschen darauf, eine Gräfin von Hohenems mit Salutschüssen zu begrüßen?«

Anna merkte, wie ihr unter dem strengen Blick ihrer Herrin der Schweiß trotz des kühlen Fahrtwindes den Rücken herunterlief.

»Ich versichere Euch, Eure Durchlaucht, dass niemand von der Besatzung oder eine von uns Euren Besuch angekündigt hat.«

»Ist schon gut, mein Kind. Wahrscheinlich müsste ich ein anderes Schiff als dieses benutzen, um wirklich unerkannt zu bleiben. Es wäre auch zu schön gewesen. Bitte sagen Sie den anderen Damen und dem Griechen Bescheid, dass sie sich für den Landgang bereithalten sollen.«

Eine Stunde später betrat Anna, die junge Baroness aus Südtirol, zum ersten Mal die berühmte Blumeninsel. Auf der Promenade warteten mehrere Ochsenkarren auf ihre

Ankunft und die Möglichkeit, die Neuankömmlinge durch Funchal zu fahren.

»Wir brauchen die Karren nicht!«, beschloss die Gräfin von Hohenems. »Auf, auf, ich möchte heute noch hoch nach Monte.« Mit weit ausladenden Schritten führte sie die kleine Gesellschaft, die neben drei Hofdamen noch aus dem Griechischlehrer Constantin Christomanos bestand, an in Richtung der Kathedrale Sé.

»Lassen Sie uns zunächst schauen, ob die Confiserie noch existiert, in der ich vor fast dreißig Jahren diese köstliche Marmelade gefunden habe! Natürlich gibt es die Süßigkeit morgen in der Frühe nur, wenn wir heute noch einen gehörigen Marsch zurücklegen.« Keine zehn Minuten später betraten sie den kleinen Laden in der Rua das Pretas mit der himmelblauen Fassade, auf der in schwarzer Schreibschrift »Confeitaria Felisberta« stand.

Die junge Verkäuferin begrüßte sie höflich.

»Boa tarde, minhas Senhoras. Guten Tag, meine Damen. Womit kann ich Ihnen dienen?«

Die Gräfin von Hohenems trat an den gläsernen Tresen und klappte den schwarzen, filigranen Spitzenfächer zu, hinter dem sie ihr Gesicht versteckt hatte.

»Haben Sie noch die berühmte Marmelade, die es vor dreißig Jahren bei Ihnen zu kaufen gab?«

»Sie meinen sicher unsere Feigenmarmelade nach dem Rezept von Senhora Felisberta?«

»Genau die«, bestätigte die Gräfin. »Baroness, sind Sie so lieb und kaufen mir zwei Gläser?« Sie klappte ihren schwarzen Fächer wieder auf und rauschte mit wiegendem Schritt zur Tür hinaus.

Anna, die sich gar nicht an den Auslagen sattsehen konnte und gerne noch ein Stück von dem berühmten Honigkuchen probierte hätte, zahlte schnell und lief hinterher. Zwar hatte sie ihre Stellung erst kurz, aber bereits verstanden, dass ihre

Herrin eine Getriebene war und sich nie lange an einem Ort aufhielt.

Auf der Straße drehte sie sich um. Wo waren die anderen? Ein Junge mit zwei Milchkannen, die er an einem Stock über seinen Schultern balancierte, sah ihre Verzweiflung. Mit einem kurzen Nicken des Kopfes deutete er nach rechts.

»À direita, Senhorita.«

Dankbar stürzte Anna die Straße herunter. Hinter der nächsten Biegung rannte sie beinahe Christomanos um, der mit weit aufgerissenen Augen den Ausführungen der Herrin folgte. Der junge Grieche hatte sich, wie gewöhnlich, großzügig mit Parfüm besprüht. Anna wartete nur darauf, dass er deswegen wieder einen Tadel einstecken würde. Es war bekannt, dass die hochgeborene Dame zwar Stunden mit Schönheitsritualen verbrachte, aber es hasste, wenn Menschen in ihrer Umgebung zu stark parfümiert waren.

»Baroness, da sind Sie ja! Sehen Sie, was ich gefunden habe. Ein eiserner Nagel, wenn das nicht Glück bedeutet! Wahrlich, das können wir in diesen Zeiten gebrauchen.« Die Gräfin steckte den Nagel in das kleine schwarze Spitzensäckchen, das sie um ihr Handgelenk trug. »Geschwind, wenn wir uns beeilen, können wir in einer Stunde oben in Monte sein.«

Quinta da beleza, zwei Tage vor dem Fund, 08:41

»Ich habe es gleich gewusst! Diese Frau hat kein Benehmen! Hast du mitbekommen, wie sie die letzten Tage überall herumgeschnüffelt hat? Ich habe sie vorgestern direkt vor der Privatwohnung der Chefin angetroffen. Gut möglich, dass sie sogar drin war. Als ich sie zur Rede stellte, behauptete sie frech, sie hätte sich verlaufen. Dass ich nicht lache!«

»Zumindest hätte ich erwartet, dass ihr Geld wichtig ist und sie keinen teuren Termin schwänzt. Die Chefin wird nicht begeistert sein. Ich habe schon alles für die Cellulite-Behandlung vorbereitet. Wenn ich jetzt das Salzpeeling und die aufgewärmte Mineralienpackung in den Ausfluss spüle, gibt es Ärger.«

Durch die nicht ganz geschlossene Tür hörte Leticia, wie sich ihre Kosmetikerin Dunja mit einer ihrer Kolleginnen unterhielt. Am liebsten hätte sie laut gerufen: »Gebt die warme Mineralienpackung mir!«

In einem Anfall von Wahnsinn, wie sie jetzt fand, hatte sie sich von Inês zu der Cooling-Behandlung überreden lassen. Ihre Beine waren mit kalten, nassen Stoffbinden, die zuvor in eine Mischung aus Kampfer und Menthol getaucht worden waren, umwickelt. Seit einer Viertelstunde fror sie so erbärmlich, dass ihre Zähne angefangen hatten aufeinanderzuschlagen. Sehnsüchtig dachte sie an die gestrige Moorpackung zurück: Das schöne Gefühl, als die Wärme langsam über den Rücken in alle Glieder sackte. Sie seufzte leise. Sofort steckte Dunja ihren Kopf durch den Türspalt. Der süßliche Geruch ihres Parfüms wehte hinein.

»Dona Leticia? Ist alles in Ordnung?«, wollte sie wissen.

»Wie lange muss ich noch?«, presste Leticia zwischen ihren Lippen hervor.

»Eigentlich noch zehn Minuten. Wenn Sie wollen, können wir die Behandlung gerne abbrechen. Sie ist dann aber nicht so wirkungsvoll ...« Den Rest des Satzes ließ Dunja ausklingen.

»Ich schaffe das schon«, beeilte sich Leticia zu sagen. Sie meinte, im Ton der Kosmetikerin einen leichten Vorwurf gehört zu haben. Ich bin so dumm, dachte sie, als sie wieder alleine war. *Wieso habe ich mir von Inês den Floh ins Ohr setzen lassen, dass ich dringend abnehmen sollte? Hat sich Fernando schon einmal wegen meiner Kurven beschwert? Andererseits, wenn ich mir hier die Damen aus Lissabon und Porto so ansehe ... Ich muss langsam anfangen, etwas zu tun. Jünger werde ich auch nicht.*

Sie biss die Zähne zusammen und fixierte die Decke. Zu allem Überfluss bewirkten die sphärischen Klänge, die die Kosmetikerin als beruhigende Musik eingestellt hatte, dass sich ihre Blase meldete. Wieso muss so eine Entspannungsmusik immer das Tropfen oder Plätschern von Wasser enthalten? Als Dunja nach zehn Minuten das Zimmer betrat, war Leticia völlig am Ende. Sie hatte das Gefühl, die ganze Erholung der letzten zwei Tage sei verpufft. Sobald die junge Frau die Beine entwickelt hatte, griff Leticia zu ihrem Bademantel und machte sich auf den Weg zu den Toiletten, auf der anderen Seite der Empore.

Glücklich und deutlich entspannter verließ sie ein paar Minuten später die Örtlichkeiten. Ihr Blick fiel durch das große Panoramafenster, an dem sie vorbei musste, um zurück zu den Behandlungszimmern zu gelangen. Unten im Garten sah sie Clara mit einem bulligen Mann im Gespräch. Die junge Kosmetikerin fuchtelte wild mit den Armen. Gehörte der bullige Typ zu den Angestellten? Neugierig blieb Leticia stehen und beobachtete das ungleiche Paar. Clara mit ihrem perfekt frisierten Pagenkopf, die schmale

Gestalt eingehüllt in den rosafarbenen Kittel der Schönheitsfarm, den alle Kosmetikerinnen trugen. Der Bulle mit einem weißen Muskelshirt, aus dem tätowierte, sehr kräftige Oberarme ragten. Überhaupt machte der Mann einen ungepflegten Eindruck. Die halblangen Haare fielen ihm in strähnigen Locken über die Stirn. Ob die junge Frau Hilfe brauchte? Leticia sah noch genauer hin. Nein, es wirkte eher so, als ob Clara ihm eine Standpauke hielt. Mit leicht gesenktem Kopf hörte er zu und nickte immer nur kurz. Eine Hand legte sich auf Leticias Schulter. Sie zuckte zusammen und drehte sich um.

»Dona Leticia, ich warte schon auf Sie! Die Behandlung ist doch noch nicht abgeschlossen.« Dunja blickte sie vorwurfsvoll aus sorgfältig geschminkten Augen an. »Was machen Sie denn hier?« Sie versuchte, über Leticias Schulter hinunter in den Garten zu schauen.

Schnell deutete Leticia auf das große Meerwasseraquarium, das als Raumteiler zwischen dem Wartebereich und den Behandlungsräumen aufgebaut war. Zwischen bunt angestrahlten Korallen wiegten purpurfarbene und weiß-schimmernde Seeanemonen ihre Tentakeln wie kleine Finger im Wasser. Ein schöner Anblick, aber Leticia wunderte sich, dass das Aquarium überhaupt keine Fische zu enthalten schien. Sie wendete sich ab und blickte zu Dunja.

»Ich wollte nur kurz auf die Toilette, bin aber dann bei diesem Anblick hängen geblieben. Gibt es denn gar keine Fische in dem Aquarium?«

Dunja schnaubte.

»Das Aquarium können Sie sich auch später noch ansehen. Das läuft nicht weg. Mit etwas Ruhe entdecken Sie vielleicht dann die Fische.« Der strenge Ton der Kosmetikerin erinnerte Leticia an ihre alte Lehrerin. Fehlte nur noch, dass Dunja ihr gleich eine Strafarbeit aufbrummte. »Sie sollten schleunigst zurück in den Behandlungsraum,

Dona Leticia. Ich möchte noch die Lotion mit Meeresalgen auftragen. Sie wirkt wunderbar entschlackend.«

»Wärmt das auch?«, fragte Leticia. Sie hatte immer noch Gänsehaut auf dem ganzen Körper.

»Nein, aber das soll es auch nicht. Wir wollen, dass der Fettstoffwechsel angekurbelt wird, damit alles schön straff wird.« Die etwa fünfzehn Jahre jüngere Kosmetikerin, deren lange, schlanke Beine in engen weißen Hosen unter dem kurzen rosafarbenen Kittel hervorlugten, musterte Leticia von oben bis unten. Diese kam sich in dem Moment vor wie ein Nilpferd, das vor einem arabischen Vollblüter stand. Mit gesenktem Kopf folgte sie Dunja, um den Rest der Behandlung über sich ergehen zu lassen.

Als sie ein paar Stunden später zum kargen Mittagessen auf Inês traf, fror sie immer noch. Und das, trotzdem sie sich unter den Bademantel, in dem die meisten Frauen den ganzen Tag herumliefen, eine lange Jogginghose und einen dicken Baumwollpulli gezogen hatte. Über die Füße hatte sie zusätzlich Wollsocken gestülpt, bevor sie wieder in die Frottee-Pantoffeln geschlüpft war.

Bevor Inês sich neben sie auf den Stuhl sinken ließ, blickte sie sich um.

»Sofia ist immer noch nicht da? Was haben wir für ein Glück! Wahrscheinlich hat sie sich gestern in Funchal die Kante gegeben und liegt jetzt mit einem Kater im Bett. Aber was ist denn mit dir los?« Inês hatte erst jetzt die Aufmachung ihrer Freundin wahrgenommen. »Ist dir etwa kalt?«

»Ich hatte heute Morgen die Cooling-Behandlung«, versuchte Leticia, ihre Kleiderwahl zu erklären.

»Das soll ganz hervorragend sein, habe ich mir sagen lassen!«

»Mag ja sein, aber mir wird einfach nicht warm«, maulte Leticia.

»Sério? Wirklich? Draußen sind es doch fast dreißig Grad!« Inês griff nach Leticias Hand, um sie zu tätscheln. Mit einem kleinen Schrei zog sie ihre Hände zurück. »Du bist ja wirklich eiskalt! Weißt du was, wir bitten Isabel, uns heute Nachmittag die Sauna anzustellen. Ich habe nur noch eine Behandlung direkt nach dem Mittagessen und den Rest des Tages frei.«

»Boa ideia! Gute Idee! Das machen wir.« Mit neuem Elan griff Leticia zu ihrer Gabel, um die kleine Portion Salat, die ihr Mahl darstellte, aufzuspießen. Wenn es wenigstens eine warme Fleisch- oder Fischbeilage geben würde ...

»Entschuldigen Sie, meine Damen, dass ich unterbreche. Haben Sie zufällig Senhora Lima gesehen?« Isabel Delgado stand am Tisch. Heute wirkte sie auf Leticia nicht so makellos wie die Tage zuvor. Einige Strähnen waren ihr aus ihrer Hochsteckfrisur gerutscht und hingen nun rechts und links von ihrem schmalen Gesicht herunter. Die Augen waren leicht geschwollen und das Make-up war verschmiert. Hatte sie etwa geweint?

»Nein, seit gestern Abend nicht mehr«, beantwortete Inês die Frage. »Heute Morgen haben wir noch gedacht, dass sie das Frühstück verschlafen hat und direkt zu ihren Behandlungen gegangen ist.« Ihre Annahme einer betrunkenen Sofia im Bett ließ sie bei ihrer Antwort aus.

»Nein, leider ist Senhora Lima auch nicht zu ihren Behandlungen erschienen. Sie hat sie auch nicht abgesagt.«

Leticia erinnerte sich an das Gespräch der beiden Kosmetikerinnen heute Morgen. Sie hatten also von Sofia geredet.

»Vielleicht sollten wir bei ihr klopfen und prüfen, ob es ihr auch gut geht?«, schlug sie vor.

»Sie haben recht, Dona Leticia! Würden Sie beide mitkommen? Schließlich kennen Sie Senhora Lima durch ihre gemeinsamen Mahlzeiten am besten.« Isabel drehte sich um und ging zu dem Trakt mit den Wohneinheiten für die Gäste. Leticia und Inês folgten ihr.

»Desculpe, Entschuldigung. Senhora Lima? Você está bem? Sind Sie in Ordnung?«

Sie horchten. Keine Antwort, im Zimmer war es still.

»Das gefällt mir nicht.« Leticia sah vor ihrem inneren Auge eine bewusstlose Sofia auf einem zerwühlten Bett. Hätten sie schon viel früher nach der Journalistin schauen sollen?

»Meine Damen, ich schließe jetzt auf. Ich denke, das ist auch in Ihrem Sinne?« Isabel holte den Generalschlüssel aus der Gesäßtasche ihrer engen Jeans und öffnete die Tür.

Neugierig steckten die drei Frauen ihren Kopf durch die Tür.

»Caramba! Verdammt! Das darf doch nicht wahr sein!« Isabel betrat das verlassene Zimmer und öffnete den Kleiderschrank. Eine Handvoll leerer Bügel, ein Ersatzkissen und eine Plastiktüte für den Wäscheservice war alles, was sie dort fanden.

»Sie ist abgereist!«, stellte Leticia überrascht fest.

»Und das, ohne ihre Rechnung zu bezahlen«, ergänzte Isabel. Auf ihrer glatten Stirn hatte sich eine tiefe Zornesfalte eingegraben.

»Wir sind doch auf einer Insel. Es sollte kein Problem sein, Sofia Lima ausfindig zu machen. Soll ich meinem Mann Bescheid geben?« Inês griff nach ihrem Mobiltelefon.

»Não, obrigada. Nein, danke. Die Polizei hier auf der Quinta wäre sehr schlechte Publicity für mein Haus. Wie sieht es denn aus, wenn ich dem Geld meiner Kunden hinterherlaufen muss?« Isabel schüttelte heftig den Kopf, sodass sich noch mehr Strähnen lösten. »Ich werde die Rechnung an Senhora Limas Heimatadresse in Lissabon schicken. Wenn sie die auch nicht bezahlt, leite ich die nächsten Schritte ein. Für solche Dinge habe ich eine

Versicherung, die werde ich gleich mal kontaktieren. Machen Sie sich keine Sorgen um mich, meine Damen. Sofia Lima wird mir nichts schuldig bleiben.«

Garajau, einen Tag vor dem Fund, 10:23

»Parada! Stop! Urso, hör endlich mit diesem verdammten Heulen auf! Hier ist doch nichts los. Nur der Tunnel und durch den sind wir gefühlt schon tausend Mal gefahren!«

Avila beobachtete durch den Rückspiegel seinen Hund, der unruhig im Kofferraum hin und her lief und dabei abwechselnd heulte und jaulte.

Felia ergänzte dieses Konzert mit durchdringendem Gekreische. Avilas Kopf dröhnte. Waren denn hier alle verrückt geworden?

»Urso, SITZ!«, schrie er. Der Labrador schaute überrascht auf, ließ sich dann aber niederplumpsen. Auch Felia hörte auf zu kreischen. Kurz wollte er aufatmen, da ließ seine Tochter ein lautes Heulen vom Rücksitz erklingen. Sofort stimmte Urso mit ein.

»Querida, Schätzchen. Es ist alles in Ordnung. Dein Papa ist nicht böse!« Hilflos versuchte er, seine Tochter zu trösten und dabei keinen Unfall zu bauen. Die Kurven der Straße waren steil und eng und wenn er jetzt nicht aufpasste, würde es ein Unglück geben. »Wir sind gleich da. Und dann schauen wir uns zusammen die schöne Levada an!« Vasconcellos hatte ihm den Tipp mit der Levada da Serra do Faial gegeben. Diese lag südwestlich von Camacha und war sehr ebenerdig. Der Weg war relativ breit und Avila hoffte, den leichtgängigen neuen Buggy seiner Tochter dort einfach schieben zu können. Urso würde er die meiste Zeit nebenher ohne Leine laufen lassen können. Jetzt müsste gleich die enge Rechtskurve mit der kleinen Wendemöglichkeit zur linken Hand kommen, von der Ernesto gesprochen hatte. Da vorne war sie. Avila war es nicht ganz geheuer, hier in der Kurve zu drehen, aber es ging besser als erwartet. Er fuhr an der Einstiegsstelle der Levada vorbei und parkte das Auto auf der rechten Seite bergab. Jetzt kam der Moment, der ihm bevorstand. Er musste Urso an die Leine nehmen und mit Buggy und Hund ein Stück auf der Straße hochgehen. Wenn jetzt jemand von oben in voller Fahrt angeschossen kam und nicht auswich? Er merkte, wie ihm der Schweiß den Rücken herunterlief. Avila hob die Kofferraumklappe nur einen Spalt. Sofort zeigte sich die helle Schnauze des Retrievers.

»Nein, noch nicht Urso!« Er tastete durch die schmale Öffnung der Klappe nach dem Hundegeschirr und klinkte die Leine in die Öse am Rücken ein. Erst dann öffnete er den Kofferraum komplett. Nur einen Moment später merkte er, dass das ein taktischer Fehler gewesen war. Mit einem aufgeregten Hund an der Leine den neuen Buggy auseinanderzuklappen und Felia sicher hineinzusetzen, war fast unmöglich. Zweimal riss Urso den Buggy um, zum Glück jedes Mal, bevor Avila Felia hineinsetzen konnte. *Wahrscheinlich hätte ich doch besser den alten sperrigen Kinderwagen genommen, anstatt dieses neue Teil*, schimpfte er mit sich. *Aber ich Idiot wollte ja unbedingt die schwergängigen Räder vermeiden und stattdessen mit der leichten neuen Sportkarre durch die Gegend fahren. Was mache ich, wenn die Karre mit Felia umfällt?* Sein T-Shirt klebte mittlerweile vor Anstrengung und Stress an seinem Rücken. Kurz überlegte er, ob er nicht Tochter, Hund und den verflixten Buggy wieder ins Auto verfrachten sollte. Aber als es ihm endlich gelang, Felia im Buggy festzuschnallen, hörte Urso wie durch ein Wunder auf zu ziehen. Stattdessen beschnupperte der Hund vorsichtig Felias Hände, die sie ihm entgegenstreckte.

»Wirst du dich jetzt benehmen?«, fragte Avila und strich Urso über den Kopf. »Nur ein Stückchen die Straße rauf und du darfst frei laufen.« Als hätte der Hund ihn verstanden, verlief der kurze Weg bis zur Levada ohne weitere

Störungen. Avila atmete erleichtert auf, als er den erdigen Boden des Levadapfades unter den Füßen hatte.

Er klinkte die Leine aus und ließ den Retriever die Gegend erkunden. Besonders schien Urso die Levada zu gefallen, die nur wenig Wasser führte. Kopfüber hängte er sich über den steinernen Rand und versuchte, in den künstlichen kleinen Fluss zu gelangen.

»Meinst du, das ist eine gute Idee?«, fragte Avila seinen Hund. »Wie soll ich dich da wieder herausbekommen?« Bevor er hinlangen und den Retriever am Geschirr packen konnte, war es schon passiert. Mit einem lauten Platsch ließ sich Urso in die Levada fallen.

Womit habe ich das nur verdient?, haderte Avila mit seinem Schicksal. Er blickte über den Rand. Ein nasser Retriever sah zu ihm empor und lachte ihn an. Ja, der Hund lachte. Anders konnte Avila diese halb geöffnete Schnauze mit dem breiten, fast menschlichen Grinsen nicht umschreiben. *Was für ein verrücktes Tier!*

Die nächsten dreihundert Meter watete Urso neben Avila her durch die Levada. Zu Avilas Glück wurde sie flacher und am Ende gelangte der Hund, nach zwei Fehlversuchen, ohne Hilfe wieder auf den Waldboden. Langsam konnte sich der Comissário mit dem kleinen Ausflug anfreunden. Das Schaukeln über den unebenen Boden hatte zudem eine beruhigende Wirkung auf seine Tochter. Ihr Köpfchen hing schräg zur Seite und die Augen waren geschlossen. Er atmete tief ein und nahm jetzt die Gerüche des Waldes in sich auf. Es roch nach Eukalyptus, gepaart mit dem Duft von feuchtem Holz. Hier im Wald war es nicht so trocken wie unten in Garajau, wo die Blumen in den Gärten im Moment nur durch reichliches Wässern überlebten.

»Ist es nicht schön hier?«, fragte Avila seinen Hund. »Und so ohne Menschen! In Rabaçal könnten wir jetzt wahrscheinlich nicht treten vor Touristen. Dieses Eckchen haben sie wohl noch nicht entdeckt. Zugegeben, ist natürlich auch nicht so spannend wie da oben auf der Hochebene. Und Wasserfälle sehe ich auch nicht. Aber mir gefällt es!« Er bückte sich und pflückte eine kleine Blumendolde von einem großen Busch, der zwischen Farn und jungen Lorbeerbäumen blühte. In einem Anflug von Übermut steckte er sich die aus vielen kleinen weißen Blüten bestehende Blume hinters Ohr. Leise vor sich hin pfeifend ging er weiter. Kurz danach tauchten ein paar Häuser auf der linken Seite der Levada auf und vorsichtshalber nahm er Urso an die Leine. Bestimmt gab es hier Katzen und er hatte keine Lust, dass der Jagdtrieb seinen Hund packte. Tatsächlich tauchten hinter einigen Autowracks, die neben der Levada standen, zwei Katzen auf, die den Retriever kritisch aus der Entfernung musterten. *Ich sollte den Kollegen von der Polícia de Segurança Pública Bescheid sagen*, überlegte sich Avila. *Es kann doch nicht sein, dass hier alte Autos vor sich hin gammeln. Wer weiß, was für ein Dreck in den Boden sickert.* In sicherer Entfernung ließ er Urso wieder von der Leine. Dieser feierte seine wiedergewonnene Freiheit, indem er laut bellend um die nächste Ecke verschwand.

Gerade hatte Avila die kleine Siedlung hinter sich gelassen, als auf der rechten Seite ein mit Kopfsteinpflaster bedeckter Weg die Levada kreuzte, der sich nach unten in Richtung Tal in einer schmalen, betonierten Zufahrtsstraße fortsetzte. Eine von Brombeeren überwucherte Mauer ließ keinen raschen Blick auf das Grundstück rechts dahinter zu. Die Einfahrt wurde von einer verrosteten Kette versperrt. Diese hing zwischen zwei großen steinernen Säulen, die auch schon bessere Zeiten gesehen hatten. Ein Teil der Sockel war weggebrochen und der eine Pfeiler stand so schräg, dass Avila befürchtete, er würde demnächst umkippen. An der Kette hing ein dreckig-weißes Schild.

»Entrada proibida! Zutritt verboten«, las er. Laut rief er nach Urso, aber von dem Retriever fehlte jede Spur. *Wenn ich Pech habe, ist mein blöder Hund genau dorthin verschwunden.* Er rief ein weiteres Mal und horchte. Ein Rascheln. Das musste Urso sein. Avila trat näher, um einen Blick hinter die Mauer zu werfen. Ein wilder, ungepflegter Park breitete sich vor ihm aus. Der gepflasterte Weg wand sich zwischen halbhohen Bäumen, deren herabhängende Äste Avila entfernt an Trauerweiden erinnerten, die er in seiner Zeit in Münster kennengelernt hatte. Zwischen den Bäumen wucherten Farne und riesige bunte Sträucher von Bougainvillea. Er rief lauter. Da, ein Bellen. Urso war also im Park. Gerade wollte er sich umdrehen und Felia aus dem Wagen nehmen, um mit ihr über die Kette zu steigen, als er eine Bewegung zwischen zwei der Büsche wahrnahm.

»Urso, komm sofort her«, rief er. Ein weiteres Bellen. Aber da war noch etwas.

»Ist da jemand?« Das Bellen von Urso wurde lauter. Avila zurrte an dem Sicherheitsgurt von Felias Wagen. Er musste sehen, was da los war. Wieder rief er nach seinem Hund. Endlich konnte er den Gurt lösen. Er nahm die freudig quietschende Felia auf den Arm und stieg vorsichtig über die etwa ein Meter hohe Kette. Jetzt bloß nicht mit dem Kind hinfallen. Langsam ging er in Richtung des Bellens. Glücklich war er über die Situation nicht. Er, ein Comissário, beging hier Hausfriedensbruch. Als er um eine besonders große purpurrot strahlende Bougainvillea herumging, sah er Urso endlich. Und nicht nur den. Vor dem freudig bellenden Retriever kniete Carlos und versuchte, den Hund zu beruhigen.

»Was machst du denn hier? Du hast mir einen richtigen Schreck eingejagt«, wollte Avila von seinem Freund wissen.

Langsam richtete Carlos sich auf.

»Ich suche hier ...«, setzte Carlos mit einer Erklärung an, während er sich den Staub von seiner blauen Latzhose klopfte. Mitten in der Bewegung hielt er inne und musterte Avila scharf. Mit drei schnellen Schritten schoss er auf Avila zu. Überrascht duckte der Comissário sich. Wollte Carlos ihn schlagen?

»Nimm Felia runter, sofort!« Völlig perplex gehorchte Avila und setzte Felia auf den Boden. Carlos beugte sich über ihn und zog mit einem Taschentuch den Zweig mit den weißen Blüten hinter seinem Ohr hervor. »Hast du gesehen, ob Felia an den Blüten war?«

»Nein, ich glaube nicht. Wieso fragst du?« Avila, verwirrt über Carlos' Verhalten, blickte von seiner Tochter zu den Blüten in dem Taschentuch und wieder zurück.

»Vorsichtshalber sollten wir ihre Hände waschen. Pass auf, dass sie sie nicht in den Mund nimmt. Ich laufe schnell zu der Levada und mache mein Halstuch nass.« Carlos rannte aus der Einfahrt. Kurze Zeit später kam er wieder und begann Felia vorsichtig zuerst das Gesicht, dann die Hände und die Arme abzuwischen.

»Erklärst du mir mal, was das alles soll?«

»Weißt du denn nicht, was du dir da für eine Blüte hinters Ohr gesteckt hast? Das ist ein Nachtschattengewächs. Die meisten davon sind sehr giftig! Auch dieses!«

»Oh Gott, das wusste ich nicht!«

»Du musst dringend etwas über Madeiras Flora lernen, mein Freund. Unsere Wälder und Gärten sind voll mit giftigen Pflanzen. Besonders hier wimmelt es von regelrechten Killergewächsen«, mahnte Carlos ihn.

»Wieso ausgerechnet hier?«, wollte Avila wissen.

»Dies ist das Gelände von einem ehemaligen Kloster. Es wurde vor ein paar Monaten aufgegeben. Die Nonnen haben sich über Jahrhunderte mit der Wirkung von Pflanzen beschäftigt. Als Vater von einem kleinen Kind und als

Hundehalter solltest du mehr über Pflanzen und ihre Giftigkeit wissen.« Carlos schaute seinen Freund streng an.

»Leticia ist diejenige von uns, die sich damit auskennt. Sie hat auch den Oleander aus unserem Garten entfernt.«

»Du hast eine kluge Frau. Aber das hilft dir nicht, wenn du mit deinem Kind und deinem Hund hier oben unterwegs bist. Ich werde dir gleich heute Abend eines meiner Pflanzenbücher vorbeibringen.«

Nach dieser Episode war Avila die Lust auf weiteres Spazierengehen vergangen und er verabschiedete sich von seinem Freund, um mit Felia und Urso zum Auto zurückzukehren. Erst als er zu Hause die Tür aufschloss, fiel ihm ein, dass Carlos ihm gar nicht erzählt hatte, was er in dem gesperrten Park gemacht hatte.

Polizeipräsidium, Funchal, 25.08.2014
08:23

»Caramba, das darf doch nicht wahr sein!« Schimpfend wendete Avila seine Familienkutsche in der kleinen Sackgasse, direkt hinter dem Polizeipräsidium. Normalerweise fand er um diese Zeit fast immer ein Plätzchen, wo er zumindest für eine Stunde den Wagen kostenlos abstellen konnte. Aber nein, es war alles vollgeparkt. Im Schritttempo bog er in die Rua Miguel Carvalhal und hielt Ausschau. Hinter ihm fing ein Fahrer an zu hupen. Er blickte in den Rückspiegel. *Bestimmt ein Tourist*, dachte er beim Blick auf das Nummernschild. *Man sollte doch meinen, dass die im Urlaub etwas Zeit haben.* Genervt lenkte er den Wagen auf einen freien Platz neben einer Einfahrt. Das Heck ragte halb über den Parkplatz hinaus. *Das muss reichen*, beschloss er. *Mit etwas gutem Willen kann man ohne Probleme raus. Außerdem sind Felia und ich ja nur kurz im Präsidium. Einmal nach dem Rechten schauen.*

Seit gestern langweilte er sich furchtbar zu Hause. Es wurde Zeit, dass Leticia wieder kam. Vor lauter Verzweiflung hatte er angefangen, die Bücher im Wohnzimmer alphabetisch und nach Themen zu sortieren. Als nächstes Projekt wollte er sich der Programmierung des Fernsehers widmen. Ihn nervte es, dass die Programme willkürlich verteilt waren. Auch hier würde eine Sortierung nach Alphabet sicher Wunder wirken. Bevor er sich aber dieser Aufgabe heute Nachmittag zuwendete, war er auf die Idee gekommen, in Funchal bei den Kollegen vorbeizuschauen. Vielleicht konnte er sie sogar überreden, mit ihm noch einen Galão und einen Bica im Mercearia de Mécia in der Rua dos

Aranhas zu nehmen. Bei dem Gedanken an die leckeren Pãos de Deus lief ihm das Wasser im Munde zusammen.

Mit Felia auf dem Arm stieg er die große graue Steintreppe des Präsidiums hinauf. Bevor er endlich das Gemeinschaftsbüro von Vasconcellos und Baroso auf dem Flur der Mordkommission betrat, hatte gefühlt jeder weibliche Polizist einmal über Felias Wange gestrichen. Zum Glück ertrug seine Tochter diese Sympathiebekundungen ohne Klagen.

»Bon dia! Guten Morgen!« Überrascht schaute sein Aspirante Baroso hinter dem wie immer unaufgeräumten Schreibtisch hervor.

»Comissário!« Der junge Polizist sprang auf. Fast erwartete Avila, dass der Aspirante vor ihm salutierte.

»Ist schon gut, Baroso. Setz dich. Ich bin privat hier, kein Grund, Aufhebens um mich zu machen«, brummte er. Er blickte sich um. »Wo ist Ernesto? Lässt er dich etwa alleine?«

Baroso fuhr sich durch die Haare.

»Der Subcomissário muss jeden Moment hier sein. Darf ich Ihnen vielleicht einen Kaffee anbieten?«

»Wenn Kaffee, dann sollten wir die Espressomaschine bei mir im Büro nutzen. Das Gebräu aus dem Kaffeeautomaten auf dem Flur bekomme ich nicht herunter. Wie wäre es, du passt kurz auf Felia auf und ich mache uns einen Bica? Oder ist dir ein Espresso zu stark? Ich mache dir auch gerne einen Chinesa mit Milch.«

»Ein kleiner Schwarzer wäre wunderbar, vielen Dank, Comissário«, strahlte Baroso. Er streckte die Arme aus, um Avila seine Tochter abzunehmen.

Vor sich hin pfeifend schloss Avila sein Büro auf und steuerte auf die silberne Kaffeemaschine zu. Er vergewisserte sich, dass noch genug Kaffeebohnen im Mahlwerk waren, und stellte eine von den kleinen Espressotassen unter den Ausguss. Kurze Zeit später erfüllte der Geruch von frisch gebrühtem Kaffee den Raum. Mit zwei dunkelbraunen Espressi machte er sich auf den Weg zurück in das Büro seiner Mitarbeiter. Dort hatte sich mittlerweile auch Vasconcellos eingefunden. Er krabbelte, mit einer lachenden Felia auf dem Rücken, auf allen vieren durch das Büro. Baroso ging neben dem seltsamen Gespann her und passte auf, dass Felia nicht herunterfiel.

»Ich glaube, wenn der Wolf sieht, wie wir euch von der Arbeit abhalten, gibt er mir für die nächsten Tage Hausverbot«, bemerkte Avila und stellte die Tassen auf Barosos Schreibtisch. »Möchtest du auch einen, Ernesto?«

»Não, obrigado. Nein, danke.«

Barosos Telefon klingelte. Mit einer kurzen Entschuldigung nahm er den Hörer ab.

»Tou? Ja bitte?« Die Gesichtsfarbe des Sargentos wechselte zu einem gesunden Rot. »Avó, Großmutter. Ich habe dir doch gesagt, du sollst mich nicht im Büro anrufen! ... Das Wasser ist nicht da? Und wie soll ich dir da helfen? ... Was? Eine Hand? Un momento, einen Moment.« Er hielt den Hörer zu und wandte sich an seine beiden Vorgesetzten. »Desculpe, Entschuldigung. Ich habe gerade erfahren, dass in der Levada dos Tornos eine abgetrennte weibliche Hand gefunden wurde.«

»Levada dos Tornos? Wo soll das sein?«

»Unterhalb von Camacha. Genauer gesagt beim Vale Paraíso. Meine Großmutter hat dort ein kleines Feld. Durch die Hand war anscheinend die Levada verstopft. Sie hat dem Engenheiro angeboten, uns anzurufen, weil der kein Telefon dabei hat.«

»Eine abgetrennte Hand? Das muss aber kein Fall für die Mordkommission sein«, meinte Avila. Zumindest hoffte er das nicht. Jetzt, in seiner Abwesenheit.

»Wollen wir erst einmal im Krankenhaus in Funchal nachfragen, ob dort eine Patientin ihre Hand vermisst?«, fragte Vasconcellos. »Es ist doch gerade ruhig, da schadet es doch nichts, einen Ausflug ins Hinterland zu machen, oder?« Vorsichtig hob er die protestierende Felia von seinem Rücken und richtete sich auf. »Baroso, frag deine Großmutter, wo genau wir sie und den Engenheiro treffen können. Ich rufe Dona Katia an. Sie wird feststellen können, ob die Hand von einer toten oder lebenden Person stammt.« Er griff zum Telefon auf seinem Schreibtisch.

»Soll ich noch Sargento Fonseca Bescheid sagen, Subcomissário? Vielleicht macht es Sinn, einen Spürhund mitzunehmen?«

»Gute Idee, Baroso. Mach das!«

Avila schluckte. Auf einmal fühlte er sich außen vor. Wie gerne wäre er jetzt mitgegangen und hätte den möglichen Tatort inspiziert. *Gott, ich vermisse diese Arbeit. Soll ich wirklich meine Stunden reduzieren? Das hieße wahrscheinlich auch, dass ich die Leitung der Mordkommission an Ernesto abgeben muss und zum Schreibtischtäter werde. Will ich das?*

»Fernando? Tudo bem? Ist alles gut? Baroso und ich müssen los. Soll ich heute oder morgen Abend auf ein Coral vorbeikommen?« Ernesto blickte ihn mit schief geneigtem Kopf an.

»Sim, está tudo bem! Ja, es wäre nett, wenn du vorbeikommst. Leticia ist erst am Mittwoch wieder da.«

»Alles klar! Bis spätestens morgen!«

Die Tür ging hinter den beiden zu. Avila und Felia waren alleine im Büro.

※ ※ ※

»Wollen wir nach Hause, querida? Wir bringen noch schnell die Tassen in mein Büro und dann fahren wir.«

Noch nicht einmal fünf Minuten später war Avila mit Felia auf der Rua Miguel Carvalhal. Dort vorn war die Einfahrt, vor der er seine Familienkutsche gezwängt hatte. Aber das konnte doch nicht sein? Wo zum Teufel war sein Auto?

Vorsichtshalber ging er die Straße einmal hoch und runter. Hatte er sich vertan? Nein, kein Auto. Wütend stapfte er zurück ins Präsidium. Dabei überlegte er. Konnte jemand den Wagen gestohlen haben? Vielleicht hatte er den Schlüssel stecken lassen und so einen Gelegenheitsdieb eingeladen? Er griff in seine Hosentasche. Nein, er konnte den Schlüsselanhänger, einen kleinen Flaschenöffner, spüren. Also aufgebrochen und kurzgeschlossen. Das war verrückt. Wer wollte seinen zerbeulten alten Wagen stehlen? Das ergab doch keinen Sinn?

»Beatriz, haben Sie eine Idee, was mit meinem Wagen passiert sein könnte? Gab es in letzter Zeit Autodiebstähle hier in der Nähe? Ich hatte ihn in der Rua Miguel Carvalhal geparkt und jetzt ist er verschwunden«, fragte er die junge Sargenta, die vorne am Eingangstresen Dienst hatte.

»In der Rua Migual Carvalhal? Hatten Sie einen regulären Parkplatz?« Ihre Stimme nahm einen besorgten Ton an.

Avila neigte den Kopf hin und her. »Im weitesten Sinne ja. Vielleicht war mein Auto etwas zu groß.«

»Oh je, Sie sind heute schon der zweite, Comissário!«, klagte Beatriz. »Die Stadt spielt eine Woche vor dem Festa do Vinho verrückt. Es gab doch nach dem Verkehrschaos bei der Rali do Vinho die Order vom Präsidenten, keine Verkehrsbehinderungen mehr zu dulden. Der neue Intendente von der Abteilung ›Polícia de trânsito‹ hat das wörtlich genommen und schleppt seit Tagen jeden Falschparker ab. Ich befürchte, es hat auch Sie erwischt.«

»Merda, Mist! Wie soll ich ohne Auto mit Felia nach Hause kommen?«

»Sie wohnen doch in Garajau, richtig? Nehmen Sie doch den Bus über die Via rapido. Der fährt gleich hier um die Ecke ab. Ich telefoniere herum und mit etwas Glück finde ich Ihr Auto. Haben Sie ein Kennzeichen für mich?« Sie zückte einen Kugelschreiber.

Avilas Stimmung war im Keller. Bus fahren? Es gab wenig, was er mehr hasste. Sich mit Felia in eine der engen Reihen klemmen? Seitdem er in Garajau lebte, hatte er nur ein einziges Mal den Bus zur Arbeit genommen. Schon die Gerüche in den alten Automobilen verursachten ihm Magenschmerzen.

»Wie heißt der neue Chef der Polícia de trânsito? Dem Mann möchte ich gerne mal einen Besuch abstatten!«, schimpfte er laut.

»Sein Name ist Costa. Aber seien Sie vorsichtig, Comissário. Unter uns, er ist kein wirklich netter Mensch und ich habe gehört, er soll sehr nachtragend sein.«

»Was will er mir denn antun?«

»Sie abschleppen lassen?«, ertönte die dunkle Stimme seines Chefs hinter ihm.

Avila zuckte zusammen. Er hatte nicht mitbekommen, dass der Wolf das Präsidium betreten hatte.

»Das hat dieser Mistkerl bereits getan!«

Lobo klopfte ihm auf die Schulter.

»Es bringt gar nichts, sich aufzuregen, mein lieber Fernando. Ich bin mir sicher, dass Beatriz Ihren Wagen auftreibt.«

Avila seufzte.

»Sie haben wahrscheinlich recht. Es nützt nichts, Felia und ich werden jetzt den Bus nehmen.«

»Den Bus?« Die wölfischen Augenbrauen schossen in die Höhe. »Wer nimmt denn den Bus? Nein, wenn Sie mögen, kann ich Sie schnell mit der Kleinen nach Hause fahren. Wir beiden Strohwitwer müssen uns doch helfen, jetzt wo unsere Frauen nicht da sind.« Er zwinkerte Avila zu.

Dieser war hin- und hergerissen. Sollte er höflich ablehnen? Seitdem er vor einem halben Jahr an diesem schrecklichen Wochenende mit seinem Chef notgedrungen auf Mörderjagd gegangen war, hatte er einige gute Seiten an dem Wolf entdeckt. So schlimm würde die noch nicht mal halbstündige Fahrt schon nicht werden, versicherte er sich und nickte.

»Obrigado, vielen Dank, André. Aber nur, wenn es keine Mühe macht!«

»Papperlapapp. Beatriz, sind Sie so lieb und kümmern sich um das Auto von dem Comissário? Schicken Sie einen Sargento los, er soll den Wagen nach Garajau bringen. Kommen Sie, Fernando? Mein Mercedes steht in der Tiefgarage.«

Natürlich steht sein Auto in der Tiefgarage. Was muss ich tun, damit ich dort auch einen Parkplatz bekomme?, überlegte Fernando und folgte seinem Chef die Treppe zur Garage hinunter.

25. Dezember 1893

»*Nur der aufreibende Hunger, den Du mit Fasten bestrafst, statt ihn wie andere vernünftige Menschen zu stillen, stimmt mich traurig, doch da ist Hopfen und Malz verloren, und so wollen wir über dieses Kapitel schweigen.*«

Franz Josef an Elisabeth

»Geht es nicht etwas schneller?« Der schwarze Fächer wurde ungeduldig auf und zu geklappt. Die schlanke, wie immer in Schwarz gekleidete Gestalt reckte sich und blickte sich nach ihren Begleitern um.

Der Griechischlehrer hatte schon eine halbe Stunde vorher aufhören müssen, aus Homer zu zitieren. Schwer atmend stützte sich die kleine, verwachsene Gestalt auf seinen Spazierstock.

»Sind wir bald da?«, wollte er wissen, den Blick besorgt auf den immer noch ansteigenden Weg vor sich gerichtet.

Er tat Anna leid. Für ihn mit seiner Behinderung musste es noch anstrengender sein. Auch sie hatte mit Kurzatmigkeit zu kämpfen. Aber zumindest forderte ihre Herrin bei dem mittlerweile drei Stunden dauernden Weg zur Quinta do Palheiro Ferreiro nicht von ihr, dass sie die ganze Zeit Homer zitieren musste. Sie musste nur zusammen mit den anderen beiden Hofdamen Schritt halten. Das war ebenfalls nicht einfach und höchstwahrscheinlich würde sie heute Abend auf der »Greif« wieder in einen tiefen, traumlosen Schlaf fallen.

»Reißen Sie sich zusammen, Christomanos. Sobald wir die Quinta erreicht haben, dürfen Sie sich ausruhen. Aber beim Abstieg erwarte ich nachher, dass Sie mir noch einmal die letzte Passage der Ilias vortragen, damit ich sie übersetzen kann. Und bitte ohne Ihr ständiges Schnaufen. Das stört meine Konzentration schon sehr!« Sie stieß mit ihrem schwarzen Schirm zweimal auf dem Boden auf und erneut ging es mit langen Schritten den Berg hoch.

※※※

Nach einer weiteren Stunde erreichten sie endlich das Anwesen der Familie Blandy. Die ausladende verwinkelte Quinta thronte über dem größten Garten, den Anna je gesehen hatte. Blumen und Bäume so weit sie schauen konnte. Viele Gewächse waren in geometrische Formen gestutzt worden, sodass die Grünanlage noch verzauberter wirkte. Anna kam sich vor wie Alice. Genauso musste sich das Mädchen gefühlt haben, als es ins Wunderland kam. Beinahe erwartete sie, gleich zu einer Teegesellschaft mit einem Hasen und einem Hutmacher gebeten zu werden. Sie musste lachen. *Meine Fantasie geht mit mir durch. Ich brauche dringend etwas zu essen und zu trinken.*

»Geht es Ihnen gut, mein Kind?« Der schwarze Fächer tippte auf ihre Schulter. Sie drehte sich um.

»Der Garten erinnerte mich nur an eine Szene aus einem Kinderbuch, aus dem meine Mutter mir vorzulesen pflegte«, sprudelte es aus ihr heraus. »Es geht um ein Mädchen im Wunderland.« Erschreckt riss sie die Augen auf. Hatte sie das wirklich gerade gesagt?

Die Andeutung eines Lächelns glitt über die verhärmten Züge und Anna konnte die einstige Schönheit kurz erahnen.

»Ich glaube, ich kenne dieses Buch. Rudolf, mein Sohn, war ganz begeistert davon. Dann wollen wir doch nach der grinsenden Katze Ausschau halten ...« Mit schnellem Schritt nahm die hohe Frau die Steinstufen empor zur Quinta. Ein älterer Herr mit sorgsam gestutztem grauem Bart erschien auf den obersten Stufen. Er begrüßte seinen Besuch mit einer tiefen Verbeugung.

»Ich freue mich sehr, dass Ihr mir die Freude bereitet, mein Gast auf der Quinta zu sein. Wenn es Euch genehm ist, habe ich eine kleine Erfrischung im Garten zubereiten lassen, Eure Maj...«

Der Fächer erhob sich mahnend.

»Vielen Dank, Herr Blandy. Ich wäre Ihnen sehr verbunden, wenn Sie meinen Besuch etwas diskret behandeln würden. Bitte sprechen Sie mich mit Gräfin von Hohenems an. Bevor wir uns erfrischen, möchte ich unbedingt eine Führung durch Ihren Garten haben. Schon in Wien habe ich von Ihrer wunderbaren Kameliensammlung gehört. Ist es die richtige Zeit, um sie in Blüte zu erleben?«

Wieder verneigte sich der Herr und wies in Richtung Garten. »Ganz wie Ihr wünscht, Eure Durchlaucht. Ihr habt tatsächlich Glück. Die ersten Kamelien stehen schon in Blüte. Ich hoffe, dass Euch der Anblick erfreuen wird.« Höflich bot er seinem Gast den Arm an. Anna fragte sich, wie oft er wohl so hohen Besuch bekäme. Er strahlte eine große Ruhe und Selbstsicherheit aus. Sein herrschaftlicher Gast schien ihn in keiner Weise aufzuregen. Auch nicht der ungewohnte Wunsch der Anrede. Wahrscheinlich war er es sogar gewohnt, dass prominente Gäste der Insel seinen Garten besichtigten. Der Rest der Gesellschaft blieb unschlüssig auf den Steinstufen stehen, während er sich mit der Gräfin in Richtung Garten wandte.

»Ich glaube, nicht jeder meiner Begleiter teilt heute meine Begeisterung für Ihren Garten«, bemerkte die Gräfin kritisch. »Nur meine Baroness hat den Zauber dieses Ortes erfasst. Daher soll sie uns begleiten. Christomanos? Bitte sorgen Sie dafür, dass meine anderen Damen sich etwas ausruhen und erfrischen. Wir stoßen dann später zu Ihnen.« Anna meinte, einen mühsam unterdrückten Freudenschrei von dem jungen Mann zu hören, als er mit den beiden anderen Hofdamen ins Innere der Quinta verschwand.

Nach einer Stunde, in der ihr Gastgeber sich als blumenkundiger Führer erwiesen hatte, kamen auch die Gräfin und die Baroness in den Genuss der kleinen Erfrischung. Die Gräfin ließ sich sogar dazu überreden, mehrere der angebotenen Gebäckstücke zu probieren. Wie immer aß sie aber nur ein paar Bissen mit dem Hinweis darauf, dass sie auf ihre Figur achten müsse. Kurz befürchtete Anna, dass John Blandy widersprechen würde mit dem Blick auf die schmale Gestalt seines Gastes. Aber egal welcher Gedanke durch den Kopf des Schotten ging, er nickte nur höflich und ließ der Gräfin ihren Willen.

Zum Abschied fragte er: »Wie lange gedenkt Ihr, auf Madeira zu bleiben, Eure Durchlaucht? Ich könnte mir vorstellen, dass es Mitte Januar noch mehr hier im Garten zu sehen gibt. Es wäre mir eine sehr große Ehre, wenn Ihr dann einen weiteren Besuch erwägen würdet.«

»Meine zukünftigen Reisepläne sind bisher nicht fixiert. Sollte ich im Januar noch hier sein, komme ich gerne auf Ihr Angebot zurück, mein Herr. Jetzt müssen wir leider los, da wir heute in der Quinta do Monte für einen weiteren Besuch erwartet werden.«

»Ihr wollen jetzt noch nach Monte? Ich stelle Euch gerne eine Kutsche zur Verfügung. Die kann Euch zumindest einen Großteil des Weges bringen.«

»Nach dieser ausgiebigen Erfrischung tut es uns allen gut, uns zu bewegen«, widersprach ihm die Gräfin und scheuchte ihre Gesellschaft zum Aufbruch.

Bevor sie verschwanden, nahm der alte Blandy Anna beiseite.

»Baroness, bitte lassen Sie mich zum Abschied noch etwas sagen.« Er schaute der großen schlanken Gestalt hinterher, die sich bereits wieder mit weiten federnden Schritten entfernte. »Bitte passen Sie gut auf Ihre Herrin auf. Es scheint mir doch etwas viel, was sie sich zumutet. Vielleicht würde ihr eine Einkehr zur Besinnung und Ruhe guttun?

Hier in der Nähe, unterhalb von Camacha, gibt es ein Nonnenkloster, Mosteiro de Santa Maria-a-Velha. Es hat ebenfalls einen wunderbaren Garten voller Bougainvillea in allen nur vorstellbaren Farben. Und erst der Kräutergarten! Voller endemischer Arten, die es nur auf Madeira gibt. Vielleicht sogar nur noch in diesem Kräutergarten, der seit über hundert Jahren von den Nonnen gehütet wird. Sie sind sehr freundliche Damen aus bestem Hause und nehmen es mir altem Mann auch nicht übel, wenn ich ab und zu durch den Klostergarten wandle. Mit etwas Glück findet der unruhige Geist Ihrer Herrin dort die notwendige Ruhe und vielleicht ein kleines Kräuterlein, was ihrer Seele guttut.«

Irgendwo in der Nähe von Camacha, 25.08.2014 10:37

»Wo genau muss ich jetzt hin?« Vasconcellos blickte Baroso an.

»Fahr hier vorne links ab, die 205 in Richtung Palheiro Ferreiro. Dann gibt es eine kleine Straße hoch in Richtung der Levada da Serra do Faial. Von da müssen wir nur noch ein paar Hundert Meter entlang der Levada laufen«, dirigierte der Aspirante ihn.

»Woher kennst du dich so gut aus?«, wollte Fonseca wissen, der auf der Rückbank Platz genommen hatte.

Baroso wurde rot. »Meine avó hat ein kleines Feld an der Levada dos Tornos. Nach der Arbeit fahre ich öfter hin, um ihr zu helfen.«

»Deine Großmutter? So jung bist du?«, wollte Fonseca wissen. »Ich kann mich an meine kaum noch erinnern.« Barosos Gesichtsfarbe wurde noch dunkler.

Vasconcellos sprang seinem Aspirante bei.

»Lass mal, Manel. Wir können froh sein, dass Senhora Baroso so geistesgegenwärtig war und uns gleich angerufen hat. Wenn der Engenheiro auf die Idee gekommen wäre, zunächst die Bombeiros zu rufen, wer weiß, was da oben jetzt los wäre.«

»Ich dachte, du hast nichts gegen die Bombeiros? Vor allem nichts gegen eine gewisse energiegeladene mit kurzen braunen Haaren?« Fonseca warf Vasconcellos über den Rückspiegel ein breites Grinsen zu. »Oder soll ich das so verstehen, dass ich jetzt endlich mal bei Cristina anklopfen darf?«

»Untersteh dich!« Der Wagen machte einen leichten Schwenker.

»Na, na, Ernesto. Ich wusste gar nicht, dass du so ein Sensibelchen bist. Mach dir mal keine Sorgen, die Freundin eines Freundes ist tabu«, brummte Fonseca versöhnlich. Um sofort nachzusetzen: »Nicht, dass ich keine Chance bei deiner Amazone hätte. Ich spüre da schon gewisse Schwingungen.«

Bevor Vasconcellos auf diese Provokation eingehen konnte, unterbrach Baroso das Geplänkel.

»Dort vorne, hart rechts in die schmale Straße den Berg hoch.« Zwei Minuten später parkte Vasconcellos das Polizeiauto. Aus dem kleinen Anhänger erklang ein heiseres Bellen.

»Galina! Aus!«, kam die kurze Anweisung von Fonseca. Sofort erstarb jeder Laut des Hundes.

Fernandos Urso würde jetzt wahrscheinlich anfangen zu jaulen oder ein anderes Theater veranstalten, überlegte Vasconcellos, als Fonseca seinen Belgischen Schäferhund aus der Hundebox holte. Galina fing sofort an zu schnüffeln, verhielt sich ansonsten völlig ruhig.

»Meinst du, Doutora Souza ist schon da?« Fonseca schaute sich um.

»Ich habe mit ihr vereinbart, dass wir sie rufen, sobald wir uns einen Überblick verschafft haben.«

»Sie hat keine Sorge, dass wir die Spuren verwischen?« Fonseca kratzte sich am Kopf. Sein erstes Zusammentreffen mit der Gerichtsmedizinerin vor einem halben Jahr war nicht so harmonisch verlaufen. Vor allem die Möglichkeit, dass ein Hund ihren Tatort verunreinigen könnte, war nicht auf Begeisterung bei der Doutora gestoßen.

»Ich habe ihr nicht erzählt, dass ich dich dabeihabe, Manel.« Lachend klopfte Vasconcellos Fonseca auf die Schulter. »Dann hätte sie sicher nicht so cool reagiert und stünde da vorne schon mit weißen Overalls und Schuhüberziehern für uns und deinen Hund.«

Baroso kicherte leise, wurde aber sofort wieder ernst, als er einen scharfen Blick von Fonseca kassierte.

»Wir müssen den Kopfsteinpflasterweg hoch und dann ist da auch schon die Levada«, beeilte er sich zu sagen.

※ ※ ※

Im Gänsemarsch gingen die drei in Richtung des Fundortes. Schon von Weitem konnten sie eine Menschenansammlung entdecken.

»Merda, verdammter Mist«, schimpfte Vasconcellos. »Haben wir diesem Engenheiro denn nicht gesagt, er soll niemanden heranlassen? Und wo ist die verdammte Spusi?« Er hatte die Spurensicherung noch im Büro benachrichtigt, aber nirgendwo war die Truppe in Weiß zu sehen.

»Soll ich vorangehen? So ein Polizeihund bewirkt manchmal Wunder«, bot Fonseca an. Tatsächlich fegte Galina fast bildlich die Menschen von dem Levadapfad. Sie drückten sich an die linke Seite, gefährlich nah an den Abhang oder sprangen über die Levada, um auf der gegenüberliegenden schmalen Mauer der Levada in Richtung des Berges Halt zu finden. Kurze Zeit später standen die Polizisten vor einem stämmigen, schon etwas älteren Mann. Das Hemd hing ihm halb aus der Hose und er wischte sich fast ununterbrochen mit einem Taschentuch den Schweiß von der Stirn. Dankbar sah er sie an.

»Sind Sie von der Segurança? Ich weiß gar nicht mehr, wie ich diese Menge in Schach halten soll. Ständig versuchen sie, einen Blick auf diese fürchterliche Hand zu werfen. Wenn Senhora Baroso nicht die andere Seite absichern würde, wüsste ich nicht, was ich getan hätte.«

»Sind Sie Engenheiro José Cunha?«, vergewisserte sich Vasconcellos.

»Ja, der bin ich.« Ein erneutes Wischen über die Stirn, die nur noch von wenigen Haaren notdürftig bedeckt wurde.

»Ich bin der, der die Hand entdeckt hat. Da vorne liegt sie.« Mit einer kurzen Kopfbewegung wies er hinter sich, vermied es aber, in die Richtung zu gucken.

»Senhoras e Senhores«, wandte sich Vasconcellos an die Menschenmenge, die sich hinten ihm, Fonseca und Baroso wieder geschlossen hatte. Aufgeregte Gesichter blickten ihn an. »Ich möchte Sie bitten, meinem Aspirante Ihre Personalien zu geben und die Information, seit wann Sie hier auf der Levada sind.« Vasconcellos hoffte so, Schaulustige und potenzielle Zeugen voneinander trennen zu können. Er beugte sich zu dem Aspirante und flüsterte ihm ins Ohr: »Mach so viele Fotos wie möglich von den Leuten, vor allem, falls sich jetzt jemand von der Gruppe entfernt.« Solange sie nicht wussten, ob es sich um einen Unfall oder einen Mord handelte, mussten sie an alles denken. Letztendlich bestand bei einem Mord auch die Möglichkeit, dass der Mörder sich unter die Schaulustigen gemischt hatte. »Vamos, gehen wir.« Er drehte sich zu dem Engenheiro um.

»Muss ich denn mitkommen? Vielleicht braucht Ihr Aspirante hier Hilfe?« Der ältere Mann verzog das Gesicht.

»Perdão, es tut mir leid. Ich brauche Sie, um mir einen genauen Eindruck der Auffindungssituation zu machen. Das heißt, ich muss wissen, wo genau Sie waren, als Sie die Hand gefunden haben.« Fast musste Vasconcellos den widerstrebenden Mann hinter sich herziehen. »Aber zuerst, wo ist die Hand?«

»Da vorne liegt sie.« Der Engenheiro deutete in Richtung einer Abzweigung in der Levada.

»Sie liegt im Wasser?« Vasconcellos beschleunigte seine Schritte.

»Natürlich tut sie das. Keine zehn Pferde hätten mich dazu gebracht, das Ding da rauszuholen«, schnaubte der andere beleidigt.

»Aber Sie haben es immerhin genau genug gesehen, um zu wissen, dass es sich um eine Frauenhand handelt, né? Nicht wahr?«

»Ich habe sie aus der Levada gefischt, weil das Wasser gestaut war. Konnte ja nicht ahnen, dass es ein Stück von einem Menschen ist. Das können Sie glauben, ich habe mich ziemlich erschreckt, als ich sie hochgehoben habe.«

»Ist schon gut«, beruhigte Vasconcellos ihn. »Wo genau standen Sie, als Sie sie gefunden haben, und wo lag die Hand?«

»Ich stand knöcheltief in der Levada und habe versucht, mit diesem Haken das Gestrüpp vor dem Gitter herauszuholen, damit das Wasser wieder läuft. Und da war sie dann.«

»Direkt vor dem Gitter?« Vasconcellos beugte sich über den Rand. Die Hand war durch die Strömung wieder an das Gitter geschwemmt worden und trieb nun, Handfläche nach oben, in einem Gewirr aus abgebrochenen Zweigen.

»Sollen wir das Ding aus dem Wasser holen?« Neugierig schaute Fonseca auf die leise in der Strömung wippende Hand.

»Keine gute Idee. Dona Katia reißt uns den Kopf ab. Ich rufe sie an.« Vasconcellos zog sein Mobiltelefon aus der hinteren Hosentasche.

Nach einer halben Stunde war endlich auch die Spurensicherung vor Ort. Die Laune der Neuankömmlinge war im Keller, weil sie nicht wie Vasconcellos einen ortskundigen Beifahrer gehabt hatten. So hatte das Team seine gesamte Ausrüstung von der fast zwei Kilometer entfernten Stelle, an der die Levada die ER 203 kreuzte, schleppen müssen.

»Das nächste Mal sucht ihr euch einen besseren Platz für eure Leichenteile aus«, maulte der gut genährte Chef der Spurensicherung und stellte den Metallkoffer mit einem Teil der Geräte ab. Sein junger Assistent, der einen noch größeren Koffer schleppte, stöhnte nur leise.

»Bevor Sie anfangen, meine Herren, lassen Sie mich erst einmal einen Blick auf diese ominöse Hand werfen«, erklang die kehlige Stimme der Doutora hinter ihnen. Ruhig schob sie Vasconcellos und Fonseca zur Seite und schaute in die Levada. »Können Sie bitte ein Foto aus diesem Winkel machen?«, wies sie den Assistenten der Spurensicherung an. »Wurde die Hand in der Levada gefunden oder hat unser Finder sie hineinfallen lassen?«

»Beides«, meinte Vasconcellos trocken. »Er hat sie in einem Gestrüpp aus Zweigen und Blättern vor dem Gitter in der Levada gefunden, sie hochgehoben, erkannt, was er da hatte, und wieder fallen lassen.«

»Alles klar«, nickte Souza. »Das reicht mir erst einmal. Ihr könnt die Hand jetzt herausholen, Männer. Vergesst bitte nicht, die Wassertemperatur zu messen.«

Mit einem kurzen Nicken forderte der beleibte Chef der Spusi seinen Assistenten auf, in die Levada zu steigen. Kurze Zeit später lag die Hand mit der Handfläche nach unten auf einem weißen Tuch neben der Levada.

Sofort war Vasconcellos klar, warum der Engenheiro von einer Frauenhand gesprochen hatte. Die Fingernägel waren lang, spitz zugefeilt und mit einem Muster aus weiß-rosa Blütenblättern verziert.

Garajau, 25.08.2014 13:18

»Wenn du nicht sofort aufhörst, an der Leine zu ziehen, bringe ich dich nach Hause und sperre dich ins Badezimmer!« Urso, der die letzten Minuten versucht hatte, Avila mit dem Stuhl, um dessen Bein die Leine gewickelt war, über die Terrasse der Pasteleria zu ziehen, hielt kurz inne. Er wedelte mit dem Schwanz und schaute sein Herrchen erwartungsvoll an.

Wahrscheinlich denkt er jetzt, dass ich ihm gerade angeboten habe, sich einmal durch die Kuchenauslage zu fressen, dachte Avila. »Zucker ist nichts für dich, mein Hund.« Er tätschelte den Kopf des Retrievers. »Wenn wir nachher zu Hause sind, habe ich ein schönes Schweineohr für dich.« Im Stillen ärgerte er sich, dass er das Ohr nicht mit in die kleine Pasteleria gebracht hatte. Hier in Garajau kannten sie ihn und es hätte sich bestimmt niemand daran gestört.

»Möchten Sie noch einen Galão, Comissário? Oder kann ich Ihnen noch etwas anderes bringen?«, rief ihm die Bedienung vom Tresen her zu.

Sehnsüchtig blickte Avila in Richtung der Auslage, die gerade eben mit frischen Natas und Queijadas gefüllt wurde. Die Haare an seinen Armen stellten sich bei dem Gedanken an ofenwarme Frischkäsetörtchen vor Wonne auf. *Leticia wird mit mir schimpfen, wenn sie sieht, wie die Hosen wieder kneifen*, ermahnte er sich. *Aber sie ist erst übermorgen wieder da. Wenn ich mich morgen zusammenreiße, kann ich mir heute noch was gönnen.* Ein lauter Seufzer, der kurz danach in ein halblautes Jammern überging, durchbrach seine Gedanken. Die letzte halbe Stunde hatte Felia friedlich im Buggy geschlafen, obwohl direkt vor dem Café auf dem

Parkplatz ein reges Kommen und Gehen herrschte. Auch der Durchgangsverkehr auf der Hauptstraße hatte den Schlaf seiner Tochter nicht unterbrechen können. *Wenn ich Glück habe, heißt das nur, dass sie gleich Hunger bekommt. Wenn ich Pech habe, müssen wir demnächst Windeln wechseln. Noch ein Grund, schnell ein Törtchen zu essen.*

»Obrigado, danke. Ich nehme gerne noch ein Queijada!«, rief er in den Laden, bevor er seine Tochter aus der Karre nahm. Felia schaute ihn aus großen Augen an. Vorsichtig hob er sie in Richtung seiner Nase. Aleluia, Gott sei Dank! Keine Geruchsbombe strömte aus dem Höschen. »Hast du Hunger? Oder langweilst du dich nur?«, versuchte er, den Grund für die Unmutsbekundungen auszuloten. Er bückte sich und holte die prall gefüllte Babytasche aus der Ablage des Buggys. Das Jammern wurde lauter. »Un momento, einen Moment. Ich habe es gleich!« Der Schweiß stand ihm auf der Stirn, als er in der Tasche nach dem Fläschchen suchte. Er wusste genau, dass er es eingepackt hatte. Wo war es nur. Endlich. Die kleinen Hände seiner Tochter umklammerten die kleine Flasche, während sie anfing zu trinken.

»Ihre Tochter ist so süß!« Die Kellnerin stellte den Teller mit seiner kleinen Sünde vor ihm ab. »Wo ist denn Ihre Frau? Ich habe sie schon ein paar Tage nicht beim Einkaufen gesehen. Normalerweise treffen wir uns immer am Stand von der Bäuerin vorm Pingo Doce, um frische Tremoços zu kaufen. Sie macht einfach die besten eingelegten Lupinenkerne hier in der Gegend!«

»Meine Frau ist für ein paar Tage mit ihrer Freundin in der Quinta da beleza«, erklärte Avila.

»Ist das die neue Schönheitsfarm? Ich habe schon so viel davon gehört. Angeblich bewirken sie dort wahre Wunder. Nicht, dass Ihre schöne Frau das nötig hätte«, fügte die Bedienung schnell hinzu. »Wie nett von Ihnen, Ihrer Frau so

63

eine Auszeit zu gönnen. Es ist bestimmt nicht einfach mit Kind und Hund alleine zu Hause, Comissário!«

»Ich komme zurecht.« Avila wollte nicht zugeben, dass er sich die letzten Tage nach seinem Büro zurückgesehnt hatte. Auch dort war er durch die Arbeit ereignisgesteuert. Aber es gab längst nicht so viele Morde auf Madeira wie Felia ihn mit ihren Bedürfnissen bei Tag und leider auch immer wieder bei Nacht auf Trab hielt. Dazu noch Urso, der auch seine Anforderungen an ihn stellte. Schließlich wollte er ja nicht, dass sein Hund wie viele der Nachbarhunde sein Geschäft im Garten verrichtete. Auch die Unart einiger Bewohner, das Tor aufzulassen und die Viecher herumstreunen zu lassen, kam für Avila nicht infrage. Ständig musste man aufpassen, nicht in die Hinterlassenschaften zu treten. Während seiner Zeit in Münster hatte Avila die schwarzen kleinen Plastikbeutel als ständigen Begleiter der Hundebesitzer kennengelernt. Die gab es dort kostenlos überall zum Mitnehmen. Seine Hamburger Freunde Ben und Pauline versorgten ihn jetzt regelmäßig mit Tütenpaketen. Zu seiner Freude war Pauline seit einiger Zeit dazu übergegangen, nicht nur für Urso die schwarzen Tüten, sondern für ihn auch noch echtes Lübecker Marzipan in die halbjährlichen Carepakete zu packen.

»Kommen Ihre Mitarbeiter denn ohne Sie klar?«, wollte die Kellnerin wissen. »Ich habe gehört, dass heute Morgen eine Leiche nicht weit von Camacha gefunden wurde. Furchtbar, es ist ja gar nicht weit von hier! Womöglich kennt man die Tote.« Sie strich sich über die nackten Oberarme.

Wieder einmal wunderte sich Avila, wie schnell sich Neuigkeiten auf der Insel herumsprachen. Hieß das, dass Vasconcellos und die anderen jetzt auch den Körper zu der Hand gefunden hatten? Es konnte doch nicht sein, dass die Kellnerin mehr wusste als er, der Leiter der Mordkommission. Da war es auch egal, dass er gerade

Urlaub hatte. Hoffentlich kam Vasconcellos heute Abend vorbei und erzählte ihm mehr über den Stand der Ermittlungen. Eine kleine Stimme in seinem Kopf meldete sich: »Gewöhn dich schon einmal dran, Comissário. So wird deine Zukunft aussehen, wenn du nicht mehr voll arbeitest. Willst du das wirklich?«

Funchal, Gerichtsmedizin, 25.08.2014
19:02

»Viel kann ich dir noch nicht sagen, Ernesto.« Doutora Souza reichte Vasconcellos zwei Blätter. »Ich befürchte, es wird kaum mehr werden, bis ihr nicht den Rest der Leiche gefunden habt.«

»Aber wir sprechen von einer Leiche?«

»Ja, das kann ich mit Bestimmtheit sagen. Die Hand wurde post mortem abgetrennt. Allerdings gehe ich anhand der Verletzungen am Armstumpf davon aus, dass es nicht mit einem Werkzeug geschah. Die Hand wurde abgerissen. Vermutlich durch einen oder mehrere Hunde. Es sind Spuren von Tierfraß zu sehen.«

»Und die Todesursache?«

»Was erwartest du von mir? Wenn eure Leiche erwürgt oder erschlagen wurde, soll ich das an der Hand sehen? Aber ich habe Gewebeproben genommen und diese für ein toxikologisches Gutachten eingeschickt. Bis wir das Ergebnis haben, wird es aber bestimmt zwei Wochen dauern. Ich kann dir nur den Rat geben, mir so schnell wie möglich den Rest der Leiche auf den Tisch zu legen.«

»Besondere Merkmale, irgendetwas?« Vasconcellos wünschte, Avila wäre hier. Bestimmt könnte sein Chef mit seiner Erfahrung mehr aus diesem Minimum an Informationen machen.

»Ich habe eine DNA-Analyse durchgeführt. Es handelt sich um eine Frau. Durch die mitochondriale DNA habe ich den biogeografischen ...«

»Dona Katia, bitte« unterbrach Vasconcellos sie. »Ich bin ein Laie. Was für eine Analyse?« Vasconcellos mochte seine

Patin, aber er fand es anstrengend, wenn sie in ihr »Medizinerlatein« verfiel.

»Desculpe, entschuldige. Ich habe versucht, anhand der Proben festzustellen, welchen ethnischen und geografischen Hintergrund die Leiche hat. Danach handelt es sich um eine Frau aus Südeuropa. Ich hoffe, ich kann es noch weiter eingrenzen. Im Moment gehe ich nach dem Abgleich mit genealogischen Datenbanken davon aus, dass sie von der Iberischen Halbinsel stammt.«

»Es ist aber möglich, dass sie mittlerweile auf Madeira lebt und keine Touristin ist, né?«

»Ja, das ist möglich. Die Fingernägel hast du sicher bemerkt? Wenn ihr Glück habt, hat sie sich die Nägel auf Madeira machen lassen. Vielleicht ist das ein Ansatz?«

Vasconcellos nickte.

»Baroso ist schon dran. Er klappert mit den Fotos gerade die Kosmetikstudios in Funchal ab. Ein Sargento prüft die aktuellen Vermisstenmeldungen. Bisher gibt es keinen Treffer.«

»Leider ist die Bestimmung des Todeszeitpunktes durch die Umstände sehr schwierig. Das Wasser hat gerade einmal 9,4 Grad Celsius in der Levada gehabt. Auf Extremitäten haben wir im Normalfall durch die geringe Blutdichte nur eine geringe Ausbildung von Totenflecken. Dementsprechend vermute ich, dass die Leiche mehr als zwölf Stunden gelegen hat, bevor die Hand abgetrennt wurde. Eine Besiedlung der Hand durch Mikroorganismen ist geringfügig vorhanden. Aber aufgrund der Wasserlagerung ist es mir nicht möglich, anhand des Entwicklungsstadiums auf einen Todeszeitpunkt rückzuschließen. Es tut mir leid, dass ich nicht mehr für dich habe.« Sie kniff leicht den Mund zusammen und schüttelte den Kopf. »Ich nehme an, die Fingerabdrücke haben auch kein Ergebnis geliefert?«

»Nein, sie tauchen in keiner Datei auf. Baroso hat sie auch zu Interpol geschickt. Sie sind nicht im System.«

»Dann heißt es jetzt wohl für dich, viele Steine umzudrehen und zu suchen. Wieso war eigentlich dieser Fonseca noch nicht hier und hat sich eine Riechprobe für den Hund abgeholt? Sein Spürhund müsste doch den Körper zu der Hand damit finden können.«

»Tja, das habe ich auch gedacht. Aber es verhält sich mit den Hunden anders.« Vasconcellos schüttelte den Kopf.

»Wieso? Ich dachte, Hunde können so toll riechen?«

»Es ist so, dass es die unterschiedlichsten Arten von Polizeihunden gibt. Sie sind alle spezialisiert. So gibt es Hunde, die auf das Auffinden von Sprengstoffen spezialisiert sind oder auf Drogen.«

»Und du willst mir jetzt sagen, dass Galina nur Drogen finden kann?«

»Nein, da haben wir sogar Glück. Galina ist eine ausgebildete Personenspürhündin.«

»Na also, dann passt es doch. Dann soll sie uns die Person zur Hand finden.«

»Wenn das so einfach wäre. Ein Personenspürhund findet lebende Personen. Wenn die Person tot ist, hat mir Manel erklärt, verändert sich der Geruch durch die Verwesung. Der Hund kann sie nicht mehr finden. Dafür bräuchte man einen Leichenspürhund.«

»Lass mich raten, den habt ihr nicht im Angebot?«

»Nein, so einen müssten wir aus Lissabon einfliegen lassen. Ich muss mich heute Abend mit Manel zusammensetzen, um zu begreifen, inwiefern wir überhaupt jetzt mit einem Hund weiterkommen.« Vasconcellos stöhnte. Wieso musste er ausgerechnet diesen Fall auf den Tisch bekommen, wenn sein Chef nicht da war?

Dona Katia musterte ihren Patensohn mit schief gelegtem Kopf.

»Du schaffst das schon, Ernesto. Dein Comissário hätte dir nicht die Verantwortung gegeben, wenn er nicht überzeugt davon wäre, dass du das kannst. Gerade gestern habe ich mit deiner Mutter zusammengesessen und wir haben darüber geredet. Sie ist sehr stolz auf dich, weißt du das überhaupt? Pass mal auf, ehe du dich versiehst, leitest du die Mordkommission.«

»Fernando ist nur elf Jahre älter als ich«, protestierte Vasconcellos. »Ich arbeite gerne für ihn und er gibt mir auch nicht das Gefühl, dass er als Chef alles bestimmt.«

»Sicher ist Avila ein angenehmer Chef. Aber jetzt, wo er ein kleines Kind hat, sind seine Prioritäten sicher andere als früher. Vielleicht macht er es irgendwann dem Wolf gleich, oder löst diesen sogar ab.«

»Fernando und Direktor? Das hieße Politik und das mag er überhaupt nicht. Womöglich müsste er dann sogar Mitglied im Golfklub werden, um sich mit der High Society von Madeira gut zu stellen.« Bei der Vorstellung von einem Golfschläger schwingenden Avila musste Vasconcellos grinsen. Auch über Dona Katias Gesicht huschte ein Lächeln.

»Du hast recht, das passt nicht zu ihm. Aber irgendeine Lösung werdet ihr auf Dauer finden müssen. Oder kannst du dir vorstellen, Madeira zu verlassen und auf dem Festland Karriere zu machen?«

»Muss ich denn Karriere machen? Mir geht es hier doch ganz gut auf der Insel. Ich habe meinen Sport, meine Freunde und meine Familie. Und die Arbeit hier kann auch spannend sein. Gerade, weil jeder jeden kennt. Auf die Hektik von Lissabon hätte ich überhaupt keine Lust«, winkte Vasconcellos ab.

»Warte ab, bis du eine eigene Familie hast. Dann wird das Gehalt eines Subcomissários nicht mehr reichen.«

»Familie? Ich?«

»Immerhin haben deine Mutter und ich bemerkt, dass du mit dieser Bombeira jetzt schon neun Monate zusammen bist. Langsam wird es Zeit, dass du sie uns vorstellst.«

»Ihr wisst anscheinend doch schon alles. Wieso muss ich sie euch dann noch vorstellen?«, meinte Vasconcellos. Okay, das war der Nachteil an Madeira. Sie alle wussten schon längst von Cristina und ihm. Dabei hatten sie sich so bemüht und Cristina war nur abends nach der Arbeit zu ihm in das kleine Haus auf dem Gelände der Orchideenzucht gekommen. Dumm nur, dass die Zucht einer Freundin seiner Mutter gehörte. Vielleicht hatte Dona Katia recht und es war an der Zeit für ihn, die Insel zu verlassen und etwas Privatsphäre zurückzubekommen?

Polizeipräsidium, 26.08.2014 08:24

»Baroso, hast du das Kosmetikstudio gefunden?« Sie hatten sich heute Morgen in ihrem Büro getroffen, um die ersten Ermittlungsergebnisse abzusprechen. Aus der Miene seines Aspirantes schloss Vasconcellos, dass der junge Mann keinen Erfolg gehabt hatte.

»Não, nein. In Funchal hat keine Kosmetikerin die Nägel erkannt. Als Nächstes will ich mit den Orten an der Südküste weitermachen.«

»Die großen Hotels haben fast alle heutzutage auch Wellnessbereiche und Kosmetikanwendungen. Hast du in Funchal wirklich alle Möglichkeiten abgeklappert?«, unterbrach Fonseca, der bislang nur schweigend daneben gesessen hatte.

»Natürlich habe ich das!« Baroso schaute Fonseca finster an. »Ich war in jedem Hotel in Funchal!«

»Deixe para lá, schon gut, Junge.« Fonseca klopfte Baroso auf die Schultern. »Ich weiß doch, was für ein Superschnüffler du bist. Du könntest meiner Galina Konkurrenz machen. Sie ist auch so verbissen, wenn sie eine Spur hat.« Er lachte laut.

Vasconcellos sah, wie es in Baroso brodelte. Es war nicht immer einfach für den Aspirante, seitdem Sargento Fonseca zum Team gehörte. Vom Rang her war er zwar höher als Fonseca, aber dieser machte das durch sein Auftreten mehr als wett. Erschwerend kam für Baroso hinzu, dass Vasconcellos und Fonseca auch in ihrer Freizeit viel zusammen unternahmen. Sie hatten angefangen, gemeinsam auf den Levadas über die Insel zu laufen. Vasconcellos liebte das sogenannte »Trail-running« schon lange und Fonseca hatte es dank ihm als ideales Fitnesstraining für sich und seinen Hund entdeckt. Manchmal nahmen sie sogar Urso mit auf ihre Laufrunden. Mehr als einmal waren sie so nach der Runde beim Comissário auf einen Absacker gelandet. *Kein Wunder, dass sich Baroso ausgeschlossen fühlt. Ich muss wirklich versuchen, ihn mehr zu integrieren. Haben wir ihn eigentlich mal gefragt, ob er auch Lust hätte, nach Feierabend eine Runde laufen zu gehen?*, überlegte Vasconcellos.

»Lass mal, Manel!«, ermahnte er seinen Freund. »Wenn jemand die Kosmetikerin findet, dann ist es Baroso! Gibt es im Moment etwas, womit uns Galina bei der Suche helfen könnte?«

»Tut mir leid. Es wäre etwas anderes, wenn wir die Person zu der Hand identifiziert hätten. Mit etwas Glück haben wir dann einen persönlichen Gegenstand für eine Riechprobe und Galina kann versuchen, von einem bekannten Aufenthaltsort einer Spur zu folgen.«

»Das klingt ja nicht sehr vielversprechend«, traute sich Baroso, seine Meinung zu sagen.

Jetzt war es an Fonseca, Baroso finster anzusehen.

»Ist dir eigentlich klar, was für eine Schwerstarbeit so ein Hund beim Folgen einer Spur absolviert? Zehn Minuten Schnüffeln entspricht der Leistung eines Marathonlaufes! Und mein Hund braucht nur eine halbe Stunde Pause, um dann die nächsten zehn Minuten zu schnüffeln. Ich möchte dich mal sehen, wenn du drei oder mehr Marathonläufe an einem Tag absolvierst!« Er baute sich vor Barosos Schreibtisch auf.

Vasconcellos ging dazwischen.

»Jetzt ist aber gut! Manel, niemand zweifelt an den Fähigkeiten deiner Galina. Aber Baroso und ich müssen auch verstehen, wo ihre Grenzen in diesem Fall liegen und wie wir euch optimal einsetzen können. Hast du eine Idee, was du und Galina im Moment beitragen könnt?«

Fonseca verzog das Gesicht.

»Solange du keine Person hinter der Hand hast, sehe ich schwarz. Ich könnte nur meine Arbeitskraft als Polizist zur Verfügung stellen. Zum Beispiel könnte ich dich unterstützen bei den Vermisstenmeldungen. Oder ich helfe bei der Beschaffung eines Leichenspürhundes aus Lissabon.«

»Das muss ich erst mit dem Wolf klären. Ich glaube kaum, dass er einen Leichenspürhund einfliegen lassen möchte. Oder kannst du ihn davon überzeugen, dass wir auf jeden Fall so die Leiche finden könnten?«

»Ehrlich gesagt: nein. Ein Leichenspürhund nimmt nicht etwa den Geruch einer bestimmten Leiche auf und sucht nach dem Rest, falls ihr das gedacht haben solltet.«

»Tut er nicht?« Vasconcellos hätte sich am liebsten die Haare gerauft. Gott sei Dank hatte er den Wolf noch nicht gefragt. Der wäre ihm an die Gurgel gesprungen.

»Er wittert Leichen. Aber keine speziellen. Wir könnten mit ihm das Gelände nach Toten absuchen. Mit etwas Glück findet er einen und es ist auch noch der richtige ...«

»Bolas! Verdammt!« Vasconcellos schlug mit der flachen Hand auf den Schreibtisch, sodass der Computerbildschirm anfing zu vibrieren.

»Was meint die Doutora?«, wechselte Baroso schnell das Thema.

»Nicht viel. Sie denkt, dass Hunde die Hand abgetrennt haben. Zwischen den Nägeln hat sie Erde gefunden. Vermutlich ist der Leichnam vergraben worden und frei laufende Hunde haben ihn oder Teile davon ausgebuddelt.«

»Da oben auf der Levada habe ich einige frei laufende Hunde gesehen«, bestätigte Fonseca.

»Meistens gehören die Hunde zu einem der Bauern«, ergänzte Baroso. »Ich könnte bei meiner Großmutter und den anderen nachfragen, ob sie wissen, wo sich die Hunde normalerweise gerne herumtreiben. Vielleicht bekommen wir so eine Idee, wo wir nach der Leiche suchen müssen?«

»Sehr gute Idee, Baroso! Aber du bist doch noch dabei, die Kosmetikstudios abzuklappern, né? Manel, wie wäre es, wenn du die Bauern befragst? Du wolltest doch helfen?« Vasconcellos sah in das mäßig begeisterte Gesicht seines Freundes. Egal, da musste er jetzt durch.

Fonseca erhob sich betont langsam aus seinem Schreibtischstuhl und schlenderte in Richtung Tür. Freude an der Arbeit sah anders aus. Auch Baroso stand auf.

»Ich fahre dann nach Calheta.«

※ ※ ※

Kaum hatte sich die Tür hinter den beiden geschlossen, ging sie wieder auf und André Lobo betrat den Raum.

»Bom dia, Subcomissário! Ich wollte mich über den Stand der Ermittlungen informieren. Haben Sie schon einen Hinweis, um wen es sich handelt?«

»Leider noch nicht.« Vasconcellos klärte den Wolf über die bisherigen Ergebnisse auf.

Lobo rückte sich seine Krawatte zurecht.

»Das klingt nicht gut. Leider ist Ihr Zeuge, dieser Engenheiro Cunha ziemlich gesprächig gewesen. Die Presse hat schon angefragt. Haben Sie nicht irgendetwas für mich? Was glauben Sie, was ich mir morgen bei meinem Jour Fixe mit dem Prefeito wieder anhören muss.«

Vasconcellos wusste genau, von was für einem »Jour Fixe« der Wolf sprach. Jeden Mittwochvormittag traf er sich mit dem Prefeito auf dem Golfplatz, um ein paar Bälle zu schlagen. Dabei wurden auf dem kleinen Dienstweg die wichtigsten Dinge besprochen und in die Wege geleitet. Für Avila und Vasconcellos war diese Regelung im Großen und Ganzen sehr gut, weil sie sich so auf ihre Fälle konzentrieren konnten und der Wolf die politisch notwendigen Strippen zog.

»Haben Sie etwas von Avila gehört? Hat er seinen Wagen schon wieder?«

»Ich wollte heute Abend mal bei ihm vorbeischauen.«

»Wenn Sie ihn sehen, sagen Sie ihm bitte, dass das eine absolute Ausnahme war. Der neue Intendente der Verkehrspolizei ist ein ziemlich harter Hund und kein Freund von Gefallen unter Kollegen. Jetzt muss ich meiner Frau tatsächlich beibringen, ordnungsgemäß zu parken.« Er zwinkerte Vasconcellos zu. »Aber Spaß beiseite. Ich möchte bis heute Nachmittag einen ausführlichen Bericht über die bisherigen Ergebnisse. Außerdem erwarte ich, dass Sie, falls ich mich aufgrund der Berichtslage zu einer Pressekonferenz entschließen sollte, jederzeit telefonisch für Rückfragen erreichbar sind.« Mahnend zogen sich die wölfischen Augenbrauen zusammen.

»Director, Sie können sich auf mich verlassen.«

Garajau, 26.08.2014 19:54

Es klopfte.

Avila, in der Annahme, dass es Vasconcellos war, rief nur: »Entra, está aberta. Komm schon rein, es ist offen.« Auf dem Küchenboden kniend versuchte er, die Zweige, die sich hartnäckig wie knochige Finger in Ursos weißgelbes Fell festklammerten, zu lösen. »Merda, verdammt. Was hast du nur wieder angestellt? Leticia wird schimpfen, wenn sie dein verfilztes Fell sieht. Und dann kommt sie wieder mit dem Staubsaugeraufsatz.« Der Hund versteifte sich unter Avilas Händen und ließ ein leises Knurren hören. »Na, na, so schlimm ist der Staubsauger auch wieder nicht.« Urso fing an zu bellen.

»Ich glaube, Ihr Hund ist weniger wegen des Staubsaugers als meinetwegen besorgt«, erklang eine unbekannte Stimme über Avilas Kopf.

»Was zum Teufel machen Sie in meiner Küche?« Avila sprang auf und musterte den Eindringling scharf.

»Sie haben mich aufgefordert, einzutreten. Aber Ihrer Reaktion entnehme ich, dass Sie mit jemand anderem gerechnet haben«, kam die trockene Antwort. »Darf ich mich kurz vorstellen? Mein Name ist Costa. Vielleicht haben Sie schon von mir gehört.«

Der neue Leiter der Polícia de trânsito. Avila fluchte innerlich, als er sein Gegenüber musterte. Dieser war in die dunkelblaue Uniform inklusive Krawatte und Barett der Polícia de Segurança Pública gekleidet. Die Falten in der blauen Anzughose waren so scharf, dass der Comissário wahrscheinlich die Chouriço damit schneiden konnte, die er für heute Abend für sich und Ernesto besorgt hatte. Es fehlten nur noch die weißen Handschuhe, die bei offiziellen

Anlässen zur Uniform getragen wurden. Kleine, eng stehende Augen musterten Avila scharf. Auf dem grauen T-Shirt, auf dem prominent die verschmähten Reste des Mittagessens von Felia prangten, verweilten sie einen Moment.

»Kann schon sein, dass Ihr Name in einem Gespräch fiel«, antwortete Avila ausweichend.

»Nun, das ist auch egal. Nach nicht unerheblichem Druck Ihres Vorgesetzten, Director Lobo, habe ich einen meiner Agente angewiesen, Ihnen Ihr abgeschlepptes Auto nach Hause zu bringen.«

»Obrigado. Ich habe mich schon bei dem jungen Mann bedankt.«

»Ich bin heute Abend hier, um etwas klarzustellen.« Costa strich ein imaginäres Staubkorn vom Ärmel seiner tadellosen Uniform. »Ich bin kein Mensch, der es duldet, wenn Kollegen Vorteile im Umgang mit dem Gesetz erhalten. Gehen Sie also davon aus, dass Sie in den nächsten Tagen einen Bescheid über das Bußgeld bekommen, welches Sie an die Stadt zu zahlen haben. Entende, verstanden?«

Avila wusste nicht, ob er hochkochen oder dem anderen zustimmen sollte. Schließlich mochte er auch keine Vetternwirtschaft unter Kollegen. Aber dieser arrogante Auftritt des Intendente ging ihm gegen den Strich. Er versucht ruhig zu bleiben und nickte nur kurz.

»Sehr gut. Dann verstehen wir uns. Und, dass das in Zukunft nicht mehr vorkommt.« Es klang, als spräche der Intendente mit einem Kleinkriminellen, den er bei einem Ladendiebstahl ertappt hatte. Avilas Stimmung erreichte langsam den Siedepunkt. *Wenn der Kerl so weitermacht, habe ich gleich eine Anzeige wegen tätlichen Angriffs eines Beamten am Hals*, dachte er. Er ballte die rechte Faust hinter seinem Rücken. Es klopfte erneut und Vasconcellos betrat mit einem Sixpack Coral unter dem Arm die Küche.

Die Miene des arroganten Schlipsträgers nahm einen noch überheblicheren Ausdruck an.

»Ich glaube, ich überlasse Sie jetzt Ihren kleinen Vergnügungen und verabschiede mich. Comissário, ich hoffe, Sie halten sich in Zukunft an das Gesetz.« Er hob die Hand zu einem angedeuteten militärischen Gruß an die Mütze und verschwand.

※ ※ ※

»Was war das denn?« Vasconcellos stellte das Sixpack auf den Küchentisch.

»Der neue Intendente von der Polícia de trânsito war das.«

»Hat er dein Auto persönlich vorbeigebracht? Mann, ich wusste gar nicht, dass unser Director einen so langen Arm hat!« Vasconcellos nickte anerkennend. Er öffnete ein Coral mit einem herumliegenden Löffel und reichte es Avila.

»Oh nein, dafür hat er seine Agentes. Er ist nur vorbeigekommen, um mir klarzumachen, dass er keine Gefallen zwischen Kollegen duldet und dass ich einen Bußgeldbescheid bekomme.« Avila nahm einen tiefen Schluck aus der Flasche. Das gut gekühlte Bier hob seine Stimmung merklich.

»Da kenne ich noch jemanden, der etwas gegen diese Art von Gefallen hat.« Vasconcellos grinste breit und stieß mit dem Comissário an. »Würdest du einen Freund unter Mordverdacht nicht festnehmen?«

»Natürlich würde ich das! Um die Sache geht es mir auch nicht. Aber dieses arrogante Auftreten des Kollegen, inaceitável, inakzeptabel. Ein fürchterlicher Mensch in meinen Augen.«

»Dann lass ihn uns so schnell wie möglich vergessen. Hast du Lust, etwas über unseren Fall zu erfahren? Ich könnte deine Ideen gebrauchen. Wir kommen im Moment nicht richtig weiter.« Vasconcellos setzte sich an den Küchentisch.

Die nächste Viertelstunde erzählte er seinem Chef von dem bisherigen Stand der Ermittlungen.

»Und Fonseca und seine Galina haben keinen Hinweis auf den Rest der Leiche gefunden?«

Vasconcellos klärte Avila über die Fähigkeiten des Hundes auf.

»Merda! Mist. Das habe ich mir anders vorgestellt. Dann können wir wirklich nur hoffen, dass Baroso erfolgreicher ist oder endlich eine passende Vermisstenmeldung eintrudelt, damit ihr Galina endlich richtig einsetzen könnt.«

Als der Name »Galina« fiel, erhob sich Urso schwanzwedelnd von seinem mit alten Decken ausgelegten Platz neben der Verandatür. Er lief zu dem Haken, an dem Leticia die Hundeleinen aufgehängt hatte, und bellte laut.

»Ich wette, mein Hund denkt, du bist hier, um ihn auf einen Spaziergang mit Galina mitzunehmen«, interpretierte Avila kopfschüttelnd Ursos Verhalten.

»Wenn du willst, kann ich Manel fragen, ob er Lust hat, morgen vor der Arbeit mit den Hunden eine Runde zu drehen«, bot Vasconcellos an.

»Das ist eine gute Idee. Leticia kommt morgen im Laufe des Vormittages zurück. Ich könnte die Zeit nutzen und noch etwas Grund ins Haus bringen.« Mit wenig Begeisterung blickte er sich in der Küche um. In der Spüle stapelte sich schmutziges Geschirr und auf den hellen Natursteinfliesen zeichneten sich deutlich Ursos Spuren ab.

»Ja, für das Junggesellendasein bist du nicht so richtig geeignet, Fernando. Wenn meine Bude so aussähe wie diese hier, würde sich keine Frau mehr dahin verirren.« Vasconcellos lachte.

»Oder gerade, weil sie dir beim Aufräumen helfen wollen«, konterte Avila.

»Das ist natürlich auch eine Option.« Vasconcellos schmunzelte. »Aber ich denke, in deinem Fall solltest du dich selbst ums Aufräumen kümmern, wenn du deine Leticia nicht auf die Palme bringen willst. Ihre Erholung ist sonst gleich wieder futsch. Freust du dich schon, wenn sie wieder da ist?«

»Ich vermisse sie. Aber ich befürchte, sie haben ihr irgendwelche Flausen in den Kopf gesetzt. Sie meint jetzt, sie wäre zu dick und müsse dringend abnehmen.«

»Das heißt dann wohl auch Diät für dich, mein Freund?« Vasconcellos' Blick fiel auf Avilas Bauch, der sich deutlich unter dem grauen T-Shirt abzeichnete.

»Du hast gut reden.« Neidisch musterte Avila die durchtrainierte schlanke Gestalt seines Subcomissários. »Ich muss das Essen nur ansehen, dann nehme ich schon zu.«

»Glaub mal nicht, dass ich nicht aufpassen muss.« Vasconcellos strich über seinen nicht vorhandenen Bauch. »Mindestens dreimal in der Woche gehe ich zum Sport.«

»Das Wort ›Sport‹ fiel bei meinem Telefonat mit Leticia gestern auch«, haderte Avila mit seinem Schicksal.

»Oh Mann, da musst du dich ja wirklich umgewöhnen! Aber glaube mir, es wird dir gefallen. Irgendwann fühlst du dich wie ein halber Mensch, wenn du dich nicht bewegst.«

An dem Tag friert auch die Hölle zu, dachte Avila und schnitt die Chouriço an.

28. Dezember 1893

»Als ich ihr von Deiner Sand Kur erzählte, erfuhr ich erst, daß auch sie das Buch des Kuhne gelesen hat und bereits aus Abbazia Sand bestellt hat, um die Kur zu beginnen. Es ist wirklich merkwürdig, wie Ihr Beide immer dieselben medizinischen Experimente unternehmt und Gott lob, ohne bisher Schaden genommen zu haben.«
Franz-Josef an Elisabeth

Langsam schob er den Teller, auf dem die Reste des zweiten Stücks Gugelhupfs lagen, beiseite.

»Sobald Sie Ihren Krapfen gegessen haben, verehrte Freundin, schlage ich vor, dass wir einen Spaziergang machen. Gerade gestern habe ich einen Brief der Kaiserin erhalten, in dem sie mich nochmals darauf hinwies, wie wichtig die Bewegung gleich nach dem Frühstück ist. Sie grüßt Sie herzlich. Diesen Zettel soll ich Ihnen geben.« Er schob ihr ein mit einer ausladenden Handschrift beschriebenes Blatt zu. »Dort hat sie ihr Gewicht und die Abnahme nach der letzten Wägung notiert.«

»Hattet Ihr ihr von meiner Gewichtsabnahme nach der Gletschertour berichtet?«, fragte Katharina Schratt.

»Davon hatte ich ihr auch geschrieben. Sie empfand ein Kilo allerdings als wenig. Grämen Sie sich nicht, meine Liebe. Ich denke, wir sollten uns nicht mit den Leistungen der Kaiserin in Bezug auf Wanderungen und Gewichtsreduktion vergleichen.« Er griff über den Tisch und tätschelte ihre Hand.

»Die Kaiserin hat recht! Ich muss wirklich versuchen, mein Gewicht zu reduzieren. In der nächsten Spielzeit werde ich die Franziska in ›Minna von Barnhelm‹ übernehmen. Für eine jugendliche Kammerzofe bin ich im Moment zu stattlich. Ich sollte unbedingt auf die morgendlichen Krapfen von Demel verzichten. Die Disziplin der Kaiserin müsste ich haben.« Mit einem bedauernden Blick auf den halb gegessenen Krapfen tupfte sie sich den Mund mit der Serviette ab und legte die Gabel zur Seite.

»Was für eine Verschwendung.« Er schaute missbilligend auf den Krapfen. »Aber gut, wie Sie möchten. Lassen Sie uns in den Garten gehen. Ich kann Ihnen nicht versprechen, dass ich mehrere Stunden Zeit für unseren Spaziergang habe, aber für die Verdauung sollte es reichen.« Er erhob sich. Sofort war eine der jungen Bediensteten zur Stelle und reichte ihm Melone und Spazierstock. »Man könnte fast meinen, Ihre Angestellten sind froh, wenn sie das Haus für sich haben.« Die Spitzen seines weißen ausladenden Schnauzbartes schoben sich beim Lächeln nach oben.

Katharina Schratt beeilte sich, ihm zu widersprechen.

»Davon kann nicht die Rede sein. Meine Bediensteten sehen es als große Ehre an, Euch hier jeden Morgen begrüßen zu dürfen. Wenn Ihr es anders empfindet, möchte ich mich in aller Form entschuldigen!«

»Aber, aber, meine liebe Freundin. So förmlich kenne ich Sie ja gar nicht! Ich habe Sie doch nur geneckt. Glauben Sie einem alten Mann, wenn er Ihnen sagt, dass er sich sehr wohlfühlt. Allerdings sollten wir in den nächsten Tagen beim Essen etwas vorsichtiger sein. Nach dem Risotto mit Hummer am gestrigen Abend habe ich doch ein leichtes Unwohlsein gespürt. Womöglich ist es angebracht, Ihre Experimentierfreude in der Küche etwas zu reduzieren.« Er zwinkerte ihr unter buschigen Augenbrauen zu.

»Ich werde sofort ein Telegramm an die Kaiserin verfassen und sie um Ratschläge für eine passende Diät für Euren Magen bitten!« Katharina Schratt klingelte, um sich Papier und Feder bringen zu lassen.

»Sie glauben doch nicht, dass ich mich auf Ihre Diäten einlasse, meine Liebe! Es reicht mir schon, dass ich Ihnen und der Kaiserin bei den immer neuen Kuren und medizinischen Experimenten zuschauen muss. Sie können mich höchstens überreden, am Abend ein schönes Glas Milch zu trinken. Das ist eines der wenigen Dinge, von denen mich die Kaiserin überzeugt hat.«

Die Schratt beschloss, das Gesprächsthema zu wechseln.

»Wisst Ihr bereits, wie die Kaiserin ihren Geburtstag auf Madeira verbracht hat?«

»Tatsächlich habe ich heute früh eine weitere Nachricht erhalten. Ein Telegramm der dortigen Polizeibehörde hat meinen Sicherheitschef erreicht. Die Polizei berichtet darin über den Aufenthalt der Kaiserin und womit sie sich die Zeit auf der Insel vertreibt. Sie hat an ihrem Geburtstag eine Messe in der Kathedrale von Funchal besucht.«

»Sie war in der Kathedrale?« Katharina klatschte in die Hände. »Meint Ihr, die Kaiserin hat ihren Glauben wiedergefunden? Was für eine wunderbare Nachricht.«

»Hoffen wir es. Vielleicht mag das ihren unsteten Geist etwas beruhigen. Wie schön wäre es, wenn sie eine Zeit lang mal nicht durch die Welt ziehen würde, sondern hier bei uns im schönen Wien bliebe! Aber ich sollte mir nicht allzu große Hoffnungen machen. In dem Telegramm hieß es weiter, sie vertreibe sich die Tage mit langen Spaziergängen und Besuchen der heimischen Gärten.«

Katharina verzog das Gesicht.

»Wie wunderbar muss es sein, jetzt dieser Kälte zu entfliehen und durch das frühlingshafte Madeira zu wandern. Meint Ihr, ich sollte mir auch ein paar Wochen freinehmen und in den Süden fahren? Dort fällt es mir sicher auch leichter, etwas abzunehmen. Bei diesem Winter hier in Wien mag man doch kaum vor die Türe gehen.«

»Bitte nehmen Sie davon Abstand, verehrte Freundin. Für mich ist es schon schwer, ohne die Kaiserin meine Zeit zu verbringen. Wenn ich auch Sie noch an die Ferne verlöre ...«
Er drückte ihre Hand.

Katharina seufzte. Es war nicht fair, dass sie hier in Wien bleiben musste, um ihm Gesellschaft zu leisten. Vielleicht sollte sie forcieren, dass sie im Frühjahr wieder nach Triest für ein Gastspiel käme. Auf dem Rückweg könnte sie dann noch einen Abstecher nach Monte Carlo machen. Vor ihrem inneren Auge sah sie sich bereits die Stufen zum Casino hochgehen. Der Kaiser durchbrach ihre Träumereien.

»Wie immer zeigt sich auch auf Madeira die örtliche Polizei besorgt über ihren Bewegungsdrang«, setzte er seine Gedanken über seine Frau fort. »Es fällt ihnen schwer, ihre Sicherheit zu gewährleisten, da viele der Polizisten die stundenlangen Märsche nicht durchstehen. Wenn sie doch nur etwas ruhiger werden würde. Wäre es nicht schön, wenn wir die Abende zu dritt hier in Wien genießen könnten? Aber genug geredet.« Er hatte mittlerweile die Melone aufgesetzt und sich mit dem Spazierstock bewaffnet. »Das Schreiben sollten Sie verschieben, liebe Freundin. Das können Sie später noch zu Papier bringen. Wir sollten uns daran erfreuen, dass heute Morgen kein kalter Wind weht, und uns auf den Weg zur Orangerie begeben. Es wird der Kaiserin gefallen, wenn Sie ihr schreiben, dass Sie Saft aus frisch gepressten Orangen genossen haben. Sie wird Ihnen sicher mit einem Telegramm über die gesundheitlichen Vorzüge von Zitrusgewächsen antworten.«

Garajau, 27.08.2014 10:34

Geschafft. Avila schob den Staubsauger zurück in die kleine Abseite neben der Speisekammer, in der Leticia die Putzsachen aufbewahrte.

Zufrieden betrachtete er sein Werk. Der Küchenboden blitzte und nirgendwo stand auch nur ein einziges Teil benutzten Geschirrs herum. Den Küchentisch hatte er mit einer leeren Weinflasche dekoriert, in der ein Zweig purpurroter Bougainvillea steckte. Bevor er diesen von dem überwucherten Transformatorenhäuschen die Straße herunter abgeschnitten hatte, hatte er sich noch in Carlos' Pflanzenbuch vergewissert, dass die Pflanze auch nicht giftig war. Nach dem Vortrag des alten Gärtners hatte er für sich entschieden, jede Blüte, jedes Blatt zunächst auf Giftigkeit zu prüfen, bevor es in die Nähe seiner Liebsten kam. Sogar bei Hunden musste man aufpassen. Zumindest stand das auch in dem Buch.

Bei seiner vergeblichen Suche nach einer richtigen Vase hatte er noch passende tiefrote Servietten gefunden, die den üppig mit frischen Croissants, noch warmen Natas und Feigenmarmelade gedeckten Tisch vervollständigten. Sobald Leticia zur Tür hereinkam, würde er ihr einen frischen Galão zubereiten. Sie liebte es, die aufgeschäumte Milch langsam auf der Zunge zergehen zu lassen.

Urso fing laut an zu bellen und rannte zur Tür. Sein wild wackelnder Schwanz versetzte den ganzen Körper in Bewegung.

»Urso, ist ja gut. Lass mich doch erst einmal hinein.« Leticia schob den Retriever vorsichtig beiseite und setzte mit einem kleinen Stöhnen den Koffer auf den Boden.

»Ich hätte dich doch abholen sollen!« Avila kam auf sie zu.

»Nein, alles gut. André und Inês haben mich bis vor die Tür gebracht. Und der Koffer hat Rollen, das war überhaupt nicht anstrengend.« Sie gab ihrem Mann einen Kuss auf die Wange.

»Den Koffer auspacken kannst du später, lass uns erst einmal in die Küche gehen und es uns gemütlich machen.« Avila schob Leticia vor sich her.

»Oh sieht das schön aus! Von wo hast du die Bougainvillea? Doch nicht aus unserem Garten?« Sie strich zart über die purpurroten Blütenblätter. Dann sah sie auf den Küchentisch und runzelte die Stirn. »Wolltest du frühstücken?«

»Ich dachte, ein gemütliches Frühstück zur Feier des Tages wäre doch nett.«

»Habe ich dir nicht gesagt, dass ich vor 12 Uhr nichts esse?« Leticias Stimme hatte einen leicht vorwurfsvollen Klang. »Die Leiterin der Klinik hat mit mir und Inês eine Ernährungsberatung durchgeführt und einen genauen Plan aufgestellt. Es nennt sich Intervallfasten und hilft dem Körper, zu entgiften und Fett zu verbrennen.«

»Wollen wir nicht heute eine Ausnahme machen?«

»Oh nein. Ich bin gerade so schön drin. Außerdem will ich auf Mehlspeisen verzichten!« Sie zeigte auf die Croissants und Natas. »Vielleicht könnten wir nachher etwas frisches Obst essen. Heute Abend wollte ich uns einen großen Salat machen.«

»Obst? Salat? Ich habe uns einen Tisch bei Nelson oben in Eiras reserviert. Er hat schon ein schönes Stück Thunfisch für mich beiseitegelegt«, protestierte Avila.

Leticia seufzte.

»Das hätte ich mir denken können, dass du meinen Erfolg bei der Gewichtsabnahme gleich torpedierst. Lass uns erst einmal einen Kaffee trinken und dann überlegen wir zusammen.«

Halbwegs versöhnt machte sich Avila daran, die Kaffeebohnen zu mahlen. Während die braune Flüssigkeit sich langsam in das kleine silberne Kännchen ergoss, holte er Milch aus dem Kühlschrank.

Leticia beäugte ihn misstrauisch.

»Was willst du mit der Milch?«

»Ich wollte uns Galão machen.«

»Ach, und Milch hat keine Kalorien? So hörst du mir zu. Keine Nahrung vor zwölf Uhr! Nur einen Kaffee hatte ich gesagt.« Leticias Stimme wurde lauter.

Na toll, was haben die dort mit meiner Frau angestellt? Das ist das letzte Mal, dass ich sie auf eine Schönheitsfarm lasse. Wo bleibt denn da der Genuss?, grummelte Avila in sich hinein.

Fünf Minuten später rührte er lustlos in seinem schwarzen Kaffee. Es war ja nicht so, dass er einen Bica, einen Espresso, nicht zu schätzen wusste. Aber gerade heute hatte er sich auf einen schönen Milchkaffee gefreut. Leticia saß ihm gegenüber, Felia auf dem Schoß und stapelte mit ihr Bauklötze.

»Guck nicht so traurig, Fernando. Wie wäre es, ich rufe Nelson an und bitte ihn, den Tisch für heute Mittag zu reservieren. Wir sparen uns das Frühstück und ich kann bei ihm Salat mit Fisch essen. Als Abendessen gibt es einen schönen Galão, was meinst du?«

»Das können wir machen. Dann heben wir uns die Croissants für heute Abend auf?« Avilas Miene hellte sich wieder auf.

»Du kannst gerne dazu Croissants essen. Ich werde mich in Zukunft auf eine Mahlzeit pro Tag beschränken. Für dich machen wir heute eine Ausnahme, aber es wäre schön, wenn du dich zukünftig aus Gesundheitsgründen auch daran hältst.« Avila stöhnte laut, um seine fehlende Begeisterung für diesen Plan zu bekunden, wurde aber von Leticia ignoriert. Sie fuhr fort: »Wir planen nachher, wie wir das ab nächster Woche mit deiner Arbeit vereinbaren. Auf jeden Fall wird es in Zukunft abends keine große Schlemmerei mehr geben. Stattdessen werden wir Sport machen. Wir müssen beide abnehmen. So langsam kommen wir in das kritische Alter.« Ihre dunklen Augen glitten über Avilas Bauch. »Apropos Sport. Wenn wir aus Eiras kommen, möchte ich mit dir gleich weiterfahren nach Funchal. Ich möchte uns Walking-Schuhe in dem großen französischen Sportgeschäft kaufen. Außerdem müssen wir mal schauen, was sie so an Fitnessgeräten für zu Hause anbieten. Vielleicht holen wir uns ja eine Rudermaschine?«

Kein Abendessen? Walking-Schuhe? Rudermaschine? Ich hab mich wohl verhört? Avila war kurz davor, einen Streit vom Zaun zu brechen. Aber vielleicht sollte er das Thema erst mit seinem Freund Carlos bereden. Der hatte in seiner ruhigen überlegten Art hoffentlich eine Lösung für das Dilemma.

»Hast du etwas von Ernesto gehört?«, durchbrach Leticia seine Gedanken.

»Er hat mich gestern Abend besucht und heute war er da, um Urso zu einem Spaziergang mitzunehmen.«

»André hatte vorhin im Auto erzählt, es gibt eine Leiche?«

»Genau genommen haben wir bis jetzt nur eine Hand. Aber die Doutora ist sich sicher, dass es die Hand einer Toten ist.«

Leticia stoppte ihre Stapelarbeiten mit Felias Bauklötzen.

»Das klingt spannend!«

»Und ziemlich schwierig. Wir haben keine Vermisstenmeldung, die passt. Es soll sich laut DNA-Analyse um eine Südländerin, wahrscheinlich Festlandportugiesin oder Spanierin handeln.«

»Das findet man über die DNA heraus? Verrückt!«

88

»Soviel ich weiß, wird daran gearbeitet, auch die Augen- und Haarfarbe anhand der DNA zu ermitteln. Aber ich bin kein Experte.«

»Der arme Ernesto! Da bist du doch sicher froh, dass du dich damit nicht herumschlagen musst und jetzt noch ein paar ruhige Tage mit mir und Felia hast, oder?« Leticia musterte ihn mit ausdrucksloser Miene.

Das ist eine Falle! Ich muss ihr jetzt sagen, wie schön es mit Felia zu Hause war. Und dass ich es kaum erwarten kann, jetzt mit ihr die nächsten Tage zu verbringen. Warum habe ich ihr noch nicht erzählt, dass ich meine Stunden reduzieren will? Avilas Magen fing an zu knurren. *Merda, Mist. Das ist der Grund. Wenn ich mehr zu Hause bin, kann sie alles kontrollieren, was ich esse. Oder ich muss zusehen, dass ich meine Gänge mit Urso so lege, dass wir immer an der Pastelaria vorbeikommen. Auf Dauer werde ich damit aber auch nicht durchkommen.* Er lächelte seine Frau an.

»Du hast völlig recht, cara minha. Es ist schön, zu Hause zu sein.«

»Du Heuchler! Dieser Fall juckt dir doch in den Fingern!«

»Okay, es ist schon ein spannendes Rätsel. Wer ist diese tote Frau und warum vermisst sie niemand? Der arme Baroso klappert seit gestern sämtliche Kosmetikstudios ab, um einen Hinweis auf die mysteriöse Tote zu finden.«

»Was haben die damit zu tun?«

»Die Nägel sind sehr auffallend lackiert.«

»Auffallend lackiert? Erzähl mal ...« Leticia beugte sich vor.

»Nun ja, jeder Nagel ist individuell bemalt. Weiß-rosa Blüten, dazu mit irgendwelchen Glitzersteinen verziert.«

»Was?« Leticia ließ einen der Bauklötze auf den Tisch fallen. »Fernando, ich glaube, ich kenne eure Tote!«

Funchal, Polizeipräsidium, 27.08.2014
12:17

»Sie wollen mir allen Ernstes erzählen, dass wir immer noch nicht wissen, wer die Tote ist? Was glauben Sie, was ich mir heute Morgen vom Bürgermeister anhören musste! Es ist nur eine Frage der Zeit, bis auch ausländische Zeitungen von unserem Fall berichten. Wie sieht das denn für den Tourismus aus, frage ich Sie?«, knurrte der Wolf.

Baroso duckte sich hinter seinem Schreibtisch, während Vasconcellos ruhig mit verschränkten Armen dem Wutausbruch des Directors lauschte.

»Es muss eine sehr schwierige Situation für Sie sein, Director. Glauben Sie mir, Aspirante Baroso, Sargento Fonseca und ich sind dran. Leider sind wir aufgrund der Urlaubssituation im Moment etwas unterbesetzt.«

»Kommen Sie mir nicht damit! Ich bin schon kurz davor, Ihren Chef zurückzuholen! Vielleicht funktioniert der Laden dann besser.« Der Wolf fletschte die Zähne. Vasconcellos erwartete beinahe, dass ihn sein Vorgesetzter in seiner Wut ansprang und zu Boden warf. Instinktiv stellte er sich noch etwas breitbeiniger hin.

Doch zu einem Angriff kam es nicht. Die Tür öffnete sich und Avila spazierte ins Büro. Vasconcellos atmete aus. Die verspannten Schultern lösten sich. Jetzt würden sie hoffentlich nicht mehr die ganze Verantwortung tragen müssen.

»Störe ich?«, fragte Avila in die Stille hinein.

»Nun ja, äh. Wir diskutierten gerade darüber, ob es vernünftig wäre, Sie aus dem Urlaub zurückzuholen ...«, fand der Wolf als Erster seine Sprache wieder.

»Brauchen Sie nicht mehr, Director. Wenn es in Ordnung ist, würde ich mich gerne zur Arbeit zurückmelden. Der Zufall wollte es, dass ich wahrscheinlich durch unsere Frauen einen entscheidenden Hinweis auf die Tote habe.« Avila ließ sich auf Vasconcellos' Schreibtischstuhl plumpsen.

»Was? Inês hat mir gar nichts erzählt!« Lobo schaute betreten.

»Es hat sich auch erst die letzte Stunde ergeben. Aspirante Baroso hat mir ein Foto der Hand nach Hause gemailt und sowohl Ihre als auch meine Frau haben die Fingernägel identifiziert. Danach gehört die Hand einer gewissen Sofia Lima, einer Journalistin aus Lissabon.«

»Etwa diese anstrengende Frau, die bei Inês und Leticia am Tisch saß?«, wollte der Wolf wissen.

»Exatamente, genau. Es hieß auf der Farm, sie sei in der Nacht zum Samstag ohne Bezahlung abgereist. Aber wie es aussieht, war das wohl ein Trugschluss.«

»Wann wurde sie das letzte Mal gesehen?«

»Am Freitagabend, meint Leticia. Ich schlage vor, wir machen uns gleich auf den Weg und überprüfen das. Vor allem möchte ich wissen, warum niemand das Verschwinden gemeldet hat!« Avila drückte sich langsam aus dem Stuhl hoch.

»Bevor Sie jetzt alle verschwinden, gibt es noch etwas zu besprechen«, stoppte der Director den Aufbruch. »Sie haben sicher gehört, dass wir im Bereich der Verkehrspolizei einen neuen Intendente haben, Intendente Costa.«

Vasconcellos blickte Avila an. Der verzog das Gesicht und verdrehte die Augen.

Lobo registrierte diese Unmutsbekundung mit dem Hochziehen der rechten Augenbraue und fuhr fort: »Der Intendente bemüht sich sehr stark um eine noch bessere Zusammenarbeit mit den Bombeiros, der Feuerwehr. Letzte Woche hat er einen Vormittag in der Station in Calheta verbracht. Dort lief gerade ein Erste-Hilfe-Kurs für die oberen Ränge.«

Vasconcellos musste grinsen. Er ahnte, worauf die Ansprache des Directors hinauslief. An dem genervten Gesichtsausdruck von Avila konnte er erkennen, dass der ebenfalls die nächsten Worte des Directors kommen sah.

»Lange Rede, kurzer Sinn. Der Intendente hat seine Idee, dass die Führungskräfte bei der Polizei auch einen solchen Erste-Hilfe-Kurs machen sollten, gleich beim Director Nacional, unser aller Chef, vorgebracht. Der hat daraufhin unsere Abteilung als Vorreiter ausgewählt.«

Avila stöhnte.

»Was heißt das jetzt konkret?«, wollte er wissen.

»Dass Sie, lieber Fernando, und Ihre drei Mitarbeiter an einem Erste-Hilfe-Kurs teilnehmen werden.«

»Wann, bitte schön, sollen wir die Zeit dafür haben? Wir haben einen Mordfall aufzuklären!«, widersprach Avila.

»Wir als Mordkommission haben eine sehr prominente Stellung bei der Polizei. Es ist wichtig, dass wir ein gutes Beispiel geben.«

»Sind wir nicht dafür da, Mordfälle zu lösen? Leben retten ist doch nur im übertragenen Sinn unsere Aufgabe, indem wir die Mörder festsetzen.« Avila versuchte sein Bestes.

»Papperlapapp. Übermorgen Abend will ich Sie alle im großen Besprechungsraum sehen. Intendente Costa wird persönlich die Schulung durchführen. Ich zähle auf Sie, dass Sie mich nicht vor dem neuen Kollegen blamieren! Und jetzt Schluss mit diesen Diskussionen, an die Arbeit!« Mit einem lauten Türknallen verließ der Wolf das Büro.

※ ※ ※

Vasconcellos dachte an den steifen Polizisten in Avilas Küche. Das würde bestimmt ein anstrengender Abend werden.

»Was ist das denn für ein Typ, dieser Intendente?«, ließ sich Fonseca hören, der bisher wie ein Zuschauer das Geschehen aus der Entfernung beobachtet hatte.

»Niemand, den du gerne kennenlernen möchtest, Manel. Ich habe ihn gestern nur ein paar Minuten bei Fernando in der Küche gesehen. Das reichte mir schon.«

»In der Küche? Was macht denn der Intendente in der Küche des Comissários?«, wollte Baroso, sichtlich verwirrt, wissen.

»Sie haben sich kurz über Autos und Parkmöglichkeiten in Funchal unterhalten«, lachte Vasconcellos.

»Was? Das klingt aber seltsam ...« Baroso fuhr sich durch die Haare.

»Lassen wir das Thema einfach«, sprang Avila dazwischen. »Wichtiger ist, dass wir uns jetzt auf einen Besuch in der Quinta da beleza vorbereiten. Fonseca, Vasconcellos hatte mir gesagt, dass Sie mit Galina die Spur einer Person verfolgen können. Meinen Sie, Sie könnten herausfinden, wohin die Journalistin gegangen ist?«

»Es kommt darauf an, ob wir eine geeignete Riechprobe haben«, bremste Fonseca den Comissário.

Vasconcellos sah, wie Avila den Kopf schüttelte. Wahrscheinlich fragte der Chef sich gerade, warum es nicht einmal einfach sein konnte. Aber war das nicht der Grund, warum ihnen ihr Beruf Spaß machte? Es war immer eine Herausforderung, nie langweilig.

»Wir werden alle fahren. Fonseca, Sie schauen, was mit Galina in der Situation möglich ist. Baroso, du nimmst bitte ein Foto von den Fingernägeln mit. Möglichst eines, was nicht die ganze Hand zeigt. Damit es nicht abschreckend wirkt. Ich möchte außerdem, dass zunächst keiner von euch von einer Toten spricht. Erst finden wir heraus, ob die Nägel in der Quinta bemalt wurden. Dann sehen wir zu, ob wir ohne Durchsuchungsbefehl das Zimmer dieser Journalistin ansehen können. Vasconcellos, du befragst die Angestellten.«

Vasconcellos fühlte sich so gut wie seit Tagen nicht mehr. Die Ordnung war wieder hergestellt. Der Comissário trug die Verantwortung und er war die rechte Hand. *Wie kommen meine Mutter und Dona Katia nur auf die Idee, dass ich es anders haben möchte?*

Quinta da beleza, 27.08.2014 12:45

»Senhores, meine Herren, dies ist eine Schönheitsfarm für Damen. Männer haben nur in Ausnahmefällen Zutritt!« Eine schlanke junge Frau, die braunen Haare streng hochgesteckt, stellte sich mit ausgebreiteten Armen vor Avila und seine Männer.

»Ich denke, wir können von einem Ausnahmefall sprechen«, brummte Avila und zückte seinen Polizeiausweis.

»Comissário Avila? Mordkommission? Ich verstehe nicht. Ist einer meiner Damen etwas zugestoßen?« Die Arme sanken herab und sie blickte unschlüssig auf die Polizisten.

»Wir müssen Sie zu einer Ihrer Damen befragen«, nahm Vasconcellos die Bezeichnung der Frau für ihre Gäste auf. »Vermuten wir richtig und Sie sind Isabel Delgado? Die Besitzerin der Quinta?«

Sie nickte nur. Avila rechnete mit einer Rückfrage, aber Senhora Delgado blieb stumm.

»Es geht um Sofia Lima.« Die glatten Gesichtszüge der jungen Frau zeigten keinerlei Regung. »Kennen Sie sie?«, setzte Vasconcellos nach.

»Senhora Lima war Gast in unserem Haus«, kam die spärliche Antwort.

»War? Wann genau haben Sie Senhora Lima das letzte Mal gesehen?« Avila kannte bereits die Antwort aus seinem Gespräch mit Leticia und Inês, wollte aber die Bestätigung hören.

»Lassen Sie mich kurz überlegen. Es muss am letzten Freitag gewesen sein. Am 22. August, wenn ich mich nicht täusche.«

»An dem Abend ist die Senhora abgereist?«

»Das vermuten wir. Am Samstagmittag bin ich mit zwei meiner Damen in ihr Zimmer gegangen, weil sie nicht zu ihren Anwendungen erschienen ist. Da fanden wir ein leeres Zimmer vor.« Mit dem nächsten Satz bewies Senhora Delgado, dass sie längst verstanden hatte, wen genau sie vor sich hatte. »Aber das hat Ihnen Ihre Frau sicher auch schon erzählt, Comissário? Sie und ihre Freundin Senhora Lobo waren so reizend und haben mir beigestanden, als wir das Zimmer öffneten.« Avila fluchte innerlich. Er hatte gehofft, bei der Befragung durch diesen Umstand einen Schritt voraus zu sein. In Lissabon wäre ihm das wahrscheinlich nicht passiert.

»Das stimmt. Meine Frau erzählte mir davon. Warum haben Sie das Verschwinden von Senhora Lima nicht gemeldet? Es hätte uns viel Zeit erspart.«

Sie strich langsam mit der Hand in Richtung Dutt.

»Desculpe. Aber ich wollte schlechte Presse für die Quinta vermeiden und habe lieber das Geld abgeschrieben, als Senhora Lima die Polizei auf den Hals zu hetzen. Jetzt im Nachhinein war das dumm von mir. Ich hoffe, Senhora Lima ist nichts passiert?« Endlich kam die Frage, die Avila schon zu Anfang des Gespräches erwartet hätte.

»Es ist durchaus möglich, dass ihr etwas passiert ist. Deswegen sind meine Kollegen und ich hier. Können wir einen kurzen Blick in ihr Zimmer werfen?« Er nickte Fonseca zu, der sich umdrehte und in Richtung von Galinas fahrbarer Hundebox ging, die hinten an sein Auto gekuppelt war.

»Müssen Sie dafür alle ins Haus?« Noch immer zeigte sich Senhora Delgado wenig kooperativ.

»Leider ja. Wir möchten auch mit Ihren Angestellten und Gästen sprechen.«

»Mit meinen Gästen? Aber muss das wirklich sein? Die meisten von ihnen sind erst angereist, als Senhora Lima gar nicht mehr hier war. Geht es nicht etwas diskreter?«

Avila merkte, wie er langsam die Geduld verlor. Diese junge Frau schien den Ernst der Lage nicht begreifen zu wollen.

»Senhora Delgado. Wenn Sie nicht mit uns kooperieren wollen, komme ich in ein paar Stunden mit einem Durchsuchungsbefehl für Ihre Quinta wieder. Glauben Sie mir, dann wird es ganz sicher nicht diskret. Seien Sie froh, dass ich noch nicht mit der Spurensicherung aufgetaucht bin, und lassen Sie uns endlich unsere Arbeit machen.« Wie zur Unterstützung seiner Worte fing Galina laut an zu bellen. Isabel Delgado zuckte zusammen.

»Sie haben einen Hund dabei?« Sie stöhnte. »Mit dem wollen Sie auch herein? Wir legen in unserem Schönheitsinstitut viel Wert auf Hygiene. Das verträgt sich so gar nicht mit einem Hund.« Ihre Schultern sanken herunter und sie schüttelte resignierend den Kopf. »Wäre es möglich, dass wir über den Seitentrakt direkt zu dem Zimmer gehen? Um diese Zeit essen meine Damen gerade in unserem offenen Bereich im Erdgeschoss zu Mittag. Sie wären ungestört und es gibt nicht ganz so viel Aufsehen. Wäre das möglich?« Isabel schaute Avila flehend an.

Sie hat wirklich veilchenblaue Augen, Leticia hat recht, stellte Avila überrascht fest. »In Ordnung«, ließ er sich von dem traurigen Blick der jungen Frau erweichen.

»Könnten Sie Ihrem Hund vielleicht etwas über die Pfoten ziehen? Er bleibt sonst mit den Krallen in unserem Teppich hängen«, wandte sich Isabel an Fonseca.

Avila sah, wie Vasconcellos ein Grinsen unterdrückte. Der Comissário machte sich bereit, die unausweichliche Schimpftirade von Fonseca über die Verweichlichung von Hunden zu hören. Aber es folgte nur Stille und dann das Klappern einer Autotür. Überrascht drehte Avila sich zu seinem Sargento um, der in seinem Kofferraum kramte, um kurz danach mit vier kleinen sockenähnlichen Gebilden zu erscheinen. Ohne irgendeine Art von giftiger Bemerkung kniete Fonseca sich vor seinen Schäferhund und zog Galina die Socken über. Vasconcellos kratzte sich am Kopf und schaute Avila an. Baroso stand vor Überraschung der Mund offen. Keiner von ihnen hatte mit dieser Reaktion auf den Wunsch von Isabel Delgado gerechnet.

Fonseca erhob sich von seinen Knien und machte eine angedeutete Verbeugung in Richtung der jungen Frau.

»O prazer é todo meu, Senhora! Mit Vergnügen. Meine Galina ist ein sehr gut erzogener Hund, Sie werden gar nicht merken, dass sie da ist.« Avila merkte, dass auch sein Mund sich vor Erstaunen öffnete. *Was war nur in den Jungen gefahren?* Da bemerkte er den Blick, mit dem Fonseca die Rückseite der jungen Frau musterte, die vor ihnen in Richtung Hintertür strebte. Alles klar, daher wehte der Wind. Er hoffte nur, dass Fonseca nicht auf die Idee kam, während ihres Falles anzubandeln. *Ich sollte nachher ein ernstes Wort mit ihm über unpassende Liebeleien reden,* nahm er sich vor.

※ ※ ※

Sie folgten Isabel über einen dicken hellgrauen Teppichboden in Richtung des Seitentraktes, wie sie es genannt hatte. Avila konnte sich lebhaft vorstellen, welche Spuren Galina auf dieser Auslegeware hinterlassen hätte. Isabel öffnete mit einem Schlüssel die Tür.

»Ich weiß nicht, was Sie hier zu finden hoffen. Senhora Lima hat sämtliche persönlichen Gegenstände mitgenommen. Und am Montag habe ich meine Putzfrau durchgeschickt, da wir das Zimmer in den nächsten Tagen wieder vergeben. Wir sind gut gebucht«, fügte sie entschuldigend hinzu.

»Haben Sie vielleicht einen persönlichen Gegenstand von Senhora Lima behalten? Eine Haarbürste, Hausschuhe oder ein benutztes Handtuch?«, fragte Fonseca. »Wir könnten es auch mit einem Bettlaken versuchen, welches noch nicht in der Wäsche war.«

»Das tut mir furchtbar leid.« Sie riss ihre Augen auf und blickte Fonseca bedauernd an. »Wir waschen hier beinahe täglich. Auch wäre es unmöglich zu sagen, welches Laken aus Senhora Limas Zimmer stammt. Das Bett haben wir bereits komplett frisch bezogen.«

»Chef, dann kann ich mit Galina im Moment nichts machen«, wandte sich Fonseca an Avila. »Soll ich den Hund wieder zurück zum Auto bringen? Das würde auch für Senhora Delgado die Situation etwas vereinfachen.« Er zwinkerte Isabel zu.

Ich muss dringend mit ihm reden, dachte Avila. *Er versinkt ja fast in dem Veilchenmeer der Delgado.* Laut sagte er: »Machen Sie das, Sargento. Ernesto, bitte lass dir von Senhora Delgado die Namen ihrer Angestellten geben, die mit Senhora Lima in Kontakt waren, und beginne mit der Befragung. Vor allem möchte ich, dass die Mitarbeiterin, die für die Nägel zuständig ist, das Foto sieht.«

»Die Kosmetikerin von Senhora Lima während ihres Aufenthaltes war hauptsächlich Clara Pinto. Ich versuche, es immer so zu koordinieren, dass die Damen eine Kosmetikerin haben, die den Großteil der Anwendungen macht.«

»In Ordnung. Dann fang mit Senhora Pinto an, Ernesto.«

Die nächste Stunde bestätigte das, was sie schon wussten. Clara Pinto identifizierte die Fingernägel als ihr Werk und keiner der Angestellten hatte Senhora Lima nach dem Abend des 22. August gesehen.

»Wir müssen das Zimmer von Senhora Lima leider vorerst sperren, da ich die Spurensicherung hindurchschicken muss«, meinte Avila zum Abschied. Isabel Delgado kniff den Mund zusammen, ersparte ihm aber Widerworte. »Bedauerlicherweise müssen wir jetzt davon ausgehen, dass

Senhora Lima tot ist. Sie werden spätestens morgen alle eine Vorladung ins Präsidium bekommen. Boa tarde, Senhora.«

Als Avila gerade in das Auto steigen wollte, nahm er aus dem Augenwinkel eine Bewegung hinter der üppigen Oleanderhecke der Quinta wahr.

»Hast du den Gärtner befragt?«, wandte er sich an Vasconcellos.

»Gärtner, davon war nicht die Rede. Wieso?«

»Dort hinten ist jemand. Vamos, lass uns nachsehen.«

Als sie sich dem Oleander näherten, erkannte Avila schon von Weitem eine vertraute Gestalt in Latzhose mit weißem T-Shirt.

»Carlos?«

Sein Freund stellte die Harke an die Hauswand und wischte sich die erdigen Finger an der Hose ab.

»Hola, Fernando. Was machst du denn hier?«

»Das wollte ich dich auch gerade fragen.«

»Ich erledige ein paar Arbeiten für Senhora Delgado, die so rund um die Quinta und im Haus anfallen.«

Fünf Tage zuvor (22.08.14 spätabends)

»Ich sehe furchtbar aus.« Sofia versuchte, einige Ponysträhnen tiefer ins Gesicht zu kämmen, um die Augenbrauen zu verdecken. »Was hat mir diese Frau nur angetan?« Sie merkte, wie ihr vor Wut wieder heiß wurde. Aber um diese kleine Schlampe würde sie sich später kümmern. Jetzt musste sie sich auf ihr Treffen heute Abend konzentrieren. Ob sie ihn aus der Reserve locken konnte? Sie hatte ihr Glück kaum fassen können, als er ihr auf der Schönheitsfarm über den Weg gelaufen war. Wie viele Jahre war das jetzt her? Dennoch hatten sie sich beide sofort erkannt. Wer hätte gedacht, dass sie ihn hier auf Madeira wiederfinden würde. Noch eine Story! Dabei war sie aus ganz anderem Grund hier. Von wegen, sie gehörte schon zum alten Eisen und war nur noch gut für oberflächliche Geschichten in Frauenzeitschriften. Ihre alte Spürnase funktionierte noch ganz gut. Nicht nur, dass hinter der schönen Fassade der Quinta eine kleine Sensation lauerte, auch die alte Story aus Lissabon versprach viele Leser. Für diese Geschichten würde eine ordentliche Prämie fällig werden. Wer weiß, vielleicht schaffte sie es sogar endlich mal wieder in ein paar überregionale Zeitungen. Nicht nur als Randnotiz, sondern als Schlagzeile.

Natürlich hatte er sich gesträubt, als sie ihn ansprach und um ein Interview bat.

»Das liegt alles hinter mir, können Sie mich nicht endlich in Ruhe lassen? Was machen Sie überhaupt hier?«

»Das tut nichts zur Sache. Möchten Sie denn lieber, dass ich aller Welt erzähle, dass Sie jetzt auf Madeira leben? Vielleicht haben Sie Freunde oder, Gott bewahre, sogar eine Frau, die dankbar wäre, wenn sie etwas von Ihrer

Vergangenheit wüsste. Sie wollen mir doch nicht erzählen, dass Sie reinen Tisch gemacht haben, oder? Ich sage Ihnen jetzt, was wir tun. Wir treffen uns heute Abend bei Ihnen zu Hause und Sie geben mir ein Interview. Im Gegenzug verpflichte ich mich, niemandem Ihren wahren Aufenthaltsort oder Ihre neue Identität zu offenbaren.« Sie streckte ihm ihre Hand entgegen.

»Kann ich Ihnen wirklich vertrauen?« Er musterte ihre ausgestreckte Hand mit zweifelndem Blick.

»Ich denke, Sie haben keine andere Möglichkeit«, erwiderte sie trocken.

Er stöhnte.

»Bem, gut.« Er hob die Arme, als würde er kapitulieren. »Aber keine Notizen. Wir reden nur. Außerdem treffen wir uns woanders, nicht bei mir zu Hause. Ich beschreibe Ihnen den Weg.«

»Ich habe eine bessere Idee. Geben Sie die Adresse gleich in mein Navigationsprogramm ein.« Sie schob ihm ihr Mobiltelefon zu.

Sofia kehrte aus ihren Gedanken zu ihrem Spiegelbild zurück. Die Strähnen konnten die Augenbrauen nicht verdecken. »So ein Mist, dass ich heute Abend meine Sonnenbrille nicht aufsetzen kann.« Suchend blickte sie sich im Zimmer um. Ihr Blick fiel auf ihr orange-braunes Seidentuch, das sie über den kleinen schwarzen Schreibtischstuhl geworfen hatte. »Damit könnte es gehen.« Sie wickelte sich das Tuch um Kopf und Hals. Dann zupfte sie einige Ponysträhnen hervor, die notdürftig die Augenbrauen bedeckten.

Sofia griff nach ihrer Handtasche mit dem dicken Terminkalender für ihre Notizen. Sie zögerte. *Er hat gesagt, keine Notizen.* Sie legte die große Tasche mit dem Kalender wieder auf den Stuhl. Nahm nur ihre Geldbörse, das Handy und den Schlüssel für den Mietwagen heraus und stopfte alles in die Jacke. Kritisch musterte sie sich im Spiegel. Die

Jacke wirkte etwas ausgebeult, aber jetzt brauchte sie nur noch in die Tasche zu langen, um den Rekorder des Mobiltelefons zu starten. Wieder dachte sie kurz an ihr Versprechen. Was erwartete er von ihr? Natürlich würde sie Aufzeichnungen machen. Schließlich war sie Journalistin. Sofia musste über so viel Naivität lachen. Sie schloss die Tür ihres Zimmers hinter sich und schaltete im Hinausgehen das Navigationsprogramm ihres Smartphones an.

Wo genau war jetzt der Treffpunkt? Sie kniff die Augen zusammen. Zwar brauchte sie noch keine Lesebrille, das hatte sie den guten Genen ihrer Mutter zu verdanken, aber bei schlechtem Licht musste sie oft zweimal hinschauen. Der Treffpunkt wurde als gelber Stern südwestlich von Camacha angezeigt. Was für ein Glück! Das war gar nicht so weit von dem alten Kloster entfernt. Dort musste sie sich unbedingt noch umschauen. Am Tage war das wegen der Bauarbeiten nicht möglich.

※ ※ ※

Zehn Minuten später fuhr sie durch den Kreisel in Garajau und nahm die Ausfahrt in Richtung Camacha. Ihre Navigation sagte ihr, dass sie in weiteren zehn Minuten am Treffpunkt sein würde.

Sie parkte den Wagen und stieg aus. In dieser Sackgasse standen nur ein paar Häuser mit den Gärten zur Straßenseite gewandt. Die wenigen Straßenlaternen gaben nur ein spärliches Licht. Er war nirgendwo zu sehen, auch sonst war niemand unterwegs. Gut so. Sie wollte auf die Uhr des Mobiltelefons schauen, aber ihr Kopftuch versperrte ihr die Sicht. Ungeduldig riss sie es herunter, sodass es nur noch lose um die Schulter lag. *Bei der Scheißbeleuchtung bemerkt eh niemand die ruinierten Augenbrauen*, sagte sie sich und befestigte das Tuch mit einem lockeren Knoten um den Hals. Es war etwa eine Viertelstunde vor der vereinbarten Zeit.

Genau das war ihr Plan gewesen. So konnte sie sich in Ruhe umsehen und die Lage sondieren. Nicht, dass sie ihn wirklich als gefährlich einschätzte, da hatte sie es im Laufe ihres Berufslebens schon mit viel gefährlicheren Typen zu tun gehabt, aber man wusste ja nie.

Im Kopf ging sie die Fragen durch, die sie ihm stellen wollte. Hoffentlich gab es noch ein paar gute Fotos im Archiv, die sie verwenden konnte. Sie drehte sich um. War da ein Geräusch gewesen? Nein, keine Menschenseele weit und breit. Sie schlenderte die Straße rauf und runter und ging in Gedanken das vor ihr liegende Gespräch durch. Wieder schaute sie auf die Uhr. Jetzt ließ er sie schon fünfzehn Minuten warten. Zum Glück hatte sie sich den Türcode für die Eingangstür der Quinta geben lassen. Es würde spät werden und der Empfang sicher nicht mehr besetzt sein. Noch ein Blick auf die Uhr. Wenn er in fünf Minuten nicht da war, würde sie sich zum Kloster aufmachen. Was fiel ihm ein, sie zu versetzen? Dafür würde er büßen. Im Kopf fing sie an, die Schlagzeile zu formulieren. Sein neuer Name würde dick und fett in dem Artikel vorkommen. Kurze Zeit später setzte sie sich, noch immer wütend, in Richtung Kloster in Bewegung. Sie war so mit ihrer Wut auf ihn beschäftigt, dass sie nicht merkte, wie ihr das Halstuch von den Schultern glitt und auf der Straße landete.

Der Weg war stockdunkel und von den wenigen Häusern drang nur spärliches Licht auf das grobe Pflaster. Sie stellte die Taschenlampenfunktion ihres Mobiltelefons an und ging langsam in Richtung der Levada. Es dürfte nicht länger als fünfzehn Minuten dauern, hatte sie anhand der Entfernung ausgerechnet. Adrenalin stieg in ihr hoch. Das Jagdfieber hatte sie wieder gepackt. Es war wie zu alten Zeiten und sie spürte, dass sie an etwas Großem dran war.

Sofia gelangte an eine von Brombeerbüschen überwucherte Mauer mit einer von zwei schiefen Pfeilern gesäumten Einfahrt. Sie ignorierte das »Zutritt Verboten«-Schild und stieg über die Kette, mit der die Zufahrt versperrt war. Im Licht der Taschenlampe konnte sie einige große Gewächse erkennen. *Hier kann ich mich zur Not verstecken, falls doch noch jemand auf der Baustelle ist*, dachte sie und ging die gewundene Auffahrt weiter. Die Bäume ragten wie schwarze, missgebildete Riesen vor ihr auf. Sie merkte, wie sie langsam die Euphorie über ihr Abenteuer verließ. *Ich bin so eine Idiotin*, schimpfte sie mit sich. *Natürlich kann ich mich jetzt in der Nacht in Ruhe umsehen, aber finden wird mich hier niemand, wenn mir etwas passiert.*

Es raschelte hinter ihr. Vor Schreck ließ sie fast das Telefon fallen. Was war das? Sie leuchtete in Richtung des Raschelns. Eine dicke gestromte Katze tauchte auf und fauchte sie böse an.

»Hast du mich erschreckt, du doofe Katze.« Sie setzte ihren Weg fort.

Vor ihr zeichnete sich schemenhaft ein großes Gebäude mit einem Turm vor dem dunklen Abendhimmel ab. Sie strahlte es mit ihrem Handy an. Das Dach mit seinen orangen Schindeln war an einigen Stellen abgedeckt. Einige der hohen Fenster waren eingeschlagen. *Das muss das Kloster sein.* Das Licht glitt weiter über ein paar Baufahrzeuge und einem Zementmischer. Das wuchtige Gemäuer ragte dreckig-grau als trauriges Überbleibsel einer alten Zeit vor ihr empor. Dass daraus ein Hotel entstehen sollte, konnte sie sich jetzt hier bei Nacht kaum vorstellen. Vielleicht als Spukschloss. Fehlte nur noch eine unglückliche Nonne, die durch die Räume geisterte. Sie musste kichern. An Fantasie hatte es ihr noch nie gemangelt.

Das große braunrote Tor war halb geöffnet. Neugierig hielt Sofia darauf zu. *Ob ich mich mal drinnen umsehe? Vielleicht kann ich etwas entdecken? Vielleicht sogar ein paar Fotos machen, die ich für die Geschichte verwenden kann?*

Ohne auf den Boden zu achten, strebte sie zu den wenigen Stufen der breiten Eingangstreppe. Das war ein Fehler. Ihr rechter Fuß blieb hängen. Sofia fiel vorne über und landete mit den Händen voran in einer nachgiebigen klebrigen Masse.

Mühsam rappelte sie sich auf und leuchtete an sich herunter. Sie war voller grauer Schlammspritzer. Was zum Teufel war das? Das Licht der Taschenlampe zeigte ihr den Grund für ihren Sturz. Vor ihr hatte jemand eine etwa fünf mal sechs Meter große Fläche mit Zement ausgegossen. Sie musste über die Begrenzungsseile gestolpert sein. Neben dem Zementbett lagen Terrakottafliesen. *Hier baut jemand eine Terrasse*, dachte Sofia. *Was werden die Bauarbeiter sagen, wenn sie morgen meine Abdrücke in der Zementmasse sehen?* Sie schaute sich nach einem Werkzeug um, mit dem sie notdürftig ihre Spuren verwischen konnte. Dann hielt sie inne. Es war Freitagabend, kurz vor neun Uhr. Wieso war der Zement noch so flüssig? War das normal oder waren die Arbeiter noch in der Nähe?

Sie kam nicht mehr dazu, weiter über die Trockenzeit des Zementes nachzudenken. Etwas Schweres traf sie am Hinterkopf und sie fiel erneut in die graue Masse.

29. Dezember 1893

»Ich bin glücklich, daß Deine unberufen so ausgezeichnete Natur noch immer allen Abmagerungsmitteln und den übertriebenen Rennpartien so gut widersteht.«
Franz Josef an Elisabeth

»Endlich ein Bett, welches nicht die ganze Nacht schwankt!« Gräfin Mikes strich langsam mit der rechten Hand über das weiße Leinen des Bettes. Sie drehte sich um. »Ist es wirklich in Ordnung für Sie, Baroness, wenn Sie in der kleinen Kammer schlafen? Ich habe fast ein schlechtes Gewissen. Wir könnten auch den Griechen anweisen, dass er das kleine Zimmer nimmt. Ich für meinen Teil betrachte es als äußerst unpassend, dass sein Schlafraum direkt neben dem der hohen Frau liegt.«

»Oh nein, bitte keine Umstände. Die Kammer ist genau richtig für mich.« Anna hatte das kleine Zimmer, das von den anderen Damen und dem Griechen aufgrund der Größe als Gemach abgelehnt worden war, gleich ins Herz geschlossen. Von der in die Fensterbank eingelassene Bank mit den dicken Kissen hatte sie eine wunderbare Sicht über den großen Garten des Reids. Auch störte sie das schmale Bett nicht, da sie durch die Anstrengungen am Tage eh meistens sofort in einen tiefen Schlaf fiel. Solange sie hier in der Villa auf dem Gelände des Hotels blieben, würde dieses Kämmerlein ihr Zufluchtsort sein.

»Sie sollten ein anderes Gewand wählen«, mahnte die Gräfin beim Blick auf die Baroness. »Ihre Majestät möchte, dass wir die Kleider mit den gekürzten Röcken anziehen, nachdem wir gestern in Poiso darüber klagten, dass sich Äste und Laub im Saum verfangen haben.«

»Oh je, Sie haben recht. Ich ziehe mich gleich um.«

»Nur mit der Ruhe. Ihre Majestät ist noch bei ihren Turnübungen. Ich denke, wir haben Zeit, bevor es wieder hoch in die Berge geht«, beruhigte sie die Gräfin.

Tatsächlich dauerte es noch zwei Stunden, bevor die Herrin ihre Gesellschaft zum Aufbruch mahnte. Der morgendliche Blick auf die Waage hatte ihr nicht gefallen und sie hatte beschlossen, ohne ein Frühstück in Richtung des Bergdorfes aufzubrechen.

»Ich hätte mich gestern nicht von Ihnen überreden lassen sollen, diese Korbschlitten hinunter nach Funchal zu benutzen. Es wäre besser gewesen, zu Fuß von Monte zur Stadt hinunter zu steigen«, klagte sie. »Dafür müssen wir heute noch ein Stückchen weiter laufen.« Sie musterte ihre Damen. »Ich freue mich zu sehen, dass Sie alle meinem Ratschlag gefolgt sind und die kürzeren Röcke gewählt haben.« Sie klopfte zweimal mit ihrem schwarzen Schirm auf. Das Zeichen zum Aufbruch. In der Tür drehte sie sich noch mal um.

»Baroness, haben Sie noch einen geeigneten Platz für meine zwei Kühe und die Ziege gefunden? Mir schien es gestern, als wäre der Concierge nicht besonders glücklich wegen der Tiere gewesen.«

Anna biss sich auf die Lippen. »Nicht besonders glücklich« traf die Reaktion des Concierge nicht annähernd. Sein Gesicht war wie versteinert gewesen, als die kleine Gesellschaft ohne Ankündigung das neu eröffnete Hotel betrat. Zwar hatte er schnell verstanden, wen er vor sich hatte, aber es hatte auf Anna nicht so gewirkt, als ob er sich über seinen hohen Gast freute. Seinen ersten Vorschlag, die Kühe und die Ziege bei einem Bauern außerhalb von Funchal unterzubringen, hatte die hohe Dame vehement abgelehnt. Sie wollte die Möglichkeit haben, jederzeit die noch warme Milch ihrer Tiere zu trinken. Anna hatte persönlich den Auftrag bekommen, eine geeignete Unterkunft auf dem Gelände des Hotels zu finden.

Schließlich konnte sie sich mit dem widerstrebenden Concierge auf einen abgelegenen Teil in dem großen Garten einigen, in dem der Gärtner seine Gerätschaften unterstellte und der für die Gäste nicht einsehbar war.

»Wir haben einen guten Platz gefunden«, versicherte sie. »Heute Abend wird Eure Durchlaucht ein frisches Glas Ziegenmilch genießen können.«

»Wunderbar, mein Kind, das wollte ich hören. Haben Sie auch nicht vergessen, für heute Abend die rohen Steaks zu bestellen?«

Anna schüttelte sich innerlich. Das war eine der für sie am schwersten zu ertragenden Eigenheiten ihrer Herrin: Abends legte sie sich rohes Fleisch auf das Gesicht, in der Annahme, dass dies verjüngend auf die Haut wirkte. Bei dem Gedanken alleine wurde Anna schlecht. Der Concierge hatte vorhin gefragt, ob sie das rohe Fleisch etwa für die Ziege und die Kühe brauchte. Und ob sie nicht wisse, dass diese Tiere kein Fleisch äßen?

»Baroness? Haben Sie meine Frage gehört?« Der Schirm klopfte ungeduldig.

»Entschuldigen Sie, Eure Durchlaucht!« Anna knickste in ihrer Verlegenheit. »Natürlich, die Steaks sind bestellt!«

»Gut gemacht! Jetzt müssen wir aber los. Heute Abend erwarte ich noch den Konsul de Bianchi. Ich soll ihm im Namen des Kaisers eine Auszeichnung für seine Leistungen verleihen. Es ist schon eigenartig, ich habe ihn vor dreißig Jahren kennengelernt, als ich das erste Mal auf dieser Insel war. Wenn ich damals gewusst hätte, was das Leben für mich bereithält.« Sie klappte den schwarzen Fächer auf, sodass die Baroness nicht sehen konnte, was für Gefühle sich in ihrem Gesicht spiegelten. »Lassen Sie uns jetzt endlich nach Camacha aufbrechen!«

Camacha? Anna fiel die Empfehlung des alten Blandy wieder ein. Vielleicht wäre dieses Kloster ein Ort, um die hohe Frau von ihrer Unrast zu befreien und die Melancholie zu mindern? Es konnte ja sein, dass der alte Herr recht hatte und die Nonnen ein Kraut für ihre Herrin hatten, was ihr etwas Ruhe gab? Sicher gesünder als diese Spritzen, die sie sich ab und zu setzen ließ, um zu entspannen.

»Eure Durchlaucht. Dürfte ich Euch noch einen Vorschlag unterbreiten?«

Polizeipräsidium, Funchal, 28.08.2014
10:38

»Wir haben immer noch keine Leiche?«, knurrte der Wolf, der in Avilas gemütlichem Bürosessel Platz genommen hatte. »Avila, was stellen Sie sich vor, soll ich der Presse sagen? Dass auf unserer schönen Insel einfach so ein Mensch verschwinden kann und dann in Einzelteilen wieder auftaucht?«

»Bisher haben wir nur die Hand«, korrigierte Avila. Sofort bedauerte er seinen Einwand, als er sah, wie sich das Gesicht seines Chefs noch mehr verfinsterte.

»Und bitten Sie Gott, dass es auch so bleibt. Es kann doch nicht sein, dass diese Sofia Lima keine Spuren hinterlassen hat. Was ist mit ihrem Leihwagen?« Lobo schaute prüfend von Avila zu Vasconcellos. »Haben Sie den wenigstens schon gefunden?«

»So gut wie«, beschwichtigte Vasconcellos. »Wir wissen, dass Senhora Lima gegen sieben Uhr die Farm verlassen hat. Baroso konnte in den Überwachungskameras der Tankstelle am Kreisel in Garajau um 19:17 den vorbeifahrenden Wagen identifizieren. Leider sind die Kameras nicht so ausgerichtet, dass wir sehen konnten, welche Ausfahrt sie genommen hat. Sie kann auf die Via Rapido in Richtung Funchal gefahren sein, aber auch hoch nach Camacha.«

»Da die Hand südwestlich von Camacha gefunden wurde, konzentrieren wir uns auf die möglichen Zufahrtswege«, ergänzte Avila. »Leider gibt es dort oben wenige Kameras, die wir nutzen können.«

»Sehen Sie zu, dass wir bald Ergebnisse haben!« Der Wolf erhob sich aus dem Sessel und verließ Avilas Büro.

Avila stöhnte.

»Ich hasse es, wenn mir der Wolf im Nacken sitzt. Wo ist denn Baroso?«

»Er fährt zusammen mit zwei Streifen die Gegend unter- und oberhalb von Camacha ab.«

»Dann wollen wir mal hoffen, dass er den Wagen findet.« Avila blickte auf die Uhr. »Kurz vor elf. Wie wäre es mit einem Galão?«

»Für mich nur einen Bica, danke.«

Avila hatte gerade die Getränke zubereitet, als es an der Tür klopfte und Baroso sein gerötetes Gesicht hineinstreckte.

»Wir haben den Wagen! Er stand auf dem Parkplatz des Einkaufszentrums in Camacha!«

Vasconcellos klopfte Baroso auf die Schulter.

»Gute Arbeit! Hast du schon die Spusi ...?«

»Die Spurensicherung ist schon vor Ort«, unterbrach ihn Baroso aufgeregt. »Und die Aufzeichnungen der Überwachungskameras des Zentrums habe ich hier!« Er deutete auf eine Plastiktüte in seiner linken Hand. »Ist das DVD-Laufwerk Ihres Rechners freigeschaltet?«

»Keine Ahnung«, erwiderte Avila.

Vasconcellos grinste.

»Ich wette, du hast noch nie eine CD oder DVD eingelegt, stimmt's? Dann wird dir auch nicht aufgefallen sein, dass die Laufwerke und USB-Ports unserer Rechner im Normalfall gesperrt sind.«

»Sind sie das?«

»Ja, damit keine Schadware auf die Rechner gelangt oder jemand Daten aus dem Präsidium schleusen kann.«

»Schadware? Ich verstehe gar nichts.« Avila kratzte sich am Kopf.

»Lassen wir das«, winkte Vasconcellos ab. »Ich schlage vor, wir gehen in unser Büro und Baroso zeigt uns die Filme an seinem Computer.«

Eine Stunde später rieb sich Avila die Augen.

»Ich weiß schon, warum ich die gute alte Polizeiarbeit diesem Starren auf den Bildschirm vorziehe«, maulte er. »Mein Vorschlag ist, Baroso sichtet das Material zu Ende und wir versuchen, mehr über die Journalistin und diese Kosmetikerin herauszufinden.«

Vasconcellos griff nach einem Stapel Papier auf seinem Schreibtisch.

»Hier sind die Informationen zu Sofia Lima und zu Clara Pinto, der Kosmetikerin, die ich auf die Schnelle zusammentragen konnte.«

»Und, irgendwelche Auffälligkeiten?«

»Bis jetzt nicht. Du sagtest ja, dass sich Sofia Lima als ›Enthüllungsjournalistin‹ vor Leticia und Inês bezeichnet hat. Die letzten Jahre würde ich ihre journalistische Arbeit aber eher ›Klatsch und Tratsch‹ nennen. Beiträge über Ronaldos Liebschaften, ein Blick hinter die Türen seines neuen Domizils auf dem Festland. Wusstest du übrigens, dass er als Innenarchitektin eine Madeirenserin hat? Sie müsste quasi deine Nachbarin in Garajau sein.«

»Nein, wusste ich nicht. Bringt uns das jetzt weiter?« Avila hasste diese Art von Geschichten. Hoffentlich erzählte Vasconcellos nicht Leticia oder Inês davon. Die beiden würden sicher versuchen, die Bekanntschaft dieser Innenarchitektin zu machen.

Vasconcellos ignorierte die Stimmung seines Chefs und fuhr fort: »Die Kosmetikerin wohnt erst seit ein paar Jahren hier auf der Insel. Wurde mit Anfang dreißig Witwe, als ihr Ehemann bei einem Verkehrsunfall in Lissabon starb. Kurz danach ist sie nach Madeira gezogen.«

»Irgendwelche Vorstrafen?«

»Keine. Ich kann mir auch nicht vorstellen, dass die Pinto wegen einer missglückten Augenbrauentätowierung einen Menschen ermordet.«

»Vielleicht hatte sie Hilfe? Es ist die einzige Spur, die wir im Moment haben, also lass sie uns für heute Nachmittag vorladen. Dann ist der Wolf auch beruhigt.« Avila seufzte.

»Ich hab hier was!«, unterbrach Baroso die beiden. »Kurz vor Mitternacht wurde der Leihwagen am letzten Freitag auf dem Parkplatz des Einkaufszentrums abgestellt.« Er deutete auf seinen Bildschirm.

»Kannst du sehen, von wem?« Avila trat an den Schreibtisch.

»Nein, leider nicht. Der Fahrer bleibt immer außerhalb der Sicht der Kameras. Mehr als einen Schatten haben wir nicht.«

»Merda!« Avila schlug mit der Faust auf den Tisch. Baroso zog den Kopf ein. Sofort ärgerte sich Avila über seinen Ausbruch. »Das geht nicht gegen dich, Baroso. Aber es wäre schön gewesen, wenn wir einen Durchbruch gehabt hätten. Jetzt müssen wir auf die Spurensicherung hoffen.«

Zwei Stunden später lagen die ersten Ergebnisse der Spurensicherung vor. Es waren keine Anzeichen von Blut oder persönliche Gegenstände in dem Leihwagen gefunden worden.

»Wieder eine Spur, die uns nicht weiterbringt«, fasste Avila zusammen.

»Zumindest haben wir die Chance, wenn wir einen Verdächtigen haben, einen DNA-Abgleich zu machen. Der Leiter der Spurensicherung hat von der Kopfstütze der Fahrerseite und dem Lenkrad mehrere Proben genommen und lässt die DNA analysieren. Allerdings meinte er gleich, dass bei einem Leihwagen mit einer Vielzahl von Spuren zu rechnen ist.« Vasconcellos zuckte mit den Schultern.

Genervt begann Avila durch das Büro zu laufen. Dabei übersah er, dass Baroso die untere Schreibtischschublade seines Rollcontainers offen gelassen hatte. Avilas linker Fuß verfing sich. Im Fallen versuchte er, sich an der Schreibtischplatte festzuhalten. Im letzten Moment bekam Vasconcellos ihn am Hosenbund zu fassen und zog ihn hoch.

»Na, na, Chef. Nicht so hastig. Wir wollen doch nicht, dass wir unsere Erste-Hilfe-Kenntnisse jetzt schon an dir ausprobieren müssen, bevor wir den Kurs bei Intendente Costa hatten.«

»Der Kurs, den habe ich ja ganz vergessen! Ist der heute?« Avila rieb sich das linke Schienbein.

»Nein, morgen Abend. Das ist auch gut so, ich möchte heute noch das schöne Wetter nutzen und einen kleinen Lauf oben bei Portela machen. Meinst du, dein Hund hätte Lust, Manel, Galina und mich zu begleiten?«

»Urso wird dich lieben.«

Polizeipräsidium, 28.08.2014 15:27

Die Hand der Frau glitt zu ihrem Hals und umklammerte fest das kleine silberne Kreuz ihrer Kette.

»Die arme Senhora Lima! Wer hat ihr das nur angetan?«

»Das wissen wir leider noch nicht, Senhora Pinto. Daher müssen wir im Moment jeder Spur folgen. Ist es richtig, dass es Unstimmigkeiten zwischen Ihnen und der Senhora gab?«

Die Hand zitterte leicht.

»Ich habe Senhora Lima falsch verstanden und sie war nicht sehr glücklich mit dem Ergebnis der Tätowierung.« Sie schluckte. »Das ist mir noch nie passiert. Aber sie hat mir gesagt, sie möchte, dass ich die Augenbrauen höher ansetze. Sie hoffte, das würde sie jünger aussehen lassen.«

»Stimmt es, dass sie Ihnen gedroht hat, Sie zu verklagen?«

Senhora Pinto nickte und ließ die Schultern hängen.

»Was hätte das für Sie bedeutet?«

Die Kosmetikerin hob den Kopf. Ihre Augen schimmerten feucht.

»Das Ende meiner Arbeit. Niemand möchte sich von jemandem behandeln lassen, der wegen Pfusch verklagt wurde.« Die letzten Worte sprach sie so leise, dass Avila sich vorbeugen musste, um sie zu verstehen.

Er musterte die zierliche Frau. Sie war kaum größer als ein Meter sechzig und sehr schmal gebaut. Die Bilder, die er von der Journalistin gesehen hatte, zeigten eine wohlgenährte, leicht korpulente Person. Wie sollte die Pinto in der Lage gewesen sein, die Leiche zu beseitigen?

»Mein Subcomissário hat mir berichtet, dass Sie ursprünglich aus Lissabon stammen und erst vor ein paar Jahren nach Madeira gezogen sind.«

Die Augen wurden noch feuchter.

»Mein Mann ist gestorben und ich wollte auf der Insel neu anfangen. Ich musste mich selbst wieder finden nach den Geschehnissen und brauchte Abstand zu meinem alten Leben. Da mein Bruder hier auf Madeira wohnte, bin ich hierher gekommen.«

Avila schaute in die Aufzeichnungen.

»Jaimy Dias, ist das Ihr Bruder? Was sagt er zu den Anschuldigungen von Senhora Lima?«

»Ich hatte noch keine Gelegenheit, mit ihm darüber zu sprechen. Er ist sehr beschäftigt, müssen Sie wissen.« Die Hand fuhr wieder an den Hals.

»Wann haben Sie Senhora Lima das letzte Mal gesehen?«

»Kurz nach dem Abendessen am Freitag. Sie war vorne bei uns am Empfang und sprach mit Senhora Delgado. Wenn ich es richtig erinnere, wollte sie jemanden außerhalb treffen.«

»Hat sie erwähnt, wo sie sich treffen wollte oder mit wem?«, fragte Avila.

»Leider nein. Perdão, Comissário. Tut mir leid.« Sie schüttelte mit Nachdruck ihren Kopf.

»Nachdem Senhora Lima die Quinta verlassen hat, was haben Sie gemacht? Waren Sie den ganzen Abend am Empfang?«

»Ich hatte Dienst bis kurz nach acht. Dann habe ich meine Sachen gepackt und bin nach Hause gefahren.«

»Kann das jemand bezeugen?«

Ihre Wangen färbten sich leicht rosa.

»Nein. Ich bin Witwe und lebe alleine.«

Avila legte den Stift, mit dem er sich Notizen gemacht hatte, beiseite.

»Ich denke, Senhora Pinto, damit belassen wir es für heute. Falls Ihnen noch etwas einfällt, melden Sie sich bitte. Leider muss ich Ihnen mitteilen, dass Sie die nächsten Tage die Insel nicht verlassen dürfen, da es hier um eine Mordermittlung geht.«

Sie riss ihre braunen Augen weit auf.

»Aber ich könnte doch nie ... Sie glauben doch nicht ...?«
Das Kinn sackte herunter. Der Rest der Worte erstarb.

Avila merkte, dass er Mitleid mit der jungen Frau bekam. Er musste sich zurückhalten, um ihr nicht wie ein alter Onkel beruhigend die Hand zu tätscheln. Schnell räusperte er sich.

»Senhora Pinto, dies ist das Routinevorgehen in einer Mordermittlung. Wenn Sie mit uns in diesem Fall zusammenarbeiten, bin ich mir sicher, dass wir das Ganze bald aufklären werden.« Er merkte, wie hohl diese Aussage klang.

Aber bei Clara Pinto zeigte sie Wirkung. Sie hob den Kopf und blickte Avila an.

»Ich schwöre bei Gott.« Wieder umschloss die Hand das Kreuz. »Sie können sich auf mich verlassen, Comissário. Darf ich jetzt gehen?«

Vasconcellos und Avila blieben noch einen Moment im Verhörraum sitzen, nachdem ein Agente die junge Frau hinausgebracht hatte.

»Kannst du sie dir als Mörderin vorstellen?«, fragte Vasconcellos.

»Ehrlich gesagt, Nein. Aber vielleicht hatte sie einen Komplizen. Was wissen wir über den Bruder, diesen Jaimy Dias?«

»Er ist in der Vergangenheit ein paar Mal mit der Polizei in Berührung gekommen. Saß zwei Jahre wegen Einbruch im Gefängnis. Ist aber schon eine Weile her. In letzter Zeit war er nicht auffällig.« Vasconcellos schob Avila ein Foto hin.

»Das soll der Bruder sein?« Avila starrte auf das Foto, welches einen kräftigen, tätowierten Mann mit längeren Haaren zeigte.

»Wirkt ziemlich ungepflegt im Gegensatz zu seiner Schwester, oder?«

»Allerdings. Ist er je gewalttätig geworden?«

»Ein paar Schlägereien in Bars. Sonst nichts.«

»Ich möchte, dass wir ihm auf den Zahn fühlen.«

Es klopfte an der Tür und der junge Agente steckte seinen Kopf hinein.

»Senhora Lobo und Senhora Avila sind hier. Sie wollen ihre Aussagen machen.«

Vasconcellos blickte seinen Chef überrascht an.

»Du hast eure Frauen hierher bestellt?«

»Wie lange kennen wir uns schon, Ernesto? Ganz sicher nicht. Bestimmt steckt Inês dahinter. Es stört mich gewaltig, dass die beiden auf der Schönheitsfarm waren. Was ist, wenn Leticia wieder durch ihre Neugier Staub aufwirbelt? Das letzte Mal hat das fast zu ihrem Tod geführt.« Er schluckte.

»Diesmal bist du nicht mit den Frauen abgeschieden in den Bergen«, beruhigte ihn Vasconcellos. »Wir passen schon auf Leticia auf.«

Wie aufs Stichwort tauchten in dem Moment Leticia und Inês auf.

»Ist schon gut, Agente. Comissário Avila erwartet uns.« Die kleine Inês schob den jungen Agente beiseite und betrat, gefolgt von Leticia, den Verhörraum.

Wenigstens hat meine Frau ein schlechtes Gewissen, dachte Avila, als er das schuldbewusste Gesicht von Leticia musterte.

»Danke dir, Ernesto.« Inês ließ sich auf den Stuhl, den Vasconcellos ihr hingeschoben hatte, plumpsen. Sofort ließ sie ihre neugierigen Blicke über die Notizen der beiden Polizisten schweifen. Sie blieb an dem Foto von Jaimy Dias hängen. »Ist das euer Verdächtiger? Der sieht ja wirklich gefährlich aus. Cara minha, was denkst du?« Sie hielt Leticia das Foto unter die Nase.

In Avilas Innerem fing es an zu brodeln. *Das geht nun wirklich zu weit.* Gerade wollte er die Frau seines Chefs scharf zurechtweisen, da meinte Leticia: »Den habe ich schon einmal gesehen! Auf der Farm im Garten!« Aufgeregt musterte Leticia das Bild.

»Wirklich? Wann?«

»Das war, als ich diese schreckliche Cooling-Packung hatte«, erinnerte sich Leticia. »Den Tag vergessen ich nicht. Bis zum Schlafengehen habe ich gefroren.«

»Und wann genau war das?«, unterbrach sie Avila ungeduldig.

»Samstagvormittag. Er hat sich mit Clara im Garten unterhalten. Sie schien sehr aufgebracht.«

»Samstag? Also nach dem Verschwinden von Sofia Lima?«, vergewisserte sich Vasconcellos.

Leticia nickte.

»Ganz sicher. Das war, als ich gehört hatte, wie sich die Kosmetikerinnen darüber aufregten, dass Sofia nicht zu ihren Behandlungen erschienen ist.«

»Von wegen, Clara Pinto hatte nicht die Gelegenheit, mit Jaimy zu sprechen ...« Avila lehnte sich zurück. Langsam kam Bewegung in die Sache.

Polizeipräsidium, 29.08.2014 09:14

»War an dem Freitag die Rede davon, dass Senhora Lima ihren Aufenthalt auf der Schönheitsfarm vorzeitig beenden wollte?«, fragte Vasconcellos.

Isabel Delgado blickte ihn ruhig an.

»Nein, selbstverständlich nicht. Sie spielen auf das kleine Missgeschick an, das Clara passiert ist?«

»Falls Sie das ›kleines Missgeschick‹ nennen wollen. Uns wurde berichtet, dass Senhora Lima sehr aufgebracht wegen der Tätowierung war und Senhora Pinto mit einer Klage drohte. Wäre das nicht schlecht für den Ruf Ihrer Farm gewesen?«, setzte Avila nach.

»Ich bin mir sicher, dass ich eine Einigung mit Senhora Lima erzielt hätte, mit der wir alle hätten leben können.« Sie zuckte zusammen.

Wahrscheinlich hat sie selbst gemerkt, wie unglücklich diese Wortwahl ist, dachte Avila.

»Nun, das werden wir jetzt nicht mehr herausfinden.«

»Oh nein! So habe ich das natürlich nicht gemeint. Die arme Senhora Lima! Haben Sie sie schon gefunden?«

Avila ignorierte die Frage.

»Was genau wollte Senhora Lima am Freitagabend, als Sie am Empfang mit ihr gesprochen haben?«, kam Avila auf seine anfängliche Frage zurück.

»Sie erwähnte, dass sie ein Treffen hätte und es spät werden würde. Sie wollte sich vergewissern, dass sie dann noch ins Haus kommt.«

»Funktionieren die einzelnen Zimmerschlüssel auch für die Eingangstür?«, fragte Avila.

»Nein. Aber es gibt einen Zahlencode, den wir den Damen mitteilen. Der Code funktioniert für die Eingangstür und auch für den kleinen Schlüsselsafe«, ergänzte sie.

»Schlüsselsafe?«

»Ja. Wir bitten die Damen, die Zimmerschlüssel auf der Farm zu lassen. Wenn der Empfang nicht mehr besetzt ist, können sie dann mit dem Code den Schlüsselsafe öffnen, in dem die einzelnen Zimmerschlüssel hängen.«

»Damit kann jeder, der den Code kennt, den Safe öffnen?« Avila sträubten sich die Haare. Das konnte doch nicht wahr sein!

»Ja. Aber das war bisher kein Problem. Die meisten der Damen sind abends von den Anwendungen so erschöpft, dass sie bevorzugen, im Haus zu bleiben. Dazu kommt natürlich, dass wir eine spezielle Diät für den Aufenthalt anbieten und ein abendlicher Besuch in einer Bar dem Gewichtsverlust abträglich wäre.«

»Das heißt dann also, dass jeder, der den Code kannte, sich Zutritt zum Haus und dem Zimmer von Senhora Lima verschaffen konnte?«, fasste Vasconcellos zusammen.

Isabel Delgado wurde blass.

»Meinen Sie etwa, dass der Mörder der Senhora im Anschluss auf der Farm war? Das ist ja furchtbar!« Sie bekreuzigte sich.

»Wer sonst sollte das Zimmer ausgeräumt haben?«, meinte Vasconcellos trocken.

»Darüber habe ich gar nicht nachgedacht! Natürlich, Sie haben recht. Was wäre passiert, wenn eine meiner Damen oder ich den Mörder überrascht hätten?« Senhora Delgados Hand fing an zu zittern.

»Wohnen Sie auf der Farm?«

»Zurzeit noch, ja. Die Eröffnung der Quinta und die ersten Monate haben mich so beansprucht, dass ich noch keine Zeit hatte, nach einem Haus für mich zu suchen. Ich bewohne einen kleinen Trakt im oberen Bereich der Quinta. Gleich gegenüber den Behandlungsräumen.«

»Sie haben nichts Verdächtiges bemerkt? Irgendwelche Geräusche?«

»Nein. Ich habe einen sehr tiefen Schlaf. Es tut mir sehr leid.« Sie blickte Vasconcellos traurig an.

»Que pena, schade. Aber vielleicht können Sie uns hierbei weiterhelfen.« Avila schob Isabel das Foto von Jaimy Dias hin. »Haben Sie diesen Mann in der Zeit von Senhora Limas Verschwinden in der Nähe der Quinta gesehen?«

»Ist das nicht Jaimy, Claras Bruder?«

»Kennen Sie ihn?«

»Ja. Er wirkt etwas wild, aber ist eigentlich ein netter Mann. Ursprünglich wollte ich ihn als Hausmeister auf der Quinta beschäftigen, hatte aber Angst, dass sein Aussehen die Damen verstören würde. Jetzt denken Sie sicher, ich bin oberflächlich. Aber es ist leider so, ich muss als Geschäftsfrau auch auf diese Dinge achten. Dafür habe ich ihm geholfen, anderweitig einen Job zu finden.«

»Stattdessen haben Sie dann Carlos Santos eingestellt?«

»Ja, er ist so ein netter und zuvorkommender Mensch. Er hilft mir bei allem, was um das Haus anfällt. Wenn es meine Zeit zulässt, arbeite ich selber sehr gerne in meinem Garten und pflege meine Pflanzen. Vor allem die Kräuter, die ich für unsere speziellen Anwendungen züchte. Aber manchmal gibt es Dinge, die kann ein Mann einfach besser erledigen. Meine Mädchen sind ganz vernarrt in ihn. Besonders Clara. Sie sagt, er sei wie der Vater, den sie nie hatte.«

Avila merkte, wie sich eine feste Klammer um sein Herz spannte. Könnte sich Carlos dazu hinreißen lassen, einer jungen Frau in Not zu helfen? *Nein*, ermahnte er sich gleich wieder. *Mein alter Freund ist doch nicht fähig, jemandem ein Leid anzutun.*

»Senhora Delgado, fällt Ihnen noch etwas ein? Hat Senhora Lima vielleicht in den Tagen vor ihrem

Verschwinden etwas erwähnt? Jemanden, mit dem sie Streit hatte?«

»Nein.« Sie prüfte mit beiden Händen den Sitz ihrer Haare. »Obwohl, jetzt, wo Sie es sagen. Sie hat mir erzählt, dass sie völlig überraschend auf der Insel einen alten Bekannten wiedergesehen hat. Meinen Sie, dass er es war, den sie an dem Abend treffen wollte?«

»Das ist schon möglich. Einen Namen hat sie nicht erwähnt?«

»Leider nein. Ich kann aber gerne noch mal meine Mädchen fragen. Manchmal ist es so, dass die Damen während einer Behandlung sehr gesprächig sind und viel erzählen. Vielleicht haben Dunja oder Clara etwas gehört.« Isabel Delgado schob den Stuhl nach hinten. »Darf ich jetzt gehen? Ich muss dringend auf der Quinta nach dem Rechten sehen. Durch Ihren Besuch gestern sind alle in großer Aufregung. Ich muss sicherstellen, dass alles in Ordnung ist.«

※ ※ ※

Avila stand auf, um sie hinauszubegleiten. Er wollte sich bei der Gelegenheit vergewissern, dass Leticia nicht noch irgendwo im Präsidium war. Vasconcellos folgte ihnen.

Draußen vor der Tür stießen sie fast mit Fonseca zusammen, der auf dem Flur stand.

»Chef, ich wollte mich nur zurückmelden. Gibt es etwas, was ich tun kann?« Fonseca musterte Isabel von oben bis unten. Sie errötete leicht.

»Sargento Fonseca. Wo haben Sie Ihren Hund gelassen?« Sie blickte sich unruhig um.

»Keine Sorge, Dona Isabel. Meine Galina ist in ihrer Box in der Garage.« Er lächelte sie an.

»Comissário, ich melde mich bei Ihnen, falls ich noch etwas erfahre. Ich hoffe, Sie finden schnell diesen Menschen, der für das alles verantwortlich ist.« Sie nickte zum Abschied kurz und wandte sich in Richtung Ausgang. Plötzlich blieb sie stehen und drehte sich wieder zu den drei Männern um.

»Mir fällt gerade etwas Furchtbares ein. Was ist, wenn der Mörder zurückkommt? Ich habe den Türcode nicht geändert, das heißt doch, er kann jederzeit hinein?« Sie riss die Augen auf. »Ich bin so dumm, daran hätte ich doch denken müssen!« Durch ihren schlanken Körper ging ein leichtes Zittern.

»Dona Isabel, meine Galina und ich werden Sie selbstverständlich begleiten und im Haus und auf Ihrem Grundstück nach dem Rechten sehen«, sprang Fonseca zu Hilfe, bevor Avila oder Vasconcellos etwas sagen konnten.

»Das würden Sie tun, Sargento?« Sie schaute ihn dankbar an. Avila sah, wie Fonseca beim Blick in ihre Veilchenaugen schluckte. Verdammt, das war gar nicht gut. Selbst Vasconcellos musterte seinen Kollegen mit gerunzelter Stirn. Avila seufzte.

»Gut, Sargento. Begleiten Sie Senhora Delgado nach Hause und überprüfen Sie das Gelände. Dann sorgen Sie dafür, dass der Türcode geändert wird. Senhora, ich möchte Sie bitten, den Code nur ausgewählten Personen zu geben. Schreiben Sie jeden auf, der die Zahlenkombination erhält. Schärfen sie allen ein, die Kombination auf gar keinen Fall weiterzugeben. Fonseca, in einer Stunde treffen wir uns wieder hier zur Besprechung. Ich erwarte Sie pünktlich zurück, verstanden?«

Fonseca machte Anstalten, mit Isabel zu verschwinden. Vasconcellos hielt sie auf.

»Noch eine Frage, Senhora Delgado. Sie erwähnten, dass Sie Jaimy Dias einen Job verschafft haben. Können Sie mir sagen wo?«

»Romario Palmeiro hat ihn bei einem seiner vielen Bauprojekte auf der Insel untergebracht. Aber fragen Sie mich nicht, auf welcher der Baustellen er sich herumtreibt.«

Polizeipräsidium, 29.08.2014 10:51

»Ich möchte einmal einen Fall erleben, wo Romario nicht seine Finger im Spiel hat«, stöhnte Vasconcellos. »Dabei dachte ich, dass ich jetzt, wo ich nicht mehr im Trailrun-Verein bin, ihm weniger über den Weg laufe.«

Avila fuhr mehrmals mit der rechten Hand über seinen sorgfältig gestutzten Ziegenbart.

»Ich bin auch kein großer Fan des jungen Mannes. Allerdings musste ich nach den Ereignissen im Februar meine Meinung in Teilen revidieren. Wenn er nicht gewesen wäre, würde Leticia nicht mehr leben.« Ein kalter Schauer lief ihm über den Rücken, als er an das Wochenende oberhalb von Calheta dachte.

»Eu sei, ich weiß, Fernando. Auch, dass wir Romario, außer seinen illegalen Finanzgeschäften im letzten Jahr, noch nie etwas nachweisen konnten.«

»Einmal abgesehen davon, dass seine Geliebten ein sehr gefährliches Leben führen«, gab Avila zu bedenken. »Es fehlt nur noch, dass er auch diese Journalistin gekannt hat.«

»Hast du dir das Foto von Senhora Lima angesehen? Nichts gegen die Tote, aber sie entspricht definitiv nicht Romarios Zielgruppe. Dann schon eher Isabel Delgado oder Clara Pinto.«

»So wie es aussieht, ist jemand anderes an Senhora Delgado interessiert.« Avila verdrehte die Augen.

»Du meinst Manel? Soll ich mit ihm reden?«, bot Vasconcellos an.

»Das würdest du tun?«

»Ich weiß doch, wie sehr du es hasst, dich in Liebesangelegenheiten zu mischen. Ich sag ihm einfach, er soll die Füße still halten, bis wir mit dem Fall durch sind, okay?«

Avila nickte dankbar.

»Dann ist das geklärt. Jetzt lass uns zu dem Mord zurückkehren. Hast du eine Ahnung, wo wir Romario Palmeiro um diese Uhrzeit antreffen?«

Vasconcellos schaute auf seine Armbanduhr.

»Elf Uhr Freitagmorgen? Wir könnten es im Golfklub versuchen. Freitags ist er gerne dort, um sich mit Geschäftspartnern zu besprechen.«

»Das Leben möchte ich haben.« Avila schüttelte den Kopf.

»Wirklich? Du auf dem Golfplatz zwischen der High Society von Madeira? Erzähl mir doch nichts.« Vasconcellos schob den Bürostuhl zurück. »Wollen wir Baroso mitnehmen?«

»Nein. Baroso soll bis heute Nachmittag versuchen, alles über Jaimy Dias herauszufinden.«

»Was ist mit Fonseca?«

»Was soll mit ihm sein?«

»Du hast ihm gesagt, dass er in einer Stunde zu einer Besprechung wieder hier im Präsidium sein soll«, erinnerte ihn Vasconcellos.

»Stimmt. Fonseca soll Baroso Arbeit abnehmen. Er soll sich auf die Journalistin konzentrieren. Ich möchte wissen, mit wem sie sich an dem Abend treffen wollte. Hatte sie Bekannte auf Madeira? Oder hat jemand sie die Tage davor mit jemandem außerhalb der Schönheitsfarm sprechen sehen?«

»Alles klar. Ich sag Baroso auf dem Weg nach draußen Bescheid.«

※ ※ ※

Eine halbe Stunde später bogen sie auf den Parkplatz des Golfplatzes ein, der in einem der Vororte von Funchal lag.

Der weiße Kies der Auffahrt knirschte unter den Reifen des Polizeifahrzeuges. Wie immer hielt Vasconcellos direkt vor dem imposanten Klubgebäude, das im Stil einer herrschaftlichen Quinta gebaut war.

»Lass uns hinten rum gehen. Dann laufen wir Doutor Ignacio nicht über den Weg.« Avila hatte keine Lust, dem Präsidenten des Golfklubs zu treffen. Der steife ältere Herr würde ihn sicher in einem Gespräch über Leticia und Felia aufhalten. Es war ja nicht so, dass Avila nicht gerne von seiner kleinen Familie erzählte, aber er war froh, dass Leticia ihre Mitgliedschaft im Golfklub aufgegeben hatte. Die elitäre Welt dieses Klubs behagte ihm einfach nicht.

»Gute Idee.« Vasconcellos ging rechts um das Haus herum. »Romario wird sicher auf dem Putting Green stehen. Von da ist es nicht so weit zur Bar.«

Tatsächlich, als sie sich dem direkt auf der Rückseite gelegenen Putting Green näherten, konnte Avila schon die schlanke Gestalt des Unternehmers erkennen.

Mit einem schiefen Grinsen hielt Romario Palmeiro mitten im Schlag inne.

»Comissário! Was für ein seltener Anblick. Wollen Sie auch den Schläger schwingen?«

Avila ignorierte die Neckerei.

»Senhor Palmeiro. Wir würden Sie gerne in einer Polizeiangelegenheit unter vier Augen sprechen.«

»Polizeiangelegenheit?« Palmeiros Grinsen wurde noch breiter. Im Gegensatz zu den meisten Menschen, die Avila im Laufe seines Berufslebens getroffen hatte, machte die Polizei Palmeiro nicht nervös. Im Gegenteil. Er wirkte stets so, als ob ihn jede Art der Befragung nur amüsieren würde. »Comissário, bin ich mal wieder Ihr Hauptverdächtiger in einem Mord? Sie geben auch nicht auf.« Palmeiro stopfte das Eisen in seine Golftasche. »Lassen Sie uns ins Haus gehen. Dort finden wir sicher einen Platz, um uns ungestört zu unterhalten.« Beim Hineingehen drehte er sich nach

Vasconcellos um. »Ernesto, ich habe dich lange nicht mehr beim Training gesehen. Hast du das Laufen aufgegeben?«

»Nein, habe ich nicht. Aber ich laufe jetzt mit einem Kollegen anstatt mit der Laufgruppe. Ist für mich einfacher zu koordinieren als die festen Trainingszeiten.«

»Wie man so hört, geht bei dir ja mittlerweile nicht nur Zeit für die Arbeit drauf«, fuhr Palmeiro augenzwinkernd fort. »Eine handfeste, verdammt attraktive Feuerwehrfrau, heißt es. Respekt, mein Freund!«

Vasconcellos kniff den Mund zusammen.

»Na, na. Schau nicht so böse. Ich freue mich für dich, dass du sesshaft wirst. Weniger Konkurrenz für mich bei den Schönen Madeiras.« Palmeiro klopfte Vasconcellos lachend auf die Schulter.

»Genug gescherzt«, unterbrach Avila das Geplänkel. »Wo können wir uns jetzt unterhalten?«

»Wir können ins Vorstandszimmer gehen. Doutor Ignacio ist heute Vormittag nicht da«, bot Palmeiro an. Er wandte sich an die Bedienung hinter der Bar. »Sandra, bist du so lieb und bringst mir und meinen Gästen drei Bicas? Wir sitzen im Büro von Doutor Ignacio.«

»So, wen soll ich diesmal umgebracht haben?«, fragte Palmeiro, nachdem sich die schwere Eichentür hinter ihnen geschlossen hatte.

Avila zog einen der hellen Korbstühle heran und setzte sich.

»Sagt Ihnen der Name Sofia Lima etwas, Senhor Palmeiro?«

Palmeiro nahm in Zeitlupe einen Schluck von seinem kleinen Schwarzen und kniff die Augen zusammen.

»Nein, ich glaube nicht. Ich kannte mal eine Sofia, aber der Nachname war anders. Ist schon eine Zeit her.« Er kratzte sich am Kopf.

»Sofia Lima ist um die sechzig und lebt in Lissabon«, versuchte Vasconcellos, das Gedächtnis des anderen zu beschleunigen.

»Sechzig? Das ist kaum meine Zielgruppe.« Palmeiro blickte Avila überrascht an. »Oder reden wir von einer Sechzigjährigen, die locker als vierzig durchgeht? Dann könnte ich es mir vielleicht noch mal überlegen. Damen in dem Alter haben viel Erfahrung.«

»Wir sind hier nicht bei einer Sexualpartnervermittlung!« Avila setzte seine Tasse klappernd auf dem Tisch ab. »Es geht um eine Ermittlung. Wir müssen annehmen, dass Senhora Lima etwas zugestoßen ist, und es ist äußerst unangebracht, in diesem Fall Scherze zu machen.«

»Perdão, tut mir leid«, meinte Palmeiro. Avila konnte aber kaum Bedauern im Gesicht des Madeirensers erkennen. »Haben Sie vielleicht ein Foto?« Vasconcellos holte ein Foto der Journalistin aus der Brusttasche seines Jacketts. Palmeiro schüttelte den Kopf. »Nein, die Frau habe ich noch nie gesehen. Sie ist verschwunden? Hier auf Madeira?« Palmeiro gab Vasconcellos das Foto zurück.

»Ja.« Avila hatte nicht vor, Palmeiro mehr Einzelheiten zu geben. »Dann kommen wir gleich zu unserer nächsten Frage. Kennen Sie Jaimy Dias?«

»Dias? Das ist ein ziemlich verbreiteter Name. Aber der Name sagt mir was.« Palmeiro fuhr mit der Hand durch seine braunen Haare, die oben auf dem Kopf etwas länger waren, aber an den Seiten ultrakurz geschnitten, sodass die Kopfhaut durchschimmerte. *Ein Schnitt, wie ihn auch die ganzen Fußballspieler heutzutage tragen*, dachte Avila. *Was ist gegen eine einfache, normale Kurzhaarfrisur zu sagen? Ich würde mir affig vorkommen, wenn ich so herumliefe.*

Palmeiro schnippte mit den Fingern. »Jetzt weiß ich es wieder. Jaimy Dias! Isabel Delgado hat mich gebeten, ihm einen Job zu besorgen.«

»Woher kennen Sie Isabel Delgado?« *Noch ein Mann mit einer Schwäche für die schöne Quintabesitzerin?*

»Sie ist, ich meine war, die Freundin eines meiner besten Freunde«, klärte Palmeiro sie auf. »Ich versuche, ihr immer mal zu helfen, seitdem dieser Idiot sie vor ein paar Monaten sitzen gelassen hat und bei Nacht und Nebel von Madeira verschwunden ist. Und bevor Sie fragen, Nein, es ist rein platonisch, nur eine Freundschaft.« Wieder erschien das breite Grinsen auf seinem schmalen Gesicht.

Avila ignorierte es und setzte nach: »Können Sie mir sagen, wo genau Sie Senhor Dias einen Job besorgt haben?«

»Nein.« Palmeiro schüttelte den Kopf, sodass ein paar Strähnen seines längeren Deckhaares ihm in die Augen fielen. Mit einer lässigen Bewegung schleuderte er die Haare nach hinten und fuhr fort: »Ich habe das an einen meiner Mitarbeiter delegiert. Aber warten Sie einen Moment, wir können das herausfinden.« Er holte ein Mobiltelefon aus seiner Jeans.

Zwei Telefonate später hatten sie von Palmeiro die Adresse der Baustelle, auf der Jaimy Dias arbeitete.

»Merda, verdammt«, meinte Vasconcellos mit Blick auf die Adresse. »Vale Paraíso. Das sind gerade mal vierhundert Meter entfernt vom Fundort.«

»Fundort?« Palmeiro rückte neugierig mit seinem Stuhl näher. »Also habt ihr doch eine Leiche?«

»Nein. Eine Leiche haben wir nicht. Aber in der Nähe Ihrer Baustelle auf dem Gelände des alten Klosters wurde Senhora Limas abgetrennte Hand gefunden. Außerdem arbeitet ein Mann dort, der im Moment im Zentrum unserer Ermittlungen steht. Ich denke, meine Mitarbeiter werden sich dort genauer umsehen müssen.« Avila nickte grimmig.

Auf einmal war das Grinsen von Palmeiros Gesicht verschwunden.

Caniço, 29.08.2014 13:17

»Baroso und Fonseca sind schon mit einem Streifenwagen unterwegs.« Avila beendete das Telefonat, während Vasconcellos die Ausfahrt nach Caniço nahm. Wie sich herausgestellt hatte, wohnte Jaimy in einer schmalen Straße hinter dem kleinen Supermarkt. Mit halsbrecherischem Tempo raste Vasconcellos die Serpentinen hoch. In der Haarnadelkurve an der Quinta Splendida fuhr das Auto gefährlich auf der Gegenfahrbahn.
»Ernesto! Willst du uns umbringen?«, keuchte Avila, während er versuchte, sich an dem Griff oberhalb der Tür festzuhalten. Sein Subcomissário verfehlte nur knapp ein Auto, welches gerade den Hof der Quinta verließ. Zwei entsetzte Augenpaare starrten ihnen hinterher. Etwas gebremster fuhr Vasconcellos die Straße weiter, um kurz hinter dem Supermercado rechts einzubiegen. Ein paar Meter vor sich sahen sie schon den Streifenwagen mit seinem blinkenden Blaulicht parken sowie Fonsecas Wagen mit Galinas Hundebox.
»Hier muss es sein!« Vasconcellos hielt und sprang heraus.
»Das Vögelchen ist ausgeflogen«, begrüßte sie Fonseca. »Die Nachbarn meinten, er sei heute Morgen sehr früh losgefahren.«
»Sind sie sicher?«
»Ja. Angeblich ist der Auspuff an seinem alten Honda kaputt und die ganze Straße hört, wenn er den Motor anlässt. Es war so kurz vor sieben, als er hier weg ist. Sollen wir die Wohnungstür gewaltsam öffnen?«
Avila schüttelte den Kopf.

»Wir haben noch keinen Durchsuchungsbefehl. Der Wolf versucht gerade, den Staatsanwalt zu überzeugen. Aber der blockt.«

»Was sollen wir jetzt machen?«, fragte Baroso.

»Du und ich, wir fahren zurück zum Präsidium. Vielleicht finden wir noch ein paar Argumente für den Staatsanwalt. Vasconcellos, Fonseca? Ihr beide fahrt zur Baustelle, die Palmeiro uns genannt hat. Wenn wir Glück haben, findet ihr Jaimy Dias dort. Ansonsten fragt ihr seine Kollegen aus.«

Avila wies die Streifenpolizisten an, sich einen Parkplatz weiter weg zu suchen und unauffällig die Wohnung zu beschatten. Dann stieg er wieder ins Auto, in dem mittlerweile Baroso hinterm Steuer saß.

※ ※ ※

Mit seinem besonnenen Aspirante am Lenkrad dauerte der Weg zum Polizeipräsidium zwar eine halbe Stunde länger, war aber deutlich nervenschonender für Avila. Während sie die Rua da Ribeira de João Gomes hinunterfuhren, überlegte Avila laut: »Ich kann mir einfach nicht vorstellen, dass wir es hier mit einem Mord wegen zweier missglückter Augenbrauen zu tun haben. Das ist doch absurd! Geschwisterliebe hin oder her. Baroso, du hast die Recherchen zu Jaimy Dias gemacht. Kommt er dir wie jemand vor, der im Affekt einen Menschen tötet? Ist in seiner Akte die Rede von schwerer Körperverletzung? Bisher hatte ich nur von Barschlägereien gehört.«

»Não, nein. Darüber ist nichts vermerkt. Allerdings saß er wegen Diebstahl im Gefängnis. Viele ändern sich dadurch und werden gewaltbereiter«, gab Baroso zu bedenken.

»Da könntest du recht haben. Versuche, ehemalige Mitgefangene zu finden. Ich möchte wissen, was für ein Mensch dieser Jaimy ist.«

Barosos Telefon klingelte. Auf dem Display der integrierten Freisprecheinrichtung des Autos erschien »Avó«. Avila musste grinsen, als er sah, wie sein Aspirante rot wurde.

»Geh ruhig ran, Baroso. Schließlich hat deine Großmutter uns auf die Hand aufmerksam gemacht. Es könnte wichtig sein.«

»Meinen Sie wirklich? Ich kann sie auch später zurückrufen.« Barosos Finger schwebten zögerlich über der Anrufannahme-Taste.

»Mach ruhig. Aber sag ihr gleich, dass ich mithöre. Dann weiß sie, dass es geschäftlich ist.« Avila zwinkerte seinem Aspirante beruhigend zu.

Baroso atmete einmal tief ein und drückte die Taste.

»Avó, ich fahre gerade im Auto mit meinem Chef, Comissário Avila.«

»Soll ich dich später anrufen? Ich möchte doch nicht stören.« Avila überlegte, wie alt Barosos Großmutter wohl sein mochte. Die Stimme wirkte erstaunlich jung. Nicht so kratzend brüchig wie er die Stimme seiner eigenen Großmutter in Erinnerung hatte. Bei Gelegenheit könnte er Baroso ja mal fragen, wie alt Senhora Baroso war. Er wusste eh zu wenig über den Jungen.

»Wir haben uns gefragt, ob du vielleicht anrufst, weil dir noch etwas zu unseren Ermittlungen eingefallen ist«, klärte Baroso seine Großmutter auf.

»Mir? Nein, ich habe gerade von meiner Nachbarin gehört, dass ihr oben im Kloster mit Polizei vorgefahren seid. Und ich alte Frau war einfach neugierig, ob dies etwas mit der Hand zu tun hat.«

Baroso wurde tiefrot.

»Avó, ich habe dir doch schon gesagt, dass ich mit dir nicht über meine Fälle rede.«

»Ja, ja, das weiß ich doch, mein Junge. Es ist nur so, als Kind habe ich oft im Garten des Klosters gespielt. Ein so schöner Ort. Die Nonnen waren etwas ganz Besonderes. Wussten alles über Kräuter. Wahrscheinlich haben die Bauarbeiter den Kräutergarten als Erstes mit ihren Bulldozern niedergewalzt.« Sie seufzte laut. »Wusstest du, dass wir es früher ›Mosteiro de juventude eterna‹, Kloster der ewigen Jugend, genannt haben?«

»Nein, das wusste ich nicht. Können wir das ein anderes Mal besprechen? Es ist wirklich ungünstig.«

»Desculpe, entschuldige, es tut mir leid! Es ist nur im Moment so, dass ich ...« Die alte Frau stockte. »Kommst du am Sonntag bei uns vorbei? Deinem Großvater geht es nicht gut und er würde sich bestimmt freuen, dich zu sehen. Ich backe dir auch frische Queijadas!«

»Ja, vó, ich komme vorbei. Até domingo, bis Sonntag.« Baroso beendete das Gespräch. »Perdão, Comissário. Sie ist im Moment etwas durch den Wind. Meinem Großvater geht es nicht besonders gut.« Er schluckte.

»Schon gut, Baroso. Ich wollte ja, dass du abnimmst. Grüß die alte Dame am Sonntag bitte von mir und bedanke dich in meinem Namen, dass sie bei der Hand so schnell reagiert hat.«

»Das wird sie sehr freuen, Comissário!« Baroso strahlte, als hätte Avila ihm gerade ein großes Geschenk gemacht.

Er hielt den Wagen vor dem Präsidium.

»Ich lasse Sie hier kurz heraus, Chef und suche einen Parkplatz. Dann müssen Sie nicht so weit laufen. Wer weiß, wo ich einen Parkplatz bekomme, jetzt wo die ganze Stadt voll ist wegen der Vorbereitung für die Festa.«

Dieser Junge ist wirklich sehr rücksichtsvoll. Ernesto hätte wahrscheinlich unten an der Seilbahn geparkt und mich die Straße hochschnaufen lassen, dachte Avila, als er die Tür seines Büros hinter sich schloss. *Es ist nicht richtig von uns, dass wir immer die Feldarbeit machen und ihn die Akten wälzen lassen. Ich sollte mir überlegen, wie ich Baroso mehr fördern kann.*

Er ließ sich auf den kleinen, mit grauem Cord bezogenen Sessel nieder. Neben seinem Espressovollautomaten sein liebstes Möbelstück im Büro. Gedankenverloren öffnete er seine Aktentasche, um zu sehen, was ihm Leticia als Leckerei für zwischendurch mitgegeben hatte. Misstrauisch befingerte er eine Plastikdose, deren Inhalt ihm verdächtig nach Gemüse aussah. Mit einem leisen Plopp löste sich der Deckel und gab den Blick auf geschälte Möhren und Kohlrabi-Stifte frei. Avila schüttelte sich. Das war doch wohl nicht Leticias Ernst? Er nahm die Tasche auf den Schoß und durchwühlte sie. Vielleicht hatte Leticia noch ein Stück von der leckeren Wurst darin versteckt? Fehlanzeige! Er schmiss die Aktentasche unter den Schreibtisch. Was sollte er jetzt machen? *Ich hätte es wissen müssen*, sinnierte er. *Der Blick vorhin von Leticia und das spöttische Grinsen, als sie mir die Mappe an der Tür überreicht hat. Ich wette, für heute Abend hat sie einen Salat oder sonst etwas Gesundes geplant. Dabei werde ich nach diesem verdammten Erste-Hilfe-Kurs was Handfestes brauchen. Bier bekomme ich heute Abend wahrscheinlich auch nicht.*

Seitdem Leticia ihn heute Morgen unter Androhung von Liebesentzug auf die Waage bugsiert hatte, schwebte das böse D-Wort über ihm. Diät im Hause Avila, das war ein Ausnahmezustand! *Aber Leticia kann mich nur zu Hause kontrollieren. Was auf der Arbeit passiert, bleibt auf der Arbeit ... Gott sei Dank sind wir wegen des Falles noch nicht dazu gekommen, in dieses Sportgeschäft zu fahren. Wahrscheinlich wird sie versuchen, mich heute Abend dorthin zu schleifen. Ich sollte zusehen, dass ich vor dem Este-Hilfe-Kurs nicht nach Hause fahre. Wie lange hat das Sportgeschäft wohl auf? Ich muss Vasconcellos fragen, der weiß das sicher.*

Spontan erhob er sich aus seinem grauen Denksessel und strebte aus dem Polizeipräsidium in Richtung Einkaufszentrum. Er würde für sich und Baroso Pastei besorgen. Er erinnerte sich, dass sein Aspirante eine

Schwäche für Queijadas hatte. Ein paar warme Frischkäsetörtchen waren jetzt genau das Richtige. Außerdem sollte Frischkäse doch gesund sein, oder?

※ ※ ※

Eine halbe Stunde später saß er am Schreibtisch von Vasconcellos, einen dampfenden Milchkaffee neben sich und einen glücklich kauenden Baroso gegenüber. Avila studierte am Bildschirm die Akte von Jaimy Dias. Irgendetwas mussten sie übersehen.

»Haben wir etwas über die Schwester? Wissen wir, wo sie früher gearbeitet hat? Die Schönheitsfarm ist doch erst vor ein paar Monaten eröffnet worden«, frage Avila.

»Irgendwo habe ich es aufgeschrieben. Angeblich ist Clara Pinto ja schon mehrere Jahre auf Madeira, aber ich habe nur den Hinweis auf eine weitere Anstellung vor der Schönheitsfarm gefunden. Was sie davor hier gemacht hat, keine Ahnung. Vielleicht hat der Bruder sie versorgt. Zumindest war sie bei ihm gemeldet. Moment, gleich habe ich es.« Baroso fing an, sich durch die Papierstapel auf seinem Schreibtisch zu wühlen. »Hier ist es!« Wie eine weiße Fahne schwenkte er ein Blatt Papier.

Avila nahm ihm das Blatt ab. Ein Fitnessstudio in Funchal.

»Irgendwie kommt mir der Name bekannt vor.«

»Das ›Studio Vital‹?«, wollte Baroso wissen.

»Ja, da klingelt etwas bei mir. Habe ich dazu etwas in der Diário de Notícias gelesen?«, grübelte Avila.

»Ich schaue gleich einmal online nach«, bot Baroso an und hämmerte in die Tasten. »Sie haben recht. Der Chef des Studios ist vor zwei Monaten zusammengeschlagen worden. Es gab eine Anzeige gegen ›Unbekannt‹. Glauben Sie, Jaimy Dias hat etwas damit zu tun?«

»Zumindest ist es bemerkenswert, dass Clara Pinto bis vor neun Wochen für das Studio gearbeitet hat. Wissen wir, ob sie gekündigt hat oder gekündigt wurde?«

Baroso schüttelte den Kopf.

»Aber das kann ich herausfinden.« Er griff zum Telefon.

»Wen rufst du an?«

»Meine Cousine. Sie ist eine Fitnessfanatikerin und es gibt kaum ein Studio in Funchal, welches sie noch nicht ausprobiert hat.«

Zehn Minuten später hatten sie die erhoffte Information.

»Interessant! Das sollte dem Staatsanwalt für einen Durchsuchungsbefehl reichen!«, triumphierte Avila.

Vale Paraíso, 29.08.2014 13:20

»Und, konntest du Senhora Delgado beruhigen?« Vasconcellos und Fonseca hatten die Estrada do Garajau genommen und fuhren in diesem Moment an der Bar Camarão vorbei. Ana winkte ihnen von der Terrasse aus zu. Sie war gerade dabei, ein paar mittäglichen Stammgästen Snacks zu servieren.

»Selbstverständlich«, antwortete Fonseca. In seiner Stimme schwang ein beleidigter Unterton mit. »Isabel war sehr froh, dass Galina und ich den gesamten Garten und auch die Zimmer im Haus inspiziert haben.«

»Isabel?« Vasconcellos kniff die Lippen zusammen. »Manel, darüber sollten wir reden.«

»Was meinst du?« Fonseca löste den Blick von der Fahrbahn. Dabei übersah er einen schwarzen Hund, der gerade über die Straße in Richtung Café streunte.

»Aufpassen!«, rief Vasconcellos und griff Fonseca ins Lenkrad. Der Wagen fing an zu schlingern und nahm beinahe einen Touristen mit, der aus dem gegenüberliegenden Hotel kam.

»Merda! Verdammt, Ernesto. Was machst du denn?« Fonseca lenkte den Wagen wieder gerade und vergewisserte sich im Rückspiegel, dass diese Aktion niemanden verletzt hatte.

»Frag mal lieber, was du machst!« Vasconcellos merkte, dass es in ihm anfing zu brodeln. »Du weißt ganz genau, dass es nicht in Ordnung ist, während eines Mordfalles mit einer möglichen Verdächtigen anzubandeln!«

»Mögliche Verdächtige? Du glaubst doch nicht im Ernst, dass Isabel …«

»Siehst du, das ist das Problem! Du bist schon nicht mehr vorurteilsfrei! Wir müssen objektiv die Beweise zusammentragen und Schlüsse ziehen. Wie willst du das jetzt noch können?« Vasconcellos schlug mit der flachen Hand vor sich auf das Armaturendeck. *Besser, als dem Fahrer eine runterzuhauen*, dachte er.

»Mensch, Ernesto! So kenne ich dich ja gar nicht!« Fonseca fuhr an die Seite und hielt.

»Es ist nicht gut, sich mit jemandem einzulassen, der in eine laufende Ermittlung involviert ist.« Vasconcellos schluckte. Er musste wieder an Kate Stuart denken, die nicht mehr Bestandteil seines Lebens war. Wie lange war das jetzt her? Zwei Jahre?

Fonseca musterte seinen Kollegen und Freund von der Seite.

»Ernesto, was hast du?«

»Es gab da mal jemanden. Ist eine Weile her. Ihre Familie war in mehrere Mordfälle verstrickt. Es endete damit, dass wir keinen Kontakt mehr haben und sie die Insel verlassen hat.«

»Sie war dir wichtig? Hmmh.« Fonseca fuhr sich durch die Haare. »Du hast ja recht, mein Freund. Aber es ist so, dass ich Isabel echt toll finde. Es ist nicht nur ihr Aussehen. Obwohl, hast du ihre Figur gesehen?« Er schnalzte mit der Zunge. Als er Vasconcellos' missbilligen Blick spürte, fuhr er schnell fort: »Nein, es ist mehr. Sie interessiert mich wirklich.«

»Hast du das Gefühl, sie interessiert sich auch für dich?«

»Kann schon sein.« Fonseca bearbeitete seine Lippe mit den Vorderzähnen und starrte auf die Fahrbahn.

»Dann warte, bis der Fall abgeschlossen ist. Wenn du ihr auch wichtig bist, wird sie dafür Verständnis haben. Wahrscheinlich haben wir unseren Mörder bereits. Lass uns weiterfahren und Jaimy dingfest machen.« Vasconcellos klopfte Fonseca auf die Schulter.

Fünfzehn Minuten später fuhren sie die Auffahrt zum alten Kloster hoch. Der Wagen holperte über das unebene Kopfsteinpflaster, sodass Vasconcellos mehrfach in Kontakt mit dem Autohimmel kam.

»Fahr mal langsamer«, schimpfte Ernesto und rieb sich den schmerzenden Kopf. »Dein Tempo ist weder gut für meinen Schädel noch für die Stoßdämpfer.«

Fonseca verlangsamte die Geschwindigkeit und schaute sich um.

»Sieht gar nicht nach einer Baustelle aus. Zumindest wirkt dieser Park so, als ob er über Jahrhunderte nicht verändert wurde. Wahrscheinlich treffen wir an der nächsten Ecke ein paar von den Nonnen. Das war doch ein Kloster, oder?«

Vasconcellos musste Fonseca recht geben. Hier war wirklich die Zeit stehen geblieben. Nach den Recherchen von Baroso war es erst vor einem halben Jahr aufgegeben worden. Was wohl aus den Nonnen geworden war?

※ ※ ※

Nach einer weiteren Wegbiegung gaben die fast mannshohen Bougainvillen den Blick auf ein wuchtiges zweistöckiges Gebäude frei.

Selbst die orange-gelben Strahlen der Mittagssonne konnten die Tristesse des alten Bauwerkes nicht überdecken. Wie graue Tränenschleier war der Dreck über die Jahre entlang des weiß getünchten Mauerwerkes geschwemmt worden. Das Dach, welches vor vielen Jahren mit den typisch orangen Dachziegeln gedeckt worden war, wies große Löcher auf. Die verbliebenen Schindeln wirkten wie die schmutzig grau-braune Schuppenschicht eines alten Leguans. Kein einladender Anblick.

Über dem Gebäude erhob sich ein viereckiger Turm im gleichen grau-weißen Trauerflor wie der Rest. Vor dem Gemäuer standen mit Pappe geschützte Fenster, mehrere

Betonmischer, zwei offene Container mit Schutt und ein Bagger. Erst jetzt sah Vasconcellos, dass im ersten Stock mehrere Männer damit beschäftigt waren, die alten Fenster aus den Rahmen zu schlagen. Der Teil, der schon ausgelöst war, lag in einem großen Haufen vor dem baufälligen Kloster. Weitere Arbeiter waren dabei, die Trümmer in einen der Container zu werfen.

»Ich dachte, dein Kumpel Palmeiro ist ein guter Geschäftsmann?« Fonseca schüttelte den Kopf. »Was soll hieraus denn werden?«

Vasconcellos zuckte mit den Schultern und ging auf den einzigen Farbfleck, eine knallrot gestrichene Flügeltür, zu.

»Atenção! Achtung!«, rief eine tiefe Stimme aus der Richtung des Baggers. Aus dem Führerhäuschen sprang ein kleiner bulliger Mann, dessen Arme durch die vielen Tattoos fast schwarz waren. »Wir haben den Eingangsbereich gerade wieder frisch betoniert. Ich habe keine Lust, das noch ein drittes Mal zu machen!« Er baute sich vor Fonseca und Vasconcellos mit in die Hüften gestemmten Armen auf. Dabei reichte er dem groß gewachsenen Vasconcellos kaum bis zur Schulter.

»Wir sind auf der Suche nach einem Arbeiter. Jaimy Dias. Können Sie uns sagen, wo wir ihn finden?« Der Subcomissário hielt dem Möchtegernriesen seine Polizeimarke unter die Nase.

»Jaimy? Den suche ich auch! Ist nicht zur Arbeit erschienen. Dabei weiß er genau, dass wir heute die Fenster machen und jede Hand brauchen«, knurrte der Tätowierte.

»Wann genau haben Sie ihn zum letzten Mal gesehen?«

»Gestern Abend kurz vor Schluss. So wie alle anderen auch.«

»Haben Sie eine Idee, wo er sonst sein könnte?«

»Es gibt ein, zwei Bars in der Nähe der Markthalle in Funchal, in denen er sich manchmal herumtreibt. Vielleicht hat ihn dort jemand gesehen. Falls Sie ihn finden, können Sie ihm ausrichten, er braucht sich gar nicht mehr blicken lassen. Beziehungen zum Chef hin oder her, wer mich als Vorarbeiter auf meiner Baustelle warten lässt, den kann ich nicht gebrauchen.« Der Tätowierte drehte ihnen den Rücken zu und kletterte wieder in das Führerhaus zurück.

»Moment. Wir sind noch nicht fertig«, stoppte ihn Vasconcellos. »Waren Sie in der letzten Woche jeden Tag auf der Baustelle?«

»Sonntags nicht. Da gehe ich in die Kirche«, brummte der Vorarbeiter.

»In die Kirche? Das glaubt er doch selbst nicht«, flüsterte Fonseca.

»Ist Ihnen etwas Besonderes aufgefallen?«, hakte Vasconcellos nach.

»Was Besonderes?« Der Tätowierte blickte auf seine Arme, als erwartete er, dass ihm die vielen Motive eine Antwort gäben. »Nur, dass diese Betongrube, in die Sie beide eben auch fast getreten wären, Leute anzieht.«

»Wie meinen Sie das?«

»In der letzten Woche musste ich sie zweimal gießen lassen!«

»Was?« Vor Vasconcellos tauchten Bilder von einbetonierten Leichen auf.

»Na ja. Es war vor knapp einer Woche. Ich kam morgens auf die Baustelle und habe gleich gesehen, dass etwas nicht stimmte. Jemand muss über den frischen Zement gelaufen sein. Hat noch versucht, die Fußspuren wieder glatt zu wischen. Aber meinem Blick entgeht da nix. Habe Jaimy angewiesen, den Beton komplett wieder rauszubohren und neu zu vergießen.«

»Haben Sie dabei etwas gefunden?«

Ein kehliges Glucksen kam aus dem Führerhaus.

»Was meinen Sie? 'Ne verfluchte Leiche, oder was? Nee, nix haben wir gefunden. Das wäre auch nicht tief genug, um eine Leiche verschwinden zu lassen. Da hätte man zwei

Monate früher kommen müssen. Da haben wir im Innenhof eine alte Zisterne zugegossen. In dem Loch hätte ich meine zickige Schwiegermutter und meine störrische Frau gleichzeitig verschwinden lassen können.« Das Glucksen wurde lauter.

»Okay, das passt zeitlich nicht für uns. Können wir uns auf dem Grundstück umsehen?«

»Ich glaube nicht, dass der Boss begeistert sein wird.« Er kramte in der Hosentasche und zog ein Mobiltelefon hervor.

»Rufen Sie Senhor Palmeiro gerne an und grüßen Sie ihn von Subcomissário Ernesto Vasconcellos. Wir waren vor zwei Stunden bei ihm. Was glauben Sie, wer uns erzählt hat, wo Jaimy Dias arbeitet?« Vasconcellos grinste. Der Vorarbeiter ließ sein Mobiltelefon wieder in die Hosentasche gleiten.

»Wenn Sie es sagen. Kann mir auch egal sein.« Der Mann startete den Bagger und bewegte sich auf den Haufen mit den alten Fenstern zu.

Fonseca ging zum Wagen und holte Galina raus.

»Denkst du nun doch, sie kann uns helfen, den Rest der Leiche zu finden?«, fragte Vasconcellos hoffnungsvoll.

»Nein, aber sie braucht dringend etwas Auslauf. Sehr dringend sogar«, erwiderte Fonseca trocken und ließ das Halsband des Hundes los. Galina lief blitzschnell ein paar Meter die Ausfahrt hoch und bog hinter einen der großen Bougainvilleas ab. Kurz darauf erklang lautes Kläffen und Knurren, welches in kurzen Abständen von kläglichem Heulen unterbrochen wurde.

Vasconcellos und Fonseca blickten sich an und sprinteten dann beide gleichzeitig los.

Als sie dem Bellen und Heulen folgten, entdeckten sie unter einem dichten Busch die Hündin, die mit einem zweiten, kleineren Hund unbestimmbarer Rasse kämpfte.

»GALINA! FUSS!«, schrie Fonseca, aber sein Tier hörte nicht. Sie hatte sich in der Schnauze ihres Gegners verbissen, der jetzt ein ohrenbetäubendes Heulen ertönen ließ.

»Du schnappst dir Galina, ich versuche, den anderen zu greifen!«, befahl Fonseca. »Wenn wir sie nicht trennen, passiert noch Schlimmeres.«

Vasconcellos versuchte, Galina an ihrem Halsband zu fassen. Zweimal griff er ins Leere. Schließlich schaffte er es, seine Hand fest um das Lederband zu schließen. Er zog. Für Fonseca war es noch schwieriger, denn der gegnerische Hund trug überhaupt kein Halsband und bot daher wenig Möglichkeiten zum Festhalten. Nach einer gefühlten Ewigkeit gelang es ihnen, die Hunde auseinander zu bringen. Fonseca drückte den braun-schwarzen Mischlingsrüden auf den Boden. Dessen linkes Ohr und Nase bluteten heftig. Galina hatte ihn übel erwischt. Aber auch sie war voller Kampfspuren. An ihrer rechten Vorderflanke klaffte eine blutige Wunde.

»Porra! Verdammter Mist! Was habt ihr euch dabei nur gedacht!«, schimpfte Fonseca. »Da müssen wir nachher dem Tierarzt einen Besuch abstatten!«

Vasconcellos blickte sich um. Frisch aufgeworfene Erde zeigte die Stelle an, die von dem braun-schwarzen Hund allem Anschein nach durchwühlt worden war, bevor Galina ihn fand.

»Ich glaube, wir haben den Rest von Senhora Lima gefunden.«

Polizeipräsidium, 29.08.2014 16:03

»Großartige Arbeit! Ich bin sehr zufrieden mit Ihnen!« Der Wolf bleckte seine Zähne zu einem Grinsen und schlug Avila auf die Schultern. »Dieser Hinweis, dass Jaimy Dias schon einmal Gewalt angewendet hat, um seine Schwester zu schützen, das war der Durchbruch. Und dass Sie den Verdächtigen noch in der Bar in der Rua Maria dingfest machen konnten. Besser kann es nicht laufen! Hat dieser Dias schon gestanden?«

»Dazu ist er noch nicht in der Lage«, antwortete Vasconcellos wahrheitsgemäß. Er und Fonseca hatten Jaimy Dias vor einer Stunde sturzbetrunken in der »Bar Number Three« in der Rua Maria nach einem Hinweis vorgefunden.

Der Wirt, ein alter Schulkamerad von Vasconcellos, hatte sie freudig begrüßt. Der Subcomissário kannte die Bar sehr gut, allerdings war er nie vor Einbruch der Dunkelheit hier gewesen. Ihm war noch nie aufgefallen, wie muffig es in dem Laden roch. Die Barhocker und Holzstühle zeigten im Licht der einfallenden Nachmittagssonne deutliche Gebrauchsspuren und auf der Theke konnte er die Wasserränder der Gläser und andere nicht identifizierbare Schlieren entdecken. Auf den Tischen warteten Krümel und weitere Reste der in der Bar servierten Snacks auf ihre Beseitigung. *Vielleicht sollte ich mit meinem Freund mal über die Benutzung von Lappen und Besen reden*, überlegte Vasconcellos, als er die unappetitliche Umgebung in sich aufnahm.

»Ernesto! Habe mich lange nicht mehr so über den Besuch der Polizei gefreut. Ihr wollt mir also helfen, diesen Typen zu entsorgen?« Der Wirt deutete auf eine zusammengesunkene Gestalt an einem Tisch in der Ecke.

Jaimy Dias nahm kaum wahr, dass Vasconcellos und Fonseca sich vor ihm aufbauten. Er nuschelte etwas Unverständliches und hielt ihnen ein leeres Ponchaglas entgegen.

»Damit ist jetzt Schluss«, meinte Vasconcellos und zog den Betrunkenen hoch. Widerstandslos ließ sich Dias hochziehen, sank aber sofort in sich zusammen, als sie ihn in Richtung Ausgang schieben wollten.

»Ich glaube, am einfachsten ist es, wenn wir ihn tragen«, meinte Fonseca, nachdem sie Dias mehrere Male wieder vom Boden aufgeholfen hatten. Mithilfe des Wirtes schafften sie schließlich den Volltrunkenen in Fonsecas Auto.

Jetzt schlief Dias gerade in der Ausnüchterungszelle seinen Rausch aus.

»Haben Sie schon Rückmeldung von Ihrem Aspirante?«, wollte Lobo wissen. Avila hatte Baroso mit der Spurensicherung in Dias' Wohnung geschickt, nachdem Fonseca sich für die nächsten Stunden entschuldigt hatte, um Galina und den Mischlingshund zum Tierarzt zu fahren.

»Ich rechne jeden Moment damit.«

»Wenn er wieder da ist, sollten wir den Erfolg feiern«, schlug Lobo vor.

»Das ist eine sehr gute Idee!«, pflichtete Avila ihm bei. »Dann könnten wir vielleicht den Erste-Hilfe-Kurs ...« Weiter kam er nicht.

»Stimmt ja! Heute gibt Intendente Costa den Kurs. Das hatte ich fast vergessen. Dann müssen wir natürlich das Feiern auf einen anderen Tag schieben.« Der Wolf grinste Avila an. »Das wollten Sie doch gerade vorschlagen, Comissário? Es wird Ihnen doch nicht einfallen, diese wichtige Schulung ausfallen zu lassen, oder?«

Avila öffnete kurz den Mund, um zu protestieren, schluckte dann aber seinen Einwand hinunter und schwieg.

»Ich mache einen Vorschlag zur Güte. Sie alle tauchen heute Abend hoch motiviert zum Erste-Hilfe-Kurs auf. Ich möchte nicht, dass meine Mordkommission mir hier Schande bereitet. Als kleine Gegenleistung von mir wird jeder von Ihnen nach Abschluss des Falles zwei Tage Sonderurlaub bekommen. Aber natürlich nicht alle zur gleichen Zeit und wenn keine weiteren Fälle anstehen«, schränkte Lobo sein großzügiges Angebot gleich wieder ein.

Die gute Laune des Wolfes wurde etwas getrübt, nachdem Baroso und die Spurensicherung in Jaimys Wohnung keinerlei Hinweise auf den Mord an Senhora Lima entdecken konnten. Jetzt mussten sie abwarten, was das Verhör des jungen Mannes ergab. Und das würde, nach dem Alkoholpegel von Dias zu schließen, kaum vor dem morgigen Mittag vonstattengehen. Sehr zu Avilas Bedauern, der bis zum Schluss gehofft hatte, noch eine gewichtige Entschuldigung für das Verschieben des Erste-Hilfe-Kurses zu finden.

Am frühen Abend fand sich die gesamte Mordkommission in einem der großen Besprechungsräume des Polizeipräsidiums wieder. Fonseca hatte Galina, deren Verletzung doch nicht so schlimm war, wie anfangs befürchtet, in ihren heimischen Zwinger gebracht. Ihren schwerer zugerichteten Gegner hatte er beim Tierarzt gelassen. Der Mischlingshund sollte noch ein paar Tage unter Beobachtung bleiben und dann einen vorläufigen Platz im Tierheim erhalten. Jetzt saß der Sargento in lässiger Freizeitkleidung auf einem der Stühle und wartete auf den Beginn der Veranstaltung.

Avila war nicht so entspannt zumute. Er bekam schon jetzt von dem hellen Licht der Neonleuchten und den steril weißen Funktionsmöbeln Kopfschmerzen. Wie sehr wünschte er sich nach Hause auf seine Terrasse, ein kühles Bier in der Hand und Urso zu seinen Füßen.

»Comissário? Habe ich auch Ihre Aufmerksamkeit?«, sprach Costa ihn an. Der Intendente war wie bei ihrer letzten Begegnung wieder in eine tadellos gebügelte Uniform gekleidet. Nur sein Barett hatte er diesmal im Schrank gelassen und gab Avila und den anderen den Blick auf eine Halbglatze mit einem Kranz pechschwarzer Haare frei.

Wahrscheinlich färbt sich dieser Fatzke auch noch die Haare. Wundert mich nur, dass er sich noch keine Haare auf seine Glatze hat implantieren lassen, so eitel, wie er sich gibt, überlegte Avila.

Laut sagte er: »Sim, ja. Estou a ouvir, ich höre zu.« Betont entspannt lehnte sich Avila in dem Plastikstuhl zurück. Seine lässige Geste wurde von dem empörten Ächzen des Stuhles unterbrochen und Avila sah, wie sich Vasconcellos und Fonseca ein Lachen verkniffen. Vielleicht hatte Leticia recht und er müsste wirklich abnehmen.

»Zunächst möchte ich Ihnen jemanden vorstellen.« Costa hielt den nackten Torso einer männlichen Puppe hoch. »Dies ist Jacó. Die nächsten zwei Stunden werden Sie eine sehr innige Beziehung mit ihm aufbauen, wenn Sie versuchen, ihm das Leben zu retten. Aber lassen Sie mich zunächst ein paar Fragen stellen. Wer von Ihnen hat schon einmal einen Erste-Hilfe-Kurs gemacht?«

Zu Avilas Überraschung meldete sich Vasconcellos.

»Subcomissário Vasconcellos, richtig?«, fragte Costa nach. »Dann würde ich Sie gleich einmal bitten, mit mir die erste Vorführung für Ihre Kollegen zu machen.« Vasconcellos und Costa führten den anderen die stabile Seitenlagerung vor. Danach wies der Intendente Avila und Baroso an, es ihnen nachzumachen. Avila hatte zunächst Schwierigkeiten, Baroso aus der Rückenlage auf die Seite umzulagern, aber nach einem Fehlversuch klappte es ganz ordentlich. Na also, so schwer war dieser Mist also nicht.

Der nächste Teil der Übung war das Abbinden und das Anlegen von Druckverbänden. Vasconcellos zeigte seinen

Kollegen, wie man eine starke Blutung am Oberschenkel abbinden konnte.

»So, jetzt machen wir mal langsam ernst. Stellen Sie sich vor, vor Ihnen auf der Straße gerät ein Motorradfahrer ohne Helm unter ein Auto. Überall ist Blut. Sie haben nur ein paar Minuten Zeit, um eine schwere Blutung am Hals des Mannes zu stillen. Comissário, wie wäre es, wenn Sie uns das mit Ihrem jungen Kollegen vorführen?«

Avila griff beherzt zu der langen weißen Mullbinde und wickelte sie Baroso fest um den Hals. Der Kopf seines Aspirantes wurde langsam rot.

»Wunderbar!«, lobte Costa. Avilas Brust schwoll vor Stolz. Er war wohl ein Naturtalent. Der Intendente fuhr fort: »Hier haben wir ein klassisches Beispiel dafür, was passiert, wenn der Helfer nicht weiß, was er tut. Was, glauben Sie, wird in den nächsten Minuten mit dem jungen Mann geschehen?«

Fonseca meldete sich mit einem breiten Grinsen.

»Ich denke mal, er wird ersticken, weil unser Chef ihm den Kopf abgebunden hat!«

Avila merkte, wie er fast genauso rot wurde wie Baroso. Das Ganze entwickelte sich zu einem Fiasko. So wie Fonseca und Vasconcellos feixten, konnte er sich zu allem Überfluss gut vorstellen, dass die Nachricht über seine Fähigkeiten im Kurs sich schnell im Präsidium verbreiten würden. Baroso fing an zu röcheln. Mit einem Griff erlöste Costa den Aspirante von Avilas Verband.

»Genau richtig. Abbinden ist generell keine gute Idee, weil man die komplette Blutversorgung der Extremität lahmlegt. Beim Kopf ist es natürlich besonders schwerwiegend, da man hier nicht einfach später den abgestorbenen Teil amputieren kann. Genau aus diesem Grund gibt es Druckverbände. Subcomissário, wären Sie so freundlich und würden Sie an Sargento Fonseca das Prinzip eines Druckverbandes demonstrieren?«

Nach einer halben Stunde schaffte es endlich auch Avila, einen den kritischen Blicken von Costa genügenden Druckverband anzubringen.

»So, jetzt wollen wir uns Jacó widmen. Ich zeige Ihnen nun die Herz-Lungen-Wiederbelebung.« Costa legte den Torso auf den Boden und kniete sich an die Seite. »Bitte achten Sie genau auf mich und meine Körperhaltung. Ich knie etwa auf Schulterhöhe und setze den Handballen auf das untere Drittel des Brustbeines. Dann lege ich den anderen Handballen auf die erste Hand und fange an zu drücken. Der Druck sollte nicht zu stark, aber auch nicht zu schwach sein. Die Puppe gibt Ihnen eine gute Rückmeldung, ob Sie eventuell nicht kräftig genug pressen. Der Brustkorb muss eingedrückt werden. Nun zum richtigen Takt. 30-mal drücken, dann zweimal beatmen. Dabei halten Sie die Nase zu. Der Kopf des Verletzten sollte leicht nach hinten geneigt sein. Atmen Sie zur Seite aus.« Avila schwirrte der Kopf. Wie sollte er sich das alles merken? Hoffentlich war er nicht der Nächste. Zum Glück wählte der Intendente Baroso, der sich mittlerweile von den Folgen des Halsverbandes erholt hatte.

»Nicht so zaghaft, Aspirante. So kommt keine Luft in die Lunge des armen Jacó«, kritisierte Costa. Barosos Kopf war wieder tiefrot, diesmal vor Anstrengung. »Etwas schneller!«, trieb ihn der Intendente weiter an. Nach fünf Minuten wurde der erschöpfte Baroso endlich erlöst. Avila merkte, wie er zu schwitzen anfing. Wie sollte er überhaupt so lange durchhalten? Mit seiner Kondition war es, lange Spaziergänge mit Urso hin oder her, nicht besonders gut bestellt.

»Subcomissário? Wollen Sie zur Abwechslung Ihren Kollegen einmal eine Demonstration geben? Für alle: Wir wollen etwa einen Takt von 100 pro Minute erreichen. Kennen Sie alle das Lied ›Staying Alive‹ von den Bee Gees? Das ist der richtige Takt! Summen Sie ihn in Gedanken mit, das hilft.« Costa tippte auf sein Mobiltelefon und die hohen

Stimmen der Brüder füllten knarzend den Raum. Avilas Schädel fing an zu klopfen. Wenn das so weiterging, würde er mit Migräne nach Hause gehen. *Das hier ist die reinste Folter*, grummelte er in sich hinein,

Vasconcellos kniete sich neben die Puppe. Er platzierte nur die rechte Hand auf der Brust von Jacó und fing an zu drücken. Exakt im Takt und ohne sichtbare Mühe. Der Torso hob und senkte sich. Avila rechnete beinahe damit, dass sein Stellvertreter gleich sein Mobiltelefon mit der freien Hand zücken würde, um zu telefonieren, so entspannt wirkte er. Nach ein paar Minuten unterbrach ihn Costa.

»Vielleicht beim nächsten Mal etwas weniger Show, junger Mann. Wir gewinnen keine Preise, wenn wir cool sind. Ich lasse es mal so durchgehen, denn ich habe die Hoffnung, dass Sie sich bei einer lebenden Person mehr engagieren als bei dem armen Jacó. Comissário? Wie wäre es?«

Avila merkte, wie ihm das Blut in den Kopf schoss. Das würde die nächste Blamage für ihn werden. Er ging langsam in die Knie. Konnte nur er hören, wie dabei seine Knochen knackten? In Gedanken versuchte er, die einzelnen Schritte, die Costa vorgestellt hatte, durchzugehen. Wo genau musste er noch mal den Handballen platzieren? Avila drückte auf den Torso. Nichts geschah. Irritiert hielt er inne und blickte den Intendente an, der sich ein Grinsen nicht verkneifen konnte.

»Comissário! Nicht so zaghaft. Wenn Sie so weitermachen, ist Jacó gleich tot! Sie müssen stärker drücken.«

Avila versuchte es erneut und ganz leicht gab der Torso nach. Jetzt den richtigen Takt. In seinem Kopf fing er an, die Melodie von diesem Lied zu singen. Dreißig Mal? Das würde er nie schaffen. Er merkte, wie sein Hemd anfing, unter den Achseln zu kleben, und ihm der Schweiß langsam den Rücken runterlief. *Das liegt bestimmt zum großen Teil daran, dass ich heute nicht genug zu essen bekommen habe*, redete er sich ein. *Diese blöde Diät. Jetzt zweimal beatmen.* Ihm wurde schwummrig, als der gefühlt nur noch spärlich vorhandene Sauerstoff seinen Lungen entwich. *Meu deus, mein Gott, gleich werde ich ohnmächtig!* Das klinisch weiß leuchtende Zimmer bekam einen Grauschleier.

»Nicht langsamer werden, Comissário!«, hörte er Costas Stimme wie durch Watte.

Avila zwang sich, den Torso wieder zu bearbeiten, merkte aber selbst, dass dieser kaum noch unter seinen Händen nachgab.

»Comissário, wenn wir hier einen Ernstfall hätten, sähe ich für den armen Jacó schwarz. In der Regel dauert es über fünfzehn Minuten, bis Hilfe kommt. Meinen Sie wirklich, dass Sie so lange aushalten?«

Avila gab auf. Sein Kopf fühlte sich völlig leer an. Als er sich aufrichten wollte, wurde ihm vollständig schwarz vor Augen. Er schwankte, noch in der Hocke und zu schwach, um aufzustehen, hin und her. Der gute Baroso sprang hin und rettete ihn vorm Hinfallen. Beschämt ließ der Comissário sich von Baroso auf seinen Stuhl helfen. Die Augenbrauen des Intendente wanderten spöttisch in Richtung des spärlichen Haarkranzes. Zum Glück verkniff er sich aber einen weiteren Kommentar und wandte sich an Fonseca: »Sargento Fonseca, möchten Sie als Nächstes?«

Fonseca nickte, kniete sich neben die Puppe und brachte seine Hände in Stellung. Mit seinem ganzen Körper drückte er den Torso hinunter. Es krachte laut, ähnlich dem Geräusch, das Avilas Sofa machte, wenn er sich hineinfallen ließ. Fonseca blickte überrascht auf.

»Das fühlt sich jetzt irgendwie komisch an?« Jacós Brust hatte eine ungesunde konkave Form eingenommen.

Costa runzelte die Stirn.

»Lassen Sie mich mal, Sargento.« Er kniete sich auf die andere Seite und befühlte den eingedrückten Torso. »Merda! Verdammter Mist! Mit wie viel Kraft haben Sie denn gedrückt, Sargento? Sie haben die Feder zerbrochen! Jacó ist hin!«

»Puppenkiller«, stichelte Vasconcellos und grinste breit.

Camacha, 30.08.14 09:13

»Ich danke Ihnen, Padre, dass Sie meinem Mann die Kommunion geben.« Die alte Senhora Baroso nahm seine Hand und drückte sie. »Wissen Sie, er lacht über mich, aber ich habe Sorge, dass Gott es ihm übel nimmt, wenn er nicht mehr sonntags in die Kirche geht.« Sie schüttelte traurig ihren Kopf und bekreuzigte sich.

Der Priester betrat das Krankenzimmer. Der frische Geruch von Pfefferminz und Kampfer konnte nicht die durch Krankheit säuerlich geschwängerte Luft überdecken. Im Halbdunkeln sah er Senhor Baroso in seinem Bett auf der Seite liegen. Mühsam versuchte sich der Kranke aufzurichten, als der Geistliche den Raum betrat.

»Não se incomode, Senhor Baroso. Machen Sie sich keine Umstände!« Der Priester durchmaß mit zwei Schritten den kleinen Raum und legte dem Kranken die Hand auf die Schulter. »Soll ich Ihnen das Kissen aufschütteln, damit Sie etwas bequemer sitzen können?« Senhor Baroso nickte dankbar. Sein Gesicht war eingefallen und die Augen des Kranken hatten eine gelbliche Farbe angenommen. Von Senhora Baroso wusste er, dass der Krebs mittlerweile mehrere Organe angegriffen hatte und es jeden Tag schlechter ging. Während der Priester die Krankenkommunion verabreichte, fielen dem alten Mann immer wieder erschöpft die Augen zu. *Es wird nicht mehr lange dauern*, dachte der Priester, als er dem Kranken die Hostie in den Mund schob.

»Der Herr sei mit Euch.« Die Antwort von Senhor Baroso war nur noch ein heiseres Flüstern. Der Geistliche bekreuzigte sich und half dem alten Mann, sich wieder zurückzulegen. Dann verließ er den Raum und schloss leise die Tür hinter sich.

Senhora Baroso wartete vor der Tür.

»Ich weiß, dass es bald zu Ende geht. Aber wir sind nicht traurig, mein Mann und ich. Wir haben ein langes gemeinsames Leben gehabt, wissen Sie? Und ich werde nicht alleine sein. Wir haben Kinder und Enkelkinder. Mein Sohn wird mich zu sich nehmen, das ist schon beschlossen. Dann muss ich auch nicht mehr auf dem Feld arbeiten, um die Rente aufzubessern.« Sie lächelte und auf ihren hängenden Wangen erschienen kleine Grübchen. »Möchten Sie noch einen Galão oder Bica, bevor Sie gehen, Padre?«

»Es tut mir leid, Senhora Baroso. Ein anderes Mal vielleicht.« Er blickte auf die alte Armbanduhr, die ihm sein Vater geschenkt hatte, als er sich für das Priesteramt angemeldet hatte. Schon fast zehn Uhr. »Ich bin schon spät für die Beichte.« Er wandte sich in Richtung Tür.

»Ein kleiner Schwarzer muss doch noch drin sein, oder?« Sie zwinkerte ihm zu.

Er blickte in ihr runzliges Gesicht, in dem er hinter dem Lächeln die Trauer um den Lebensgefährten sehen konnte. Er seufzte. »Gerne Senhora, ein Bica.« Der Priester ließ sich von der alten Dame in das kleine Wohnzimmer schieben. Sie verschwand leise summend in der Küche.

Vorsichtig setzte er sich auf einen der Sessel, dessen Armlehnen mit runden Deckchen aus Madeiraspitze abgedeckt waren. Kurz darauf erschien Senhora Baroso mit zwei kleinen Tassen und einem Teller mit Gebäck.

»Sie sollten probieren, Padre.« Sie hielt ihm den Teller hin. »Die habe ich selber gebacken nach einem alten Rezept. Habe ich Ihnen erzählt, dass ich früher in der Confeitaria Felisberta gearbeitet habe, bis sie in den Achtzigerjahren geschlossen wurde?«

»Nein, das wusste ich nicht. Leider kann ich mich an diese Konditorei nicht mehr erinnern. Meine Mutter hat mir davon erzählt. Sie haben dort gearbeitet?«

»Ja. So habe ich auch meinen Mann kennengelernt. Er kam jeden Tag in den Laden und hat ein Stück unseres berühmten Honigkuchens gekauft. Meistens hat er es so eingerichtet, dass ich ihn bedienen konnte. Nach über einem Jahr hat er sich dann endlich getraut, mich zu fragen, ob ich mit ihm ausgehen möchte.« Sie schloss kurz die Augen und der Priester konnte auf ihrem Gesicht lesen, wie sie in die Vergangenheit abtauchte. Er räusperte sich. Senhora Baroso kehrte zurück in die Gegenwart. »Wussten Sie, dass sogar die Kaiserin von Österreich zu den Kunden der Confeitaria gehörte? Wie traurig, dass niemand sich um dieses Stück Geschichte kümmert und das Gebäude verfällt. Wie oft hieß es schon, dass die Confeitaria Felisberta wieder geöffnet wird. Jedes Mal, wenn ich in der Rua das Pretas vorbeigehe und die verblasste blaue Farbe des Schildes über dem Eingang sehe, zerreißt es mir fast das Herz. Das Geschäft und die Menschen waren wie ein zweites Zuhause für mich.«

Er nickte.

»Ich habe vor einigen Jahren einen Bericht in der Diário de Notícias gelesen. Wirklich traurig, Senhora Baroso.« Er stellte die Tasse auf den kleinen Beistelltisch und erhob sich. »Ich möchte nicht unhöflich sein und würde auch sehr gerne Ihren Geschichten lauschen. Es erfüllt mich immer, von der Vergangenheit meiner Gemeindemitglieder mehr zu erfahren. Vielleicht ein anderes Mal? Dann plane ich es so, dass ich hinterher nicht sofort wieder in der Kirche gebraucht werde.«

»Wie schade. Aber Sie haben natürlich recht, Padre. Es ist sehr egoistisch von einer alten Frau wie mir, dass ich Sie so lange in Anspruch nehme. Sie werden sicher schon erwartet.« Sie erhob sich aus ihrem Sessel und brachte ihn zur Tür.

※ ※ ※

Als er eine halbe Stunde später seinen Platz in dem hölzernen Beichtstuhl einnahm, war bereits jemand auf der anderen Seite.

Eine flüsternde Stimme begann das Beichtritual: »Im Namen des Vaters und des Sohnes und des Heiligen Geistes, Amen.«

Der Priester antwortete: »Gott, der unser Herz erleuchtet, schenke dir wahre Erkenntnis deiner Sünden und seiner Barmherzigkeit.« Er versuchte gar nicht, durch das vergitterte Fenster des Beichtstuhles etwas zu erkennen, sondern blickte auf seine gefalteten Hände.

»Vergib mir Vater, denn ich habe gesündigt.« Der Priester hörte Kleidung rascheln.

War es ein Mann oder eine Frau, die dort sprach? Die Stimme war so leise, dass er es nicht zu sagen vermochte.

»Meine letzte Beichte ist schon fünf Monate her.« Im Kopf überschlug er gewohnheitsmäßig kurz die Zeit. Sein Gegenüber hatte wahrscheinlich zu Ostern das Bußsakrament abgelegt. Nicht ungewöhnlich. Viele der Gemeindemitglieder gingen nur ein oder zweimal im Jahr zur Beichte. Und wenn sie es taten, nicht, weil sie wirklich etwas zu büßen hatten, sondern aus ihrer katholischen Erziehung heraus. Mitnichten war es wie in den Hollywoodfilmen, dass in diesem Beichtstuhl Verbrechen gestanden wurden. Vielleicht mal ein kleiner Seitensprung. Aber auch das war selten. Er wartete. Nur ein leises Atmen war zu hören.

Die flüsternde Stimme auf der anderen Seite begann zu berichten.

»Es passierte vor etwas über einem Jahr. Ich entdeckte in einem alten ...« Das Flüstern wurde immer leiser. Er musste sein Ohr fast an die Trennwand pressen. Was erzählte die Person da? Der Priester atmete immer flacher, damit sein Atmen nicht die leise Stimme übertönte. Hatte er das richtig verstanden?

Meu deus. Seine Kopfhaut fing an zu prickeln. Die Haare auf seinem Arm richteten sich wie kleine Balustraden auf, als wollten sie das Böse, was in den Beichtstuhl kroch, abwehren. Dies war nicht Hollywood, dies war die Realität. Und sie war furchtbar.

Polizeipräsidium, 30.08.2014 10:44

»Wirklich? Ist das euer Ernst?« Romario Palmeiros Gesicht hatte einen Ausdruck, den Vasconcellos selten bei ihm sah. Der Winzer und Hotelier war angespannt. »Weißt du, was mich ein Stillstand auf der Baustelle kostet? Mittlerweile habe ich mich ja schon fast daran gewöhnt, dass ich in jedem eurer Fälle als Verdächtiger herhalten muss, aber hier geht es um mein Geld!« Palmeiro starrte den Subcomissário mit zusammengekniffenen Augen an.

Vasconcellos zuckte mit den Schultern.

»Können wir etwas dafür, dass du dich ständig im Umfeld von Mordermittlungen aufhältst, Romario? Vielleicht solltest du dir lieber mal Gedanken über deinen Umgang machen. Schließlich hast du Jaimy Dias eingestellt.«

»Aber nur, weil ich jemanden einen Gefallen tun wollte. Das habe ich jetzt von meiner Schwäche für das schöne Geschlecht. Wie hätte ich ahnen können, dass Isabel Delgado mir ein faules Ei ins Nest legt? Ich wollte ihr doch nur helfen.« Er fuhr sich durch seine perfekt geschnittenen Haare.

»Du hättest dir den Lebenslauf von Dias nur etwas genauer ansehen müssen.« Vasconcellos hatte kein Mitleid. Es war auf der Insel bekannt, dass Palmeiro bei seinen Geschäften immer am Rande der Legalität vorbeischrammte. Aber es gelang ihm immer, sich aus der Affäre zu ziehen. Der Geschäftsmann war wie Teflon, nichts blieb haften. Wahrscheinlich war es ihm sogar gelegen gekommen, dass Dias nicht den besten Ruf hatte. Ein möglicher Gehilfe für die nächste krumme Sache.

Palmeiro seufzte.

»Wie geht es jetzt weiter? Wollt ihr den ganzen Park umgraben?«

Vasconcellos war kurz versucht, sein Gegenüber in dem Glauben zu lassen. Dann siegte aber sein Gewissen.

»Nein. Die sterblichen Überreste von Senhora Lima wurden bereits sichergestellt und befinden sich bei Doutora Souza in der Rechtsmedizin. Ich gehe davon aus, dass ihr am Montag mit den Arbeiten im Kloster wieder beginnen könnt.«

»Wieso hast du mir das nicht gleich gesagt?« Palmeiro boxte Vasconcellos in die Seite. »Hattest wohl Spaß daran, mich auf die Folter zu spannen? Das schreit nach einer Revanche. Wie wäre es mit einem Lauf auf Zeit vom Ribeiro Frio nach Portela? Gleich morgen?« Er grinste.

Vasconcellos musste Palmeiro im Stillen bewundern. Niemand konnte ihn als nachtragend bezeichnen. Wie oft hatten sie sich schon in Verhörsituationen gegenübergesessen? Er nickte.

»Also gut. Ich kann dir nur nicht versprechen, dass es morgen klappt. Im Moment sieht es so aus, als ob wir auch am Sonntag arbeiten werden. Aber sobald sich hier die Wogen geglättet haben, machen wir unseren Wettlauf.«

»Du willst doch nur Zeit haben, um noch zu trainieren«, stichelte Palmeiro und verließ Vasconcellos' Büro.

Baroso hatte dem Gespräch der beiden schweigend zugehört. Jetzt räusperte er sich verlegen.

»Bist du sicher, dass er nichts mit dem Mord zu tun hat?«

»Nenn mich verrückt, aber ja. Das bin ich. Er ist ein Schweinehund, aber Mord? Versteh mich nicht falsch, ich glaube schon, dass er eines Mordes fähig wäre. Aber ihm wäre das Risiko zu hoch.« Vasconcellos strich sich seine Haare hinter die Ohren.

Es klopfte und Avila betrat das Büro.

»Habe ich das richtig gesehen, Palmeiro war hier?«

»Ja, er wollte wissen, wann wir seine Baustelle freigeben.«

»Sonst noch etwas Interessantes?«

»Nein. Er bleibt dabei, dass er Jaimy Dias nicht kannte und er ihn nur wegen Isabel Delgado eingestellt hat.«

»Schon der zweite Mann, der wegen dieser Frau eine Dummheit begeht.« Avila blickte auf den leeren Stuhl von Fonseca, der gerade mit Galina Gassi war. Er wendete sich wieder seinen beiden Mitarbeitern zu. »Ich möchte jetzt gerne mit dem Verhör von Jaimy Dias beginnen. Baroso? Würdest du bitte im Nebenraum Platz nehmen und die Befragung verfolgen? Vasconcellos? Ich würde gerne wieder auf deine Fähigkeiten zurückgreifen und dich das Verhör führen lassen. Es bleibt dir überlassen, ob du gleich mit dem Mord an der Journalistin anfängst oder ihn erst über den tätlichen Angriff auf den Studiobesitzer befragst.«

Sein Subcomissário nickte. Er hatte das schon erwartet. Sein Chef zog es vor, Vernehmungen als stiller Beobachter beizuwohnen, um sich ganz auf den Verdächtigen und seine Körpersprache zu konzentrieren.

Für die Interpretation von Dias' Körpersprache musste man kein Experte sein. Er starrte mit hängendem Kopf auf den Boden und blickte auch nicht auf, als Avila und Vasconcellos den Raum betraten.

Vasconcellos startete die Aufnahme und begann das Verhör mit den üblichen Formalitäten. Immer noch keine Reaktion von Dias.

»Senhor Dias, damit wir mit der Befragung starten können, muss ich noch Ihre Personalien für das Protokoll bestätigen«, forderte Vasconcellos den Regungslosen auf. »Ihr Name ist Jaimy Dias, wohnhaft in Caniço, geboren am 13. September 1983 in Lissabon. Ist das richtig?«

Dias ließ immer noch den Kopf hängen. Stille.

»Senhor Dias? Haben Sie mir zugehört?«

Kurz hob sich der Kopf mit den strähnigen langen Haaren. Jaimy Dias schaute Vasconcellos nicht an, sondern blickte auf ein Stück Wand zwischen Avila und ihm.

»Ja, ja, alles richtig.«

»Gut. Dann fangen wir an. Können Sie mir sagen, wo Sie in der Nacht vom 22. auf den 23. August waren?«

Die Antwort kam überraschenderweise sofort.

»Freitagnacht vor einer Woche? Da war ich bei meiner Schwester.«

»Bei Ihrer Schwester?« Das passte nicht zu der Aussage von Clara Pinto, die behauptet hatte, alleine zu Hause gewesen zu sein.

»Ja, bei meiner Schwester. Ist das so ungewöhnlich?«

»Nur, wenn Ihre Schwester ausgesagt hat, dass sie Sie schon ein paar Tage nicht gesehen hat.«

»Hat sie das?« Jaimys Gesicht verzog sich. »Wahrscheinlich hat sie das nur vergessen. So oft, wie wir uns sehen. Oder warten Sie. Sie sagten Freitag? Es war auch Montag. Freitag hat meine Schwester abends am Empfang auf der Schönheitsfarm gearbeitet.«

»Und wo waren Sie?«, bohrte Vasconcellos nach.

»Ich war zu Hause.«

»Ihr Nachbar hat aber ausgesagt, dass Sie Freitagabend weggefahren sind und spät wiederkamen.«

»Da muss er sich irren.«

»So wie es scheint, ist Ihr Auto kaum zu überhören, aufgrund eines Auspuffschadens. Also, warum lügen Sie uns an, Senhor Dias?«

Dias presste seine Lippen zusammen und senkte den Kopf. Vasconcellos versuchte es anders.

»Wir haben auf der Baustelle, auf der Sie arbeiten, die sterblichen Überreste von Senhora Sofia Lima gefunden. Eine Journalistin aus Lissabon, die letzte Woche vor mehreren Zeugen damit gedroht hat, Ihre Schwester zu verklagen. Nein, sogar zu vernichten.«

Dias' Kopf schnellte hoch. Er war weiß wie die karge Wand hinter ihm.

»Das ist nicht wahr!«

»Was ist nicht wahr? Ich kann Ihnen versichern, wir haben die Tote gefunden. Und die Aussagen der Zeugen lassen ebenfalls keine Zweifel zu.«

Jaimy Dias bearbeitete mit den Zähnen seine Unterlippe. Dann presste er hervor: »Ich habe es getan. Ich habe diese Frau getötet, um meine Schwester zu schützen.« Er schaute Vasconcellos beinahe trotzig an.

»Sie gestehen uns also den Mord an Senhora Sofia Lima?«

»Ja, Sie können den Fall abschließen und mich ins Gefängnis stecken. Und dass Sie es wissen: Meine Schwester weiß nichts davon. Clara hätte mich davon abgehalten, wenn sie es gewusst hätte. Sie ist ein tief gläubiger Mensch und würde niemandem auch nur ein Leid zufügen! Also, führen Sie mich schon ab!« Er streckte ihnen seine beiden Hände entgegen.

»Nun mal langsam, Senhor Dias«, meldete sich Avila zu Wort. »So schnell geht das nicht. Wir brauchen von Ihnen eine genaue Aussage. Wie haben Sie Senhora Lima getötet?«

»Ich habe Sie auf das Gelände des Klosters gelockt, sie erschlagen und dann vergraben.« Dias lehnte sich mit verschränkten Armen zurück.

»Wann genau war das?«

»Am letzten Freitag, wie Sie gesagt haben.«

»War Ihre Schwester dabei?«

»Meine Schwester hat nichts damit zu tun! Das habe ich doch schon gesagt!« Er schlug mit der Faust auf den Tisch. »Ich wollte Clara beschützen, als ich sie so aufgelöst gesehen habe. Ihre Pläne für die Zukunft, alles stand auf dem Spiel, weil diese Frau sie verklagen wollte. Aber denken Sie jetzt nicht, dass meine Schwester mich gebeten hätte, etwas zu unternehmen. Dazu ist sie nicht fähig. Sie ging schon als Kind zur Beichte, wenn sie die Schule geschwänzt hatte. Nein, das war alleine meine Idee. Worauf warten Sie noch? Ich bin Ihr Mörder!«

Der Subcomissário sah Avila an und zuckte mit den Schultern.

»Ich möchte jetzt wieder in meine Zelle.«

Vasconcellos seufzte.

»Senhor Dias. Haben Sie schon einen Anwalt?«

Dias knurrte: »Brauch ich nicht.«

»Nach Ihrer Aussage denke ich das schon. Wir werden Ihnen einen Pflichtverteidiger schicken. Wir lassen Sie jetzt in Ihre Zelle bringen.«

※ ※ ※

Als sie den Beobachtungsraum betraten, von dem man über einen Monitor und Mikrofone das Geschehen im Verhörraum verfolgen konnte, war dort nicht nur Baroso, sondern auch Fonseca und Lobo.

Die gestrige Euphorie des Wolfes schien kaum nachgelassen zu haben. Scheinbar war die Kunde über den desaströsen Erste-Hilfe-Kurs noch nicht bei ihm angelangt.

»Der Fall ist ja so gut wie abgeschlossen!« Er schlug Avila mit solcher Wucht auf die Schulter, dass dieser fast ins Taumeln geriet. »Gute Arbeit!«

Avila setzte sich mit verschränkten Armen auf einen Stuhl.

»Reicht uns das wirklich, um den Fall abzuschließen?«, fragte er. »Ich denke Nein. Wo sind die Beweise? Die Durchsuchung von Jaimy Dias' Wohnung hat nichts ergeben. Kein Hinweis auf die Journalistin.«

»Sie haben sein Geständnis! Er hat den Tatverlauf geschildert. Passt das nicht zu dem Bericht der Doutora?«

»Dieser Tatverlauf ist ziemlich offensichtlich. Er hat nichts zur Waffe gesagt, noch den Ablauf genau beschrieben. Das kommt mir alles zu einfach vor.« Avila strich langsam über seinen kurz gestutzten Bart. »Warum sollte die Journalistin sich mit ihm auf dem verlassenen Gelände treffen? Sie müsste doch gewusst haben, wie gefährlich das ist. So dumm kann sie doch nicht gewesen sein.«

»Vielleicht hat er ihr weisgemacht, dass er Informationen gegen seine Schwester hat?«, schlug Fonseca vor.

»Was für Informationen? Die Frau wollte Senhora Pinto verklagen und nicht eine Enthüllungsgeschichte schreiben. Nein, das passt nicht.« Avila schüttelte den Kopf.

»Sie sehen wieder Gespenster, Fernando!«, beschwichtigte der Wolf. »Seien Sie doch froh, dass Sie und Ihre Mannschaft als Mordermittler so gute Ergebnisse und so eine fantastische Aufklärungsrate haben. Die Stadt kann aufatmen und sich ganz der Festa do Vinho widmen. Treffen wir uns am Sonntagnachmittag am Stand von Romario Palmeiro? Er hat vor seiner Holzbude ein kleines VIP-Zelt aufgebaut und Inês und mich für die Eröffnung eingeladen. Ganz sicher hat er noch Platz für Sie. Ich hatte anfangs noch gezögert, weil Palmeiro in unseren Fall verwickelt ist, aber jetzt können wir guten Gewissens mit ihm die Früchte unserer Insel genießen. Leticia wird es sicher gefallen und für Ihre kleine Felia wird sich ein Plätzchen finden. Wie gesagt, es ist das VIP-Zelt und nur ausgewählte Leute kommen da rein.« Ein selbstgefälliges Lächeln erschien auf seinem Gesicht. Der Director de Departemento liebte es, wenn er sich in seinem Status sonnen konnte.

Hinter Avilas Stirn begann es dumpf zu klopfen. Die Festa do Vinho war genau die Art von Veranstaltung, der er aus dem Weg ging. Schon seit Tagen hallte das Hämmern der Zimmerleute durch die Altstadt, die die dunkelbraunen Holzbuden und Bühnen entlang der Promenade der Avenida Arriaga aufbauten. Während der Festwoche mied Avila diese Gegend wie der Teufel das Weihwasser. Am schlimmsten war es für ihn, wenn es die traditionellen Umzüge gab und man vor Touristen kaum treten konnte. Das war die letzten Jahre noch extremer mit den vielen Kreuzfahrtschiffen geworden, von denen einige ihre Kreuzfahrten auf die besonderen folkloristischen Veranstaltungen Madeiras abstimmten. Gefühlt spuckten diese Kolosse um die Festtage herum Zehntausende von Touristen aus ihren großen weißen Bäuchen aus, die dann wie Heuschrecken über die Stadt herfielen. Er schüttelte sich. Der Gedanke, mit Leticia und womöglich noch Felia mitten in diesen Menschenmassen zu sitzen, VIP-Zelt hin oder her, war furchtbar. Wie sollte er aus dieser Nummer herauskommen? Gedankenverloren starrte er auf die weiße Wand des Raumes.

»Fernando? Hören Sie zu?« Avila tauchte aus seinen Gedanken auf und blickte seinen Chef an. »Ich sagte gerade, wir können dann auch in Ruhe ein schönes Bolo de Caco mit Knoblauchbutter zu dem Madeirawein genießen. Bei so einer Festivität ist doch alles erlaubt!«

Genießen? Essen? Wein? Das war es! Bedauernd zuckte Avila mit den Schultern.

»Ich denke, die Festa muss dieses Jahr ohne Leticia und mich stattfinden. Wir befinden uns gerade in einer Ernährungsumstellung. Meine Frau besteht darauf, dass wir Alkohol, Kohlenhydrate und Milchprodukte bis auf Weiteres vermeiden.«

»Sagen Sie nicht, Leticia hat Sie auf Diät gesetzt! Das muss ich gleich Inês erzählen!« Dröhnend lachend klopfte der Wolf Avila auf die Schulter. »Aber vielleicht sollten Sie am Sonntag mal eine Ausnahme machen. Nicht, dass Sie mir noch vom Fleisch fallen, mein Lieber. So etwas fängt mit einem Schwächeanfall an.« Ein hinterlistiges Grinsen huschte über sein Gesicht, als er sich in Richtung Tür begab. Er rief über die Schulter: »Ach ja, und grüßen Sie den Puppenkiller von mir.«

Polizeipräsidium, 30.08.2014 14:37

»Senhora Lima wurde mit einem Lehmann erschlagen«, hallte Doutora Souzas Stimme durch den Telefonlautsprecher in Avilas Büro, in das er sich mit seinen Mitarbeitern zurückgezogen hatte.

Avila riss die Augen auf. Wovon redete sie da? Wieder so ein Begriff, den er nicht kannte.

»Was soll das sein, ein Lehmann?«

»Man merkt, dass Sie handwerklich nicht oft tätig sind, mein lieber Comissário.« Der Spott in der Stimme der Gerichtsmedizinerin war nicht zu überhören.

»Das ist ein Abbruchhammer«, flüsterte ihm Vasconcellos zu.

»Ernesto hat recht.« Die Doutora musste Ohren wie ein Luchs haben. »Die Spurensicherung hat, auf meine Bitte hin, die Baustelle noch einmal untersucht und das mögliche Tatwerkzeug bereits sichergestellt. Es wird gerade im Labor auf Reste von Blut und Gehirnflüssigkeit geprüft. Eines kann ich schon mit Bestimmtheit sagen: Der Täter hat mehrfach zugeschlagen. Der Schädel weist eine große offene Fraktur auf und es ist Gehirnmasse ausgetreten.« Avila versuchte, es sich nicht auszumalen. Sein Magen fühlte sich nach dem bisschen Gemüse, was ihm Leticia heute zugestanden hatte, eh schon flau an. Da trug ein Gespräch über Gehirnmasse nicht zu seinem Wohlbefinden bei. Bevor die Doutora noch weitere unappetitliche Äußerungen tätigen konnte, beendete er höflich das Gespräch.

»Ein muskulöser Mann wie Jaimy Dias brauchte also mehr als einen Schlag, um die Journalistin zu töten?«, wandte sich Avila an seine Männer.

»Vielleicht hat er sie beim ersten Schlag einfach nicht richtig erwischt und musste noch ein paar Mal draufhauen«, meinte Fonseca trocken.

»Ich weiß nicht. Könnte es nicht ganz anders gewesen sein?«, warf Baroso ein. Fonseca und Vasconcellos blickten ihn überrascht an. Es kam selten vor, dass der Aspirante in solchen Besprechungen seine Meinung sagte. Er zog es vor, zu recherchieren und Fakten zusammenzutragen. Das Kombinieren überließ er meistens den anderen. Umso bemerkenswerter war es für Avila, dass Baroso skeptisch war. Hatte der Junge etwa dieselben Zweifel wie er an der Geschichte?

»Was genau meinst du, Baroso?«, fragte Avila nach.

»Als ich vorhin die Aufnahme des Verhöres abgetippt habe, habe ich überlegt, was die Motivation von Jaimy Dias war, uns den Mord zu gestehen.«

»Und zu welchem Schluss ist der Senhor gekommen?«, fragte Fonseca spöttisch nach.

»Ich meinte nur ...« Baroso schwieg.

»Lass dich von Manel nicht ärgern, Felipe«, beruhigte Vasconcellos ihn und stieß Fonseca in die Seite. »Der hat es nicht so mit Überlegen. Er hetzt lieber seinen Hund auf eine Spur. Dann muss er nicht so viel denken, wenn er von Galina an der Leine durch die Gegend gezogen wird.«

Avila musste schmunzeln und auch über Barosos Gesicht huschte bei der Vorstellung ein zaghaftes Grinsen.

»Also, Baroso, was genau hast du gedacht?«, hakte Avila nach.

»Es ging ihm nur um seine Schwester. Zuerst dachte ich, er wollte sie für ein eigenes Alibi missbrauchen. Aber dann habe ich noch einmal die Aufnahme abgehört: So war es nicht. Er hat gesagt, dass sie den ganzen Abend gearbeitet hat, als wir meinten, sie konnten nicht zusammen gewesen sein. Dabei hat sie ausgesagt, sie wäre um kurz nach acht Uhr abends nach Hause gefahren.«

»Gut beobachtet, mein Junge«, lobte Avila ihn.

»Und noch etwas!«, ergänzte Baroso eifrig. »In dem Moment, als er erfuhr, dass die Journalistin ermordet worden ist, die Frau, mit der seine Schwester die Auseinandersetzung hatte, gesteht er sofort den Mord! Er wirkte sehr überrascht, dass die Journalistin tot ist, und hatte nicht groß Zeit, sich ein passendes Alibi für seine Schwester auszudenken. Daher die Aussage, sie hätte lange gearbeitet.«

»Du meinst, er will Clara schützen, weil er denkt, dass sie es war? Deswegen auch die Betonung, dass seine Schwester nichts mit der Sache zu tun hat. Sim, ja?« Avila gefiel die Art und Weise, in der sein Aspirante dachte.

»Nehmen wir einmal an, dass Baroso recht hat«, spann jetzt Vasconcellos die Idee weiter. »Könnte Jaimy an dem Abend doch zu seiner Schwester gefahren sein und hat dann festgestellt, dass sie nicht zu Hause ist? Und als wir ihm erzählen, dass zu dem Zeitpunkt die Journalistin ermordet wurde, zählt er ›eins und eins‹ zusammen.«

»Das würde auch dazu passen, dass der Mörder mehrfach zuschlagen musste. Eine zarte Frau wie Clara Pinto braucht ganz sicher mehr als einen Schlag mit dem Hammer, um die Sache zu erledigen«, ließ sich jetzt auch Fonseca auf den neuen Ermittlungsansatz ein.

Avila schaute auf seine Uhr.

»Ich werde gleich versuchen, den Staatsanwalt zu erreichen. Wir brauchen einen Durchsuchungsbefehl für die Wohnung von Clara Pinto. Am besten noch heute.«

Vasconcellos grinste.

»Viel Glück, Fernando. Es ist Samstagnachmittag vor der Festa. Die ganze Stadt ist in Feierlaune. Und du weißt doch, dass unser Staatsanwalt ein Weingut hat. Der wird gerade mitten in den Vorbereitungen für morgen stecken.«

»Ein Weingut? Der Staatsanwalt? Nein, das wusste ich nicht!« Avila schüttelte den Kopf. »Ich kann mir von meinem Gehalt so etwas nicht leisten.« Er wischte über die

Kontakte in seinem Mobiltelefon. Worunter, bitte schön, hatte er nur die Nummer des Staatsanwaltes gespeichert.

»Nimm die so lange.« Vasconcellos hielt ihm sein Mobiltelefon unter die Nase.

Avila erreichte nur die Mobilbox. Kurz entschuldigte er sich für die Störung und bat um dringenden Rückruf.

»So, mehr können wir hier jetzt nicht tun. Als Nächstes möchte ich Senhora Pinto befragen. Weiß jemand von euch, ob sie samstags auch auf der Quinta arbeitet?«

»Isabel hat mir gesagt, dass die Kosmetikerinnen nur sonntags einen freien Tag haben«, klärte Fonseca ihn auf.

Avila verkniff sich eine Bemerkung.

»Gut. Vasconcellos? Lass uns noch einmal zur Quinta fahren und mit der jungen Frau sprechen. Aber sie soll denken, es geht uns nur um Jaimy. Ich möchte nicht, dass sie ahnt, dass wir sie in Verdacht haben.«

Fonseca erhob sich vom Stuhl.

»Was soll das werden?«, hielt Avila ihn auf.

»Ich dachte, wir fahren zur Quinta.«

»Sie nicht, Sargento.« Fonseca riss die Augen auf. Avila hoffte, dass der Junge so schlau war, dass er jetzt nicht anfangen würde, mit ihm zu diskutieren. Schnell fuhr er fort: »Zwei Leute sind bei dieser Befragung völlig ausreichend. Wir wollen doch niemanden nervös machen, besonders nicht Senhora Pinto. Baroso? Du versuchst, herauszufinden, ob deine Theorie stimmt und Jaimy Dias an dem Abend bei seiner Schwester war. Vielleicht hat einer der Nachbarn etwas gesehen oder gehört. Wenn er da war, können wir mit Sicherheit daraus schließen, dass sie es nicht war. Sonst hätten sich die Geschwister gegenseitig ein Alibi gegeben.«

Garajau, 31.08.2014 10:24

»Das ist jetzt nicht dein Ernst!« Leticia baute sich vor ihm auf, die Hände in die Hüften gestemmt.

Er legte das Telefon beiseite.

»Ich muss nur kurz telefonieren. Geht auch ganz schnell!« Er wollte unbedingt den Chef der Journalistin in Lissabon erreichen, um mehr über die Frau zu erfahren. Aber genau wie bei dem Staatsanwalt sprang die Mailbox an. Nicht, dass er nicht verstehen konnte, wenn man nicht immer erreichbar sein wollte, aber ausgerechnet jetzt …

»Es ist Sonntagmorgen, deine Tochter braucht dringend einen Windelwechsel und in zwei Stunden sind wir mit Inês und André in Funchal verabredet!«

»Das war nicht meine Idee«, schoss es aus ihm heraus. Beim Blick in das hochrote Gesicht seiner Frau bedauerte er diese Worte gleich wieder.

»Nein, das war es nicht.« Leticias Stimme war leise. Aber der Unterton gefiel ihm gar nicht. Es klang nicht nach der friedfertigen Zustimmung einer liebevollen Ehefrau. »Wenn es nach dir ginge, würde ich überhaupt nicht mehr herauskommen und zwischen Windeln, dreckiger Wäsche und Hausarbeit versauern!«

Kurz überlegte er, ob jetzt vielleicht der Zeitpunkt war, sie auf den kostspieligen Quinta-Aufenthalt hinzuweisen. Aber in Katalonien lernte man anscheinend Gedankenlesen.

»Und komm jetzt nicht auf die Idee, mir die fünf Tage auf der Quinta vorzuhalten! Ich spreche von meinem Alltag! Du kommst ja immerhin tagsüber unter Menschen und abends triffst du dich meistens noch mit Carlos, wenn du behauptest, mit Urso lange Spaziergänge zu machen.« So langsam redete sie sich in Fahrt.

Er sprang auf.

»Wo willst du hin?«

»Ich wollte schnell Felia die Windeln wechseln!«

»Jetzt? Wo wir gerade reden?«

»Aber du hast doch selbst gesagt, dass wir keine Zeit haben.« Er streckte die Hand nach ihr aus, um ihr über die Wange zu streichen.

Sie drehte den Kopf beiseite und seine Hand fuhr ins Leere.

»Du hast recht. Aber dieses Gespräch führen wir noch weiter, mein Lieber! Dann befreie deine Tochter mal von den Resten ihrer Mahlzeit und ich ziehe mich um. Und wehe, ich erwische dich dabei, wie du beim Windelwechseln telefonierst!« Sie machte eine halbe Drehung und zurück blieb nur ein leichter Hauch von der Kokos-Körpercreme, die sie seit ihrem Quinta-Aufenthalt benutzte. Avila seufzte. Seitdem Leticia sie beide auf Diät gesetzt hatte, stritten sie viel öfter. Kein Wunder, wenn der Tag nur mit einem schwarzen Kaffee ohne anständiges Frühstück begann!

Eine Stunde später wartete Avila mit einer deutlich besser gelaunten Leticia und einer sauberen Felia an der Bushaltestelle gegenüber des etwas in die Jahre gekommen Hotels, welches fast die ganze linke Straßenseite mit seinem orange gestrichenen Gebäudeensemble einnahm. Avila musterte die lange Schlange von bermuda- und flipflopbestückten Touristen vor sich.

»Meinst du, wir bekommen noch einen Platz im Bus? Bestimmt ist bereits in Caniço ein Haufen von denen zugestiegen. Die wollen doch jetzt alle auf die Festa.«

»Was wäre die Alternative? Mit dem Auto fahren?«

»Ich hätte es im ›Parque Almirante Reis‹ probiert«, maulte Avila.

»Du glaubst doch nicht ernsthaft, dass das Parkhaus direkt an der Seilbahn nicht voll ist? Nein, du musst dich halt mal in ein öffentliches Verkehrsmittel setzen, mein Lieber. Ich halte auch Händchen, wenn das Erlebnis gar zu schlimm für dich ist.« Sie lachte. Avila wusste nicht, ob er sich wegen der Neckerei beschweren oder es genießen sollte, dass seine Frau wieder besserer Laune war.

»Aber wir haben noch diesen blöden Bollerwagen dabei. Du weißt doch, wie eng die Busse hier sind, wie sollen wir den denn mitkriegen?« Er deutete auf den hölzernen kleinen Wagen, in dem Felia saß und mit großen Augen die vielen Menschen um sich herum beobachtete.

»Zur Not nimmst du den Wagen auf den Schoß. Ich kann doch auch nichts dafür, dass Felia im Moment nur Ruhe gibt, wenn sie in diesem Wagen sitzt.«

»Woher haben wir das olle Ding überhaupt? Letzte Woche habe ich den noch nicht bei uns gesehen.«

»Inês hat ihn vorbeigebracht. Sie hat mir erzählt, wie verrückt ihre Kinder danach gewesen sind. André ist beim Aufräumen der Garage darüber gestolpert und sie dachten, sie machen uns damit eine Freude.«

Mein Chef wollte sich doch nur die Fahrt zur Müllkippe sparen. Und ich muss gleich so tun, als ob es das tollste Geschenk der Welt ist, dachte Avila. Der Bus tauchte in dem Kreisel am Ende der Hauptstraße auf. In Avilas Hosentasche fing es an zu vibrieren. Merda, einen schlechteren Zeitpunkt gab es kaum.

»Ich muss da jetzt ran gehen. Es könnte der Staatsanwalt wegen des Durchsuchungsbefehls sein.« Ihre erneute Befragung hatte für Clara Pinto auch kein Alibi für den Abend ergeben. Sie hatte um kurz nach zwanzig Uhr die Quinta verlassen und hätte also durchaus Zeit gehabt, die Journalistin zu töten. Die junge Frau war völlig aufgelöst gewesen, als sie ihr erzählt hatten, dass Jaimy den Mord an der Journalistin gestanden hatte. Sie hielt es für einen schrecklichen Irrtum und war weinend zusammengebrochen. In Avila wuchsen wieder die Zweifel, dass Clara eine Mörderin sein könnte. Insgeheim hoffte er, dass die Durchsuchung ihrer Wohnung nichts ergeben würde, auch wenn das hieße, er müsste weiter nach dem Täter suchen. Wenn er Glück hatte, war das jetzt der Staatsanwalt, der ihn mit einem Durchsuchungsbefehl von der Unsicherheit erlöste.

»Dann geh schon ran. Aber du hast nur so lange Zeit, wie die Schlange lang ist. Ich brauche deine beiden Hände, wenn wir einsteigen!« Leticia zeigte auf die Touristen vor ihnen, die sich langsam in Richtung des vorderen Buseinganges schoben.

※※※

»Spreche ich mit Comissário Avila von der Mordkommission in Funchal?« Es war nicht der Staatsanwalt. Avila hörte den typischen Lisboeta Akzent. Der Dialekt, der rund um Lissabon gesprochen wurde und ihn an seine alte Heimat erinnerte. Hier auf Madeira wurden ständig die Endsilben der Worte verschluckt. Ein Umstand, der es ihm als Portugiesen sogar manchmal schwer machte, alles zu verstehen. Das war bestimmt der Redaktionschef aus Lissabon.

»Ja. Muito obrigado, dass Sie zurückrufen, und entschuldigen Sie, dass ich Sie am Wochenende mit meinen Anrufen belästigt habe. Es geht um Ihre Mitarbeiterin, Senhora Sofia Lima.«

»Ach, ja. Traurige Geschichte.« Die Nachricht war also bereits auf dem Festland angekommen. »Ich wollte Sie sowieso schon anrufen, um meine Hilfe anzubieten. Einer meiner Mitarbeiter wird morgen nach Madeira fliegen.«

»Um was zu tun?« Avila ahnte die Antwort bereits.

»Nun ja, das muss ich Ihnen doch nicht erzählen, oder? Eine unserer wichtigsten Mitarbeiterinnen wurde ermordet. Natürlich muss ich die Sache als Journalist verfolgen, né? Nicht wahr?«

Avila zögerte. Am liebsten würde er diesem Journalisten sagen, er solle sich gefälligst aus seinem Fall raushalten. Aber dann würde der Kerl sicher dichtmachen und ihm nichts erzählen.

»Ich hätte einen Vorschlag für Sie: Sie erzählen mir etwas über Senhora Lima und von ihren aktuellen Projekten. Ich werde Sie dafür mit den Informationen des Falles versorgen, die ich zum Zeitpunkt der Ermittlung weitergeben kann. Dann können Sie die Reisekosten für Ihren Mitarbeiter sparen.«

»Es reicht mir nicht, die offiziellen Pressemitteilungen eine halbe Stunde früher als meine lieben Kollegen zu bekommen! Ich möchte exklusive Berichte! Verstehen wir uns?«

Avila seufzte. Das hatte er befürchtet. Er würde das mit seinem Chef besprechen müssen. Der Wolf würde wissen, welche Brocken er dem Journalisten zum Fraß vorwerfen konnte. Politisieren und Pressearbeit war genau sein Metier.

»Wir werden eine Lösung finden, die für beide Seiten von Vorteil ist«, antwortete er. Im Stillen beglückwünschte er sich für diesen Satz, den er vor einiger Zeit in einer dieser amerikanischen Serien aufgeschnappt hatte, die Leticia ständig schaute. Dabei ging es um irgendwelche politischen Spielchen im Weißen Haus. Normalerweise schnappte er sich eine Zeitung oder ein Buch und versuchte, das dämliche Geplapper aus dem Fernseher auszublenden. Aber diesen Satz, den hatte er sich gemerkt!

»Äh, ja. Das klingt gut. Wir würden dann auch positiv über die Madeirensische Polizei berichten.« Scheinbar funktionierte es.

»Sehr gut. Ich stimme mich gleich mit meinem Chef ab und Sie erhalten spätestens morgen die ersten Informationen.« Der Wolf würde sicher erfreut über eine positive Darstellung seiner Mordkommission in einer großen Zeitung vom Festland sein. Wenn Avila es geschickt anstellte, würde Lobo die Zusammenarbeit sogar zur Chefsache erklären. »Wo wir das jetzt geklärt haben: Können Sie mir sagen, warum Senhora Lima auf Madeira war?«

»Ich wollte dem alten Mädchen eine Freude machen und habe ihr angeboten, einen simplen Artikel für unsere Frauenkolumne zu schreiben: ›Meine Tage auf der Quinta für die Schönheit‹, oder so ähnlich. Dann hat mich Sofia aber kontaktiert und meinte, sie würde die Geschichte ganz anders aufziehen, nachdem sie bei der Hintergrundrecherche auf etwas gestoßen ist. Keine Ahnung, was sie damit meinte. Zusätzlich sei sie über eine andere Geschichte gestolpert. Kurzum, ich sollte ihr in nächster Zeit reichlich Platz auf der Titelseite reservieren. Ich dachte, sie wolle sich nur wichtig machen. Aber ich habe mich wohl geirrt.« Avila meinte, einen Hauch von Bedauern am anderen Ende der Leitung zu hören.

»Sie hat auf Madeira keinen Urlaub gemacht, sondern recherchiert?« Avilas Körper fing an zu kribbeln. So langsam kam Bewegung in die Sache.

»So ein alter Hase wie Sofia macht, ich meine machte, niemals Urlaub!«, bestätigte der Redaktionschef.

»Und Sie haben keine Ahnung, worum es bei dem ›Größeren‹ ging? Hatte es mit der Schönheitsfarm zu tun?«

»Ich weiß es leider nicht. Meistens hat sie sich sehr bedeckt gehalten und nicht viel erzählt, bevor sie die Story in trockenen Tüchern hatte. Ich weiß nur, dass sie an dem Tag ihres Verschwindens ein Treffen hatte.« Der Ton des Mannes klang aufrichtig. »Ich kann versuchen, am Montag Zugriff auf die Cloud zu bekommen, in der meine Mitarbeiter ihre halb fertigen Geschichten speichern. Vielleicht finde ich etwas.«

Zum Glück hatte Avila von Baroso vor Kurzem eine Schnelleinführung in die IT bekommen und er konnte sich jetzt in etwa vorstellen, was das für eine geheimnisvolle »Wolke« war.

»Gut, machen Sie das. Fällt Ihnen noch etwas ein?« Avila blickte besorgt zu der Schlange vor sich, die jetzt fast auf die Größe eines Regenwurmes geschrumpft war, und in die warnend aufgerissenen Augen seiner Frau. So langsam musste er zum Ende kommen, wenn er nicht den nächsten Streit auf offener Straße riskieren wollte.

Der Redaktionschef räusperte sich.

»Mir fällt gerade noch etwas ein. Sofia hat erwähnt, sie hätte auf Madeira einen alten Bekannten getroffen. Fragen Sie jetzt aber nicht, wen sie meinte und ob das die Story für die Titelseite war.«

Funchal, 31.08.2014 13:51

»Einen alten Bekannten? Was kann sie damit gemeint haben?« Der Wolf wiegte das kleine Probierglas in seiner Hand hin und her, als würde ihm die dunkelrote Flüssigkeit den Schlüssel zu dieser Frage liefern. Sie saßen zu viert in dem von Palmeiro großmundig als »VIP-Zelt« bezeichneten offenen Pavillon vor dem aus dunklem Holz gefertigten Stand.

»Es klingt nicht nach einem Freund. Sie hat uns gegenüber betont, sie sei ›Enthüllungsjournalistin‹. Vielleicht eine alte Story?«, warf Inês eifrig ein. Ihre Wangen glühten, nicht nur vom Madeirawein, den sie schon reichlich genossen hatte. Nichts liebte Inês Lobo mehr, als »Ermittlerin« zu spielen.

»Die Frage ist, wie begeistert dieser alte Bekannte war, Sofia zu treffen«, überlegte Avila laut.

»Bevor wir jetzt weiter philosophieren«, mahnte Lobo. »Brauchen Sie noch den Durchsuchungsbefehl für die Wohnung von Clara Pinto? Ich bin vorhin am Weinstand unseres Herrn Staatsanwaltes vorbeigekommen und er erwähnte, dass Sie versucht haben, ihn ausgerechnet an diesem Wochenende zu erreichen.«

Das ist mal wieder typisch. Madeirensischer Klüngel. Anstatt mich zurückzurufen, beschwert sich der Staatsanwalt beim Wolf, grummelte Avila in sich hinein. Laut sagte er: »Wir können im Moment nicht ausschließen, dass die Schwester an dem Mord beteiligt ist. Es könnte sogar sein, dass der Bruder die Schuld auf sich nimmt, weil er befürchtet, dass sie die Mörderin ist. Unter diesen Umständen ist es möglich, dass sie Beweise verschwinden lassen könnte, wenn wir zu lange mit einer Durchsuchung warten.«

»Es ist also Ihrer Meinung nach ›Gefahr in Verzug‹?« Die wölfischen Augenbrauen zogen sich zusammen. »Gut, auf Ihre Verantwortung. Ich regele das.« Lobo stellte das mittlerweile leere Glas auf den dunklen Holztisch und verschwand aus dem Zelt.

Inês und Leticia sahen Avila finster an.

»Was? Was habe ich getan?«, wollte er wissen.

Leticia schüttelte nur den Kopf und bückte sich zu Felia, die in ihrem Bollerwagen unter dem Tisch saß und vor sich hin gluckste.

»Fernando! Es ist etwas anderes, wenn wir hier alle zusammensitzen und ein bisschen über euren Fall philosophieren«, erklärte ihm Inês. »Jetzt aber muss André an einem Sonntag arbeiten, weil du darauf bestehst.«

Arbeiten? Das nannte Inês arbeiten? Avila öffnete den Mund. Gerade noch rechtzeitig erhaschte er einen Blick auf Leticia, die wieder unter dem Tisch hervorgekommen war. Sie kniff ihre Lippen zusammen und schüttelte langsam den Kopf. *Das heißt wohl, ich soll die Klappe halten*, dachte Avila.

※ ※ ※

Der »Arbeitseinsatz« seines Chefs war zum Glück kurz. Mit ernstem Gesicht tauchte er nach ein paar Minuten wieder in dem Zelt auf.

»Trommeln Sie Ihre Leute zusammen, Avila. Der Staatsanwalt hat soeben telefonisch die Freigabe für die Durchsuchung gegeben. Einer seiner Mitarbeiter bringt das Papier gleich vorbei. Ich hoffe, Sie wissen, was Sie da tun! So viele Leute bei ihrem verdienten Wochenende zu stören!« Lobo griff sich ein weiteres Glas Madeira von dem Tablett am Tresen und setzte sich wieder.

Auf der gegenüber, direkt neben dem Golden Gate Café, aufgebauten Bühne sammelte sich eine Gruppe von Musikern und Marktfrauen in traditionellen Gewändern.

Lauthals begannen die Männer, ihre Musikinstrumente zu stimmen. Avilas Zeichen zum Aufbruch. Schuldbewusst schaute er seine Frau an.

»Cara minha, meinst du, du kommst alleine nach Hause?«

»André und Inês bringen mich nachher vorbei. Sie sind mit dem Auto da.« Avila verkniff sich, mit Blick auf die wieder randvoll gefüllten Probiergläser der beiden, eine Bemerkung. Er war ein Verfechter der Nullprozent-Grenze, wenn er noch fahren musste. Sein Chef sah das Ganze etwas lockerer. Unter normalen Umständen hätte er seiner Frau nicht erlaubt, sich von den beiden mitnehmen zu lassen. Aber jetzt eine Diskussion über Alkoholkonsum am Steuer zu beginnen, war eine ganz dumme Idee für den häuslichen Frieden. Er verabschiedete sich von allen und startete seinen Slalom entlang der mit Touristen und Einheimischen gut gefüllten Avenida Arriaga in Richtung Polizeipräsidium. In seiner Hast stolperte er über einige sorgfältig für die Besucher drapierten handgeflochtenen Körbe, die ein Händler vor der Statue von Zarco aufgestellt hatte. Wie ein Kartenhaus fiel der Stapel in sich zusammen und verteilte sich auf dem Pflaster. Avila entschuldigte sich kurz und hetzte weiter. Noch bis zur Kathedrale Sé konnte er das wütende Schimpfen des Händlers hinter sich hören. Im Gehen fingerte Avila in seiner Hosentasche nach dem Telefon, um Vasconcellos anzurufen. Hoffentlich war der Junge nicht wieder auf einem seiner Trailruns unterwegs und hatte kein Netz.

Zum Glück antwortete sein Subcomissário nach dem dritten Klingeln. Sie verabredeten sich im Polizeipräsidium und Vasconcellos versprach, Baroso und Fonseca zu informieren.

»Ich möchte den beiden aber nicht ihr Wochenende verderben«, meinte Avila, die wütenden Blicke der beiden Frauen noch vor Augen.

»Das tust du nicht. Manel hat mir schon gestern die Ohren vollgeheult, dass er heute Hausputz machen müsste, und Baroso braucht dringend Ablenkung.«

»Wieso braucht er Ablenkung?« Avila erinnerte sich an das Telefonat mit der alten Senhora Baroso im Auto. »Wollte er heute nicht seine Großeltern besuchen?«

»Sim, ja. Aber er hat mir erzählt, dass diese Besuche nie so lange dauern, da sein Großvater sehr krank ist und ihn alles anstrengt.«

»Bem, gut. Dann ruf ihn an«, beschloss Avila.

Eine halbe Stunde später war die gesamte Mannschaft in Avilas kleinem Büro versammelt.

»Wir haben hier den Durchsuchungsbeschluss für das Appartement von Clara Pinto. Baroso, ich möchte, dass du mit mir zuerst in die Wohnung gehst und wir uns einen Eindruck verschaffen.« Über Barosos Gesicht ging ein Leuchten und der traurige Schatten in seinen Augen verblasste. Bei der Erstbegehung eines möglichen Tatorts oder der Wohnung eines Verdächtigen wurde Avila fast immer von Vasconcellos begleitet. Dementsprechend überrascht schaute auch Fonseca seinen Freund an, der sich mit weit zurückgelegtem Oberkörper entspannt auf einem der Bürostühle rekelte. Avila wusste, dass Ernesto verstand, warum er diesmal den jungen Aspirante vorzog. Baroso brauchte diese Art der Anerkennung gerade sehr.

Eine weitere halbe Stunde später trafen sie vor Clara Pintos Domizil in der Nähe der kleinen Einkaufstraße von Caniço de Baixo ein. Das Apartment war im oberen Stockwerk eines größeren Einfamilienhauses gelegen. Ganz offensichtlich wurde es erst seit Kurzem separat vermietet. Eine nach frischem Holz riechende Treppe führte von außen in den ersten Stock zur Wohnung der Kosmetikerin. Mit weit aufgerissenen Augen öffnete ihnen die junge Frau.

»Comissário? Ist alles in Ordnung? Ist etwas mit meinem Bruder?« Ihre Hand umschloss wieder das kleine Kreuz um den Hals.

»Mit Ihrem Bruder ist alles in Ordnung. Er wird von uns gut behandelt. Aber ich muss Ihnen leider mitteilen, dass wir einen Durchsuchungsbefehl für Ihre Wohnung haben.«

Sämtliches Blut entwich dem Gesicht der Frau und sie fing an zu zittern.

»Für meine Wohnung?« Ihre Stimme war nur noch ein heiseres Hauchen. »Aber was habe ich denn getan?«

»Es tut mir leid, aber wir haben Grund zur Annahme, dass Sie an dem Verschwinden von Senhora Lima beteiligt sind. Würden Sie bitte zur Seite treten und uns hineinlassen?«

Das Zittern wurde noch stärker. Ihre linke Hand krallte sich in den Türrahmen, sodass die Knöchel weiß hervortraten.

»Ich habe ...« Der Rest des Satzes erstarb. Sie machte ihnen den Weg frei.

Avila und Baroso zogen sich Handschuhe über und betraten den schmalen Flur, von dem eine offene Wohnküche und noch zwei Türen abgingen. Wie Avila erwartet hatte, befanden sich dahinter ein Bad und ein Schlafzimmer, das so klein war, dass es fast komplett von dem Bett ausgefüllt wurde. Hier würde die Spusi nicht lange brauchen, stellte er fest. Er zog sich Plastikhandschuhe über, um das Schlafzimmer zu untersuchen. Fast wäre er lang hingeschlagen und auf dem sorgfältig gemachten Bett gelandet. Seine Füße hatten sich in den Trageriemen einer großen Handtasche verfangen, die unterm Bett lag.

Er zog die Tasche hervor und erkannte die charakteristischen Buchstaben eines französischen Luxusherstellers. Eine Kopie? Er konnte sich kaum vorstellen, dass Clara Pinto so viel Geld verdiente. *Eigentlich sollte ich das der Spusi überlassen*, dachte er, während er schon die Tasche öffnete und einen dicken, goldenen Terminkalender herausholte. Er fing an zu blättern, ein paar getrocknete Blüten fielen heraus. Merda! Schuldbewusst sammelte er die gelben Dolden vom Bett auf und schob sie vorsichtig in eine der kleinen Plastiktüten, die er sich für Beweismaterial in die Jackentasche gesteckt hatte. Der Leiter der Spusi würde nicht besonders erfreut darüber sein. Schnell stopfte er den Kalender in eine zweite, größere Tüte, bevor noch mehr herausfiel. Dennoch hatte ihm der kurze Blick in den Terminkalender schon geholfen. Auf der ersten Seite hatte die Besitzerin in einer ausladenden Handschrift ihren Namen geschrieben: »Sofia Lima.«

Polizeipräsidium, 31.08.2014 19:05

»Ich muss zugeben, Fernando, ich hatte Ihren Verdacht in Bezug auf diese Clara Pinto für falsch gehalten.« Der Wolf war zur Überraschung des Teams, nachdem er die Frauen nach Hause gebracht hatte, im Präsidium erschienen und begutachtete jetzt die neuen Beweise. »Hat sich die junge Frau schon zu dem Fund geäußert?«

»Sie hat bereits zugegeben, dass sie die Tasche aus dem Zimmer von Sofia Lima entwendet hat. Allerdings bestreitet sie vehement, dass sie etwas mit deren Verschwinden zu tun hat«, klärte Avila seinen Chef auf.

»Wann hat sie die Tasche aus dem Zimmer genommen?«

»Am letzten Freitagabend. Dem Tag des Verschwindens der Journalistin. Sie hat zu Hause gesessen und ihren Kummer mit Alkohol betäubt. Schließlich beschloss sie, die Lima zur Rede zu stellen. Sie sagt, dafür sei sie kurz nach Mitternacht noch mal in die Quinta gefahren und habe bei Senhora Lima an die Tür geklopft. Als niemand geantwortet hat, hat sie an der Rezeption nachgesehen und festgestellt, dass der Zimmerschlüssel noch hing. Daraufhin hat sie entschieden, in das Zimmer zu gehen. Dort hat sie die Handtasche mit dem Kalender gefunden und an sich genommen. Sie betonte aber, dass sie sonst nichts entwendet hat. Nur die Handtasche.«

»Klingt ziemlich dumm und wäre mit reichlich Alkohol zu erklären«, meinte Lobo. »Oder aber, ihr Bruder hat sich bei ihr gemeldet und gesagt, dass er die Lima getötet hat. Daraufhin hat sie versucht, Beweise zu beseitigen.«

»So könnte es auch gewesen sein. Aber wo sind die restlichen Sachen von Senhora Lima? Das Zimmer war am Samstagmittag leer. Unsere Frauen haben es gesehen.«

»Der Bruder ist noch in der Nacht gekommen und hat es ausgeräumt«, schlug Lobo vor.

»Für mich passt das nicht. Das Risiko war doch viel zu groß, dass sie jemand entdeckt. Außerdem wurde der Türcode nur einmal in der Nacht an der Haustür eingegeben, was zu Senhora Pintos Darstellung passt.«

»Dann hat sie den Bruder gleich mitgebracht und die beiden haben zusammen das Zimmer geleert.«

»Mag sein. Aber vielleicht war es doch jemand anderes.«

»Der geheimnisvolle alte Bekannte?«, wollte Lobo wissen. »Haben Sie denn dazu Hinweise im Kalender gefunden?«

»Sim, ja! Ein paar Tage vor ihrem Verschwinden hat sie vermerkt, dass sie einen Mercúrio Gomes getroffen hat. Und der Name taucht auch an dem Abend auf, an dem sie verschwand.«

»Mercúrio Gomes? Nie gehört. Was haben wir zu ihm?«

»Bisher nichts. Hier auf Madeira gibt es niemanden mit dem Namen. Ich warte auf den Rückruf von Sofia Limas Redaktionschef, vielleicht kann er uns weiterhelfen.«

»Sonst noch etwas?«

»Der Kalender ist voller Notizen. Im Moment konzentrieren wir uns auf die Tage kurz vor ihrem Aufenthalt auf Madeira bis zu ihrem Verschwinden. Es gibt ein paar Einträge über einheimische Pflanzen. Anscheinend war Sofia Lima an der Flora Madeiras interessiert. Zusätzlich hat sie mehrere Telefonnummern notiert. Baroso ist dabei, die zu überprüfen. Was wir schon sagen können, ist, dass Senhora Lima in der kommenden Woche einen Termin mit ihrem Anwalt in Lissabon vereinbart hatte. Wir vermuten, dass es dabei tatsächlich um die missglückte Tätowierung der Augenbrauen geht.«

»Damit wären wir wieder bei Clara Pinto und ihrem Bruder als Täter.« Lobo fuhr mit seinem rechten Finger nachdenklich über seine Augenbrauen.

»Dennoch möchte ich die Spur mit dem alten Bekannten weiter verfolgen«, beharrte Avila.

»Ihr Bauchgefühl?« Der Wolf stieß Luft aus seinen Lungen. »Gut, sehen wir, was dieser Redaktionschef zu sagen hat. Wir gehen allen Hinweisen nach.«

※ ※ ※

Es klopfte und Vasconcellos steckte seinen Kopf durch die Tür.

»Fernando? Der Chef von der Lima aus Lissabon ist am Telefon. Soll ich durchstellen?«

»Ja, bitte. Und komm auch dazu, um zu hören, was er zu sagen hat.«

»Comissário Avila? Sie baten um dringenden Rückruf?«, hallte kurz danach die Stimme des Journalisten über den Lautsprecher. »Haben Sie die versprochene Story für mich?« Avila sah, wie sich das Gesicht seines Chefs verfinsterte. Mist, er hatte vergessen, Lobo in den Deal mit dem Redaktionschef einzuweihen.

»Unsere Ermittlungen sind noch nicht abgeschlossen und ich muss Sie bitten, dieses Gespräch vertraulich zu behandeln«, beeilte er sich zu sagen.

»Aber ich habe die Exklusivrechte an der Story?«

»Sie werden einen Vorsprung vor Ihren Kollegen bekommen, mehr kann ich nicht zusagen.« Avilas Bauch grummelte. Diese Journalisten!

Schweigen am anderen Ende der Leitung. Avila setzte an, etwas zu sagen, aber der Wolf winkte ab und formte das Wort »Abwarten« mit dem Mund.

»Gut. Einen Vorsprung. Was wollen Sie wissen?«, kam es zögerlich aus dem Lautsprecher.

»Wir haben mittlerweile den Kalender von Senhora Lima gefunden. Dort taucht mehrfach der Name Mercúrio Gomes auf. Sagt Ihnen der Name etwas?«

»Mercúrio Gomes? Oh ja! Tatsächlich. Das war Ende der Neunziger. Oder schon Anfang zweitausend? Nageln Sie mich nicht fest. Aber die Story war der Knaller. Liebender Mann bringt seine todkranke Frau um, weil sie ihn darum gebeten hat. So haben es zumindest seine Anwälte verkauft. Sofia hat die Verhandlung bis zum Ende verfolgt. Sie hat einiges über den ach so armen Senhor Gomes und die Liebe seines Lebens ausgegraben. Tolle Headline, sag ich Ihnen. Wir hatten Auflagezahlen ... Gab es danach nie wieder. Heutzutage, müssen Sie wissen, will doch keiner mehr für Nachrichten Geld ausgeben. Jetzt wo das Internet ...«

»Und wie ist die Geschichte ausgegangen?«, unterbrach ihn Avila, bevor das Gespräch abdriftete.

»Die Geschichte? Äh, ja. Er hatte gute Anwälte, ist tatsächlich nur zu drei Jahren verurteilt worden. Aber Sofia ist es gelungen, Zweifel zu säen, und die Öffentlichkeit fing an, ihn als kaltblütigen Mörder zu sehen. Die Fotos von seinem mit ›assasino‹ beschmierten Haus kannte ganz Portugal, sage ich Ihnen!«

Avila versuchte, sich an die Ereignisse zu erinnern, aber in der Zeit um die Jahrtausendwende hatte er anderes zu tun gehabt, als irgendwelche Klatschblätter zu lesen: Heirat mit Leticia, seine ersten Jahre bei der Polizei und nicht zuletzt seine Zeit im Münsterland. Nein, das war komplett an ihm vorbeigegangen.

»Wissen Sie, was aus Senhor Gomes geworden ist?«, wollte er wissen.

»Der wurde irgendwann aus dem Gefängnis entlassen. Sofia hat versucht, noch einmal die alten Geschichten auf neuen Glanz zu polieren. Aber der Mann hat uns keine Chance gegeben. Ist untergetaucht ...« Er stockte. »Um momento! Einen Moment, Sie denken doch nicht etwa, dass Sofia ihn auf Madeira gefunden hat?«

»Es ist möglich«, antwortete Avila ausweichend. »Was, denken Sie, hätte Senhor Gomes getan, wenn Sofia Lima ihn wirklich auf Madeira gefunden hätte?«

»Das weiß ich nicht. Das Einzige, was ich weiß, ist, dass er am Tag seiner Verurteilung gesagt hat, Sofia Lima hätte sein Leben und das seiner Familie vernichtet. Und dass er hofft, dass Gott sie dafür eines Tages bestrafen würde.«

Polizeipräsidium, 31.08.2014 21:34

»Glaubst du, dass Jaimy Dias dieser Mercúrio Gomes ist?«, wollte Vasconcellos wissen.

»Unwahrscheinlich. Wenn dieser Gomes wirklich auf Madeira ist, wird es eher jemand sein, den wir noch gar nicht im Visier haben.«

»Was ist mit Senhor Palmeiro?«, meldete sich Baroso leise zu Wort.

»Ich kenne Romario Palmeiro, seitdem wir zusammen in der Schule waren. Es wäre mir aufgefallen, wenn er zwischendurch ein Doppelleben in Lissabon geführt hätte und verheiratet war«, warf Vasconcellos trocken ein.

»Gibt es denn wirklich nirgendwo ein brauchbares Foto von diesem Mann? Es kann doch nicht sein, dass er ein Phantom ist!«, beschwerte sich Avila.

»Da der Fall schon einige Jahre her ist und das Urteil ›Töten auf Verlangen« hieß, sind die Akten bereits ins Archiv geräumt worden und zu unserem Pech liegen sie nicht elektronisch vor«, verteidigte sich Baroso. »Das kann ein paar Tage dauern. Daher habe ich begonnen, das Internet zu durchforsten. Alles Treffer zu einem bekannten portugiesischen Fernsehstar mit dem gleichen Namen wie unser Verdächtiger. Ich setze mich nachher gleich wieder ran. Perdão, aber mehr geht einfach nicht.« Er senkte den Kopf.

»Es macht dir auch niemand einen Vorwurf, Baroso!«, beschwichtigte ihn Avila. »Vielleicht kann dieser Redaktionschef für uns schneller ein Foto besorgen. Er hat versprochen, sich darum zu kümmern. Der Mann wirkte ziemlich angefixt von der Idee, dass Sofia Lima diesen Gomes aufgetrieben hat.«

»Wir sollten bei der Suche nach dem großen Unbekannten nicht vergessen, dass wir zwei Verdächtige in Gewahrsam haben, né?« Vasconcellos beschränkte sich einmal mehr auf das Wesentliche.

»Du hast recht. Hat sich Fonseca schon gemeldet?«

Sargento Fonseca war vor über einer Stunde mit der Handtasche als Riechprobe für Galina aufgebrochen. Er wollte mit seinem Hund den Weg der Journalistin nachvollziehen, bevor sie auf dem Grundstück des alten Klosters ermordet worden war.

Vasconcellos schüttelte den Kopf.

Avila sprang auf und fing an, im Büro hin und her zu laufen. Er hasste es, zu warten. Aber was sollten sie jetzt anderes machen?

»Vielleicht sollten wir versuchen, das Alter dieses geheimnisvollen Mercúrio Gomes etwas einzukreisen?«, unterbrach Vasconcellos die Wanderung seines Chefs. »Wenn er vor etwa fünfzehn Jahren seine Frau getötet hat, wie alt war er damals wohl? Anfang dreißig? Dann wäre er jetzt Mitte vierzig?«

Avila blieb stehen.

»Das führt zu nichts. Er kann jung geheiratet haben oder war schon zwanzig Jahre verheiratet. Dieser Mann kann alles sein, Mitte dreißig oder aber auch Ende fünfzig. Selbst ich könnte dieser Mercúrio sein!«

Baroso blickte erschrocken hinter seinem Bildschirm hervor.

»Das habe ich nur gesagt, um euch zu verdeutlichen, dass wir so nicht weiterkommen!«, beschwichtigte Avila. »Natürlich bin ich es nicht. Leticia und ich sind seit fast zwanzig Jahren ein Paar. Und davor war ich nicht verheiratet.« Er schaute auf die Uhr. »Gleich zehn Uhr. Ich denke, wir sollten morgen weitermachen. Bis dahin haben wir hoffentlich ein brauchbares Bild von diesem Gomes und mit etwas Glück haben Fonseca und Galina etwas gefunden, was uns weiterbringt.«

»Wollen wir noch einen Absacker trinken?«, schlug Vasconcellos vor.

»Ich könnte auch gut eine Kleinigkeit essen«, stimmte Avila zu. »Wie wäre es, wenn ich in der Bar Camarão anrufe und Ana bitte, uns ein paar große Portionen Lapas zu reservieren. Abends kann es manchmal etwas knapp werden.«

»Könnte ich vielleicht lieber eingelegten Pulpo haben?«, fragte Baroso leise.

»Alles, was du willst!« Mit neuem Elan bei der Aussicht auf ein leckeres kleines Abendmahl griff Avila zum Telefon. »Ana, ich komme in einer knappen halben Stunde mit drei hungrigen Kollegen vorbei. Hast du noch Lapas und Pulpo für uns? ... Ja? Excelente! Großartig!« Er wandte sich an Vasconcellos. »Sagst du Fonseca Bescheid, dass wir ihn in der Bar treffen?«

Vasconcellos fingerte sein telemóvel aus der Hosentasche.

※ ※ ※

Eine halbe Stunde später saßen sie zu dritt auf der Veranda der Bar. Vor ihnen standen mehrere zischende Pfannen mit gebratenen Lapas. Dazu hatte Ana noch zwei üppige Portionen der in Tomatensoße eingelegten Tintenfische gestellt. Avila nahm eine der Zitronenhälften und verteilte langsam den frischen Saft über die in dem heißen Olivenöl vor sich hin zischenden Napfschnecken. Wenn er dies in Anwesenheit von Leticia getan hätte, gäbe es jetzt Ärger. In Spanien war selbst das Nachwürzen der Paella mit Zitrone verpönt und eine Beleidigung für den Koch. Eine Autotür schlug zu und kurz danach kratzten Pfoten über die Terrasse.

»Das sieht ja gut aus!« Fonseca ließ sich in einen der Plastikstühle sinken. Er deutete auf den großen Krug Bier, der vor ihm stand. »Ist der für mich?«

»Sim, ja. Ich habe für dich gleich ein Caneca mit bestellt.« Vasconcellos prostete seinem Freund zu. »Und, wart ihr erfolgreich?«

»Zumindest kann ich dir mit großer Sicherheit sagen, wo Senhora Lima ihr Auto geparkt hat, bevor sie in Richtung Kloster gegangen ist.« Fonseca nahm einen großen Schluck Bier. »Diese Frau hat, genau wie wir, in der Sackgasse bei der Quinta do Vale Paraíso geparkt und muss von da zu Fuß zum Kloster gegangen sein. Galina und ich konnten den Weg recht gut ablaufen. Leider haben wir aber keine weiteren Spuren gefunden. Ich habe schon der Spusi Bescheid gegeben, dass die den Weg morgen bei Tag noch einmal ablaufen.«

Gedankenverloren spießte Avila eine Napfschnecke auf und führte sie in Richtung Mund. Ana kam auf die Terrasse mit einem Tablett voller Poncha.

»Die gehen aufs Haus«, meinte sie, während sie die kleinen Gläser mit dem goldgelben Inhalt vor den vieren verteilte.

»War Carlos heute schon da?«, fragte Avila.

»Er ist etwa zwanzig Minuten, bevor ihr gekommen seid, gegangen.«

»Hast du ihm nicht gesagt, dass wir auf dem Weg sind? Er wäre doch bestimmt geblieben und hätte mit uns noch einen Poncha getrunken«, fragte Avila und nahm einen großen Schluck von Anas Rum-Mischung.

»Doch, das habe ich ihm gesagt. Aber es wirkte fast so, als ob er es daraufhin besonders eilig hatte, seinen Poncha zu trinken und mit seiner Mülltonne zu verschwinden. Habt ihr vielleicht Streit?« Ana blickte Avila prüfend an.

»Nicht dass ich wüsste.« Der Comissário schüttelte den Kopf.

»Vielleicht will er die Ermittlungen nicht behindern. Schließlich haben wir ihn auch verhören müssen«, versuchte Vasconcellos, eine Erklärung zu finden.

»Schon, aber es passt nicht zu ihm. Wenn wir Probleme haben, sprechen wir miteinander und gehen uns nicht aus dem Weg.« Avila nahm sich vor, bei nächster Gelegenheit mit dem Freund zu reden.

Baroso, der sich die letzte Viertelstunde mit einem verklärten Gesichtsausdruck Anas Tintenfisch gewidmet hatte, legte den Löffel beiseite und fing an, in seiner Hosentasche zu kramen. Er holte das Mobiltelefon hervor und schaltete das Display an.

»Etwas Dringendes?« Avila erinnerte sich daran, dass Barosos Großvater krank war. »Nachrichten von zu Hause?«

»Nein, nein. Es ist ein Fax, das gerade hereinkam.«

»Ein Fax? Wie soll das gehen?« Avila starrte seinen jungen Aspirante erstaunt an.

»Ich habe unser Fax im Büro auf meine E-Mail umgestellt. Nur für den Fall, dass dieser Journalist aus Lissabon noch etwas schickt. Soll ich es öffnen? Oder wollen wir bis morgen warten?«

»Jetzt öffne es schon«, brummte Avila.

Baroso wischte über das Display, dann starrte er auf den kleinen Bildschirm. Er riss die Augen auf.

»Was ist es?« Avila streckte die Hand aus. »Ist es ein Bild von diesem Gomes?«

Der Aspirante wurde rot.

»Man kann es nicht gut erkennen, auf dem kleinen Bildschirm. Vielleicht sollten wir doch lieber bis morgen warten.«

»Gib mal her. Muss ich dir erzählen, dass man das Bild vergrößern kann?« Fonseca riss Baroso das Mobiltelefon aus der Hand. »Ich weiß gar nicht, was du hast, man kann es doch ...« Er stockte und starrte ebenfalls mit aufgerissenen

Augen auf das Display. Vasconcellos, der neben Fonseca saß und einen Blick auf das Bild warf, zuckte zusammen.

»Was ist los, verdammt noch mal?« Avila wurde laut. »Habt ihr einen Geist gesehen, oder was soll das Theater? Kann man jetzt jemanden auf dem Bild erkennen oder nicht?«

Langsam reichte Fonseca ihm das Mobiltelefon herüber. Avila kniff die Augen zusammen und sah sich das Bild an. Das durfte nicht sein! Seine Hand fing an zu zittern und er ließ das Telefon in den Tintenfisch fallen. Blutrote Bäche von Soße flossen entlang des Displays und bildeten einen bizarren Rahmen um das Foto, das einen jungen, lachenden Carlos Arm in Arm mit einer blonden Frau zeigte.

Garajau, 01.09.2014 08:11

»Aber das heißt doch nicht, dass Carlos auch der Mörder ist, oder?« Leticia stellte einen tiefschwarzen Bica vor ihren Mann. Normalerweise hätte sich Avila an der karamellfarbenen Crema des Espressos erfreut. Jetzt stürzte er ihn in einem Zug hinunter.

»Merda! Scheiße ist das heiß!« Er sprang auf, lief zur Spüle und öffnete den Wasserhahn. »Besser«, stöhnte er, als er sich das kalte Wasser die verbrannte Kehle hinunterlaufen ließ. Er drehte sich wieder zum Tisch um, von wo Leticia ihn mit versteinerter Miene musterte. Sofort meldete sich sein schlechtes Gewissen. »Cara minha, desculpe, es tut mir leid!«

Leticia drückte seine Hand. »Ist schon gut, Fernando. Ich kann ja verstehen, dass dich die Sache mit Carlos mitnimmt. Glaub mir, mich macht es auch traurig. Wie schlimm muss es für ihn gewesen sein. Diese Geschichte mit seiner armen Frau. Und niemanden, mit dem er darüber reden konnte.«

Avila schluckte. Genau das war der Punkt. Warum hatte ihm sein Freund nichts erzählt? Er hatte Carlos über die Jahre alle seine Zweifel, seine Probleme, ob im Job oder auch mit der Familie, anvertraut. Seine Ängste, als er Vater wurde. Wie viele Abende hatte die Freunde zusammengesessen und darüber geredet. Aber Carlos hatte auch vor Avila eine Lüge gelebt. Was war ihre Freundschaft eigentlich wert?

»Wie geht es jetzt weiter?«, unterbrach Leticia seine Gedanken.

»Vasconcellos und Fonseca sind auf dem Weg zu Carlos mit einem Durchsuchungsbefehl. Wir konnten auch eine der Mobiltelefonnummern in Sofia Limas Kalender ihm zuordnen. Die Polizei wird ihn verhören und sein Alibi überprüfen müssen.«

»Du willst Carlos verhören?« Leticia starrte ihren Mann mit offenem Mund an.

»Nein, natürlich nicht! Vasconcellos übernimmt die Ermittlungen. Das haben wir gleich gestern Abend in der Bar so besprochen. Der Wolf weiß auch schon Bescheid.«

»Aber du wirst doch mit Carlos reden und dir seine Seite der Geschichte anhören, nicht wahr?«

»Hast du mir nicht zugehört? Vasconcellos übernimmt ab jetzt!« Avilas Stimme wurde laut. Wut stieg in ihm auf. Wollte sie ihn nicht verstehen?

»Ich rede nicht von einem Verhör. Carlos ist dein Freund! Meu deus, mein Gott! Ihr müsst doch miteinander reden!« Leticia stellte sich vor ihn.

»Selbst wenn ich wollte, kann ich nicht mit ihm reden. Er ist unser Hauptverdächtiger! Begreifst du das nicht?« Er sprang auf und stürmte aus der Wohnküche in den Flur. Avila griff nach dem Autoschlüssel. Bevor er die Haustür öffnete, rief er nach hinten: »Außerdem will ich nicht mit ihm reden. Ich kenne diesen Mercúrio Gomes ja gar nicht!« Mit einem lauten Knall schlug er die Tür hinter sich zu. Kaum saß er in seinem Auto hinter dem Steuer, verrauchte sein Zorn wieder. *Was habe ich mir nur dabei gedacht, Leticia so eine Szene zu machen? Sie kann doch nun wirklich nichts dafür.* Kurz überlegte er, wieder hineinzugehen und sich mit seiner Frau zu versöhnen, da öffnete sich die Haustür und Leticia erschien.

»Komm mir erst wieder, wenn du bessere Laune hast, Fernando!«, rief sie, die Hände in die Hüften gestützt, die Augenbrauen wütend zusammengezogen. Er drückte den Fuß aufs Gaspedal und raste in Richtung der Durchfahrt des Hotels Dom Pedro zur Hauptstraße. Fast hätte er dabei einen der Hunde des Nachbarn überfahren, der die Morgensonne mitten auf dem Asphalt vor der offenen Toreinfahrt genoss.

Jaulend und bellend sprang das Tier gerade noch zur Seite, bevor ihn Avila mit dem Vorderreifen erwischte.

Er stoppte das Auto kurz vor der Durchfahrt und prügelte auf sein Lenkrad ein. »Merda, merda, merda!«

Nur ein paar Hundert Meter weiter die Rua de Autonomia hinunter öffnete Vasconcellos unter dem aufgeregten Gekläffe eines kleinen Spitzes das grün gestrichene schmiedeeiserne Tor. Zwischen Kakteen, kleinen Aloe-Vera-Pflanzen und kurz gestutzten Bougainvillea führte eine schmale Steintreppe hinauf zu dem weißen Haus, in dem Carlos die erste Etage bewohnte. Aus dem Augenwinkel bemerkte er eine Bewegung hinter dem hellen Sonnensegel, welches einen Teil des großen Balkons überspannte. Carlos musste zu Hause sein.

Er ging die Außentreppe in den ersten Stock hoch. Neben der gläsernen Wohnungstür standen mehrere Tüten des örtlichen Supermarktes, gefüllt mit leeren Weinflaschen.

»Ich wusste gar nicht, dass dieser Carlos so viel trinkt«, bemerkte Fonseca, der hinter Vasconcellos die Treppe hinaufgekommen war. Galina hatten sie noch in ihrem Anhänger gelassen, wahrscheinlich auch ein Grund, warum das Gekläffe des Spitzes mittlerweile eine Tonlage erreicht hatte, die wie eine Sirene durch die Straße hallte.

Vasconcellos zuckte nur mit den Schultern und klopfte laut gegen die Tür.

»Carlos? Bist du zu Hause? Hier ist Ernesto. Ich bin mit meinem Kollegen Sargento Fonseca hier. Wir würden dich gerne sprechen.« Er starrte durch das grünlich-braune Glas der Tür und versuchte, im Inneren der Wohnung etwas zu erkennen. War da ein Schatten? Er klopfte noch lauter. »Carlos, bitte mach die Tür auf!«

Jetzt tauchte deutlich der Schatten eines Menschen hinter dem Glas auf und ein Schlüssel wurde umgedreht. Die Tür öffnete sich langsam und in dem kleinen Flur erschien die Gestalt des Gärtners. Vasconcellos erschrak. Carlos wirkte völlig verändert. Die Haare standen wirr von seinem Kopf ab, er war unrasiert und trug ein dreckiges T-Shirt sowie eine ausgeleierte Pyjamahose. Nichts erinnerte an den Mann, der immer mit strahlend weißem T-Shirt, gebügelter blauer Latzhose und stets glatt rasiert durch die Straßen von Garajau zog, um seinen verschiedenen Gelegenheitsarbeiten nachzugehen.

»Ist Fernando da?« Carlos versuchte, hinter Vasconcellos' und Fonsecas Rücken einen Blick auf die Treppe zu erhaschen.

»Tut mir leid, nein. Es sind nur Manel und ich hier. Wir müssen mit dir reden.«

»Das habe ich mir schon gedacht. Kommt rein. Darf ich euch ein Glas Wein anbieten?« Carlos schlurfte vor den beiden in Richtung Balkon.

»Wein, um diese Zeit? Nein, danke.« Vasconcellos schüttelte den Kopf.

Sie setzten sich an den großen Holztisch, der fast zwei Drittel des Balkons einnahm. Eine Ausgabe der Diário de Notícias lag verstreut auf dem Tisch, daneben ein halb leeres Glas Rotwein.

»Weißt du, warum wir hier sind?«, eröffnete Vasconcellos das Gespräch, nachdem sie alle Platz genommen hatten.

Carlos nahm einen großen Schluck aus dem Weinglas und nickte.

»Ich kann es mir denken. Hatte euch schon früher erwartet.«

»Stimmt es, dass dein richtiger Name Mercúrio Gomes ist und du aus Lissabon stammst?«

Bei der Nennung seines Namens zuckte Carlos kurz, dann nickte er.

»Sim, ja.«

»Ist es auch richtig, dass du Sofia Lima aus der Zeit kennst, weil sie damals über deinen Prozess wegen der Tötung deiner Frau geschrieben hat?«

Carlos leerte das Weinglas in einem Zug.

»Ja, ich kannte Sofia Lima. Diese Frau hat mich vernichtet. Sie hat ...«

Vasconcellos unterbrach ihn.

»Carlos, ich muss das jetzt sagen. Dir ist klar, dass alles, was du uns jetzt erzählst, später gegen dich verwendet werden kann? Wir ermitteln in einem Mordfall.«

Carlos lachte bitter.

»Das ist mir klar, Ernesto. Aber es ist, wie es ist: Diese Frau hat mein Leben zerstört. Hat auf mir herumgetrampelt, als ich schon am Boden lag. Ich würde lügen, wenn ich sage, dass es mir leidtut, dass sie tot ist.«

»Ich vermute, Sofia Lima hat dich in der Quinta gesehen, als du dort als Gärtner gearbeitet hast, und dich erkannt, richtig?«

Carlos nickte.

»Dann habt ihr euch verabredet und sie hat dich erpresst. Damit gedroht, deine wahre Identität zu enthüllen. Ihr habt euch letzten Freitag oben beim Kloster getroffen. Es kam zum Streit und eines führte zum anderen. Ist es so gewesen?«

»Wir waren am letzten Freitag verabredet, ja. Ich habe zu Hause gesessen, habe getrunken. Viel zu viel, denn ich wollte mir Mut antrinken und endlich dieser Frau alles sagen, was ich schon immer sagen wollte. Dabei bin ich eingeschlafen. Als ich aufwachte, war es schon spät. Ich bin hochgerast zum Vale Paraíso. Aber sie war nicht mehr da. Natürlich nicht, es war fast zwei Stunden nach unserer Verabredung. Ich bin die Straße rauf und runter gelaufen und dann wieder nach Hause gefahren. Ein paar Tage später habe ich dann erfahren, dass sie tot ist.«

»Hat dich jemand gesehen und kann das bezeugen?«
»Ich glaube nicht, um die Zeit ist dort niemand gewesen.«
»Carlos, wir haben einen Durchsuchungsbefehl für deine Wohnung. Sargento Fonseca hat außerdem Galina bei sich. Wir wollen sehen, ob Sofia Lima hier in der Wohnung gewesen ist.«

Carlos schüttelte langsam den Kopf.

»Ich hätte diese Frau nie in meine Wohnung gelassen. Aber tut, was ihr nicht lassen könnt. Ist es in Ordnung, wenn ich solange auf dem Balkon sitzen bleibe?«

»Vielleicht willst du dir vorher etwas anziehen?« Vasconcellos deutete auf die Pyjamahose.

Carlos ging rein und griff nach einer Jeanshose, die auf dem aufgeklappten Schlafsofa zwischen zerknüllten Kissen und Decken lag. Er zog sie über die Schlafanzughose.

»Wenn ihr nichts dagegen habt, gehe ich jetzt wieder auf den Balkon und überlasse euch und Galina die Wohnung.«

Vasconcellos zögerte kurz, dann nickte er und schickte Fonseca los, Galina zu holen. Als Fonseca mit der Hündin zurückkam, hörten sie, wie Carlos mit einem lauten Plopp den Korken der nächsten Weinflasche öffnete und sich sein Glas vollschenkte.

»Gut, dass der Chef nicht hier ist«, flüsterte Fonseca. »Wenn der jetzt seinen Freund so sähe ...« Langsam zog er sich Plastikhandschuhe an und holte die vorbereitete Riechprobe hervor. Er schraubte das Glas auf und schob Galinas Nase hinein, um sie danach in gebückter Haltung durch das Zimmer zu führen. Entlang seiner ausgestreckten Hand prüfte der Hund jede Ecke und jeden Winkel der Räume. Nach einer Viertelstunde hatten sie die kleine Wohnung von Carlos abgesucht.

»Zu sechzig Prozent gehe ich davon aus, dass die Journalistin nicht hier war. Vielleicht auch fünfzig, weil es schon ein paar Tage her ist«, meldete er.

»Sicherer bist du dir nicht?«

»Tut mir leid. Wir haben einfach zu viel Zeit verloren.«

Vasconcellos war dennoch erleichtert. Der Subcomissário hoffte, dass sich alles aufklären würde und das einzige Vergehen des alten Gärtners bliebe, dass er ihnen seine wahre Identität nicht verraten hatte. Auch an diesem Umstand würde sein Chef noch lange genug zu knabbern haben.

Er rief in Richtung Balkon: »Carlos, wir sind hier erst einmal durch. Wir gehen jetzt. Ich muss dir das noch sagen: Bitte verlasse in den nächsten Tagen die Insel nicht. Geh davon aus, dass wir dich noch ins Präsidium bestellen werden, um deine Aussage aufzunehmen.«

Der Gärtner kam leicht schwankend ins Zimmer, eine weitere leere Weinflasche in der rechten Hand. Carlos' linker Fuß blieb an dem weißen Schafsfell, das er als Teppich benutzte, hängen. Fast wäre er vorne über gefallen, hätte Vasconcellos ihn nicht festgehalten. Carlos richtete sich wieder auf und nuschelte: »Alles klar. Ich bring euch noch raus.«

Er schob sich an ihnen vorbei zum Eingang. Kurz musste Vasconcellos die Luft anhalten, so stark war mittlerweile die Alkoholfahne, die der Gärtner aus sämtlichen Poren ausdünstete. Carlos öffnete die Tür und bückte sich schwerfällig, um die leere Flasche seiner Flaschensammlung hinzuzufügen. Interessiert fing Galina, die hinter ihm aus dem Haus gelaufen war, an, zwischen den Säcken zu schnüffeln.

Auf einmal bellte die Hündin kurz und scharf, dann fing sie an, mit den Pfoten vor den Plastikbeuteln zu scharren.

»Porra, verdammter Mist«, murmelte Fonseca, beugte sich vor und zog mit seiner rechten behandschuhten Hand ein orange-braunes Seidentuch aus einer der Tüten.

Polizeipräsidium, 01.09.2014 10:23

»Es ist der erste September 2014, 10:23 Uhr. Subcomissário Vasconcellos beginnt das Verhör mit Mercúrio Gomes, wohnhaft in Garajau. Hier bekannt unter dem Namen Carlos Santos.«

Avila sah über den Monitor im Nachbarraum zu, wie Vasconcellos die Personendaten von Carlos aufnahm. Fahrig griff der Comissário nach der kleinen Espressotasse, die vor ihm stand. Seine Hand zitterte so stark, dass die Tasse auf der Untertasse laut klapperte und er die Linke zu Hilfe nehmen musste, um keinen braunen See auf dem weißen Tisch zu hinterlassen. Baroso, der ebenfalls über die im Verhörraum installierten Kameras das Geschehen beobachtete, schaute seinen Chef mit einem Ausdruck von Sorge an.

»Soll ich Ihnen vielleicht ein Glas Wasser holen? Vielleicht auch ein Cornetto dazu?«, fragte der Aspirante.

»Wieso? Glaubst du etwa, ich hatte genug Koffein für heute?«, knurrte Avila. Als er sah, wie Barosos Gesicht rot anlief, bekam er sofort ein schlechtes Gewissen. *Der Junge meint es ja nur gut*, dachte der Comissário. *Und wahrscheinlich hat er sogar recht, dass ich zur Abwechslung mal ein Glas Wasser trinken und eine Kleinigkeit essen sollte, so wie mein Herz gerade gegen die Rippen schlägt.* Er überlegte, hatte er heute überhaupt schon etwas gegessen? Oder wirklich nur die vielen Bicas getrunken? Das lag nur daran, dass Leticia nichts mehr für ein ordentliches Frühstück zu Hause hatte, seit sie mit dieser Diätnummer angefangen hatte. Intervallfasten, was für ein Schwachsinn. Er würde ihr heute Abend sagen, dass er nicht länger mitmache und dann zum Einkaufen fahren. Und morgen früh würde er mit Urso bei der Pastelaria vorbeigehen. Sein Magen fing wie auf Kommando an zu knurren. Wut stieg in ihm auf, auf sich, auf die Situation, einfach auf alles. Natürlich wusste er, dass er sich wie ein beleidigtes Kind benahm, aber verdammt noch mal, da drin saß ein Mann, der über Jahre sein bester Freund gewesen war. Oder war das auch eine Lüge gewesen? Er zwang sich, aus der Flut seiner Gedanken aufzutauchen und sich wieder dem Gespräch im Verhörraum zuzuwenden. Vasconcellos hatte mittlerweile die persönlichen Daten abgeglichen und begann die Befragung.

»Senhor Gomes, vor zwei Stunden haben wir in Ihrem Müll ein orange-braunes Seidentuch gefunden. Unser Polizeispürhund hat Laut gegeben und so dieses Tuch als Eigentum von Senhora Sofia Lima identifiziert. Die anschließende Befragung von Zeugen konnte dies bestätigen. Können Sie mir sagen, wie es in Ihren Besitz gekommen ist?«

»Ich habe es auf der Straße gefunden.« Carlos sah Vasconcellos nicht an, sondern starrte auf einen imaginären Fleck auf dem weißen Tisch zwischen ihnen.

»Wo genau?«, bohrte Vasconcellos nach.

»An dem Abend, an dem ich mit ihr zum Gespräch verabredet war und ich zu spät kam. Ich habe es oben im Vale Paraíso auf der Straße gefunden und eingesteckt.« Er zuckte mit den Schultern. »Es lag einfach so herum und das ist doch mein Job, das Aufräumen. Zu Hause habe ich es dann in den Müll geworfen.«

»Sie sagen also, dass Sie nicht wussten, dass dies das Halstuch der Toten war und es reiner Zufall ist, dass es bei Ihnen im Müll gelandet ist? War es nicht eher so, dass Sie die Beweise, dass Sie sich mit Sofia Lima getroffen haben, verschwinden lassen wollten? Haben Sie sich mit Senhora Lima auf dem Gelände des Klosters getroffen? Kam es zum Streit und Sie haben sie erschlagen? Sie haben ausgesagt, dass Sie getrunken haben. Hat Sofia Lima Ihnen gedroht,

Ihre wahre Identität zu verraten? Sie auch hier als Mörder Ihrer Frau bloßzustellen und alles zu zerstören, was Sie sich auf Madeira aufgebaut haben?« Die Fragensalven von Vasconcellos prasselten wie Maschinengewehrfeuer. Avila wurde schlecht. In was für eine Lage hatte sich sein Freund nur gebracht?

Carlos hob langsam den Kopf und blickte Vasconcellos an. Fast tonlos sagte er: »Diese Frau war der Teufel. Sie hat es verdient zu sterben. Die Welt ist heller geworden, jetzt, wo sie tot ist. Das ist alles, was ich dazu sage.«

»Haben Sie Sofia Lima getötet?«

Carlos kniff die Lippen zusammen und schwieg.

Du verdammter Idiot, rede endlich!, schrie es in Avilas Kopf. *Sag, dass es alles ein großes Missverständnis ist und präsentiere uns ein Alibi!*

Aber Carlos blieb still und starrte wieder den weißen Tisch vor sich an.

»Hat Subcomissário Vasconcellos schon etwas aus Senhor Santos, ich meine Gomes, herausbekommen?«

Der Wolf hatte sich zu ihnen in den kleinen Raum geschlichen und blickte interessiert auf den Monitor.

Avila biss sich auf die Lippen. In seinem Kopf drehte sich die Gedankenspirale und er hatte keine Lust, mit seinem Chef zu reden. Lobo sah ihn kurz unter zusammengekniffenen Augenbrauen an, dann zuckte er mit den Schultern und wendete sich an Baroso.

»Aspirante, bringen Sie mich bitte auf Stand.«

Baroso sah unsicher von Avila zu Lobo. Leichte Schweißperlen zeigten sich auf seiner glatt rasierten Oberlippe.

»Aspirante, ich warte!«, grollte der Wolf.

Der junge Mann atmete tief ein und antwortete leise: »Wir haben nur das Halstuch, das mittlerweile sowohl von Senhora Delgado als auch von Senhora Lobo der Toten zugeordnet werden konnte.«

»Senhora Lobo? Haben Sie meine Frau erneut befragt?«

»Aber nein!« Baroso fuhr sich mit der Zunge über die Lippen, immer noch den Blick Hilfe suchend auf Avila gerichtet, der das ganze Gespräch nicht mitzubekommen schien. »Ich meine, ich habe sie nicht befragt, das war der Subcomissário. Ich würde nie …«

»Schon gut, Baroso. Ich fresse Sie doch nicht gleich auf! Also, das Halstuch gehörte Senhora Lima, richtig? Was sagt Senhor Gomes, wie es in seinen Besitz gekommen ist?«

Nachdem ihm der Aspirante den Rest des Verhöres berichtet hatte, bohrte der Wolf nach. »Was ist mit der jungen Frau und ihrem Bruder? Sind die noch verdächtig?«

Baroso schüttelte den Kopf. »Nicht wirklich. Senhora Pinto und ihr Bruder werden wegen Behinderung der Justiz eine Anzeige bekommen. Eine weitere Anzeige ist wegen Diebstahl gegen die Senhora erfolgt. Clara Pinto wurde wieder entlassen. Der Subcomissário hat aber ihren Pass einbehalten und sie angewiesen, Madeira nicht zu verlassen. Da Jaimy Dias offiziell den Mord an Senhora Lima gestanden hat, sitzt er noch im Gefängnis. Aber wahrscheinlich wird er das Geständnis zurückziehen, wenn er erfährt, dass jemand anderes als seine Schwester verdächtigt wird.«

Der Wolf nickte mit dem Kopf und wandte sich an Avila.

»Comissário, was sagen Sie dazu? Glauben Sie Senhor Gomes, dass er nichts mit dem Tod der Journalistin zu tun hat? Sie kennen ihn doch lange genug. Ist er fähig, einen Mord zu begehen?«

Avila starrte seinen Chef an. Dann zuckte er mit den Schultern.

»Ich hatte einen Freund, der Carlos Santos hieß. Wir hatten keine Geheimnisse voreinander. Mercúrio Gomes ist mir ein Rätsel.« Er stand auf und verließ den Raum.

Kopfschüttelnd sah Lobo ihm nach.

»Ist er schon die ganze Zeit so?«

»Es ist für ihn schlimm, da Senhor Santos doch sein bester Freund ist«, versuchte Baroso, den Abgang des Comissários zu verteidigen.

»Ich denke, ich werde mit ihm reden. Avila sollte ein paar Tage zu Hause bleiben, bis der Fall abgeschlossen ist. Es tut weder ihm noch den Ermittlungen gut, wenn er hier ist.«

Garajau, 01.09.2014 23:17

Ganz langsam drehte er den Schlüssel im Schloss und öffnete die Tür. Noch im Flur zog er vorsichtig seine Schuhe aus und schlich auf Socken weiter in Richtung Wohnzimmer. Alles war dunkel. Sie musste schon im Bett sein. Durch das Fenster konnte er den schwachen Schein des Mondes sehen. Er steuerte darauf zu, bis …

»Merda! Mist!« Sein kleiner Zeh war an dem Sideboard hängen geblieben, auf dem das Telefon stand. Trotz der Dunkelheit erschienen vor Schmerz weiße Blitze vor seinen Augen. Er bückte sich, um den Zeh zu fühlen. Dabei stieß er sich den Kopf an dem kleinen Schrank. Benommen ruderte er mit den Armen und schmiss die Porzellanschale, in der sie die Schlüssel aufbewahrten, wenn sie zu Hause waren, herunter. *Das durfte doch nicht wahr sein! Hatte sich alles gegen ihn verschworen?*

Das Flurlicht ging an und Leticia baute sich vor ihm auf.

»Meu deus! Fernando, wo warst du nur? Ich warte seit Stunden auf dich!« Sie blickte auf das Chaos aus Scherben und verstreuten Schlüsseln, das den Flurboden zierte. »Was veranstaltest du hier eigentlich? Wolltest du dich etwa hereinschleichen?«

Avila versuchte, sich mit dem rechten Handrücken den Mund abzuwischen und gleichzeitig den großen Pappkarton hinter seinem Rücken zu verstecken.

»Was hast du da? Zeig mal her.« Leticia griff hinter ihn und zog den Karton hervor. »Wie viele salame de chocolate sind das? Drei? Weißt du, wie viel Kalorien so eine Scheibe hat? Die ist voller Schokolade, Kuchenreste vom Vortag und wer weiß was sonst noch! Sehe ich da auch noch bolo de arroz, natas und quejiadas? Fernando, hast du die halbe

Pastelaria leer gekauft? Seit Tagen weigerst du dich, mit mir die Sportschuhe kaufen zu gehen. Und jetzt torpedierst du unsere ersten kleinen Erfolge bei der Diät mit dieser Fressorgie? Was ist mit dir los?«

»Ich brauche das jetzt.« Trotzig griff er in den Karton, holte ein pasteis de nata heraus und stopfte es sich im Ganzen in den Mund. Sofort quoll ein Teil der gelben Puddingfüllung an seinen Mundwinkeln wieder heraus.

Leticia starrte ihn an. Sie holte tief Luft und Avila duckte sich leicht in Erwartung einer Schimpfkanonade. Aber seine Frau stockte.

»Komm erst einmal mit in die Küche, damit Felia uns nicht hört. Sie hat heute Stunden gebraucht, um endlich einzuschlafen.« Sie wandte sich in Richtung der offenen Wohnküche, die fast das gesamte untere Stockwerk ihres Hauses einnahm. »Ich denke, ein guter Malvasia wird hervorragend zu dem Gebäck passen.«

Überrascht humpelte Avila hinter seiner Frau her.

Leticia kramte in der kleinen Abseite und holte eine unangebrochene Flasche eines fünfzehn Jahre alten Malmseys von Blandy's hervor. Zu Avilas Verwunderung nahm sie danach zwei Gläser aus dem Schrank und stellte sie auf den Tisch. Geübt füllte sie beide Gläser bis zum Rand. Dann riss sie noch zwei Blatt von der Küchenrolle ab, wischte ihm kurz über den Mund und schmiss das dreckige Papier in bester Basketballermanier in den Papierkorb.

»Hast du auch noch ein salame für mich?«, fragte sie und schielte in den geöffneten Pappkarton, den Avila auf den Tisch gestellt hatte. Zum ersten Mal seit gestern fühlte er den Anflug eines guten Gefühls in sich, als er mit Leticia schweigend am Küchentisch saß und den süßen Geschmack des Gebäcks mit vorsichtig dosierten Schlucken des Madeiras krönte.

»Willst du es mir jetzt in Ruhe erzählen?«, fragte Leticia leise, nachdem sie ihnen das zweite Mal eingegossen hatte. »Wie geht es Carlos?«

Avila nahm einen großen Schluck.

»Er sitzt in einer Zelle im Präsidium.« Avila drehte das Glas mit der sattroten Flüssigkeit in seiner Hand.

»Aber was hat er gesagt?« Leticia bohrte weiter.

»Nicht viel. Er sagt, er hätte die Journalistin an dem Abend treffen wollen, wäre aber zu spät gekommen. Sie war nicht da, er findet ihr Halstuch, nimmt es mit. Ende der Geschichte.«

»Aber das ist doch möglich, oder? Carlos könnte doch niemandem etwas zuleide tun. Erinnerst du dich denn nicht, wie er auf Felia aufgepasst hat? Oder wie er mir damals beigestanden hat, als mich William bedroht hat? Er ist ein guter Mensch, das weißt du doch, Fernando!«

»Er hat ein starkes Motiv. Außerdem habe ich ihn einen Tag nach dem Mord auf dem Klostergelände getroffen, weißt du das nicht mehr? Ist doch ein seltsamer Zufall. Und was wir nicht vergessen dürfen: Er hat schon einmal aus Verzweiflung jemanden getötet.«

Leticia schlug mit der flachen Hand auf den Tisch.

»Besteira! Blödsinn! Das kannst du doch nicht vergleichen! Stell dir mal vor, Felia oder ich wären unheilbar krank und du müsstest jeden Tag zusehen, wie wir leiden. Würdest du uns nicht helfen wollen? Unser Leid beenden? Nein, das zeigt doch nur, was für ein wunderbarer Mensch Carlos ist! Er hat nicht an sich gedacht, an die Möglichkeit, dass er für den Rest seines Lebens als Mörder im Gefängnis sitzen könnte. Carlos wollte nur seiner Liebsten helfen!«

Avila schluckte.

»Es muss jemand anders gewesen sein, Fernando! Du musst weitersuchen.«

»Der Wolf hat mich heute Vormittag offiziell von dem Fall entbunden. Vasconcellos leitet die Ermittlungen. Außerdem meinte Lobo, ich solle noch ein paar Tage Urlaub dranhängen.«

»Das kann ich sogar verstehen, wenn du dich auf dem Präsidium genauso aufgeführt hast wie bei mir heute Morgen.«

»Wie würdest du dich denn fühlen, wenn deine beste Freundin wegen Mordes im Gefängnis sitzt?«

»Ich würde Himmel und Hölle in Bewegung setzen, um den wahren Mörder zu finden, Comissário! Was ist denn mit Claras Bruder?«

»Der will nur seine Schwester schützen. Wir werden ihn wahrscheinlich in den nächsten Tagen entlassen.«

»Dann muss die Lima jemanden für eine ihrer Sensationsgeschichten im Auge gehabt haben.«

»Ja, Mercúrio Gomes, den sie als Carlos Santos auf Madeira wiedergefunden hat.« Avila schüttelte den Kopf. »Wir können es drehen, wie wir wollen, es deutet alles auf Carlos.«

Leticia holte ein bolo de arroz aus dem Karton, hob vorsichtig mit den Fingern die mit kristallisiertem Zucker bedeckte obere Schicht des Reiskuchens ab und steckte sie sich mit einem nachdenklichen Gesichtsausdruck in den Mund.

»Sofia ist doch nach Madeira gekommen, weil sie einen Auftrag hatte. Da wusste sie doch gar nicht, dass sie Carlos hier treffen würde.«

»Das stimmt. Aber der Auftrag war, über die Quinta da beleza zu schreiben, für eine Frauenzeitschrift. Das hat uns der Redaktionschef gesagt.«

»Sofia hat doch alles in ihrem Kalender notiert. Habt ihr nichts gefunden?« Leticias Hände hatten mittlerweile eine neue Beschäftigung entdeckt. Sie fing an, die verwelkten Blütenblätter von der Bougainvillea zu zupfen, die Avila ihr anlässlich ihrer Rückkehr von der Schönheitsfarm gepflückt hatte.

Avilas Kopfhaut fing an zu jucken. Irgendetwas war da gewesen. Nur was? Er schlug sich mit der Hand auf die Stirn. Verdammt, das hatten sie ja ganz vergessen!

Polizeipräsidium, 02.09.2014, 06:33

Baroso öffnete die Tür zu dem Büro, welches er sich mit Vasconcellos und Fonseca teilte. Erstaunt stellte er fest, dass Licht brannte. Hatten sie es gestern vergessen?

»Verdammt, wo ist es nur?« Der Aspirante zuckte überrascht zusammen, als er hinter Vasconcellos' Schreibtisch die füllige Gestalt seines Chefs sah, der gerade den Karton mit den Beweismitteln durchwühlte. »Ach Baroso, gut, dass du kommst. Hast du die Tüte mit den Blütenresten gesehen, die aus dem Kalender gefallen war? Ich kann sie nirgendwo finden.«

»Desculpe, Entschuldigung, Comissário. Die Blüten hatte ich ganz vergessen. Ich hatte sie mir hier auf den Schreibtisch gelegt, weil ich jemanden danach fragen wollte.« Baroso schob ein paar Papiere auf seinem Schreibtisch zusammen und zog darunter die Tüte mit den getrockneten kleinen Dolden hervor. »Ich hatte schon versucht, die Pflanze zu bestimmen, konnte aber nur feststellen, dass es sich wahrscheinlich um ein Nachtschattengewächs handelt.«

»Nachtschattengewächs? Gib die Tüte mal her.« Avila starrte auf die kleinen Blüten. Sahen die so aus wie das Sträußchen, welches er sich auf dem Klostergelände hinter das Ohr gesteckt hatte und von dem Carlos behauptete, es sei giftig? Nein, diese hier waren nicht weiß, sondern gelb. Aber hatte Carlos nicht gesagt, dass die meisten Nachtschattengewächse giftig waren? Sollten sie den Gärtner fragen, ob er wusste, was das für eine Pflanze war?

»Hol mir Senhor Gomes aus der Zelle.«

Baroso scharrte verlegen mit dem Fuß auf dem Boden. »Comissário, wollen wir nicht vielleicht warten, bis Subcom...«

»Du meinst, weil der Wolf mich beurlaubt hat? Quatsch, hier wird nicht gewartet. Wenn der Director Ärger macht, sagst du, ich habe dich gezwungen. Mal abgesehen davon, ist um diese Zeit sowieso noch niemand hier im Präsidium. Wenn wir uns beeilen, erfährt niemand etwas davon.«

»Wovon erfährt niemand etwas?« Vasconcellos hatte das Büro betreten. »Fernando, was machst du hier? Das ist doch gar nicht deine Zeit!«

»Ich habe nachgedacht und mich gefragt, ob wir alle Ansätze in diesem Fall richtig verfolgt haben.« Avila blickte seinen Stellvertreter an. Würde der ihn jetzt an seine Beurlaubung erinnern und zur Tür hinauskomplimentieren? Oder hatte Ernesto auch Zweifel?

»Was genau meinst du? Hat es etwas mit den Blumen zu tun?« Vasconcellos zeigte auf die Tüte in Avilas Händen.

»Ich frage mich seit gestern, warum hat die Lima diese Blüten aufgehoben? Sie müssen doch etwas bedeuten, oder?«

»Dann sollten wir jemanden fragen, der sich damit auskennt. Wenn ich mich nicht täusche, hält sich in diesem Gebäude ein Gärtner auf.« Vasconcellos zwinkerte Avila zu. »Felipe, holst du Senhor Santos aus der Zelle und bringst ihn in den Verhörraum?«

Zehn Minuten später saßen sie alle zusammen mit dem Gärtner in dem kleinen spartanischen Raum.

»Carlos, kannst du uns sagen, was das genau für eine Pflanze ist?« Vasconcellos reichte ihm die Tüte mit den kleinen gelben Blütendolden.

Mit einem erstaunten Gesichtsausdruck nahm Carlos die Tüte entgegen. Vorsichtig drehte er sie in seinen Händen, um den Inhalt von allen Seiten zu betrachten.

»Es ist ein Nachtschattengewächs. Ich würde sagen, aus der Gattung der Nachtschatten.«

»Ist das nicht klar?«, unterbrach ihn Avila.

»Nein«, belehrte ihn der Gärtner. »Nachtschattengewächse ist die Familie, Nachtschatten die Gattung, also eine Einheit darunter. Jetzt müssen wir nur noch herausfinden, was das für eine Art ist. Es sieht etwas wie ein Wollblütiger Nachtschatten aus, aber doch etwas anders. Vielleicht eine Unterart? Oder eine Mutation? Wo genau habt ihr die her?«

»Wir vermuten, dass sie von Madeira stammt. Mehr können wir dir zurzeit nicht sagen.« Vasconcellos hob die Schultern. »Was genau ist denn der Wollblütige Nachtschatten?«

»Er kommt ursprünglich aus Südamerika, Brasilien, glaube ich. Ist aber mittlerweile in fast allen tropischen Regionen der Erde, aber auch auf den Azoren und hier auf Madeira zu finden. Alle Teile der Pflanze sind giftig. Das liegt an den Alkaloiden, die sie enthalten. Mich würde wirklich interessieren, was das für eine Pflanze ist ...« Wieder drehte er die Tüte in seinen Händen.

»Hast du eine Idee, wo die Pflanze hier auf Madeira wachsen könnte?«

»Der Wollblütige Nachtschatten wächst zum Beispiel auf der Levada dos Tornos«, kam die prompte Antwort.

»Das ist dort, wo Sofia Limas Hand gefunden wurde!«, rief Baroso aufgeregt aus.

»Ja, aber wir haben Carlos gehört, es ist wahrscheinlich kein Wollblütiger Nachtschatten«, stoppte Avila die Euphorie seines jungen Mitarbeiters.

Carlos kratzte sich am Kopf.

»Schade, dass es das Kloster nicht mehr gibt. Die Äbtissin hätte euch sicher weiterhelfen können. Die Nonnen waren Expertinnen auf dem Gebiet von Pflanzen, die man auch zu Heilzwecken verwenden kann.«

»Du sagtest eben, es könnte eine Mutation oder unbekannte Unterart sein. Ist es auch möglich, dass es eine Züchtung ist? Wenn du sagst, dass die Nonnen Expertinnen auf dem Gebiet waren, wäre das möglich, dass sie diese Pflanze gezüchtet haben?«

Carlos zuckte mit den Schultern.

»Ist schon möglich. Aber es wird schwer sein, das herauszufinden. Ein Großteil des Gartens ist durch die Bauarbeiten bereits zerstört worden. Außerdem vermute ich, dass sich auch einige Einheimische an den Kräutern bedient haben, nachdem das Kloster aufgegeben wurde. Ich bezweifele, dass ihr dort oben noch etwas findet.«

Polizeipräsidium, 02.09.2014, 10:06

»Wir brauchen jemanden, der sich mit Pflanzen auf Madeira auskennt. Hat jemand von euch eine Idee? Kennt keiner einen Gärtner außer Carlos?« Avila blickte in die Runde.

Vasconcellos schlug sich gegen die Stirn.

»Gärtner, ich bin doch ein Idiot. Natürlich! Nuno! Der alte Gärtner von Aleen Lamont, meiner Vermieterin oben im Orchideengarten! Darauf hätte ich doch gleich kommen können.«

»Kennt der sich nicht nur mit Orchideen aus?«, fragte Baroso.

»Oh nein, Nuno beschäftigt sich mit allem, was wächst und blüht. Im Gewächshaus stehen nur Orchideen, aber draußen auf dem Gelände der Quinta findest du Blumen und Pflanzen jeglicher Art. Und auch dafür ist Nuno verantwortlich. Ihn sollten wir fragen!«

»Was wartest du noch? Ruf ihn an und sag ihm, dass wir vorbeikommen«, forderte Avila ihn auf. Er blickte sich im Büro um. »Wo ist eigentlich Sargento Fonseca? Es ist nach zehn Uhr. Müsste er nicht langsam mal erscheinen? Oder hast du ihm einen Auftrag gegeben, Ernesto?«

»Er wird sicher jeden Moment auftauchen«, antwortete Vasconcellos ausweichend.

Kurz nachdem sie mit Nuno ein Treffen oben in der Orchideenzucht ausgemacht hatten, spazierte Fonseca mit einem breiten Grinsen ins Büro.

»Na, Ihnen scheint es ja gut zu gehen, Sargento!«, begrüßte Avila ihn scharf.

Fonseca zog bei seinem Anblick die Augenbrauen hoch, verkniff sich aber eine Bemerkung über die überraschende Anwesenheit seines Chefs.

»Perdão, tut mir leid. Aber es gab eine ungeplante Situation gestern Abend, weswegen ich mich heute etwas verspätet habe.«

Der Comissário musterte ihn finster.

»Ungeplante Situation? Ich hoffe für Sie, Sargento, dass diese ungeplante Situation nicht weiblicher Natur ist und mit unserem Fall zu tun hat.« Er ahnte Schlimmes. Hatte Ernesto nicht mit Fonseca sprechen wollen? Wenn er nicht alles selbst machte!

Die nächsten Worte des jungen Mannes bestätigten seinen Verdacht.

»Aber ich dachte, jetzt wo wir Senhor Santos, ich meine Gomes, verhaftet haben, wäre das kein Thema …«

»Wir sprechen uns noch! Da diese Botschaft anscheinend bei Ihnen noch nicht klar angekommen ist: Solange der Fall nicht aufgeklärt ist, gibt es keine privaten Kontakte zu den involvierten Personen. Und das schließt Senhora Delgado mit ein. Haben wir uns verstanden?«

Avila konnte sehen, wie Fonseca damit kämpfte, ihm nicht zu widersprechen. Der Sargento presste so stark die Lippen zusammen, dass sie ganz weiß wurden. Aber er schwieg und nickte schließlich.

»Gut, da wir das jetzt geklärt haben, machen wir einen Ausflug zum Orchideengarten.« Avila verließ mit Baroso das Büro.

Fonseca blickte den beiden verständnislos hinterher und stieß Vasconcellos in die Seite.

»Orchideengarten? Was meint der Chef damit?«

»Wir haben eine neue Spur. Die getrockneten Blüten aus dem Kalender der Lima«, klärte sein Freund ihn auf. Dann schüttelte Vasconcellos den Kopf. »Du Idiot, wieso konntest du die Füße nicht still halten. Ich habe dir doch gesagt, warte, bis der Fall abgeschlossen ist.«

»Konnte ich denn ahnen, dass ihr neue Beweise findet? Wir haben doch jemanden verhaftet«, unternahm Fonseca den Versuch, sich zu verteidigen.

Vasconcellos stöhnte leise.

»Du solltest wirklich versuchen, deine Hormone in den Griff zu kriegen. Dir ist schon klar, dass du ernsthafte Probleme bekommen kannst, wenn du mit einer möglichen Verdächtigen schläfst?«

»Wer sagt denn, dass ich mit ihr geschlafen habe? Wir haben uns gestern Abend nur zu einem Spaziergang getroffen. Ich wollte versuchen, ihr die Angst vor Galina zu nehmen. Danach sind wir nur noch auf ein Glas Madeira eingekehrt. Das war alles.«

»Erzähl mir doch nichts. Warum warst du dann heute Morgen so spät?«

»Weil ich Idiot die halbe Nacht wach gelegen und an sie gedacht habe. Wie sie duftet, wie sie sich bewegt.« Fonseca verdrehte die Augen. »Da habe ich heute verschlafen.«

»Meu deus, dich hat es ja wirklich erwischt!« Vasconcellos grinste breit. »Komm, die anderen beiden warten sicher schon. Die Polizeiarbeit wird dir hoffentlich etwas den Kopf zurechtrücken. Du wirst sehen, spätestens in einer Woche kannst du mit deiner Isabel anfangen, die Namen eurer Kinder auszusuchen. Aber bis dahin ist sie tabu!«

Eine halbe Stunde später fuhren sie in zwei Autos die kurvige Auffahrt mit dem alten Kopfsteinpflaster hoch zur Quinta. Zu Avilas Freude hatte Aleen Lamont auf der großzügigen Holzterrasse eindecken lassen und ein üppiger Tisch mit verschiedenen Sorten Kuchen und Kaffee wartete auf die Polizisten. Die alte Dame thronte aufrecht sitzend, ihren schwarzen Gehstock neben sich, in einem Korbsessel und blickte die Neuankömmlinge erwartungsvoll an.

»Nuno sagte mir, dass Sie seine Hilfe benötigen. Da es noch so früh am Tage ist, dachte ich, dass eine kleine Stärkung Ihnen guttut.« Sie wandte sich an Avila. »Comissário, ich habe gehört, Sie schätzen einen guten Galão? Dann sollten Sie unbedingt diesen hier probieren. Die Bohnen stammen aus einer Rösterei in Österreich. Einer meiner Studenten hat sie mir mitgebracht.«

Dankbar nahm Avila ein großes Glas mit der goldbraunen Flüssigkeit entgegen und setzte sich zu ihr.

»Ernesto, stell mir doch bitte deine Kollegen vor!«, insistierte die alte Dame. »Und dann nehmen Sie sich bitte alle etwas zu trinken und zu essen. Nuno ist jeden Moment hier, er wäscht sich nur noch die Hände. Er weiß, dass ich keine erdigen Finger an meinem Porzellan mag.« Sie lachte leise.

Kurze Zeit später schlurfte der alte Gärtner um die Ecke und rieb sich verlegen die Hände an seiner Jeans, als er in die vielen erwartungsvollen Gesichter blickte.

»Oh, äh. Ich dachte nicht, dass du mit so vielen Kollegen kommst, Ernesto.« Er schüttelte allen mit feierlichem Gesichtsausdruck die Hand und setzte sich. »Ich hoffe wirklich, dass ich helfen kann.«

»Bevor wir anfangen, sollte jeder erst einmal ein schönes Stück Kuchen bekommen. Die Pflanzen laufen uns nicht weg.« Aleen Lamont war eine Dame nach Avilas Geschmack. Er ließ sich nicht zweimal bitten und nahm ein großes Stück des berühmten Schokoladenkuchens, den die Hausherrin mit einem großzügigen Löffel frischen Maracujaquarks garnierte.

Nachdem alle zu Aleen Lamonts Zufriedenheit versorgt waren, brachte sie das Thema wieder auf die Blüten.

»Ernesto, zeig Nuno und mir doch mal, was ihr da habt. Ich kenne mich zwar nicht ganz so gut aus wie er, aber ein wenig Wissen über Pflanzen habe ich in meinem alten Kopf noch gespeichert.« Sie streckte ihre langen, sorgfältig manikürten Hände, die mit Sommersprossen und Altersflecken übersät waren, nach der kleinen Tüte aus, die Vasconcellos ihr hinhielt. »Das sieht nach einem Nachtschatten aus, aber das wisst ihr vermutlich schon, oder? Nuno, hast du das schon mal gesehen? Erinnert mich etwas an Fischfangwolfsmilch, oder was meinst du?«

Fast ehrfurchtsvoll nahm der Gärtner die Tüte von seiner Chefin entgegen und betrachtete sie sorgfältig.

»Die gelben Blüten erinnern tatsächlich daran. Schade, dass es keine Blätter dazu gibt, dann wäre die Bestimmung leichter. Aber Sie haben völlig recht, es könnte Euphorbiai Piscatoria sein. Obwohl, sehen Sie die kleinen schwarzen Einfärbungen an den Blütenblättern? Sieht nach einer Mutation aus.« Die beiden steckten die Köpfe zusammen und fingen an zu diskutieren. Dabei fielen noch mehr lateinische Namen.

Avila versuchte, die bisherigen Informationen zu verarbeiten.

»Was genau ist das für eine Pflanze, diese Fischfangwolfsmilch? Ist sie auch giftig?«

Nuno nickte.

»Kennen Sie die großen Lavabecken in Porto Moniz? Die Flut spült dort ständig Fische hinein. In früheren Zeiten hat man diese Becken für den Fischfang genutzt. Die Menschen haben das Wasser mit dem Saft dieser Pflanze, der sogenannten Wolfsmilch, vergiftet. Das hat die Fische betäubt, sie trieben hoch und konnten ganz einfach von der Oberfläche abgesammelt werden. Ihre Pflanze ist sehr ähnlich, aber nicht genauso.«

»Carlos meinte, es könnte sich um eine Unterart oder Mutation des Wollblütigen Nachtschattens handeln. Er meinte, im alten Kloster westlich von Camacha hätten die Nonnen einen großen Kräutergarten gehabt und auch eigene Züchtungen. Vielleicht stammt die Pflanze von dort«, warf Vasconcellos ein.

Nuno schaute sich die Blüten noch einmal an.

»Hmm, ich bin mir nicht sicher.«

»Mosteiro de Santa Maria-a-Velha! Ja, das könnte es sein.« Aleen Lamont klopfte zur Unterstreichung ihrer Worte kurz mit dem Spazierstock auf die Holzdielen. »Carlos hat recht, die Nonnen haben dort über Jahrhunderte Pflanzen gezüchtet. Das würde erklären, warum wir die Art nicht kennen! Es ist so schade, dass sie das Kloster aufgeben mussten. Die ehrwürdige Abadessa Benedita, sie wüsste bestimmt Bescheid. Ich habe es leider versäumt, mich zu verabschieden, als die Nonnen das Kloster aufgegeben haben.«

»Warum genau wurde das Kloster aufgegeben?«

»Soviel ich weiß, müssen in einem Kloster mindestens drei Nonnen leben. Ansonsten wird es aufgelöst. Als ich im letzten Jahr dort war, waren sie nur noch zu dritt. Die alte Äbtissin, eine alte Nonne und eine junge Novizin. Vielleicht ist die alte Nonne gestorben?« Sie seufzte. »Ich hätte mich wirklich mehr um das Schicksal der Nonnen kümmern müssen. Schließlich ist meine Familie mit dem Kloster in früheren Jahren eng verbunden gewesen. Ernesto, habe ich dir erzählt, dass meine Großmutter Gabriella in der Klosterküche als Küchenhilfe gearbeitet hat? Schau nicht so überrascht. Meine Familie stammt nicht komplett aus Schottland. Mein Großvater hat eine Portugiesin geheiratet. Eben jene kleine Küchenmagd. Wie habe ich sie geliebt! Als Kind habe ich immer ihren Geschichten gelauscht. Sie hat sogar einmal die Kaiserin von Österreich im Kloster getroffen.«

»Die Kaiserin von Österreich? Aber Sie meinen nicht ...« Avila musterte die alte Dame erstaunt. War das zeitlich überhaupt möglich?

»Sisi, genau die meine ich. Die wenigsten wissen, dass sie nicht nur als junge Frau auf Madeira war, um sich in dem milden Klima zu erholen. Nein, sie ist auch später noch einmal hier gewesen. Es muss um 1890 gewesen sein.« Sie blickte gedankenverloren über Funchal, das ihr von hier aus zu Füßen lag. »Man stelle sich vor. Sie war zu der Zeit Mitte fünfzig, aber besessen von dem Gedanken, dass sie eine alte Frau ist. Niemand durfte sie mehr sehen. Daher hat sie auch ständig einen Schleier getragen oder einen Fächer vor das Gesicht gehalten. Diese Frau definierte sich nur über ihr Aussehen und versuchte jedes Mittel, das ihr versprach, ihre Schönheit zu verlängern. Wie gerne hätte meine Großmutter die schönste Frau der Welt, wie sie damals genannt wurde, an dem Tag ohne Schleier gesehen. Aber leider hat ihr die Kaiserin den Gefallen nicht getan. Dennoch ist es ein sehr beeindruckendes Erlebnis für meine Großmutter gewesen, von dem sie ihren Enkeln immer erzählt hat.«

Mosteiro de Santa Maria-a-Velha, 30. Dezember 1893

»Ich wünsche Dir in treuer Liebe Glück und des Himmels Segen und bitte um Deine fernere Güte und Nachsicht. ... Habe auch im kommenden Jahr Nachsicht mit meinem Alter und meiner zunehmenden Vertrottelung. ... An Dich denke ich beständig mit unendlicher Sehnsucht, und ich freue mich schon jetzt auf das leider noch so ferne Wiedersehen.«

Franz Josef im Dezember 1893 an Elisabeth

»Gabriella, wie oft soll ich dir noch sagen, du sollst nicht immer herumstehen und träumen. Hol bitte etwas Holz aus dem Schuppen. Wir wollen doch, dass unser Gast es warm hat.« Die Nonne, die mit eiserner Hand das Geschehen in der Küche kontrollierte, sah das junge Mädchen vorwurfsvoll an.

Sofort sprang Gabriella auf und rannte hinaus. In ihrer Hast stieß sie am Eingang zur Küche mit einem kleinen Mann zusammen. Der bucklige junge Mann machte einen Schritt zur Seite und blickte sie böse an.

»Cuidado! Pass doch auf!«, zischte er und fügte ein paar nicht besonders freundlich klingende Worte in einer Gabriella unbekannten Sprache hinzu.

Erschreckt blieb sie stehen, deutete einen Knicks an und entschuldigte sich. Hinter dem Mann tauchte eine groß gewachsene schmale Dame auf, die völlig in Schwarz gekleidet war und mit einem Schleier ihr Gesicht verbarg.

»Christomanos, verderben Sie doch nicht das arme junge Mädchen mit Ihren griechischen Flüchen. Sehen Sie doch, wie lieb es sich bei Ihnen entschuldigt hat.« Sie trat einen Schritt näher. »Qual é o teu nome, criança? Wie heißt du, mein Kind?«

»Gabriella.« In ihrer Verlegenheit machte sie erneut einen Knicks.

»Um nome lindo! Ein schöner Name.«

Die alte Nonne tauchte in der Tür zur Küche auf.

»Gabriella, was tust du noch hier? Du wolltest doch Holz holen! Husch, husch!« Das Mädchen rannte davon. Im Hinausgehen hörte das Mädchen, wie sich die Nonne bei ihrem Gast auf Englisch für sie entschuldigte. Dabei hatte doch dieser komische kleine Mann geflucht und nicht sie!

Als sie zehn Minuten später mit einem Korb voller Holz wieder zurück in die Küche kam, saßen sämtliche Nonnen des Klosters dort mit ihren Gästen. Kein ungewöhnlicher Anblick, war doch die Küche der einzige Ort im Kloster, der über eine Feuerstelle verfügte und daher im Winter dem festlicheren Speisesaal vorgezogen wurde. Außer dem kleinen Mann und der großen schlanken Frau waren noch zwei weitere Damen zu Gast. Leise fing Gabriella an, in der Feuerstelle das Holz zu stapeln. Als sie fertig war, nahm sie ein Stück Zeitung, zerknüllte es und schob es unter den Stapel. Danach nahm sie die große eiserne Zange und holte ein glühendes Stück Holz aus der offenen Feuerstelle des alten gemauerten Herdes. Kurze Zeit später hatte sie die ersten Holzscheite im Kamin zum Brennen gebracht und die Küche wurde langsam warm. Als Gabriella sich unbemerkt zur Tür herausschleichen wollte, rief die große Dame: »Criança!« Brav blieb sie stehen und machte erneut einen Knicks.

»Ihr könnt mit unserer Gabriella ruhig Englisch sprechen, hohe Dame«, murmelte die Äbtissin. »Das Mädchen ist schon eine Weile bei uns und neben der Arbeit in der Küche bekommt sie von Schwester Maria Englischunterricht.«

»Dann setz dich zu mir, mein Kind.« Die Dame gab dem kleinen Mann ein Zeichen, dass er einen Stuhl neben sie stellen solle. Widerwillig erhob er sich und schob mit einiger Anstrengung einen der einfachen Holzstühle hinüber.

Nachdem er die Sitzgelegenheit neben die Dame platziert hatte, rieb er sich den Rücken und setzte sich mit einem tiefen Seufzer wieder an den Tisch.

»Christomanos! Jetzt lassen Sie sich doch nicht so gehen. Es kann doch nicht sein, dass unser kleiner Spaziergang heute Sie so angestrengt hat. Wir sind doch nur von Funchal hier hoch gelaufen!«

»Entschuldigt meine schlechte Konstitution, Eure Durchlaucht. Aber selbst die örtliche Polizei, die der Kaiser zu Eurem Schutz berufen hat, ist nicht in der Lage, Euch zu folgen«, warf der Grieche vorsichtig ein. »Niemand ist in so guter körperlicher Verfassung wie Ihr.«

Gabriella war erstaunt. Wenn die vier wirklich bis zum Kloster gelaufen waren, war das ein sehr weiter Weg mit vielen Steigungen. Die feinen Damen, die sie kannte, würden nicht so lange gehen. Selbst die Nonnen ließen sich nach Funchal und zurück mit einem Ochsenkarren bringen, wenn eine von ihnen für Besorgungen in die Stadt musste.

»Eure Hoheit, seid Ihr wirklich den ganzen Weg zu Fuß hier hoch gekommen?«, fragte da auch schon die Äbtissin. »Ich in meinem Alter wäre dazu nicht mehr in der Lage.«

»In Ihrem Alter? Wenn ich Sie so ansehe, sind Sie doch kaum älter als vierzig Jahre!«, rief die Dame in Schwarz.

»Vierzig Jahre? Oh nein, der Herr ist mein Zeuge, ich werde im nächsten Herbst achtundsechzig.«

Stille trat ein und die vier Gäste musterten die Äbtissin verblüfft. Gabriella wunderte sich nicht über die Reaktion. Auch sie selbst war anfangs überrascht gewesen, dass die Nonnen alle so jung aussahen, obwohl ihr ihre Mutter zugeflüstert hatte, dass das Kloster auch »Mosteiro de juventude eterna«, Kloster der ewigen Jugend, genannt wurde. Niemand auf der Insel kannte das Geheimnis der Nonnen, aber es schien so, als ob im Kloster eine andere Zeit herrschte als auf dem Rest von Madeira. In dieser Zeit gingen die Uhren langsamer und die Bewohnerinnen des

Klosters schienen äußerlich kaum zu altern. Nur an dem Grau ihrer Haare und an dem ein oder anderen Wehwehchen konnte man ihr wahres Alter erahnen, wenn man sie etwas näher kannte.

»Das ist nicht möglich!« Die schwarze Dame atmete scharf ein. »Wie kann das sein?«

Mosteiro de Santa Maria-a-Velha, 02.09.2014 16:03

»Sind Sie schon wieder hier? Und diesmal haben Sie noch Verstärkung mitgebracht! Das wird dem Chef gar nicht schmecken!« Der bullige Vorarbeiter mit den Tätowierungen baute sich vor Avila und seinen Leuten auf. »Senhor Palmeiro hat heute sowieso eine Scheißlaune, weil die Bauleitung Mist gebaut hat. Wie es aussieht, müssen wir ein paar Sachen komplett neu machen.« Er grinste. »Solange jemand anders schuld ist, kann mir das egal sein. Heißt ja, dass ich länger was zu tun habe.« Der Tätowierte schickte sich an, wieder auf seinen Bagger zu klettern.

»Um momento, einen Moment!«, stoppte Avila ihn.

Widerwillig hielt der Mann in seiner Bewegung inne und wandte sich ihnen zu.

»Was denn noch? Ich weiß doch nix. Fragen Sie meinen Chef! Senhor Palmeiro ist dahinten, im Innenhof und diskutiert mit dem Bauleiter.« Er schloss die Tür der Fahrerkabine hinter sich und startete den Bagger.

Als sie in Richtung des Klosters gingen, meinte Fonseca: »Kein Wunder, dass Palmeiro schlechte Laune hat. Seitdem wir hier waren, ist ja nix passiert. Schau mal, Vasconcellos, die sind immer noch nicht mit den Fenstern fertig.« Er zeigte auf die mit Pappe geschützten neuen Fenster, die immer noch vor dem Kloster lagerten. Als sie sich dem großen braunroten Tor näherten, konnten sie schon die schneidende Stimme von Palmeiro hören.

»Nein, das entschuldige ich nicht! Wir haben besprochen, dass wir den ursprünglichen Charakter des Klosters erhalten wollen. Und das Erste, was Sie machen, ist die Zisterne zubetonieren zu lassen? Sind Sie noch ganz bei Trost? Meine

Architektin hat geplant, die Zisterne in eine gläserne Poollandschaft für meine Gäste zu integrieren. Wie soll das jetzt gehen? Nini hat großartige Pläne, die mein Hotel zu einem der ersten auf der Insel machen werden. Vielleicht sogar noch vor dem CR7 unten in Funchal. Und Sie Idiot ...«

»Es tut mir leid, Chef. Ich wusste nicht ...«

»Das kann Ihnen leidtun, so viel Sie wollen! Wissen Sie, was Sie jetzt machen? Sie holen zwei von diesen faulen Säcken da draußen. Die sollen sich zwei Bohrhammer nehmen oder was sie sonst so brauchen und mir den Beton aus der Zisterne holen. Und zwar sofort!«

Bevor Avila den Innenhof betreten konnte, stürmte Palmeiro hinaus. Er blieb ruckartig stehen, als er die Polizisten sah.

»Dafür habe ich jetzt wirklich nicht den Kopf, Comissário. Was wollen Sie denn hier?« Die beim Anblick der Polizei meistens mit einem spöttischen Grinsen versehenen Gesichtszüge des Madeirensers waren heute starr. Palmeiro war eindeutig mit den Nerven am Ende. Vasconcellos erinnerte sich an Fonsecas Worte, dass diese Baustelle nicht darauf schließen ließ, dass Palmeiro ein guter Geschäftsmann war. Schon möglich, dass er sich diesmal übernommen hatte.

»Wir müssen uns noch einmal das Kloster genauer ansehen, Romario«, erklärte er seinem ehemaligen Klubkameraden. »Wir verfolgen einen Hinweis in Bezug auf den Kräutergarten.«

Palmeiro schaute sie mit aufgerissenen Augen an.

»Kräutergarten? Was soll das heißen? Willst du mich auf den Arm nehmen? Eure Leiche ist doch erschlagen worden. Haben mir zumindest meine Bauarbeiter erzählt, die einen Blick auf den Schädel werfen konnten. Oder hat deine liebe Dona Katia Gift in der Toten gefunden?«

»Dazu kann ich dir nichts sagen, Romario, das weißt du doch. Also, wo ist der Kräutergarten?« Vasconcellos blickte sich um.

»Irgendwo dahinten.« Palmeiro deutete auf eine Stelle rechts hinter dem viereckigen Glockenturm. »Kann mir aber nicht vorstellen, dass ihr noch viel finden werdet. Wenigstens den Teil haben diese faulen Säcke schon mit ihrem Bagger umgepflügt.«

Palmeiro sollte recht behalten. Kurze Zeit später schauten sie auf die traurigen Reste des Gartens. Sträucher und kleine Bäume waren herausgerissen worden und lagen auf einem großen Haufen. Die Beete waren umgegraben worden und Bündel von Rollrasen warteten darauf, eine grüne Decke des Vergessens über das Jahrhunderte alte Kräuterwissen der Nonnen auszubreiten.

»Das ist wirklich traurig. Carlos' Annahme war richtig, dass kaum noch etwas übrig gebliebenen ist«, meinte Fonseca, während er mit der Fußspitze in der lockeren Erde nach Pflanzenresten stocherte.

»Wir sollten das hier so lassen.« Vasconcellos zog seinen Freund weg. »Die Spusi wird den Garten untersuchen und schauen, ob sie Reste unseres Nachtschattengewächses findet.«

»Die werden sich freuen. Kann mir kaum vorstellen, dass einer von denen Spaß an Pflanzenbestimmung hat.« Fonseca klopfte die Erde von seinen Schuhen.

»Habt ihr jetzt genug gesehen?«, meldete sich Palmeiro zu Wort, der ihnen zum Klostergarten gefolgt war.

»Ja, das haben wir. Aber es tut uns leid, Senhor Palmeiro. Wir müssen diesen Teil hier absperren. Das Auslegen des Rasens muss warten.« Avila schaute ihn streng an.

Palmeiro seufzte tief.

»Wissen Sie was, Comissário? Das ist mir jetzt auch egal. Dieses Kloster wird noch einmal mein Grab. Ich hätte mich nie darauf einlassen sollen, das Gelände zu kaufen. Das hat man davon, wenn man einem Freund, der Probleme mit der Finanzierung hat, hilft. Können Sie sich vorstellen, wie viel Geld ich hier schon in den Sand gesetzt habe? Das letzte Vierteljahr habe ich nur hineingestopft. Wenn mein anderes Hotel und die Madeirawein-Produktion nicht so viel abwerfen würden, müsste ich anfangen, auf der Avenida Arriaga die Touristen um Geld anzubetteln.«

»Du tust uns wirklich leid, Romario.« Vasconcellos klopfte ihm auf die Schulter. »Aber falls du wirklich auf die Idee kommen solltest, die Touristen anzubetteln, sei dir gewiss, dass du unsere Gastfreundschaft im Polizeipräsidium genießen wirst. Ein nettes Plätzchen in einer unserer Zellen haben wir für dich immer frei.«

»Schon klar, dass du das nicht ernst nimmst. Für dich ist es einfach mit einem regelmäßigen Gehalt vom Staat. Wir Unternehmer haben ganz andere Risiken.«

»Senhor Palmeiro, wir schicken die Spurensicherung vorbei. Kann ich mich darauf verlassen, dass bis dahin niemand den Garten betritt? Oder muss ich meinen Sargento mit seinem Polizeihund zur Bewachung hier lassen?«

»Schon gut, schon gut. Keiner geht da hin. Ihr geliebter Kräutergarten ist gerade mein geringstes Problem.« Palmeiro zuckte mit den Schultern. »War's das? Ich muss sehen, was die Typen jetzt mit meiner Zisterne anstellen.«

Sie gingen zurück in Richtung des Hauptgebäudes, von dem aus das durchdringende Brummen der Schlagbohrer zu hören war.

Auf einmal wurde es still und jemand rief: »Meu deus! Was ist denn das?«

Polizeipräsidium, 02.09.2014 19:22

»Wir haben eine weitere Leiche? Habe ich das richtig gehört, Comissário?« Der Wolf erschien im Gemeinschaftsbüro, in dem sich Avila gerade mit seinen Leuten zur Lagebesprechung versammelt hatte.

»Sim, ja. Sie war in der Zisterne des Klosters einbetoniert.«

»Ich hoffe, Sie haben nicht Senhor Palmeiro verhaftet? Sie wissen, was für eine Stütze er für die Gemeinde ist?« Lobo sah seinen Comissário drohend an.

Stütze der Gemeinde? Wohl eher großzügiger Geldgeber, wenn es um die Vertuschung eigener krummer Geschäfte ging, dachte Avila, hielt sich mit dieser Äußerung aber zurück.

»Leider muss ich ernsthaft bezweifeln, dass Senhor Palmeiro in diesem Fall unser Mann ist.« Avila schüttelte den Kopf. »Wer wäre so dämlich, im Beisein der Polizei darauf zu bestehen, dass eine bereits zubetonierte Zisterne aufgebrochen wird? Nein, völlig unmöglich. Jemand anderes wollte die Arbeiten beim Kloster zur Beseitigung der Leiche nutzen.«

»Hat das etwas mit der Journalistin zu tun?«

»Das kann ich Ihnen noch nicht sagen. Wir wissen im Moment nur, dass es sich um einen Mann handelt. Da die Zisterne nach Angabe des Bauleiters vor zwei Monaten mit Beton verschlossen wurde, liegt er mindestens so lange schon dort drin.«

»Diese Sache hat oberste Priorität, verstanden, Avila? Zwei Leichenfunde innerhalb so kurzer Zeit. Das ist nicht gut für unseren Tourismus. Ich warte nur darauf, dass mich der Presidente persönlich anruft und fragt, was es damit auf sich hat.« Lobo stürmte aus dem Büro.

»Ihr habt es gehört: ›Oberste Priorität‹. Könnt ihr mir schon etwas sagen?« Avila blickte in die Runde.

»Bei der Leiche sind keinerlei Gegenstände gefunden worden, die Rückschlüsse auf die Identität zulassen.« Fonseca hob bedauernd die Schultern.

»Ich bin die wenigen Vermisstenmeldungen der letzten Monate durchgegangen. Niemand, der passen könnte«, ergänzte Baroso.

»Irgendwoher muss dieser Mann ja kommen. Was sagt denn Doutora Souza dazu?«

»Sie hat mir versprochen, dass sie sich sofort an die Obduktion macht und sich meldet, sobald sie die ersten Ergebnisse hat.« Wie immer hatte Vasconcellos die Kommunikation mit der Gerichtsmedizinerin, seiner Patin, übernommen. Avila hoffte nur, dass ihm sein Subcomissário auch den Besuch im Institut der Gerichtsmedizin abnehmen würde. Die Gerüche dort schlugen ihm immer auf den Magen. Und auf seinen jetzt ständig zu leeren Magen sicher noch mehr. Denn nach der Fressorgie gestern hatte Leticia sie heute Morgen gleich wieder auf Diät gesetzt, nachdem sie auf die Waage gestiegen war und fast anderthalb Kilo mehr gesehen hatte.

»Solange wir auf den Befund warten, lasst uns überlegen. Passt die Leiche in unsere bisherigen Ermittlungen?«

Baroso hob mit hochrotem Kopf die Hand.

»Darf ich was dazu sagen? Wäre es nicht möglich, dass die Journalistin dem Mörder auf der Spur war? Sie hatte doch angeblich noch eine zweite Geschichte recherchiert, außer Senhor Santos, ich meine Gomes.«

»Du meinst, der Mörder hat sie auf das Klostergelände gelockt und sie dann beseitigt?« Fonseca schaute nicht so überzeugt. »Aber warum wurde dann ihre Leiche nicht so professionell entsorgt wie der Mann in der Zisterne? Wenn die Hunde nicht die Leiche dieser Journalistin ausgebuddelt hätten, wären wir doch nie auf das Kloster gekommen. Ist das nicht dämlich?«

»Vielleicht fehlte dem Mörder diesmal die Zeit oder die Idee für ein besseres Versteck? Schließlich wird nicht jeden Tag eine Zisterne zubetoniert«, unterstützte Vasconcellos Barosos Theorien.

Das Klingeln des Telefons auf Vasconcellos' Schreibtisch unterbrach weitere Diskussionen.

Nach kurzem Blick auf das Display stellte der Subcomissário das Telefon auf laut, damit alle den ersten Erkenntnissen der Doutora lauschen konnten.

»So kurz vor meiner Pensionierung bekomme ich doch tatsächlich noch eine Leiche in bester Mafiamanier auf den Tisch. Da wird mich der ein oder andere Kollege auf dem Festland noch beneiden.« Sie lachte trocken.

»Können Sie mir sagen, woran der Mann gestorben ist?«, wollte Avila wissen.

»Ich würde sagen, die mehreren Tonnen Zement über ihm haben eine tödliche Wirkung entfaltet.« Wieder das trockene Lachen. »Nein, im Ernst: Es gibt keinerlei Anzeichen für stumpfe Gewalt, wie etwa bei Ihrer Journalistin. Aufgrund der Auffindesituation würde ich dennoch nicht von einem natürlichen Tod ausgehen. Wer steigt schon freiwillig in eine Zisterne hinunter und lässt sich mit Zement übergießen?«

»Gehen Sie von Mord aus?«

»Ob Mord oder natürlicher Tod, fest steht, dass jemand die Leiche beseitigen wollte. Allerdings kann ich noch nicht sicher sagen, ob der Tod bereits vorher eingetreten war oder durch den Zement geschehen ist. In der Nase und im Rachen sowie Halsbereich konnten wir Spuren von Zement finden. Dieser kann durch die Viskosität des Materials und den Druck in die Körperöffnungen verbracht worden sein, aber auch durch den Versuch, zu atmen. In der Lunge haben wir keine Spuren gefunden, was aber aufgrund der Zähflüssigkeit des Zementes nicht verwundert.«

»Könnte der Mann vergiftet worden sein?«

»Ich habe erwartet, dass Sie das fragen, Comissário. Die erste oberflächliche Beschau, soweit das durch die Verbrennungen am Körper durch den Zement möglich war, hat keinen eindeutigen Befund geliefert. Es gibt keinerlei Verätzungen im Organbereich, keine intrazerebralen Blutungen im Gehirn, was etwa auf Kokain schließen könnte. Ich habe Proben aus den Organen, von Nägeln, Hirn und Fettgewebe genommen und ein toxikologisches Gutachten eingefordert. Wenn Sie einen konkreten Verdacht in Bezug auf ein Gift hätten, könnten wir das Gutachten unter Umständen beschleunigen. Ansonsten werden Sie wahrscheinlich wieder um die zwei Wochen warten müssen.«

Ein Gedanke schoss durch Avilas Kopf.

»Könnte der Tote durch die Gabe eines Nachtschattengewächses gelähmt worden sein?«

»Comissário, natürlich ist das möglich. Erinnern Sie sich an unseren Fall mit der Engelstrompete? Dachten Sie daran?«

»Nein, eher an Wolfsmilch.«

»Wolfsmilch? Das wäre eher ungewöhnlich. Wolfsmilch kann nach meinem Wissensstand Hautirritationen hervorrufen und, wenn es ins Auge gelangt, sogar schwere Verätzungen bis hin zur Blindheit. Aber den Tod? Das müsste ich überprüfen.«

Der Comissário erinnerte sich an Nunos Geschichte mit den Fischen.

»Wäre es möglich, dass Wolfsmilch bei einer großen Menge den Menschen so weit lähmt, dass er sich ohne Gegenwehr mit Zement übergießen lässt?«

»So wie die Fische sich in Porto Moniz auf der Wasseroberfläche einsammeln ließen? Nein, das kann ich mir nicht vorstellen. Die Toxizität ist für den Menschen dazu nicht hoch genug. Oder wissen Sie mehr als ich?«

»Wir haben eine anscheinend noch unbekannte Art, ich meine Gattung, bei der Journalistin gefunden. Bisher konnten wir es nur als Wolfsmilch einordnen.«

»Bringen Sie sie mir und ich mache eine Analyse. Das interessiert mich jetzt auch«, kam die knappe Anweisung der Doutora.

»Können Sie mir noch etwas sagen, was uns hilft, den Toten zu identifizieren?«

»Der Knochen- und Gewebestruktur nach zu urteilen, handelt es sich um einen jüngeren Mann. Nichtraucher. Zur genaueren Altersbestimmung habe ich einen Unterkieferfrontzahn entfernt. Daran werde ich bis morgen mithilfe einer Wurzeldentintransparenzmessung hoffentlich eine Alterseinschätzung des Toten bekommen.«

»Eine Wurzeldenti-Was?«, fragte Avila nach.

»Ich glaube, wenn ich Ihnen das jetzt im Detail erkläre, sprengt das den Rahmen. Zumindest erzielt diese Methode im Allgemeinen gute Ergebnisse. Zusätzlich werden wir noch versuchen, anhand des Zahnstatus den Mann zu identifizieren. Mit etwas Glück hat er einen Zahnarzt auf Madeira besucht. Parallel sende ich gleich noch eine E-Mail mit den Fingerabdrücken, die wir von der linken Hand abnehmen konnten. Irgendwo wird dieser Tote schon auftauchen.«

»Ich hoffe, Sie behalten recht, Doutora! Muito obrigado, vielen Dank, dass Sie uns so schnell schon erste Ergebnisse telefonisch geliefert haben.«

»Ja, und das, obwohl ich doch weiß, wie traurig Sie jetzt sind, mein lieber Comissário, dass Sie dies nicht persönlich bei mir abholen durften. Wo Sie doch jeden Besuch hier in der Gerichtsmedizin genießen. Meinen ausführlichen Obduktionsbericht schicke ich Ihnen die nächsten Tage zu.« Sie legte auf.

»Die Fingerabdrücke sind angekommen.« Vasconcellos hatte sein Mailprogramm geöffnet. »Baroso, gleichst du sie mit unseren Datenbanken ab?«

Levada dos Tornos, 03.09.2014 07:27

»Ich kann nicht mehr!« Avila blieb stehen und hielt sich die Seite.

»Das ist doch nicht dein Ernst. Wir sind maximal fünfhundert Meter vom Auto entfernt!« Leticia stoppte und schaute ihren Mann böse an.

»Ich habe dir doch gleich gesagt, dass es eine doofe Idee ist, direkt vom Auto aus loszulaufen. Die Straße hoch war das eine ganz fiese Steigung! Dieses Seitenstechen! Als würde mir jemand mit dem Messer in die Taille bohren.« Er stöhnte laut.

»Welche Taille? Ich sehe nur einen Rettungsring.« Leticia pikste ihn mit ihrem Zeigefinger.

»Das liegt nur daran, dass diese Sporthose so eng ist. Ich bin ja der Meinung, dass die Größenangaben in dem Sportladen nicht stimmen. Irgendwie kommt mir das alles kleiner vor.«

»Das ist die dämlichste Ausrede, die ich je gehört habe! So, nun reiß dich zusammen. Ernesto hat mir einen Tipp gegeben, wie wir uns langsam steigern können. Wir laufen fünf Minuten am Stück, dann gehen wir eine Minute. Das Ganze machen wir sechsmal. Dreimal die Levada hoch und dann dreimal wieder zurück in Richtung Auto.« Leticia tippte auf ihre neue Sportuhr, die sie auch gestern in dem Sportgeschäft gekauft hatte, und trabte langsam los. Avila seufzte tief und heftete sich dann an ihre Fersen. Er versuchte, sich auf den langsam hin und her wiegenden wunderbaren Po seiner Frau zu konzentrieren und die Qualen auszublenden. Für die ersten drei Intervalle, wie Leticia es in ihrem neu entdeckten Fachjargon nannte, klappte das auch ganz gut. Aber auf dem Weg zurück hatte er mehrfach das Gefühl, gleich anhalten zu müssen, um sich zu übergeben. Zum Glück wurde auch Leticia immer langsamer und atmete vor ihm wie eine Dampflok. Nach der fünften Wiederholung blieb sie stehen und ließ den Oberkörper hängen. Sie drehte sich zu ihm um.

»Vielleicht ist sechsmal für den Anfang doch etwas viel. Wollen wir es dabei für heute belassen?«

Kurz war Avila versucht so zu tun, als hätte er noch Luft. Aber wem wollte er etwas vormachen? Sein Kopf war heißer als nach einem langen Sonnenbad und das T-Shirt klebte ihm am Leib. Auf dem nicht bedeckten Teil seines Körpers konnte er eine glänzende Schweißschicht sehen. Der Comissário fühlte sich hundeelend. Wieso erzählten Ernesto und Fonseca eigentlich immer, dass Laufen Spaß machte? Das war doch die reinste Quälerei.

»Wie wäre es, wollen wir uns als Belohnung heute Morgen zum Frühstück einen Chinesa und ein Cornetto gönnen? Aber für jeden nur eins«, schlug Leticia vor.

Bei dem Gedanken an ein weiches süßes portugiesisches Croissant und einen Milchkaffee lief Avila das Wasser im Munde zusammen. Fast wäre er die letzten Meter wieder losgelaufen, um möglichst schnell in den Genuss dieser Köstlichkeiten zu kommen.

※ ※ ※

Als er anderthalb Stunden später frisch geduscht und gestärkt das Büro seiner Mitarbeiter betrat, fühlte er sich so gut wie seit Tagen nicht mehr. Vielleicht hatten Ernesto und Fonseca doch recht?

»Comissário, Sie wirken ja direkt beschwingt!«, begrüßte ihn zu seiner Überraschung Doutora Souza. Die Gerichtsmedizinerin hatte mit einem Glas Galão auf einem der Besucherstühle Platz genommen und wurde von seinen drei Leuten umringt. »Haben Sie etwa schon von meinen neuen Erkenntnissen gehört?«

»Neue Erkenntnisse? Nein, bisher nicht. Konnten Sie das Alter des Toten bestimmen?«

»Viel besser, mein Lieber. Das Nachtschattengewächs, welches mir Baroso vorbeigebracht hat, war äußerst aufschlussreich. Wie zu erwarten war, habe ich toxische Diterpene darin gefunden.« Um die ungeschminkten schmalen Lippen der Doutora erschien ein angedeutetes Lächeln. Sie wusste genau, dass sie Avila mit ihrem Medizinerlatein regelmäßig abhängte.

Der Comissário tat ihr den Gefallen und fragte nach: »Diterpene? Was ist das?«

»Naturstoffe, die unter anderem auch in Wolfsmilchgewächsen vorkommen.«

Avila verzog das Gesicht. »Naturstoff« klang harmlos.

»Sie brauchen nicht enttäuscht zu sein, mein lieber Comissário. Bei Diterpenen gibt es durchaus ein paar sehr unangenehme Vertreter. In Wolfsmilchgewächsen kommt normalerweise Ingenolmebutat und Phorbol vor. Beide Stoffe habe ich auch hier gefunden. Aber das Phorbol in einer Konzentration, wie es in den bekannten Wolfsmilchgewächsen bisher nicht nachgewiesen werden konnte.«

Die vier Polizisten horchten auf.

»Phorbol kann zu Kreislaufschädigungen und Lähmungen führen. Ich habe daraufhin den Mageninhalt des Toten geprüft. Tatsächlich ist eine hohe Konzentration von Phorbol enthalten. Gemischt mit Resten von Bolo de Mel. Der süße klebrige Honigkuchen würde auch erklären, warum es zu einer oralen Aufnahme des Giftes in dieser Menge kam. Normalerweise bemerkt man aufgrund des einsetzenden Brennens der Schleimhaut, dass etwas nicht in Ordnung ist. Mit dem Kuchen als Trägermaterial könnte das überdeckt worden sein.«

»Das heißt, die Annahme ist jetzt, dass unser Mörder dem Opfer das Gift über den Honigkuchen zugeführt hat, gewartet hat, bis dieser gelähmt oder sogar tot war und ihn dann in die Zisterne geworfen hat?«

»So oder ähnlich kann es gewesen sein. Ihr Mörder muss sehr gute Kenntnisse über Kräuter gehabt haben und speziell über die Wirkungsweise dieser Art. Haben Sie mittlerweile eine Idee, woher sie stammt?«

»Der Verdacht besteht, dass diese Wolfsmilchpflanze auf dem Gelände des alten Klosters oberhalb von Camacha zu finden war. Im Moment sucht die Spurensicherung nach einem Hinweis. Leider ist es aufgrund der fortgeschrittenen Bauarbeiten sehr schwierig.«

»Vielleicht sollten Sie Abadessa Benedita danach fragen.«

»Ist das nicht die ehemalige Äbtissin des Klosters?« Avila erinnerte sich an das Gespräch mit Aleen Lamont.

»Genau die. Sie lebt hier in Funchal in einem Altersheim, seitdem das Kloster aufgelöst wurde. Ich besuche sie ab und zu.«

»Woher kennen Sie denn die Abadessa, Doutora?«, fragte Avila überrascht. Die sachliche Doutora und eine Vertreterin der Kirche? Das passte für ihn nicht zusammen.

»Bin ich jetzt auch verdächtig?« Doutora Souza zwinkerte ihm zu. »Die Äbtissin und ich kennen uns bereits einige Jahre. Es gab eine Zeit in meinem Leben, in der ich nicht sehr glücklich war und die Hilfe der Kirche für mich gesucht habe. Ohne die Abadessa würde es mir heute nicht so gut gehen.« Abrupt stand sie auf und schob den Stuhl zurück. »Wenn Sie möchten, kündige ich Ihren Besuch an. Die alte Dame ist allerdings sehr betagt. Sie sollten nicht alle vier dort aufschlagen. Das wäre zu viel Aufregung für Benedita.«

Funchal, Casa de retiro, 03.09.2014 10:11

»Katia hat mir schon gesagt, dass Sie kommen, Comissário.« Die aufgeweckte Stimme der alten Frau, die in einem Sessel am Fenster des Zimmers saß und sich die Morgensonne auf die Beine schienen ließ, passte nicht zu ihrem Äußeren. Überhaupt hatte sich Avila eine Klostervorsteherin ganz anders vorgestellt. Irgendwie kräftig und Ehrfurcht einflößend. Zwischen großen Kissen, bedeckt mit einer aus vielen kleinen bunten Quadraten gehäkelten Decke, saß aber eine zierliche alte Dame. Das Weiß ihrer Haare, die sie in ihrem Nacken zu einem Knoten gebunden hatte, war so strahlend wie der Kragen, der unter ihrem schwarzen schlichten Kleid hervorlugte. Ihr Gesicht war seltsam faltenlos, nur ihre hängenden Wangen zeigten das Nachlassen der Elastizität der Haut. Avila versuchte zu schätzen, wie alt die Abadessa war. Siebzig? Oder doch schon an die achtzig? Er trat näher an den Sessel heran und erschrak, als die Äbtissin den Kopf in seine Richtung drehte. Ihre Augen waren von einem milchigen Blau. Sie war blind. Wieso hatte Doutora Souza ihnen das verschwiegen? Wie sollte ihnen eine Blinde weiterhelfen?

»Tun Sie einer alten Frau den Gefallen und kommen noch etwas näher, Comissário? Und wer ist der junge Mann, der mit Ihnen gekommen ist?«

Avila fragte sich kurz, woher sie wusste, dass Vasconcellos mit im Zimmer war. Aber wahrscheinlich hatte die Doutora sie beide angekündigt.

»Katia hat mir schon viel von Ihnen erzählt. Sie arbeitet sehr gerne mit Ihnen.«

Der Comissário zuckte überrascht zusammen. Die Doutora arbeitete gerne mit ihm? Er hatte immer das Gefühl, dass sie sich insgeheim immer über ihn lustig machte.

»Aber Sie sind aus einem anderen Grund hier, richtig?« Die Abadessa setzte sich gerade hin und richtete die Augen auf ihn. Avila überkam das seltsame Gefühl, als ob dies milchige Scheinwerfer wären und die alte Dame damit bis tief in sein Inneres schauen konnte.

»Wir möchten Sie wirklich nicht belästigen, ehrwürdige Mutter.« Anscheinend war Vasconcellos genauso verunsichert wie Avila, dass dieser Besuch überhaupt sinnvoll war.

»Lassen Sie sich nicht von meinen trüben Augen abschrecken, meine Herren. Mein Geist funktioniert noch ganz gut und wir sollten auf jeden Fall ausprobieren, ob ich Ihnen nicht doch helfen kann.«

»Hat Ihnen die Doutora schon etwas erzählt?«

»Nur, dass es um Kräuter geht, deren Ursprung vielleicht in unserem Klostergarten liegt.« Sie seufzte. »Wie gerne wäre ich jetzt dort oben anstatt hier in diesem Zimmer. Haben Sie unseren Garten gesehen? Die großen Sträucher von Rosmarin, Oregano und Lavendel? An manchen Tagen habe ich das Gefühl, ich kann sie noch riechen.«

Der Comissário dachte an das Bild der Verwüstung, welches der Kräutergarten jetzt bot, und beschloss, der Abadessa nichts davon zu erzählen.

»Es ist wirklich ein schöner Garten. Leider verstehe ich nicht viel von Kräutern. Wir haben schon mit Nuno, dem Gärtner der Orchideenzucht oberhalb von Funchal, gesprochen. Er und Aleen Lamont meinten, es könnte sich um eine spezielle Züchtung von Wolfsmilch handeln. Der Name Ihres Klosters fiel.«

»Wolfsmilch?« Sie fuhr sich an den Hals und murmelte leise in sich hinein. »Sind sich Aleen und Nuno sicher, dass es Wolfsmilch ist?«

»Ja. Auch Carlos Santos bestätigt das. Aber eine Gattung, die keiner der drei kennt.«

»Dann hat sie es wirklich getan ...«

»Wer hat was getan?« Avila und Vasconcellos blickten sich an. Was wusste die Abadessa?

»Wo genau haben Sie diese Pflanze gefunden?« Die Stimme der alten Dame zitterte. Die Fröhlichkeit und Frische, die bei der Begrüßung mitgeschwungen hatte, war verschwunden.

»Getrocknet in dem Kalender einer Journalistin.«

»Was ist mit der Journalistin passiert, Comissário? Ich weiß, dass Sie bei der Mordkommission arbeiten.«

»Sie wurde ermordet.«

»Mit der Wolfsmilch? Meu deus, Immaculada, was hast du getan!« Die kleine dunkle Gestalt fing heftig an zu zittern, blieb aber aufrecht sitzen.

»Nein, nicht mit der Wolfsmilch. Sie wurde erschlagen und auf dem Gelände Ihres Klosters verscharrt. Aber wir haben noch einen zweiten Toten gefunden. In seinem Magen hat die Doutora große Mengen der Wolfsmilch gefunden. Sie vermutet, dass er aufgrund der hohen Konzentration eines bestimmten Giftes, das diese Züchtung enthält, starb.«

»Ich habe ihr gleich gesagt, dass sie die alten Aufzeichnungen vergessen soll. Altern ist ein natürlicher Prozess, niemand sollte Gott in sein Handwerk pfuschen! Sie muss heimlich nach der Pflanze im Kräutergarten gesucht haben.«

»Wer ist sie? Diese Immaculada, von der Sie eben sprachen? Und wieso Altern?«

»Sim, ja, Schwester Immaculada. Sie war verantwortlich für unsere Bibliothek. Vor einem halben Jahr kam sie zu mir, weil sie das Rezept einer alten Ordensschwester gefunden hatte. Eine Wundsalbe, die die Schwestern zur Wundheilung vor hundertfünfzig Jahren entwickelt haben.«

»Die Salbe wird aus Wolfsmilch hergestellt?«, wollte Vasconcellos wissen.

»Aus einer ganz speziellen Wolfsmilch. Es ist eine Kreuzung aus der Fischfangwolfsmilch und Eselswolfsmilch. Die Salbe half, bei der richtigen Anwendung, kleine Wunden und Hautveränderungen verschwinden zu lassen.«

»Aber Sie sprachen eben vom Altern?«, erinnerte sie der Subcomissário.

»Ihre Mutter oder Großmutter hat Ihnen doch sicher erzählt, wie unser Kloster genannt wurde?«

»Sie meinen, das ›Mosteiro de juventude eterna‹?« Avila erinnerte sich wieder an die Anmerkung von Barosos Großmutter und den Erzählungen von Aleen Lamont.

»Genau das. Die Salbe, die die Nonnen benutzten, um die kleinen Wunden, die sie sich bei der Gartenarbeit oder den anderen Arbeiten rund um das Kloster zufügten, zu behandeln, hatte eine Nebenwirkung. Zunächst sahen sie es an ihren Händen, später auch im Gesicht. Die Haut wurde glatt. Fast wie die Haut eines Kleinkindes. Kein Zeichen des Alters mehr. Es war beinahe gespenstisch.«

»Deswegen wirkte es so, als würden die Nonnen nicht altern?«

»Genau das. In den letzten Jahrzehnten des neunzehnten Jahrhunderts herrschte eine Kultur im Kloster, über die ich als Dienerin Gottes nicht glücklich bin. Hochmut und Eitelkeit machten sich unter den Nonnen breit. Die Versuchung der ewigen Jugend, fast alle erlagen sie ihr. Zum Glück waren sie dennoch so klug und haben dieses Mittel nicht aus den Klostermauern gelassen. Bei den Madeirensern in der Zeit gab es nur das Gerücht, aber niemand ahnte etwas von dem Schönheitsmittel. Bis sie kam.«

»Sie? Schwester Immaculada?«

»Oh nein, nicht sie. Lange davor. Die damals schönste Frau der Welt, wie man sagte. Immer auf der Suche nach dem Geheimnis der ewigen Schönheit. Als sie die Nonnen im Kloster entdeckte, dachte sie, sie hätte es gefunden. Aber es war ein furchtbarer Irrtum ...«

Polizeipräsidium, 03.09.2014 15:54

»Monstrinho, Monsterchen, ich muss dich ganz dringend sprechen!«

Baroso blickte sich verstohlen um. Hatte seine Großmutter so laut gesprochen, dass Fonseca es gehört hatte? Er hasste es, wenn sie ihn bei seinem Spitznamen aus Kindertagen nannte.

»Avó, ich muss arbeiten. Kann ich heute Abend bei euch vorbeikommen?«

»Es ist wirklich dringend und etwas kompliziert. Eigentlich darf ich es dir nicht erzählen. Aber du bist doch nun einmal bei der Mordkommission ...«

Baroso blickte alarmiert auf den Hörer, als könnte er so die seltsamen Worte seiner Großmutter deuten.

»Was meinst du damit? Hast du Informationen zu unserem Fall?«

»Ich vertraue dir jetzt etwas an, was mir, sagen wir einmal, ein guter Freund erzählt hat. Bitte frag mich nicht, wer er ist. Letztendlich dürfte er überhaupt nicht darüber sprechen. Nur, weil er deinen Großvater und mich schon so lange kennt, hat er sich uns anvertraut. Vor vier Tagen war jemand bei unserem Freund und hat ihm etwas über eure Toten erzählt.«

»Vor vier Tagen? Und er wusste von den Toten?« Baroso ließ vor Schreck fast den Hörer fallen. Fonseca, der das Telefonat bisher mit leicht amüsiertem Lächeln quittiert hatte, stand auf und stellte sich neben den Schreibtisch des jungen Aspirante. Er deutete auf die Lautsprechertaste des Apparates. Baroso schüttelte den Kopf. Fonseca zuckte mit den Schultern und hielt sein Ohr möglichst nah an die Hörmuschel, um das Gespräch mitzubekommen.

»Das sage ich dir doch gerade. Eine Person kam zu ihm und hat ihm erzählt, dass sie diese Journalistin und noch einen Mann getötet hat. Jetzt hat unser Freund Angst, dass diese Person vielleicht weitere Morde begeht.«

»Das ist schon möglich! Warum ist euer Freund nicht sofort zur Polizei gegangen? Weiß er, dass er sich schuldig macht?«

»Sein Beruf verbietet ihm, darüber zu sprechen.«

»Sein Beruf?« Baroso kratzte sich am Kopf. »Du sprichst von eurem Priester, richtig?«

»Frag bitte nicht weiter. Ich erzähle dir das nur, weil ich gehört habe, dass ihr den armen Carlos eingesperrt habt. Er ist es nicht gewesen. Der Mörder ist eine Frau!«

Fonseca atmete scharf ein. »Clara Pinto! Sie geht zur Beichte, das hat uns ihr Bruder erzählt. Porra, verdammt! Wir haben sie nach Hause geschickt!«

Baroso wandte seine Aufmerksamkeit wieder dem Telefonat zu.

»Großmutter, hat die Frau dem Padre erzählt, wer der zweite Tote ist?«

»Nein, nur, dass er sie betrogen hat und den Tod verdiente. Kannst du mit den Hinweisen etwas anfangen? Es tut mir so leid, dass ich nicht schon früher davon erfahren habe.«

»Bitte mach dir keine Vorwürfe. Wir denken, wir wissen jetzt, wer die Mörderin ist, und ich bin mir sicher, dass wir sie noch heute verhaften können. Danke dir!« Er legte auf.

Die letzten Worte des Telefonats hatten Vasconcellos und Avila mitbekommen, die gerade das Büro betreten hatten.

»Wir wissen, wer die Mörderin ist?«, wiederholte Vasconcellos. »War das die Abadessa, die sich an den weltlichen Namen der Nonne erinnerte?«

»Nonne? Nein, das war nicht die Abadessa, das war die Großmutter von unserem Monstr... ich meine Felipe«, klärte Fonseca sie auf. »Wie es scheint, hat unsere Mörderin einem Priester die Morde an unseren zwei Opfern gebeichtet.«

»Gebeichtet? Meinst du, es war unsere ehemalige Nonne mit dem Schönheitsgeheimnis?« Vasconcellos sah Avila an.

»Welche Nonne? Welches Schönheitsgeheimnis?« Jetzt war es an Fonseca und Baroso, überrascht zu gucken.

Kurz schilderten Avila und Vasconcellos, was sie im Altenheim von der alten Abadessa erfahren hatten.

»Ich verstehe nicht, warum diese Geschichte über die fantastische Schönheitscreme der Nonnen nicht bekannt ist?«, wollte Fonseca wissen. »Dafür müsste das Kloster doch über Madeira hinweg berühmt sein.«

»Wenn es nicht diesen Zwischenfall gegeben hätte. Danach hat die damalige Mutter Oberin beschlossen, dass keine der Nonnen je wieder diese Salbe herstellen oder sogar anwenden dürfte. Sie hat ihren Ordensschwestern untersagt, darüber zu sprechen, und so ist das Wissen über die wundersame Creme mit den Jahren verschwunden. Bis die Novizin Immaculada letztes Jahr auf das Rezept in einem alten Buch in der Bibliothek stieß. Die Abadessa hat ihr sofort strikt verboten, darüber zu reden, und sie angewiesen, es zu vergessen.«

»Was sie wahrscheinlich nicht getan hat«, unterbrach Fonseca Avilas Ausführungen.

»Nein, das hat sie nicht«, bestätigte Avila. »Es stellte sich heraus, dass Immaculada heimlich im Klostergarten nach der Pflanze, diesem besonderen Wolfsmilchgewächs, gesucht und die Salbe nach dem alten Rezept hergestellt hat. Als die Mutter Oberin es entdeckte, war es zu spät. Die junge Nonne hat das große Geschäft gewittert und ist über Nacht mit dem Rezept und Ablegern der Pflanze verschwunden. Das Tragische war, dass dies auch das Ende des Konvents bedeutete, weil nur noch zwei Nonnen übrig blieben. Es gibt eine Anweisung aus Rom, dass Klöster mit weniger als drei Ordensschwestern aufgelöst werden.«

»Und Immaculada ist unsere Clara Pinto, richtig?«, wollte Fonseca wissen.

»Das ist unsere und, wie es scheint, auch eure Vermutung. Wir wissen, dass sie streng gläubig ist, regelmäßig zur Beichte geht und die letzten Jahre hier auf Madeira auffällig unauffällig war. Ein Leben im Kloster könnte dazu passen.« Fonseca und Baroso nickten. Avila fuhr fort: »Ernesto und ich sind sofort vom Altersheim zu Clara Pinto gefahren, aber sie ist nicht zu Hause. Wir haben schon die Suche nach ihr eingeleitet und auch den Flughafen und die Hafenbehörde benachrichtigt. Der Weg von der Insel sollte für sie blockiert sein. Aber lasst uns Jaimy Dias aus der Zelle holen, vielleicht hat er noch eine Idee, wo sich seine Schwester aufhält.«

Die Befragung des Bruders lieferte keine brauchbaren Ergebnisse. Als ihm bewusst wurde, dass sich der Verdacht gegen seine Schwester erneut verhärtete, machte er sofort dicht. Gebetsmühlenartig wiederholte er, dass Clara unschuldig sei.

»Und Sie haben wirklich keine Idee, wo sich Ihre Schwester aufhalten könnte?«, hakte Vasconcellos nach. »Hat sie eine gute Freundin, zu der sie gegangen sein könnte?«

»Nein, sie ist gerne alleine. Am ehesten werden Sie sie in der Kirche finden. Aber Sie machen einen großen Fehler. Meine Schwester ist unschuldig!« Er verschränkte die Arme und starrte die Polizisten böse an.

»Bringt ihn zurück in die Zelle«, ordnete Avila an. »Wir erweitern die Suche nach Clara auf die Kirchen. Jetzt können wir nur abwarten, bis wir sie finden. Die Insel verlassen kann sie zumindest nicht.« Avilas Gesicht zeigte deutlich, was er davon hielt. Der Comissário hasste es, rumzusitzen und zu warten.

Das Telefon auf Vasconcellos' Schreibtisch klingelte.

Avila machte einen Satz und griff nach dem Hörer.

»Habt ihr sie?«

»Nein, ich habe sie nicht, mein lieber Comissário«, antwortete ihm die ruhige Stimme der Doutora. »Aber was ich habe, ist der Name Ihrer zweiten Leiche. Würde Ihnen das auch helfen? Ein Zahnarzt in Caniço hatte den Abdruck in seiner Datenbank. Es handelt sich um Zé Teixera, wohnhaft in Caniço de Baixo, siebenunddreißig Jahre alt.«

»Caniço de Baixo? Wie Clara Pinto!« Avila schlug vor Aufregung mit der flachen Hand auf den Tisch. Die Puzzleteile fügten sich! Jetzt mussten sie nur noch die junge Frau finden.

»Ich höre, dass Ihnen diese Information gefällt, Comissário. Dann überlasse ich Sie und Ihren Kollegen der weiteren Ermittlung.« Die Souza legte auf.

»Baroso, schau, was unsere Datenbank über diesen Zé Teixera hat. Ist er polizeilich bekannt?«

Baroso tippte den Namen in ihr System. Fonseca, der ihm über die Schulter blickte, pfiff durch die Zähne.

»Ich würde mal sagen, der Typ ist uns bekannt. Mehrere Anzeigen wegen Betruges, Hehlerei. Wirklich kein unbeschriebenes Blatt. Hier ist auch der Name seines Bewährungshelfers. Den sollten wir wohl mal kontaktieren.«

Keine fünf Minuten später hatte Avila den Bewährungshelfer am Telefon.

»Zé Teixera? Ja, für ihn bin ich zuständig. Aber er ist voll resozialisiert, wenn Sie wissen, was ich meine. Fester Job, neue Freundin und als ich ihn das letzte Mal getroffen habe, erzählte er von einem gemeinsamen Geschäft, welches er mit seiner Lebensgefährtin aufbauen wollte. Hab ihn aber eine Weile nicht gesehen. Hat er etwas angestellt?«

»Können Sie mir sagen, wo Zé Teixera gearbeitet hat?«, wollte Avila wissen, ohne auf die Frage des Mannes einzugehen. »Und wie seine Freundin hieß?«

»Desculpe, den Namen der Freundin weiß ich nicht mehr. Gearbeitet hat Zé bis vor ein paar Monaten auf der neuen Schönheitsfarm, Quinta irgendwas. Er war dort Masseur. Seine Freundin arbeitet dort auch, soviel erinnere ich.«

Quinta da beleza, 03.09.2014 19:27

»Das riecht ja schon sehr verlockend.« Fonseca warf einen Blick in die kleine Küche, in der Isabel Delgado gerade Zwiebeln schnitt.

»Soll ich das vielleicht für dich machen?«, bot er an, als er sah, wie sie sich ab und zu mit dem Handrücken die Tränen aus den Augen wischte.

»Nein, lass mal. Ich bin fast fertig. Wenn du dich nützlich machen willst, kannst du die Flasche Wein öffnen, die ich auf den Wohnzimmertisch gestellt habe. Der Eintopf muss nur noch ein bisschen vor sich hin köcheln und ich schiebe gleich den Nachtisch in den Ofen. Dann komme ich zu dir und wir trinken auf unseren ersten gemeinsamen Abend.«

Fonseca ging zurück ins Wohnzimmer. Auf dem Tisch stand eine Weinflasche.

»Quinta Vale Dona Maria«, las er vor. »Aus dem Douro. Nicht schlecht.«

»Kennst du dich mit Weinen aus?«, rief Isabel aus der Küche.

»Nicht wirklich. Aber mein Chef hat mir zum Geburtstag eine Flasche geschenkt. Die war auch aus dem Douro. Sehr lecker.«

»Der Comissário sieht auch nach einem Genussmenschen aus.«

»Wenn du damit meinst, dass man sieht, dass er gerne isst und trinkt, liegst du nicht falsch. Allerdings hat er jetzt angefangen, joggen zu gehen, weil seine Frau darauf bestand.«

»Dona Leticia erwähnte so etwas, als sie auf der Schönheitsfarm war.« Isabel lachte. »Ich könnte mir vorstellen, dass der Comissário gar nicht so glücklich darüber ist. Aber ich bin froh, dass er etwas für sich tut. Ein gesunder Körper ist so wichtig!«

»Läufst du auch? Dann könnten wir ja mal zusammen laufen«, fragte Fonseca gleich nach. Bei dem Gedanken, mit Isabel zusammen seinen Lieblingstrailrun von Portela entlang der Forellenlevada zu absolvieren, hüpfte sein Herz.

»Laufen? Nein, da muss ich dich leider enttäuschen. Ich bin mehr etwas für das Ruhige. Ich achte auf meine Ernährung, mache Yoga und meditiere, um meine innere Ruhe zu finden. Wenn du möchtest, kann ich dir bei Gelegenheit mal ein paar einfache Meditationsübungen zeigen. Du glaubst gar nicht, wie erfrischend das sein kann!«

Fonseca konnte sich das kaum vorstellen. Er schwieg aber, denn er wollte den Abend nicht verderben, indem er Isabel seine Meinung zur Meditation und anderem »esoterischen Scheiß«, wie er es nannte, kundtat.

»Hmmh.« Er goss zwei Gläser voll, damit der Wein atmen konnte – das hatte ihm Avila gezeigt –, und schaute sich im Wohnzimmer um. Wohnzimmer auch deshalb, wie Isabel ihm vorhin erzählt hatte, weil sie am Abend die große Couch zu einem Bett umfunktionierte.

»Es ist alles ein Provisorium, so lange, bis ich ein schönes neues Zuhause, möglichst nicht so weit von der Schönheitsfarm entfernt, gefunden habe«, hatte sie ihm erklärt, als er erstaunt die kleine Wohnung begutachtet hatte.

»Hast du gar keinen Fernseher?«, stellte er nach der genaueren Inspektion des Zimmers überrascht fest.

»Nein, ferngesehen habe ich schon seit Jahren nicht mehr. Wenn ich nicht über meine Finanzen brüte, dann lese ich oder experimentiere auf der Suche nach neuen Anwendungen für meine Damen.«

»Die Schönheitsfarm liegt dir sehr am Herzen?«

»Ja, die Quinta ist wie ein Kind für mich. Ich bin jeden Tag glücklich, wenn ich sehe, wie sie wächst und gedeiht.«

Fonseca hörte, wie etwas in den Ofen geschoben wurde. Kurz danach erschien Isabel in der Küchentür. Sie rieb sich die Hände an der Schürze ab.

»Du sagtest vorhin, du hättest eine Überraschung für mich? Damit ich mich hier sicherer fühle?«, fragte sie und sah ihn mit schief gelegtem Kopf an.

Verlegen fuhr er sich durch die Haare. »Es ist nur so eine Idee, du kannst immer noch ablehnen.«

»Sag schon, was ist es?«

»Wir haben oben im Klostergarten einen Hund gefunden. Meine Galina und er sind etwas aneinandergeraten und der kleine Kerl hat ein paar Verletzungen davongetragen.« Fonseca verschwieg bewusst die genaueren Umstände des Fundes. »Eigentlich habe ich dem Tierarzt gesagt, er solle ihn ins Tierheim geben, sobald die Behandlung abgeschlossen ist. Aber dann hatte ich eine viel bessere Idee.«

»Und die wäre?«

»Was wäre, wenn du Guardinho als Wachhund zu dir nimmst?«

»Guardinho? Wächterchen? Heißt so der Hund?«

»So habe ich ihn genannt, weil er ein kleiner Aufpasser ist. Er ist zurzeit bei mir oben in Estreito da Calheta im Zwinger und macht sich jetzt schon gut darin, jeden Besucher anzukündigen.«

»Aber du weißt doch, wie ich mit Hunden bin. Deine Galina macht mir immer noch etwas Angst.«

»Guardinho ist viel kleiner als Galina, aber sehr aufmerksam. Wie ein Hunde-Polizist, der alles untersucht und aufpasst. Ich würde ihn erziehen, bevor ich ihn zu dir schicke. Bestimmt würden deine Damen den Kleinen auch ins Herz schließen. Was meinst du?«

»Lass uns das noch einmal in Ruhe überlegen«, antwortete Isabel ausweichend und nahm sich eines der gefüllten Gläser vom Tisch. »Aber nicht heute Abend.«

Fonseca war enttäuscht. Er hatte gehofft, dass Isabel das Gute an seiner Idee sehen würde. Außerdem brachte er es nicht übers Herz, den kleinen Rüden ins Tierheim zu stecken. Aber bei sich behalten konnte er ihn auch nicht, da Galina überhaupt nicht begeistert von der Anwesenheit des anderen Hundes in ihrem Reich war.

»Gut, dann sprechen wir später noch einmal darüber. Vielleicht sollte ich dir Guardinho erst einmal vorstellen, damit du dir eine eigene Meinung bilden kannst.« Er griff sich das zweite Glas Rotwein. »Jetzt lass uns auf den Abend anstoßen.«

»Para nós! Saúde! Auf uns!« Isabel nahm einen Schluck, stellte dann das Glas auf den Tisch und küsste ihn. Völlig überrascht gab sich Fonseca dem Gefühl ihrer weichen Lippen auf seinen hin. Langsam öffnete sie ihren Mund und er begann, sie mit seiner Zunge zu erforschen. In seinem Magen fing es an zu flattern. Wann hatte ihm eine Frau das letzte Mal den Boden unter den Füßen weggezogen? Gleich an dem Tag, als sie ihn und Galina davon abhalten wollte, die Schönheitsfarm zu betreten. Beim Blick in diese Augen, schon da hatte er Isabel für sich haben wollen.

Er umschloss ihre Taille und zog sie noch fester an sich heran. *Dafür, dass sie nur Yoga und Meditation macht, hat sie aber ein ziemlich gutes Muskelkorsett,* stellte er überrascht fest. Seine Hände wanderten tiefer und umfassten ihren kleinen straffen Po. Isabel schmiegte sich an ihn. Er merkte, wie ihre Nähe ihn immer mehr erregte, und fragte sich, wie um Gottes willen er gleich in Ruhe das Essen genießen sollte. Lieber würde er jetzt ganz langsam ihren Rock hochschieben, mit seinen Händen an der Innenseite ihrer Oberschenkel hochstreichen und dann seine Finger in ihrer Wärme … Der schrille Ton eines Küchenweckers riss ihn aus seinen Gedanken und Isabel aus seinen Armen.

Leicht verlegen schob sie ein paar Haarsträhnen zurück in ihren Dutt. Fonseca sah, wie schnell sich ihre Brust hob und senkte. Auch Isabel schien der Kuss nicht kaltgelassen zu haben.

»Vielleicht sollten wir zunächst eine Schale meiner ›Caldeirada de peixe‹ essen«, schlug sie vor und verschwand wieder in der Küche.

Normalerweise liebte Fonseca Fischeintopf. Vor allem, wenn er mit so viel frischem Koriander zubereitet war, wie Isabel vorhin auf ihrem Küchenbrett vorbereitet hatte. Aber heute hätte er gut auf das Essen verzichten können.

»Ich habe uns auf dem Balkon den Tisch gedeckt. Der kleine Tresen hier in der Küche reicht gerade mal für einen«, rief sie. »Bist du so lieb und nimmst mir die Schalen ab? Ich will uns noch ein paar Scheiben frisches Brot aufschneiden und den Olivendip fertig machen.«

»Ich hoffe, ich mache dir nicht zu viel Mühe«, meinte Fonseca, als er die dampfenden Schalen aus der Küche holte. Im Stillen dachte er: *Hoffentlich hat sie kein mehrgängiges Menü geplant, das werde ich kaum überstehen.*

Im Hinausgehen gab Isabel ihm einen Kuss auf die Wange.

»Wenn deine Frage darauf abzielt, dass ich heute nicht zu lange in der Küche stehen soll, mach dir keine Gedanken.« Sie blickte ihn mit einem schiefen Lächeln auf den Lippen an. »Ich wollte es einfach halten. Zum Nachtisch gibt es noch selbst gemachte Pastéis.«

Als Isabel ihm gegenüber am Tisch Platz genommen hatte, schob Fonseca einen großen Löffel des duftenden Eintopfs in seinen Mund.

»Wow, das schmeckt fantastisch. Aber auch anders, als ich es kenne. Was hast du da drin?«

»Zackenbarsch, Kartoffeln, Zwiebeln und Paprika. Dann die üblichen Gewürze: Knoblauch, Koriander. Und noch ein paar andere Kräuter, von denen ich denke, dass sie passen.«

»Und ob sie passen. Bekomme ich Nachschlag?« Fonseca hielt ihr die leere Schüssel hin.

Caniço de Baixo, Wohnung von Zé Teixera, 03.09.2014 19:43

»Danke, dass du mitgekommen bist, Ernesto. Natürlich hätten wir morgen weitermachen können, aber ich muss mir einfach einen Überblick verschaffen.«

»Völlig in Ordnung, Fernando. Ich wüsste eh nicht, was ich mit meinem Abend heute anstellen sollte.« Vasconcellos grinste seinen Chef schief an.

»Ich dachte, du triffst dich mit deiner Feuerwehrfrau, der taffen Cristina?« Avila hatte vor ein paar Monaten die Freundin seines Subcomissários unter lebensbedrohlichen Bedingungen kennengelernt und hatte die wortkarge und resolute Bombeira sofort ins Herz geschlossen.

»Cristina ist die nächsten Tage in Lissabon. Die Bombeiros haben eine große nationale Übung, um einen Notstand zu simulieren. Unter diesen Umständen kann ich meinen Chef auch mal begleiten.«

»Meinst du, dass Baroso und Fonseca enttäuscht sein werden, dass wir sie nicht mitgenommen haben?«

»Baroso vielleicht, aber Fonseca hat heute Abend etwas anderes zu tun.«

Avila stöhnte.

»Bitte nicht die schöne Isabel!«

»Doch. Ich konnte ihn nicht davon abbringen. Manel hat es ziemlich erwischt. Er hat mir aber versichert, dass er gegenüber der Delgado nichts zu unserem Fall verlauten lässt. Er meinte eh, sie hätten sicher Besseres zu tun, schließlich hätte sie ihn zum Essen zu sich nach Hause eingeladen.« Vasconcellos setzte den Blinker und nahm die Ausfahrt »Caniço« von der Via Rapida.

»Wir müssen unter der Autobahnbrücke entlang in Richtung Caniço de Baixo«, wies Avila ihn an. »Es muss dann gleich auf der rechten Seite kommen.«

»Ist es das?« Vasconcellos hielt vor einem mehrstöckigen, etwas in die Jahre gekommenen Haus. In der Dämmerung konnten sie größtenteils geschlossene dreckig grüne Fensterläden erkennen, die dem Haus einen abweisenden Eindruck gaben. Der Putz blätterte an vielen Stellen ab und auf den Balkonen flatterte Wäsche im vom Meer her wehenden Wind.

»Besonders einladend sieht das nicht aus. Zumindest haben sie ein paar Hibisken und Palmen gepflanzt«, kommentierte Vasconcellos.

»Nicht jeder wohnt wie du auf einer Orchideenfarm. Ich könnte mir dennoch vorstellen, dass die Apartments mit diesem Ausblick gar nicht mal so billig sind.« Avila zeigte in Richtung Atlantik, der aufgrund der steilen Estrada da Ponta Oliveira von hier aus gut sichtbar war. Sie parkten das Auto an der Seite der Einfahrt zum Wohnungskomplex. Eine alte Frau, die zur Straße hin auf dem schmalen Grünstreifen mehrere Fressnäpfe mit Futter füllte, schaute sie neugierig an. Als sie näher traten, konnten sie die Empfänger der Gaben ausmachen: Eine Horde Katzen streifte mauzend um die Beine der alten Frau in freudiger Erwartung.

»Boa noite, die Herren. Kann ich Ihnen vielleicht helfen?« Sie musterte Avila und Vasconcellos kritisch, aber nicht unfreundlich.

»Wir sind auf der Suche nach Zé Teixera. Mein Name ist Comissário Avila und das ist Subcomissário Vasconcellos von der Policia Judiciara.« Avila hielt es bewusst allgemein. Die alte Dame musste nicht wissen, dass sie von der Mordkommission waren.

»Hat Senhor Teixera etwas ausgefressen?« Sie riss die Augen auf.

»Nein, nein. Nur eine Routineuntersuchung«, winkte Avila ab. »Können Sie mir sagen, ob er hier wohnt?«

»Da kommen Sie ein paar Monate zu spät. Ich habe ihn ewig nicht mehr gesehen. Ein Nachbar schaut ab und zu nach seinen Pflanzen und leert den Briefkasten. Vielleicht fragen Sie besser ihn, was mit Senhor Teixera los ist. Ich kümmer mich nicht so um die Menschen, Katzen sind mir lieber.« Sie bückte sich und streichelte einen großen getigerten Kater, der ihr um die Beine strich.

»Obrigado. Könnten Sie uns noch sagen, wie der Nachbar heißt?«

»Senhor Faria. Er wohnt im dritten Stock, genau wie Teixera. Wenn Sie klingeln, sollten Sie etwas Geduld haben. Er braucht immer etwas, um seine müden Knochen in Bewegung zu setzen, wie er sagt. Aber er ist eigentlich immer zu Hause. Sie werden sicher Glück haben.« Sie bückte sich und widmete sich wieder ihren Katzen.

Tatsächlich hatten sie Glück und Senhor Faria öffnete ihnen nach einer gefühlten Ewigkeit. Vor ihnen stand ein alter Mann. Er hielt sich an der Tür fest und schwankte leicht hin und her, während er kritisch ihre Polizeimarken begutachtete.

»Brigada de homicídios? Mordkommission? Dann ist Senhor Teixera doch etwas Schlimmes passiert?«

Er hustete trocken und trat einen Schritt zur Seite, um die Polizisten in die Wohnung zu lassen. Der Geruch von abgestandener Luft, gemischt mit Schweiß und den Gerüchen der letzten Mahlzeit schlug ihnen entgegen. Avila musste dem Impuls widerstehen, durch das Zimmer zu gehen und das Fenster aufzureißen. Im Wohnzimmer stand eine alte hellbraune Couch, deren abgeschabten Armlehnen und Ausbeulungen der Sitzflächen von einer langen Nutzung erzählten. Der Fernseher lief und auf dem kleinen Couchtisch stand eine Schale mit Tremoços und eine Flasche Coral.

Senhor Faria schwankte in Richtung Fernseher und schaltete ihn aus.

»Kann ich Ihnen vielleicht ein Bier anbieten?«

Avila sah sich mit Vasconcellos, dem alten Mann und drei Flaschen Bier auf dem abgehalfterten Sofa wie die Hühner auf der Stange sitzen und lehnte dankend ab.

»Obrigado, Senhor Faria. Aber wir wollen Sie gar nicht lange stören. Ihre Nachbarin sagte uns, dass Sie nach Senhor Teixeras Post sehen und seine Pflanzen gießen. Ist das richtig?«

»Sim, ja. Das tue ich. Inzwischen stapelt sich auf seinem Esstisch ein großer Haufen und ein paar seiner Pflanzen sind mir eingegangen. Ich habe es nicht so mit denen.« Zum Beweis zeigte er in seinem Zimmer herum, in dem nur eine Topfpflanze ihr spärliches Leben fristete.

»Wie Sie schon vermuteten, Senhor Teixera ist etwas Schlimmes passiert. Er wurde tot aufgefunden. Jetzt müssen wir die Umstände seines Todes untersuchen.«

Der alte Mann kniff die Augen zusammen.

»Sie brauchen sich nicht so umständlich auszudrücken, Comissário. Ich mag zwar alt und klapprig aussehen, aber in meiner Jugend bin ich Rettungswagen gefahren. Es gibt wenig, was den alten Faria aus der Ruhe bringt. Wurde Teixera ermordet?«

»Wieso fragen Sie das?«

»Nun ja, es gab schon ein paar Dinge an ihm, die sicher nicht überall auf Gegenliebe stießen ...« Er lachte. Es klang wie eine Ziege. »Jetzt drücke ich mich auch schon so vornehm aus wie Sie, Comissário! Ich sage es mal besser so: Der Junge ist vielen Leuten auf die Füße getreten und hat über seine Verhältnisse gelebt. Immer auf der Suche nach dem großen Geschäft. Also kein Wunder, wenn ihm jemand den Schädel eingeschlagen hat.« Ein weiteres lautes Meckern erfüllte das Zimmer. Senhor Faria schien sich zu amüsieren.

»Können Sie uns bitte in die Wohnung von Senhor Teixera lassen?«, unterbrach Vasconcellos.

Das Ziegenlachen erstarb.

»Wahrscheinlich müsste ich Sie jetzt erst nach einem Durchsuchungsbefehl fragen, richtig? Zumindest ist es so immer in den amerikanischen Serien, die ich gucke. Aber wissen Sie was, mir doch egal.« Faria schlurfte zur Wohnungstür.

Als der alte Mann die Tür des Nachbarapartments öffnete, hätte der Gegensatz zu seiner Wohnung kaum größer sein können. Es war ebenfalls nur eine kleine Wohnung, aber sie war nur spärlich mit modernen Möbeln eingerichtet. Teixera schien eine Schwäche für Chrom und Leder zu haben. Die Wände waren in Weiß gehalten, geschmückt nur durch einen ausladenden Flatscreen-Fernseher und ein paar moderne Drucke. Eine feine Staubschicht, die das schwarze Leder des Sofas in ein mattes Grau färbte und den Glastisch bedeckte, zeugte davon, dass der Inhaber der Wohnung schon länger nicht zu Hause gewesen war.

Auf dem Glastisch lag ein großer Haufen an Briefen, genau wie Faria gesagt hatte.

»Ich habe mir schon fast gedacht, dass etwas nicht stimmt.« Der alte Mann war hinter ihnen in die Wohnung gekommen. »Aber was weiß denn ich? Wenn so ein alter Mann wie ich bei jedem Mist zur Polizei geht, ist man ganz schnell als Spinner abgestempelt.«

»Es ist alles in Ordnung, Senhor Faria. Sie haben nichts falsch gemacht. Mein Chef und ich schauen uns nur kurz um. Morgen wird die Spurensicherung kommen und die Wohnung noch genauer untersuchen. Wir sagen Ihnen Bescheid, wenn wir gehen.« Vasconcellos schob den alten Mann vorsichtig in Richtung Tür.

Avila zog sich Handschuhe über und fing an, die Post durchzusehen. Es gab ein paar Postkarten, die er zunächst zur Seite packte, die übliche Werbung, die auch bei ihm und Leticia fast täglich eintrudelte, und ein paar Briefe, die interessanterer Natur zu sein schienen.

»Centro de Serviço Porsche Estoril«, las er vor. »Das klingt nach einer größeren Anschaffung.« Er öffnete den Brief. Tatsächlich enthielt der einen Kaufvertrag für einen Porsche Geländewagen. Als Avila den sechsstelligen Kaufbetrag sah, pfiff er durch die Zähne. »Ich kann mir nicht vorstellen, dass man als Masseur so viel verdient.«

»Du meinst, er muss gedacht haben, dass er etwas zu Geld machen kann? Vielleicht eine Creme, die ewige Jugend verspricht?«

»Mein Gedanke. Sieh hier: Kennst du die Firma ›Jardim Cosmetics‹?« Vasconcellos schüttelte den Kopf. »Den Brief sollten wir uns etwas näher ansehen. Mal sehen, ob sich unser Verdacht bestätigt.« Avila öffnete den dicken DIN-A4-Umschlag vorsichtig und zog ein mehrseitiges Schriftstück heraus.

»Ein Vertrag! Es geht tatsächlich um das Herstellungsrezept für die Salbe. Irgendwelche Vertragsbedingungen bzgl. Testphasen, Laborprüfungen, bla, bla. Wirkungsweise muss noch bewiesen werden.« Avila blätterte ungeduldig durch die Seiten. »Hier ist von der Zahlung für die Kaufoption die Rede.« Er stockte. »Wow! Die wollten im Vorwege schon dreihunderttausend Euro zahlen. Nur dafür, dass sie die Möglichkeit haben, die Rezeptur zu erwerben.« Er blätterte weiter. »Das ist ja unfassbar! Weißt du, was das Rezept wert ist, wenn sich die Wirkung bewahrheitet? Nein, das errätst du nicht. Sofortzahlung von fünf Millionen Euro plus eine lebenslange Beteiligung an den Verkäufen. Teixera und Clara Pinto hätten für immer ausgesorgt!«

»Zeig mal her!« Vasconcellos nahm den Vertrag. »Du hast etwas übersehen, Fernando. Clara Pinto taucht in diesem Vertrag nicht auf. Der alleinige Nutznießer ist Zé Teixera. Mit ihm wollte Jardim Cosmectics den Vertrag machen.«

»Das heißt, sie hat herausgefunden, dass er hinter ihrem Rücken das Rezept verkaufen wollte? Das würde erklären, warum sie ihn getötet hat. Sie entdeckt das Rezept, erzählt ihm davon und er betrügt sie. Frauen haben schon wegen weniger getötet!« Vasconcellos prüfte den Brief noch genauer. »Sieh hier, das Anschreiben. Dieser Vertrag ist vor drei Wochen gesendet worden. Und es war schon der zweite Versuch.« Er las: »›Leider haben wir auf unser Schreiben vom 30.06.2014 noch keine Antwort erhalten. Wir möchten Sie höflichst darauf hinweisen, dass wir bereits einen von Ihnen unterschriebenen formlosen Vorvertrag vorliegen haben und Sie sich dementsprechend bereits verpflichtet haben, nicht anderen Unternehmen Ihr Produkt anzubieten. Bitte senden Sie uns den Vertrag unterschrieben zurück. Wir freuen uns auf die gemeinsame Zusammenarbeit.‹«

»Ende Juni, Anfang Juli. Das passt. Clara Pinto findet den Vertrag, stellt ihn zur Rede und vergiftet ihn. Sie hat nicht geahnt, dass Jardim Cosmetics den Vertrag einfach noch einmal schickt.«

»Wir sollten Senhor Faria nach Clara fragen. Vielleicht war sie auch mal hier bei Teixera.«

Diesmal mussten sie nicht lange warten, bis Faria ihnen die Tür öffnete. Avila mutmaßte, dass der Alte hinter der Tür gewartet hatte, so schnell, wie er auf ihr Klingeln reagierte.

»Sind Sie weitergekommen?«, wollte er wissen. »Wissen Sie jetzt, wer Senhor Teixera ermordet hat?«

»Wir tragen noch die Beweise zusammen.« Avila hielt sich bedeckt. »Wann genau haben Sie Senhor Teixera das letzte Mal gesehen?«

Der alte Mann kratzte sich am Kopf.

»Sei là, weiß nicht. Ist es schon zwei Monate her? Oder drei?« Er zuckte mit den Schultern.

Das brachte sie nicht weiter. Avila hoffte, dass seine nächste Frage eine brauchbarere Antwort lieferte.

»Könnten Sie uns vielleicht sagen, ob Senhor Teixera öfter Besuch bekommen hat?«

»Besuch? Sie meinen Damenbesuch?« Farias innere Ziege meldete sich wieder. »Tatsächlich, er hatte eine Freundin. Ein seltsames Mädchen. Anfangs wirkte sie sehr schüchtern, zurückhaltend, wie eine graue Maus. Hat kaum den Mund aufbekommen, wenn ich sie mal im Flur getroffen habe.«

»Anfangs? Wann war das?«

»Vielleicht vor einem Jahr? In meinem Alter ist es manchmal schwer mit der Zeit. Sie vergeht so schnell.« Ein weiterer Kopfkratzer. »Doch, es muss schon über ein Jahr her sein, da habe ich sie zum ersten Mal gesehen.«

»Es klang eben so, als ob die Freundin sich mit der Zeit verändert hat?« Wie so oft achtete Vasconcellos auf jede Nuance im Gespräch.

»Allerdings, das hat sie! Wie ein Schmetterling, wenn Sie wissen, was ich meine. Einen Tag noch eine unscheinbare Raupe, die man leicht übersieht, dann ein schöner Schmetterling. Sie war wirklich eine Schönheit, nur habe ich das vorher gar nicht so gesehen. Teixera, der alte Genießer, hat das sicher gleich erkannt. Die junge Frau wurde auch immer selbstbewusster. Wie ich sage, sie blühte auf! Aber dann passierte es vor zwei oder drei Monaten: Sie haben so heftig gestritten, dass ich es sogar hören konnte, obwohl der Fernseher lief. Kurz dachte ich, er tut ihr etwas an. Deswegen bin ich auch vor die Tür gegangen. Ein paar Augenblicke später stürmte sie aus dem Apartment. Das Gesicht war völlig verquollen, ich denke, sie hat geweint. Als sie mich sah, hat sie sich nur abgewendet und ist zum Treppenhaus gelaufen. Danach habe ich sie nicht mehr gesehen. Wenn ich so überlege, war das auch der Abend, an dem ich das letzte Mal etwas von Teixera gehört habe. Am nächsten Tag hatte ich einen Zettel unter der Tür, dass er verreisen musste und ich mich um die Pflanzen und die Post kümmern sollte.« Erneutes Kopfkratzen. »Jetzt wo ich darüber nachdenke, kommt mir das doch seltsam vor.«

»Die Freundin von Teixera, wie hieß sie?«

»Keine Ahnung, er hat sie mir nie vorgestellt. Aber ich würde sie überall wiedererkennen. Diese schlanke Gestalt, der lange, elegante Nacken. Aber vor allem die Augen. Wussten Sie, dass es veilchenfarbene Augen gibt?«

Quinta da beleza, 03.09.2014 21:34

»Was sagt dein Chef eigentlich dazu, dass wir uns heute Abend treffen?« Isabel hielt gedankenverloren ihr Glas in die Höhe, sodass sich der Kerzenschein in der satten dunklen Farbe spiegelte.
»Wenn er es wüsste, wäre er sicher nicht begeistert.«
»Nur ›nicht begeistert‹?«
»Okay, er wäre richtig sauer. Vor ein paar Tagen hat er Ernesto vorgeschickt, damit der mir sagt, ich solle abwarten, bis der Fall gelöst ist, bevor ich mich mit dir treffe.«
Sie griff über den Tisch hinweg nach seiner Hand und drückte sie fest.
»Ich bin froh, dass du dich nicht an seine Anweisungen hältst.«
»Nun ja.« Fonseca kratzte sich am Kopf. »Ich dachte, jetzt, wo der Fall quasi aufgeklärt ist und es nur eine Frage der Zeit ist, bis wir den Mörder hinter Gittern haben ...«
Isabel riss die Augen auf.
»Ihr habt den Fall aufgeklärt? Aber wer ist es denn nun gewesen?«
»Darüber darf ich mit dir eigentlich nicht sprechen. Aber ich kann dir so viel sagen, dass es mit dem Kloster zusammenhängt.«
Der Druck von Isabels Hand wurde fester.
»Es hat mit dem Kloster zu tun? Das klingt ja spannend!«
»Ja, das ist es auch. Sobald der Fall auch offiziell abgeschlossen ist, erzähle ich dir in Ruhe davon.« Ein Gedanke schoss durch seinen Kopf. »Vielleicht kann ich dir sogar noch ein paar Anregungen für ein ganz besonderes Schönheitsrezept geben. Deine Quinta könnte berühmt werden.«

»Wie meinst du das?«

»Ich habe schon zu viel verraten.« Fonseca fluchte innerlich. *Warum kann ich mein verdammtes Maul nicht halten? Wenn der Chef oder Ernesto das erfahren, werde ich am Ende noch suspendiert!* »Lass uns doch jetzt den Abend genießen und nicht weiter über den Mord reden.«

Langsam entzog Isabel ihm ihre Hand.

»Dann hoffe ich, dass ihr euren Mörder bald fangt.« Sie schob den Stuhl zurück. »Ich glaube, es ist jetzt Zeit für den Nachtisch.«

Fonseca rieb sich über den Bauch, der sich für seine Verhältnisse erheblich über die Gürtelschnalle wölbte. Er hatte noch nicht die Avilaschen Ausmaße, aber für ihn als Sportler war das eindeutig zu viel.

»Nachtisch? Ich weiß gar nicht, ob ich noch genug Platz in meinem Magen habe. Außerdem muss ich morgen mit Galina und Ernesto eine Runde laufen. Das wird fatal. Galina ist eh schon ungehalten mit mir, weil sie den heutigen Abend im Zwinger verbringen muss, während Guardinho im Haus ist. Sie weiß ja nicht, dass ich den armen Kleinen im Badezimmer eingesperrt habe. Also besser kein Nachtisch für mich.« Er schüttelte den Kopf.

Isabel lachte und strich ihm spielerisch über den Bauch.

»Du musst es unbedingt probieren. Es gibt selbst gemachte Pastéis de Tentúgal, nach einem alten Rezept.«

»Pastéis de Tentúgal? Ich kenne nur Pastéis de Nata.«

»Das Rezept stammt auch aus einem Kloster, dem Nossa Senhora da Natividade in der Nähe von Coimbra. Das Gebäck ist längst nicht so bekannt wie Natas, obwohl es auch auf Blätterteigbasis ist. Ich habe es vor Jahren beim Stöbern in der alten Klosterbibliothek gefunden.« Leise vor sich hin summend, ging sie in Richtung Küche.

Klosterbibliothek? Auf einmal streifte ein kalter Hauch vom Atlantik über den Balkon. *Aber das ist sicher nur ein dummer Zufall*, dachte Fonseca.

Fonseca verließ den Balkon. Er hörte Isabel in der Küche hantieren. Anscheinend schlug sie Sahne auf.

»Sind die Bücher in den Klöstern nicht auf Latein?«

Kurz hörte der metallische Klang, den der Schneebesen beim Schlagen gegen die Gefäßwand machte, auf.

»Du hast recht, das sind sie.« Das Stakkato des Schneebesens ging weiter.

Mein Schullatein würde nicht ausreichen, solche Bücher zu lesen, dachte Fonseca. Die Kälte kroch jetzt über den Balkon in Richtung Wohnzimmer. Ein Schauer lief ihm über den Rücken. *Nein, ich bilde mir das alles ein.* Er ging erneut zu Isabels Bücherregal. Nur diesmal sah er sich die Titel genauer an. Ein paar Werke über Yoga und Meditation. Genau, wie sie gesagt hatte, ihre Art der Entspannung. Fonseca atmete tief durch. Es war alles in Ordnung. Er schaute weiter. Gartenpflege, Kräuterkunde, pharmazeutische Ratgeber ... Alles erklärbar bei jemandem, der eine Schönheitsfarm mit repräsentativem Garten leitete, oder? Zwischen den Büchern fiel ihm ein schlichter abgegriffener Buchrücken aus altem Leder auf. Vorsichtig zog er das Buch heraus. Eine Bibel? Er schlug es auf und blätterte durch die vergilbten Seiten. Auf der dritten Seite blieb er hängen. Dort war mit schnörkeliger Handschrift etwas geschrieben. Mühsam versuchte er, es zu entziffern: *Ex libris soror Imma ...* Eine Hand schob sich über seine Schulter und klappte die Bibel zu.

»Wo hast du denn dieses alte Buch gefunden? Ich dachte, ich hätte es schon längst weggeschmissen. Habe es vor Jahren mal aus einem Hotel mitgenommen, als eine Art Mutprobe.« Isabel küsste ihn auf den Nacken.

»Es stand hier im Regal zwischen deinen Büchern über Garten und Kräuter.« Etwas widerwillig ließ Fonseca sich die Bibel aus den Händen nehmen. In seinem Kopf überschlug sich alles. Wie ein Mantra fing er an, sich vorzusagen: »Clara Pinto ist die Mörderin. Clara Pinto ...«

»Was murmelst du da?« Die veilchenblauen Augen starrten ihn an.
Wie gerne hätte er sich jetzt in ihnen verloren. Er seufzte, es half nichts. Er musste jetzt Gewissheit haben.
»Isabel, da sind ein paar Dinge, über die ich gerne mit dir sprechen ...« Sie nahm ihren rechten Zeigefinger und hielt ihm ihn an die Lippen.
»Psst, mein Liebster, nicht jetzt. Lass uns erst einmal die Pastéis genießen. Setz dich schon einmal hin, ich hole sie aus der Küche.«

※ ※ ※

Ein paar Minuten später stand ein Teller mit drei zu einer kleinen Pyramide aufgeschichteten länglichen Blätterteigpasteten vor ihm. Isabel hatte eine feine Puderzuckerschicht darüber verstreut und das Ganze mit einem großzügigen Klecks frischer Sahne garniert. Das warme Gebäck roch verheißungsvoll nach Zimt und Vanille. Vielleicht sollte er wirklich das Gespräch auf nach dem Essen verschieben. Er sah ganz bestimmt nur Gespenster und es würde sich alles aufklären.

Das feine Gebäck zerbarst alleine durch die Berührung seiner Zunge in seinem Mund. Die cremige Füllung glitt langsam seine Kehle herunter. Isabel hatte recht gehabt, das war sogar noch besser als Natas.

»Es schmeckt großartig«, murmelte er zwischen zwei Bissen, nachdem er schon die Hälfte des Tellers geleert hatte. Ein leichtes Kribbeln machte sich in seiner Speiseröhre bemerkbar. Fonseca griff nach dem Rotwein. Aber nach dem ersten Schluck Wein verwandelte sich das Kribbeln in ein starkes Brennen. Sein Magen fing an, Geräusche zu machen. Überrascht blickte er Isabel an.

Sie nahm erneut seine Hand und drückte sie.

»Es ist alles gut, Manel. Dir wird nur gerade etwas übel von dem Gift, das ich dir ins Essen getan habe. Warum konntest du denn nicht aufhören, herumzustochern?« Ihr Griff wurde fester. »Es wäre doch alles so einfach gewesen. Ihr hätte Clara Pinto verhaftet und ich hätte in Ruhe meine Schönheitsfarm weiterführen können. Aber ihr Männer habt ja immer eure eigenen Pläne, richtig? Zé war genauso wie du, hat hinter meinem Rücken versucht, mit meinem Schönheitsrezept das große Geld zu machen. Aber das konnte ich nicht zulassen.«

»Du bist die Nonne? Du bist Immaculada?« Fonseca starrte in ihr regungsloses Gesicht.

»Meine Bibel hast du doch eben in der Hand gehabt, du Schäfchen. In dem Moment wusste ich, dass du spätestens am nächsten Morgen weiter forschen würdest und mein Geheimnis aufdeckst. Deswegen habe ich eben in der Küche deine Pastéis mit meiner ganz speziellen Giftmischung gefüllt. Nach meiner letzten Erfahrung mit Zé, der sich doch sehr lange gequält hat, habe ich die Rezeptur noch einmal verbessert und etwas Tetrodotoxin von meinen Steinfischen aus dem Aquarium draußen bei den Behandlungsräumen hinzugefügt. Das ist das Kribbeln und Brennen, was du jetzt spürst, mein Liebster. Aber das geht gleich vorbei. Dann greift das Gift deinen Herzmuskel an und dein Herz wird ganz langsam aufhören zu schlagen.« Sie strich ihm liebevoll über die Hand.

Fonseca wollte aufspringen, doch seine Beine klappten wie Gummi zusammen und er schlug im Fallen mit dem Kinn auf die Tischplatte.

Isabel stand auf, zog den Tisch zur Seite und blickte von oben herunter auf Fonseca.

»Ach, ich vergaß, es zu erwähnen. Zuerst werden deine Extremitäten gelähmt. Lieg einfach still und warte. Es wird ein sanftes Hinübergleiten sein, wenn du nicht zu sehr dagegen ankämpfst. Sei mir nicht böse, dass ich nicht bei dir bleibe, aber ich werde die Zeit nutzen und schon einmal anfangen, etwas aufzuräumen.« Isabel verschwand.

Fonseca lag in gekrümmter Haltung auf dem Steinboden des Balkons. Seine Brust fühlte sich an, als würde jemand sie mit einer Eisenschlinge zusammendrücken.

Quinta da beleza, 03.09.2014 22:17

»Wo finden wir Senhora Delgado?«

Avila und Vasconcellos bauten sich vor der Kosmetikerin auf, die am Eingangstresen die Behandlungspläne für den nächsten Tag vorbereitete.

»Senhora Delgado hat sich schon zurückgezogen«, antwortete Dunja spitz. »Sie hat heute Besuch und möchte nicht gestört werden. Sie sollten morgen wiederkommen.«

»Ich diskutiere nicht mit Ihnen!«, fauchte Avila die junge Frau an. »Sie sagen mir jetzt sofort, wo ich die Senhora finden kann. Imediatamente! Sofort!«

Die Hand der Kosmetikerin zitterte leicht, als sie in Richtung Empore zu den Behandlungsräumen wies.

»Direkt hinter dem großen Aquarium ist ein kleiner Gang mit einer Tür am Ende. Dort geht es zu der Wohnung von Senhora Delgado.«

Avila und Vasconcellos stürmten die Treppe hoch. Vasconcellos voran, immer zwei Stufen auf einmal nehmend. Keiner von ihnen sah mehr, wie Dunja zum Telefon griff.

Als Avila den Gang entlangrannte, stand Vasconcellos schon vor der Tür und klopfte heftig.

»Senhora Delgado! Aufmachen, Polizei!«

Im Inneren war es still. Das Einzige, was sie hörten, war Avilas schwerer Atem.

»Ich geh da jetzt rein!«, beschloss Vasconcellos, dem Avila die Sorge um seinen Freund am Gesicht ablesen konnte. Der Subcomissário machte einen Ausfallschritt nach hinten, um dann mit Schwung mit dem rechten Fuß gegen die Tür zu treten. Das Schloss gab ein empörtes metallisches Knacken von sich. Die Tür sprang auf.

Sie standen sofort im Wohnzimmer, aber von Isabel Delgado und Fonseca fehlte jede Spur. Avila lauschte. Da, vom Balkon hörte er ein leises Stöhnen. Auch Vasconcellos musste es gehört haben, sie beide rannten zur geöffneten Balkontür.

Der junge Sargento lag in gekrümmter Haltung auf dem Balkonboden, den Blick in Richtung Himmel gerichtet. Auf seinem Kinn konnte Avila eine Mischung aus getrocknetem Blut und klebrigem Schleim ausmachen. Was um Gottes willen war hier passiert? Fonseca versuchte, etwas zu sagen, aber es war nur ein heiseres Flüstern. Der Comissário und Vasconcellos knieten sich hin, um ihn zu verstehen. Aus dem Mund des Sargentos kamen nur gestammelte Satzstücke.

»Isabel ... Mörderin. Über den Balkon«, meinte Avila zu verstehen. Er richtete sich kurz auf, um über die Balustrade zu sehen. Tatsächlich konnte er in der Ferne noch einen Blick auf Isabel Delgado erhaschen, die durch den Garten in Richtung Straße lief.

Avila drehte sich wieder zu Fonseca, dessen Gesicht so grau war wie der Steinfußboden unter ihm.

»Was hat sie mit Ihnen gemacht, Manel?«

»Gift ... Herz ... Steinfisch.«

»Hat er Steinfisch gesagt?« Vasconcellos' Stimme war auch nur noch ein Krächzen. »Das Gift lähmt das Herz. Er muss sofort ins Krankenhaus. Wenn sein Herz aufhört zu schlagen, war es das!« Er versuchte, mit zitternden Händen sein Mobiltelefon aus der Tasche zu holen.

»Lass das! Ich rufe den Krankenwagen und kümmere mich um Fonseca. Du schnappst dir die Delgado. Diese Frau darf nicht damit davonkommen!«

Mit einem letzten Blick auf seinen Freund sprang Vasconcellos über die Balustrade in den Garten.

Avila fing an, ruhig auf Fonseca einzureden.

»Manel, es wird alles gut. Ich rufe jetzt einen Krankenwagen und bleibe bei Ihnen. Sie werden wieder gesund.« Er holte das Mobiltelefon aus der Tasche und wählte den Notruf, ohne den Sargento aus den Augen zu lassen.

Kurz schilderte er der Dame am anderen Ende die Umstände. Sie atmete scharf ein.

»Ich schicke Ihnen sofort einen Krankenwagen. Bitte prüfen Sie die ganze Zeit, ob der Patient noch selbstständig atmet. Sobald dies nicht mehr der Fall ist, müssen Sie mit einer Herz-Lungen-Wiederbelebung beginnen. Wissen Sie, wie das geht?« Avila dachte an sein Versagen bei dem Erste-Hilfe-Kurs. Hoffentlich kam der Wagen rechtzeitig. »Bitte rufen Sie auch im Polizeipräsidium an. Comissário Avila braucht Unterstützung wegen eines Flüchtigen.« Er legte auf.

Fonseca versuchte, noch etwas zu sagen, aber es kam nur noch ein unverständliches Gurgeln heraus. Der Brustkorb hörte auf, sich zu bewegen. Wieder versuchte Avila zu hören, ob der Junge noch atmete. Nichts. Der Comissário dachte wieder an den Erste-Hilfe-Kurs und die Tipps, die Costa ihnen gegeben hatte. Er musste jetzt irgendwie prüfen, ob Fonseca noch atmete. Aber wie? Sein Blick schweifte über die graue Betonfläche. Ein einzelner Dessertlöffel lag auf dem Boden. Wahrscheinlich hatte Fonseca ihn runtergerissen, als er zu Boden fiel. Avila nahm den Löffel und hielt ihn Fonseca vor die Nase. »Beschlage«, betete er. Aber der Löffel tat ihm nicht den Gefallen. Manel atmete nicht mehr.

Die Worte von Costa schossen in seinen Kopf: »Sobald bei einer bewusstlosen Person keine Atmung vorhanden ist, beginnen Sie sofort mit der Herz-Lungen-Wiederbelebung. Sie haben keine Zeit zu verlieren!«

Avila bemühte sich, die einzelnen Schritte des Gelernten abzuspulen. Zunächst korrigierte er die Lagerung von Fonseca, sodass dieser flach auf dem Rücken lag. Dann knöpfte er Fonsecas Hemd auf, wobei durch seine Eile ein paar der Knöpfe dran glauben mussten. Avila kniete sich hin und setzte den Handballen auf das Brustbein. Er zögerte. War das auch die richtige Stelle? Was war, wenn er nicht das untere Drittel des Brustbeines traf? Der Klang, als Fonseca die Feder der Puppe zerstört hatte. Wie würde es klingen, wenn die Rippen brachen? Konnten sie sich in das Herz des Sargentos bohren? Darauf hatte ihn der Kurs nicht vorbereitet. Avilas Herz raste und der Schweiß lief den Rücken hinunter. Diesmal war es aber nicht die Anstrengung, sondern blanke Angst, die sein Hemd durchnässte. Wenn er jetzt versagte? Würde Vasconcellos ihm verzeihen? Würde er sich selbst verzeihen? Er setzte den zweiten Handballen auf den ersten, richtete sich halb auf und drückte die Ellenbogen durch.

»Dreißigmal drücken, dann zweimal beatmen«, erklang wieder die Stimme des Intendente in Avilas Gedanken.

In seinem Kopf sang er das Lied der Bee Gees, das gleichzeitig Taktgeber und Gebet für ihn war. Er begann das Herz gegen die Wirbelsäule zu pressen. *Stayin Alive.*

Garajau, Christo Rei, 03.09.2014 22:32

»Ich wäre besser bei Manel geblieben!«, stieß Vasconcellos zwischen den Zähnen hervor, während er die lange Treppe runter zum Christo Rei lief. Da die Stufen lang gezogen waren, war es kaum möglich, mehrere auf einmal zu nehmen, sodass sein Abstand zu Isabel Delgado kaum schrumpfte. Zwei Urlauber kamen ihm bepackt mit Badehandtuch und Schnorchelausrüstung entgegen. Der Mann blieb stehen und griff nach Vasconcellos.

»Was machen Sie da!«, bellte er Vasconcellos an. »Wir rufen die Polizei. Sie können doch nicht mitten in der Nacht hinter einer armen Frau herjagen!«

»Ich bin die Polizei!« Vasconcellos schüttelte die Hand ab und hetzte weiter. Im Laufen rief er noch nach hinten. »Rufen Sie ›112‹. Sie sollen einen Einsatzwagen zum Christo Rei schicken.« Er hatte die letzten Stufen erreicht und konnte vor sich jetzt die Christusstatue sehen, die hell erstrahlt ihre Arme über den Fels ausbreitete. Im Schein der Flutlichtscheinwerfer, die entlang des gepflasterten Pfades zur Statue angebracht waren, konnte er die laufende Isabel erkennen.

Wo wollte sie nur hin? Hinter der Statue gab es nur einen kleinen Trampelpfad den Fels hinunter. Danach war Schluss und es ging steil hinunter in den Atlantik. Er rannte weiter, vorbei an ein paar Urlaubern, die den lauen Sommerabend nutzten, um auf den verstreuten Bänken den Abend ausklingen zu lassen. Diesmal stellte sich ihm keiner in den Weg, sie schauten ihm nur träge und verwundert hinterher. Isabel nahm tatsächlich den Trampelpfad links neben der Statue.

Den ersten Teil des Pfades erleuchteten noch die Scheinwerfer, dann aber wurde es immer dunkler und Vasconcellos drosselte sein Tempo. Weit konnte sie eh nicht sein und er hatte keine Lust, mit aufgeschlagenem Schädel unten auf den Klippen zu liegen. Zwei Fledermäuse flogen dicht an seinem Kopf vorbei. Kurz war er abgelenkt und sein rechter Fuß trat ins Leere. Im letzten Moment konnte er sich an einem der niedrigen Büsche festklammern. Vasconcellos fluchte. Das fehlte jetzt noch. Vor sich hörte er einen Schrei. Anscheinend war er nicht der Einzige, der seinen Tritt verlor. Als er am Ende des Pfades ankam, gab es keine Spur von Isabel. Sie musste tatsächlich abgestürzt sein. Er holte sein Mobiltelefon aus der Gesäßtasche und schaltete die Taschenlampenfunktion ein. Langsam tastete das spärliche Licht den Vorsprung unter ihm ab. Da! Dort war etwas. Eine Hand krallte sich in einen Busch, etwa einen halben Meter unter ihm. Vasconcellos kniete sich hin und schaute vorsichtig über die Kante. Tatsächlich, Isabel Delgado hing mit einem Bein über dem Fels, mit dem anderen und der rechten Hand versuchte sie, sich krampfhaft festzuklammern. Als er ihre Gestalt mit dem Licht erfasste, blickte sie auf. Kurz dachte Vasconcellos, dass sie jetzt ihren Griff lösen würde, um vor seinen Augen ins Meer zu stürzen. Aber das tat sie nicht. Stattdessen starrte sie ihn nur an.

Vasconcellos biss die Zähne so fest zusammen, dass es wehtat. Er dachte an Manel, der gekrümmt und gelähmt auf dem Balkonboden gelegen hatte. Lebte er überhaupt noch? Die Frau dort unten war dafür verantwortlich. Wenn er jetzt wegginge, wäre das ihr Ende. Keine Chance, dass sie sich noch viel länger festhalten konnte.

»Sie überlegen, ob Sie mich hier hängen lassen, né?« Isabels Stimme war völlig ruhig. »Tun Sie es. Ich bin diejenige, die Ihren Freund Manel vergiftet hat. Wer hätte es mehr verdient als ich?«

Vasconcellos sah sie an. Dann legte er sich flach auf den Bauch und schob den Oberkörper über die Kante. Mit den Beinen umschlang er einen größeren Busch, der ihm hoffentlich etwas Halt gab. Zentimeterweise kam er mit seiner ausgestreckten Hand Isabel näher.

»Ernesto, ich darf Sie doch Ernesto nennen?«, kam es spöttisch von unten. »Sie wollen mich doch nicht etwa retten?«

»Seien Sie einfach still und nehmen Sie meine Hand«, zischte er durch seine zusammengebissenen Zähne. Der Boden unter ihm fühlte sich nicht fest an. Die Frage war, ob die Erde um den Busch, der ihm Halt geben sollte, auch so locker war.

»Möchten Sie wissen, warum ich das alles getan habe?« Ganz offensichtlich ließ sich diese Frau trotz ihrer misslichen Lage nicht beirren, weiterzureden. »Vor einem dreiviertel Jahr hätte ich das auch nicht für möglich gehalten. Da war ich die Frau, die nach Jahren im Kloster das erste Mal eine Liebe spürte, die nicht nur geistig war. Verstehen Sie, was ich meine? Zé hat mich mit seiner Leidenschaft einfach mitgerissen. Wir haben Pläne gemacht. Wussten Sie, dass wir eigentlich das alte Kloster kaufen wollten, um daraus ein großes Hotel zu machen? Das war der Traum, als ich das Rezept der ewigen Schönheit entdeckte. Wir wollten das Wundermittel nicht an die große Glocke hängen. Nur dem illustren Kreis unserer Gäste im neuen Hotel anbieten. Aber Zé hat mich und unsere Träume verraten. Ich hätte es mir bereits denken können, als er lieber seinem Freund den Tipp mit dem Kloster gab, anstatt dass wir es kauften.«

»Seinem Freund? Sie meinen Palmeiro?« Verdammt, Palmeiro hatte also über den Freund der Delgado gesprochen und dass er verschwunden war. Sie hätten es schon viel eher ahnen müssen ...

»Ja, genau den. Er kaufte das Kloster. Zum Glück habe ich schnell genug reagiert und wenigstens die Pflanzen aus dem

Klostergarten in Sicherheit gebracht. Da hätte ich schon ahnen müssen, dass Zé mich betrügt. Aber er kam kurze Zeit später mit dem Angebot für die Quinta da beleza um die Ecke. Meinte, wir sollten erst einmal kleiner anfangen. Ein Haus für maximal zehn Gäste, exklusiv für Frauen. Sobald es sich etabliert hätte, könnte man dann mit den besonderen Schönheitsbehandlungen beginnen. Zé betonte ständig, das sei jetzt ›mein Baby‹ und ich die Chefin. Er agierte im Hintergrund, war offiziell nur als Masseur tätig und hat das Geschäft komplett mir überlassen. Verdammt, ich wollte ihm so sehr glauben!« Isabel verlagerte leicht ihr Gewicht, ein paar Erdbrocken lösten sich und fielen ins Meer.

»Nehmen Sie endlich meine Hand! Was glauben Sie, wie lange Sie sich noch festhalten können?«

Isabel schien seine Worte nicht gehört zu haben.

»Wissen Sie, was das Schöne am Klosterleben ist? Alles ist vorhersehbar. Jeder Tag hat eine feste Struktur. Es fängt mit der Morgenandacht an, mit den kleinen Pflichten, die jede Schwester im Kloster hat, und endet mit dem abendlichen Gebet. Seitdem ich Zé kennengelernt habe, habe ich diese Ruhe und diese Ordnung nicht mehr gespürt. Alles löste sich auf. Zunächst fühlte es sich richtig an. Die Spannung, als wir die Salbe an uns ausprobierten und die Erfolge sahen. Die Quinta, die langsam Gestalt annahm, und als die ersten Damen sich anmeldeten. In dem Stress, der der Eröffnung folgte, habe ich es zunächst gar nicht gemerkt, dass Zé sich entfernt und schon längst eigene Pläne hatte. Bis ich eines Abends zu ihm nach Hause kam. Ich traf den Briefträger unten im Flur und er gab mir die Post für Zé mit.«

Zwei Monate zuvor

»Vielen Dank, Senhorita, dass Sie die Briefe mitnehmen. Wären Sie auch so lieb und würden Senhor Faria seine Post vorbeibringen? Der alte Herr ist ja nicht mehr so gut zu Fuß und immer glücklich, wenn er keine Treppen steigen muss.« Ohne ihre Antwort abzuwarten, drückte der Briefträger Isabel einen großen Stapel in die Hand.

Als sie, die Post in der einen Hand, die prall gefüllte Tüte von Pingo Doce in der anderen, die Treppe hochstieg, rutschten ihr einige Briefe aus dem Stapel und verteilten sich auf den Stufen.

»Merde!« Sie zuckte zusammen und schaute sich schuldbewusst um. Dann musste sie lachen. Ihre klösterliche Erziehung verfolgte sie noch immer. Wenn die Abadessa das gehört hätte. Eine Nonne und fluchen. Isabel bückte sich schnell und sammelte die Briefe auf. Dabei fiel ihr Blick auf einen besonders großen, dicken Umschlag. Was war das? Als sie den Absender sah, wich sämtliches Blut aus ihrem Kopf. Sie ließ sich auf die Stufen sinken und starrte auf den Brief.

»Jardim Cosmetics«. Den Namen kannte sie. Eine bekannte Kosmetikfirma aus Paris, die ausschließlich Produkte auf Pflanzenbasis verkaufte. Vor ein paar Wochen hatte sie bei der Firma wegen der Möglichkeit einer Zusammenarbeit nachgefragt. Es ging um besondere Algenprodukte, die sie für ihre Damen verwenden wollte. Aber die Einkaufspreise waren so unverschämt teuer gewesen, dass sie davon Abstand genommen hatte. Warum bekam Zé von denen Post? Ohne weiter zu überlegen, riss sie mit zitternden Händen an der Klebelasche. Durch die zerfledderte Öffnung zog sie das mehrere Blätter umfassende Schriftstück heraus. Während sie das Anschreiben las, sammelten sich Tränen in ihren Augen. Das durfte nicht sein, nicht Zé! Aber dort stand es, schwarz auf weiß. Er hatte der Firma ihre Schönheitscreme angeboten. Ohne mit ihr zu sprechen. Als sie die Zahlen sah, wurde ihr schlecht. Was für eine Menge Geld! Sie sah sich den beigefügten Vertrag näher an. Nur sein Name tauchte auf. Sie hatte also recht, er wollte alles für sich haben. War das der Grund gewesen, warum er ihr angeboten hatte, die Cremeproben bei sich zu Hause zu lagern? Angeblich, damit niemand in der Quinta sie fand. Bestimmt hatte er eine dieser Proben für Jardim Cosmetics verwendet. War er so dumm gewesen und hatte der Firma eine Probe geschickt? Nein. Es musste anders gewesen sein. Auf einmal erinnerte sich Isabel, dass Zé vor zwei Wochen kurzfristig für ein paar Tage nach Lissabon geflogen war. Angeblich, um eine alte Tante zu besuchen. Alte Tante, von wegen. Sie schnaubte durch die Nase. *Zu der Zeit wird er dort gewesen sein und die Creme präsentiert haben.* Alles ergab auf einmal Sinn.

Isabel begann sich auf ihren Atem zu konzentrieren, um sich zu beruhigen. *Ein- und wieder ausatmen. Die Gedanken sind da, aber berühren dich nicht.* Nach kurzer Zeit ging ihr Puls wieder langsamer. Isabel wischte sich die Tränen fort und stand auf. Sie drehte um und ging die Treppe wieder hinunter in Richtung Straße. Am Auto angelangt, öffnete Isabel den Kofferraum und entnahm ihm den kleinen Kosmetikkoffer, in dem sie mehrere Ampullen des Konzentrats aufbewahrte. Dann holte sie aus der Supermarkttüte den großen Honigkuchen, den sie ihnen zum Nachtisch gekauft hatte, weil Zé das klebrige Gebäck so liebte. Vorsichtig knibbelte sie mit dem Fingernagel an dem kleinen Klebestreifen an der Seite, um das Gebäck aus der Folie zu lösen. Als sie es schließlich geschafft hatte, holte sie den Kuchen seitlich heraus, ohne die Folie einzureißen. Dann nahm sie eine der Ampullen und tropfte langsam das Konzentrat auf das dunkelbraun glänzende Gebäck. Der klebrige Kuchen zog die Flüssigkeit auf wie ein Schwamm. Nachdem sie zwei der Ampullen verteilt hatte, schob sie den Honigkuchen wieder in die Folie zurück und befestigte den Klebestreifen. Zufrieden betrachtete sie ihr Werk. Nichts war zu sehen.

Sie nahm den Brief mit dem Vertrag und schob ihn unter die Abdeckung des Kofferraumes. Darum würde sie sich später kümmern. Mit der restlichen Post und den Einkäufen betrat sie kurze Zeit später wieder das Haus.

»Isabel, bist du das?«, empfing sie Zé mit seiner dunklen Stimme, die ihr bis eben noch wohlige Schauer über den Rücken gejagt hätte. Sie horchte in sich hinein. Nichts, sie fühlte sich wie tot. Fast war es so, als würde die alte Isabel dort hinten auf einem Stuhl sitzen und die neue Isabel beobachten. Was würde die neue als Nächstes tun?

»Ja, mein Liebster. Ich habe uns etwas zu essen mitgebracht. Außerdem hat mir der Briefträger die Post mitgegeben.«

»Die Post?« Zé erschien mit einem Ausdruck von Panik im Gesicht in der Tür des Schlafzimmers.

»Ja, die Post.« Isabel sah ihn lauernd an, während er mit fahrigen Händen die Briefe durchsah. »Erwartest du etwas Bestimmtes?«

»Äh, nein. Alles gut.« Er schmiss den Stapel auf den gläsernen Wohnzimmertisch. »Was hast du uns zu essen mitgebracht?« Zé schaute in die Tüte und zog mit einem triumphierenden Aufschrei den Honigkuchen heraus. »Darf ich?«

»Warte noch einen Moment, mein Lieber. Ich habe mir heute etwas ganz Besonderes ausgedacht. Ich würde gerne den ersten erfolgreichen Monat unserer Quinta feiern. Wie wäre es, wenn wir ein abendliches Picknick mit gewissem

Extra veranstalten?« Isabel schaute ihn an. Sie wusste genau, was er sich unter dem Extra vorstellte, und legte daher genug Leidenschaft in ihren Blick, dass er sicher sein konnte, sie hätte die gleiche Vorstellung.

»Picknick? Gewisses Extra?« Er ließ seine Hände langsam hinten in ihre Hose gleiten und umschloss ihren Hintern. »Hmm, das klingt verlockend.«

Vorsichtig löste sich Isabel aus seiner Umarmung.

»Ja, ich dachte an ein Picknick auf dem Klostergelände. Wie wäre die Vorstellung, in der alten Kapelle etwas Spaß zu haben?« Sie merkte, wie der Gedanke daran ihn antörnte, und sie musste sich zusammenreißen, um ihren Ekel zu verbergen.

Bleib ruhig, dachte sie. *Wenn der Abend vorbei ist, wird er dich nie wieder hintergehen.* Sie lächelte ihn an.

»Du wirst sehen, es wird ein unvergesslicher Abend.«

Garajau, Christo Rei, 03.09.2014 23:13

»Teixera hat keinen Verdacht geschöpft? Er ist mit Ihnen zum Kloster gegangen? Auf eine Baustelle?«

»Eines habe ich ziemlich schnell begriffen, Subcomissário. Männer ticken sehr einfach. Wenn man sie mit Sex lockt, schalten sie ihr Hirn komplett aus. Sehen Sie sich doch Ihren Freund Manel an. Es war so einfach.« In ihrer Stimme klang Stolz mit.

Als ob es ein Verdienst ist, dass die Männer in ihre Falle tappen, dachte Vasconcellos. Er merkte, wie heiße Wut in ihm aufstieg. Seine Hand zitterte, als er gegen den Drang, Isabel die Klippe hinunterzustürzen, ankämpfte.

»Ist es schwer, jetzt den guten Polizisten zu spielen?«, neckte ihn ihre Stimme. »Wollen Sie mich immer noch retten?« Langsam schob sie ihr rechtes Bein in Richtung Abgrund. Gleich würde sie nur noch von ihrer rechten Hand gehalten werden.

»Warten Sie!« Vasconcellos versuchte, ihr Handgelenk zu packen. Keine Chance, er war zu weit weg. Es fehlte noch fast ein halber Meter. Wieder löste sich Erde um ihn und rollte den Abhang hinunter.

»Bin ich es wirklich wert, dass Sie für mich Ihr Leben riskieren, Ernesto?« Isabel blickte zu ihm hoch.

Bevor Vasconcellos antworten konnte, hörte er hinter sich das Geräusch rennender Füße, die den Trampelpfad vom Christo Rei herunterkamen.

»Ernesto! Wo bist du?«

Er erkannte die aufgeregte Stimme von Baroso, der kurz danach neben ihm auftauchte, in die Knie ging und über den Rand blickte.

»Merda! Mist. Was soll ich tun?«

Wie immer: Felipe erwartet von mir, dass ich die Lösung parat habe. Sieht das hier so aus, als ob ich alles im Griff habe? Vasconcellos überschlug in seinem Kopf die Möglichkeiten, die sie jetzt hatten.

»Ich muss tiefer runter. Traust du dir zu, mich an den Füßen zu halten, während ich mich zu ihr herunterlasse?«

»Sim, ja!« Die Antwort kam fest und bestimmt. Baroso machte es Vasconcellos gleich und umklammerte mit seinen Beinen einen Strauch.

Vasconcellos schickte ein kurzes Gebet in Richtung Himmel, um sich danach weiter nach vorne zu robben. Baroso fasste seinen Unterschenkel mit den Händen. So fest, dass der Schmerz der sich ins Fleisch bohrenden Finger fast schlimmer war als der Gedanke, gleich hinunterstürzen zu können. Zentimeter für Zentimeter schob Vasconcellos sich näher an Isabel heran. Sein Ziel war es, sie unter den Armen zu packen.

Baroso stöhnte leise. Vasconcellos merkte, wie seine Schenkel Zentimeter für Zentimeter durch die Hände des Aspirantes glitten. Er hätte sich wohler gefühlt, wenn Manel seine Beine gehalten hätte. Sein Freund war kräftiger als der schmale Baroso, der wirkte, als hätte er in seinem Leben noch nie Sport gemacht. Manel. Ob er überhaupt noch lebte? Vasconcellos versuchte, diesen Gedanken aus seinem Hirn zu vertreiben und sich nur auf die nächsten Zentimeter hinunter in Richtung Isabel zu konzentrieren. Gleich hatte er sie. Seine rechte Hand umschloss ihren linken Oberarm. Fast erwartete er, dass sie jetzt ihren Griff losließ und ihn mit hinunter in den Atlantik riss. Wäre das kein perfektes Ende für sie? Aber es kam kein Widerstand. Als er auch den rechten Oberarm hatte, merkte er, dass ihr Plan einen großen Fehler hatte. Wie sollte Baroso die Kraft aufbringen, ihn und Isabel wieder hochzuziehen? Sie hingen jetzt in einer labilen Dreierkette über dem Abgrund. Wie lange sollte das gut gehen?

Vasconcellos merkte, wie sich die rechte Hand von Baroso an seinem Unterschenkel löste. War es das jetzt? Würde gleich das schwarze Blau des nächtlichen Atlantiks auf ihn zurasen? Er schloss kurz die Augen. Dann merkte er, wie eine Hand sich in seine Jeans krallte und ihn nach oben zog. Dann löste sich die linke Hand von Baroso und wieder wurde an seiner Jeans gezogen. Langsam glitten er und Isabel den Abhang hoch. Sein T-Shirt hatte sich hochgeschoben und der steinige Untergrund und die dornigen Büsche rissen die Haut an seinem Oberkörper auf. Schließlich erreichte er mit Isabel den kleinen Pfad und blickte in Barosos hochrotes Gesicht. Die Brust des Aspirantes hob und senkte sich im schnellen Takt.

»Kurz dachte ich, ich schaffe es nicht«, stammelte Baroso. »Aber es blieb mir ja keine Wahl.« Er rieb sich die Oberarme.

»Hast du Handschellen dabei?«

»Nein, aber das hier.« Baroso zog zwei lange Panduitschellen aus seiner Gesäßtasche.

Vasconcellos fixierte die Arme von Isabel mit den Plastikschellen. Er hatte keine Lust, dass sie vielleicht doch noch über die Klippen sprang. So ein einfaches Ende verdiente sie nicht.

»Gut, dass du hier bist, Felipe. Aber wieso überhaupt?«

»Ein Kollege der Polícia de Segurança Pública hat mir gleich Bescheid gesagt, als er hörte, dass Comissário Avila Hilfe bräuchte.«

»Aber wie kommt es, dass du schneller hier bist als sie?«

Baroso strich sich verlegen über das erhitzte Gesicht.

»Ich war schon in Garajau. Genau genommen in der Bar Camarão, als ich den Anruf bekam.«

»Aber was machst du in ...? Egal, es gibt jetzt Wichtigeres. Hauptsache, du warst hier. Weißt du, wie es Manel geht?«

»Nein, tut mir leid. Ihn habe ich gar nicht gesehen. Als ich an der Quinta ankam, stieg der Chef gerade in einen

Rettungswagen. Was ist denn mit Sargento Fonseca? War der Krankenwagen für ihn?«

»Sim, ja. Sie hat ihn vergiftet.« Vasconcellos machte eine Kopfbewegung in Richtung Isabel, die mit hängendem Kopf und auf den Rücken gefesselten Armen neben ihnen hockte.

»Meu deus! Ist es schlimm?«

Isabel hob den Kopf und fixierte die beiden.

»Das kann man wohl sagen. Manels Herz wird vor einer halben Stunde das letzte Mal geschlagen haben.«

Garajau, Bar Camarão. 12.09.14 19:18

»Aber wieso hat Isabel Delgado Sofia Lima getötet?« Carlos saß mit Avila und Baroso bei Ana in der Bar. Zwischen ihren Füßen lagen Urso und Galina und schliefen.

»Sofia Lima war bei ihrer Schnüffelei nach einer guten Story in der Quinta da beleza auf das Schönheitsrezept aus der Klosterbibliothek gestoßen. Wie es aussieht, hat sie die Gelegenheit genutzt, als Isabel ihre Privatwohnung unverschlossen ließ. Sie hat ein Foto des Rezeptes mit ihrem Smartphone gemacht und ein paar der Blüten entwendet.«

»Die getrockneten Blüten, die wir in ihrem Kalender gefunden haben«, ergänzte Baroso schnell die Ausführungen seines Chefs.

»Dunja, eine der Kosmetikerinnen der Quinta, hat sie erwischt, als sie gerade aus Richtung der Wohnung kam. Sie hat es Isabel Delgado erzählt. Sofia Lima dachte, sie hätte keine Spuren hinterlassen. Was sie nicht wusste, war, dass Isabel jedes Milligramm der Blüten abgewogen hatte und so bemerkte, dass etwas fehlte. Danach hat sie die Journalistin beobachtet und ist ihr gefolgt, als sie sich mit dir treffen wollte.«

»Verstehe. Und als ich nicht erschien, hat die Lima beschlossen, sich beim Kloster umzusehen, weil es nicht weit weg war.«

»Das vermuten wir auch. Isabel Delgado hat Panik bekommen, als Senhora Lima auf dem Klostergelände herumschnüffelte. Schließlich hatte Isabel dort ihren Liebhaber Zé Teixera entsorgt. Diesmal hatte sie aber keinen genauen Plan, sondern hat nur den herumliegenden Lehmann genommen und die Journalistin erschlagen. In Eile hat sie dann ein Grab ausgehoben, was aber ziemlich schnell von Guardinho und seinen streunenden Hundekollegen entdeckt wurde.«

»Guardinho? Wer soll das sein?«, unterbrach Carlos.

»Ein herrenloser Hund, der eine schmerzhafte Bekanntschaft mit der Dame hier unten«, Avila deutete auf die schlafenden Galina, »gemacht hat. Was für ihn am Ende ein Glück war, aber das erzähle ich später. Nun zurück zur Delgado: Sie sagte, sie habe zu einem günstigeren Zeitpunkt wiederkommen wollen, um ein besseres Versteck für die Leiche zu finden. Nachdem sie den Wagen der Journalistin am Einkaufszentrum in Camacha geparkt hatte, ist sie zurück zur Quinta gefahren.«

»Aber ich dachte, ihr hättet überprüft, dass an dem Abend nur noch eine Person die Quinta betreten hat? Das war doch Clara Pinto?«

»Clara Pinto hat die Handtasche der Journalistin aus ihrem Zimmer geholt, da war Isabel Delgado noch oben am Kloster mit der Beseitigung der Leiche beschäftigt. Baroso ist darauf gekommen, wie Isabel es gemacht hat.« Aufmunternd blickte Avila zu seinem Aspiranten, der der Aufforderung sofort nachkam.

»Senhora Delgado ist über ihren Balkon aus der Quinta heraus und wieder zurückgelangt. Als mir der Subcomissário erzählt hat, dass es für ihn gar nicht so einfach war, von der Balustrade zu springen, um ihr hinterherzulaufen, habe ich mir das alles noch einmal genauer angesehen. Es war ein Seil an das Balkongeländer geknotet. Aber so geschickt am Rand zwischen mehreren dichten Hibiskussträuchern, dass man es kaum sehen konnte, wenn man nicht danach suchte. So konnte sie auch wieder zurück in die Quinta gelangen, ohne dass sie den Türcode benutzte. Nur leider fand sie in Senhora Limas Zimmer nicht die Handtasche. So hat sie nur die Sachen in den Koffer der Journalistin gepackt und diesen in ihrer Wohnung zwischen ihren Koffern versteckt. Am nächsten Tag hat sie dann bewusst Dona Leticia und Dona

Inês angesprochen, damit sie zusammen das leere Zimmer vorfinden.«

»Eiskalt, ich muss schon sagen. So hatte ich sie überhaupt nicht eingeschätzt.« Carlos schüttelte traurig den Kopf.

»Dennoch hat sie bei der Journalistin zu viele Fehler gemacht. Vor allem die Beseitigung der Leiche. In dem Fall fehlten ihr die Zeit und die Idee für ein gutes Versteck.« Avila zuckte mit den Schultern.

»Bei Teixera hat sie bessere Arbeit geleistet, das muss man sagen. Auf dessen Grab wärt ihr sicher nie gekommen, wenn Palmeiros Architektin nicht andere Pläne mit der Zisterne gehabt hätte.«

»Ach, du weißt das schon mit der Zisterne?« Avila schaute etwas enttäuscht.

Carlos hob sein Glas mit dem Poncha und prostete Avila zu.

»Romario Palmeiro war so nett und hat mir einen Job auf seiner Baustelle besorgt, nachdem die Quinta durch die jetzigen Ereignisse auf unbestimmte Zeit geschlossen ist. Dabei hat er mir alles über den Fund erzählt. Ich konnte den Schacht sogar schon begutachten. Wie hat diese schmale Person ihn da nur hineinbekommen?«

»Sie ist sehr viel stärker, als man denkt. Die Abadessa hat mir erzählt, dass Isabel, oder soll ich sagen Schwester Immaculada, die einzige junge Nonne im Kloster war. So blieb die schwere körperliche Arbeit an Isabel hängen. Sie war dafür verantwortlich, jeden Tag Wasser aus der alten Zisterne zu holen, da es keine Wasserleitungen im Kloster gab. Auch Holz für den alten Ofen in der Küche hat sie geschlagen. Sogar kleine Instandsetzungsarbeiten an Mauern und Wänden hat sie durchgeführt, wenn es notwendig war.«

»Das klingt wirklich nach harter Arbeit. Aber Teixera war doch ein großer, muskulöser Mann, richtig?«

»Oh ja, das war er. Es muss eine wahnsinnige Anstrengung gewesen sein, den bewusstlosen Mann zunächst auf eine Schubkarre zu hieven und dann zur Zisterne zu fahren.«

»Konnte sie denn sicher sein, dass er nicht wieder aufwacht und entkommt?«

»Sie hat sich voll auf ihr Wissen über die verabreichten Kräuter verlassen. Isabel wusste, dass die Zisterne am nächsten Morgen ausgegossen werden sollte.«

»Wie kam sie auf die Idee?«

»Die ganzen letzten Wochen hat Isabel sich fast jeden Abend auf die Baustelle geschlichen. Sie versuchte, aus dem Klostergarten zu retten, was zu retten war, und in ihren eigenen Kräutergarten bei der Quinta zu verpflanzen. Kurz bevor sie Teixera an dem Abend umbrachte, war sie ebenfalls dort gewesen und hatte die großen Zementmischer direkt vor der Zisterne gesehen. Sie konnte den Vorarbeiter und einen seiner Kollegen belauschen, die die anstehenden Arbeiten für den nächsten Tag absprachen. Als Isabel hörte, dass die Zisterne, aus der sie tagein, tagaus das Wasser geschleppt hatte, endlich zugegossen werden würde, löste das ein regelrechtes Glücksgefühl bei ihr aus. Genauso selbstverständlich war ihr dann die Idee für Teixeras Grab gekommen, als sie seinen Verrat entdeckt hatte.«

»Pech für Teixera.« Carlos trank seinen Poncha in einem Zug aus. »Ana, bringst du uns noch eine Runde?«

»Für mich vielleicht besser eine Brisa, ich muss noch fahren«, winkte Baroso schüchtern ab.

»Ich denke, wir werden hier noch eine Weile sitzen, oder Fernando? Bis dahin bist du wieder ausgenüchtert, Felipe. Oder besser, du stärkst dich zwischendurch mit einer Pfanne Lapas. Das Öl wird den Alkohol einsaugen.« Carlos lachte laut. Avila war froh, seinen Freund wieder fröhlicher zu sehen. Sie beide hatten noch nicht die Gelegenheit gehabt, über Carlos' Vergangenheit zu sprechen, seitdem der Gärtner wieder aus dem Gefängnis entlassen worden war. Am liebsten würde Avila dieses Gespräch gar nicht führen, aber er wusste, dass Leticia ihm im Nacken sitzen würde, wenn er es nicht täte.

»Sim, ja. Aber wenn Baroso gerne vernünftig sein möchte ...« Avila hasste es, wenn die Leute unter Alkoholeinfluss Auto fuhren. Nur wollte er heute mal nicht den Moralapostel spielen.

»Danke Carlos, aber ich vertrage wirklich nicht so viel. Ich nehme eine Brisa und dazu noch eine Pfanne mit Anas köstlichen Lapaz. Wie wäre das?« Avila war zufrieden. Baroso verstand ihn auch ohne weitere Worte.

»Wisst ihr, wie sich Teixera und die junge Nonne Immaculada eigentlich begegnet sind?«, fragte Carlos.

»Leider nein. Darüber weigert sie sich zu sprechen.«

»Hah! Dann kann ich jetzt mal etwas erzählen.« Carlos grinste breit. »Die Geschichte habe ich von meinem neuen Arbeitgeber.«

Avila und Baroso schauten sich an. Verdammt, das hatten sie in der letzten Woche komplett ignoriert: die Verbindung von Romario Palmeiro und Teixera.

»Also, was hat dieser Windhund Palmeiro dir erzählt?« Avila nahm sein Glas und lehnte sich auf dem Plastikstuhl zurück. Wie üblich knarzte der Stuhl anklagend unter dieser Belastung. In der letzten Woche hatte Avila diverse Ausreden gefunden, um einen weiteren Lauf mit Leticia zu vermeiden. Dafür hatte er umso mehr sämtliche Möglichkeiten der Süßigkeitenzufuhr genutzt, die er außerhalb seiner vier Wände wahrnehmen konnte.

»Anscheinend hat Teixera, ähnlich wie Palmeiro, schon einige Jobs hier auf der Insel ausprobiert. Allerdings nicht mit so viel Erfolg. Zunächst hat er ein Car Rental mit einem Partner betrieben. Die beiden haben eine Menge Geld in teure Autos investiert, um dann zu merken, dass die Touristen durchaus sparsam sind und gerne kleinere Wagen fahren. Selbst, wenn sie damit Probleme haben, unsere Berge hochzufahren.«

Avila nickte bestätigend. Wie oft hatte er schon hinter einem Touristen im Schneckentempo an einem der vielen Berge geklebt, weil dessen Auto nicht genug Power für den Anstieg hatte?

»Teixera hat aber rechtzeitig die Reißleine gezogen und seinen Freund auf den Scherben des Geschäftes sitzen lassen. Finanziell ist er so noch mit einem blauen Auge davongekommen. Der alte Partner soll bis heute noch in Schulden versinken.«

»Kein netter Mensch«, warf Baroso ein, den Mund voller ölgetränkter Lapas.

»Nein, wirklich nicht«, bestätigte Carlos. »Das Thema Tourismus hat Teixera aber dennoch nicht aufgegeben. Danach kam ihm die Idee einer Eventagentur für Touristen. Es sollte aber etwas anderes sein als die üblichen Wal- oder Delfin-Watching-Touren, die hier ja en masse angeboten werden. Zunächst hatte er wohl an Fallschirmspringen auf der Hochebene gedacht. Den Gedanken hat er aber aufgrund der Wind- und vor allem der Nebelsituation dort oben schnell wieder verworfen. Irgendwann kam die Idee, Entspannungsurlaub für gestresste Ausländer anzubieten.«

»Ach, und so ist er auf das Kloster gekommen?«

»Genau. Palmeiro meinte, er wäre durch Zufall bei einer Mountainbike-Tour entlang der Levada dos Tornos darauf gestoßen. Da schoss ihm der Gedanke durch den Kopf, dass Meditation im Kloster ideal wäre. Kurz entschlossen ist er schlammbespritzt in voller Sportlermontur auf das Klostergelände gefahren und hat die Nonne, die im Klostergarten arbeitete, nach der Abadessa gefragt.«

»Immaculada!«

»Genau. So wie er es Palmeiro erzählt hat, hat es ihn sofort erwischt. Der Anblick der knienden Nonne im Garten mit ihren veilchenblauen Augen hätte ihn umgehauen. Offenbar sah es bei Immaculada ähnlich aus. Was sagte Palmeiro: ›Ein schwitzender, vor Muskeln trotzender gut aussehender Sportler in enger Hose und T-Shirt. Das muss eine Frau, die seit Jahren keinen richtigen Mann mehr gesehen hat, einfach überwältigen.‹ Und wie es aussieht, hatte er recht. Die beiden haben angefangen, sich heimlich zu treffen.«

»Und was wurde mit der Idee der Meditation im Kloster?« Barosos Pfanne mit den Lapas war mittlerweile leer und er griff zur Maracujalimonade.

»Die Abadessa war nicht begeistert und lehnte das Eindringen von Touristen in ihre Stille konsequent ab. Sie hat aber geahnt, dass die junge Nonne und Teixera etwas füreinander empfanden. Daher hat sie Isabel in die Bibliothek verbannt. So hoffte sie, sie besser unter Kontrolle zu haben als draußen im Klostergarten.«

»Dort hat Isabel dann das Rezept gefunden. Ihr Ausweg aus dem Leben im Kloster und ein Neuanfang mit Teixera«, spannte Avila den Bogen zu ihren Ermittlungen.

»Tragisch, dass der nur das große Geld im Sinn hatte und sich nicht damit begnügen wollte, eine kleine Schönheitsfarm auf Madeira zu führen.«

»Ja, so ein Schönheitsrezept für die ewige Jugend ist ein Vermögen wert, wie wir an dem Angebot der Kosmetikfirma in Teixeras Wohnung gesehen haben.«

»Was ich aber nicht verstehe, ist, warum dieses Schönheitsrezept im Kloster in Vergessenheit geraten ist«, wollte Carlos wissen.

»Das hat die Abadessa uns erklärt. Es geht auf einen Besuch der Kaiserin von Österreich im Kloster zurück. Sie war damals von dem Gedanken getrieben, dass alle Welt sie als die schönste Frau in Erinnerung behalten sollte, und lief nur mit einem Schleier oder einem Fächer herum, als sie älter wurde. Niemand sollte das Gesicht einer gealterten Frau sehen. Als sie Ende 1893 in das Kloster kam, benutzten die Nonnen noch diese Schönheitscreme für sich. Natürlich wurde die Kaiserin neugierig, als sie das wahre Alter der scheinbar zeitlosen Nonnen erfuhr. Die Abadessa erzählte, dass ihre damalige Vorgängerin lange gezögert hat, aber schließlich den verzweifelten Bitten der Kaiserin nachgab. Im Nachhinein war das ein Fehler ...«

15.01.1894

»Die pedestrische Leistungsfähigkeit Ihrer Majestät ist eine so bewunderungswürdige, daß die Geheimpolizei es für unerträglich erklärte, der allerhöchsten Frau anders als zu Wagen zu folgen.«
Herr von Heidler, Geheimpolizei an Graf Kálnoky 1891
»Meine gnädigen Damen, ist alles in Ordnung mit Euch?« Der Polizist hielt schwer atmend vor Gräfin von Hohenems und ihrer Entourage. »Mein Kollege und ich können uns Euer Tempo nur damit erklären, dass die hochwohlgeborenen Damen vor jemandem auf der Flucht sein müssen. Wie können wir Euch beistehen?«

»Beistehen? Auf der Flucht?« Anna glaubte, hinter dem Schleier den Anflug eines Lächelns zu erkennen. »Nein mein Herr, uns geht es gut. Es ist nur so, dass ich es nicht mag, wenn wir uns allzu viel Zeit beim Spazierengehen lassen. Schließlich sollte so ein Spaziergang immer der leiblichen Ertüchtigung dienen. Sie sehen also, es ist alles in Ordnung. Mir wäre es sehr recht, wenn Sie und Ihre Kollegen sich entfernen würden und mich und meine Damen unseres Weges ziehen lassen.«

Der letzte Satz ist weniger eine Bitte als ein Befehl, dachte Anna. Sie blickte den aspirierenden Polizisten an, um zu sehen, ob er das auch so verstanden hatte.

»Eure Maj... Ich meine, sehr geehrte Gräfin von Hohenems. Wir haben ausdrücklichen Befehl durch den Grafen Kálnoky aus Wien, Euch und Eure Damen auf Euren Spaziergängen zu beschützen.« Der Polizist blickte angespannt in Richtung des schwarzen Schleiers.

»Beschützen? Hier auf Madeira? Das ist also der Befehl des Grafen Kálnoky? Sollte er sich nicht lieber auf wichtigere Dinge konzentrieren?«

Hinter dem Schleier meinte Anna, die Andeutung eines unmajestätischen Schnaubens zu hören. Am Hofe war allgemein bekannt, was die Herrin von dem österreichischen Außenminister hielt. Angeblich hatte sie ihn im Privaten vor Jahren einmal als »Dickes Eselein« bezeichnet.

»Ich werde dem Grafen Kálnoky unverzüglich mitteilen lassen, dass ich kein übertriebenes Polizeiaufgebot wünsche. Ich bin hier auf Madeira, um zur Ruhe zu kommen.« Die schmale schwarze Gestalt drehte sich auf dem Absatz um und ließ den verdutzten Polizisten stehen. Mit einem entschuldigenden Lächeln in Richtung des Mannes liefen Anna und Gräfin Mikes hinterher.

»Lassen Sie uns kurz innehalten, mein Kind, wenn wir diesen armen Mann hinter uns gelassen haben«, wies die hohe Frau Anna an, als sie mit ihr aufgeschlossen hatte. »Haben Sie auch daran gedacht, den Cremetiegel von Bord mitzunehmen, wie ich Sie gebeten habe? Nicht, dass Christomanos in seiner Eitelkeit noch auf die Idee kommt, die kostbare Salbe der Nonnen zu benutzen.« Sie lachte leise, was ihren Worten die Spitze nahm.

Seit ein paar Tagen wohnten sie wieder auf der Jacht, nachdem es im Reid's Unstimmigkeiten wegen der Milchtiere und einiger streunender Hunde gegeben hatte, die die Gräfin von Hohenems von der Straße gerettet hatte.

»Ja, der Tiegel ist hier. Aber habt Ihr nicht bereits heute Morgen Creme aufgetragen? Die Äbtissin sagte doch, man müsse sehr vorsichtig damit sein, weil es sonst unerwünschte Hautreizungen geben könnte.«

»Kind, in meinem Alter muss man gewisse Risiken eingehen, wenn es um die Schönheit geht. Was soll mir schon passieren?« Die hohe Dame bog auf einmal scharf rechts auf dem Weg ab und schickte sich an, über einen

Zaun zu klettern. »Schnell, schnell. Wenn wir uns beeilen, sind wir aus der Sicht der Polizei, bevor sie an diese Weggabelung kommen. Dort vorne ist eine Levada, an der wir entlanggehen können.«

Zu Beginn ihres Dienstes hatte Anna sich noch gewundert, dass sie auf den langen Spaziergängen mit ihrer Herrin über Zäune kletterte oder schmale, unbefestigte Pfade entlanglief. Mittlerweile bereitete es ihr großes Vergnügen, denn es holte die Erinnerungen an ihre Kindheit zurück. Nur manchmal fragte sie sich, was wohl geschähe, wenn sie alle wieder in dem eisernen Protokoll des Wiener Hofes gefangen waren. Würde die hohe Dame auch mit fortschreitendem Alter ihre Schlupflöcher finden und rebellieren?

An einem kleinen Levadahäuschen, vor dem die Levaderos mehrere in dicke Scheiben gesägte Baumstämme als einfache Sitzgelegenheiten aufgestellt hatten, hielten sie inne. Mit einem leisen Stöhnen ließ sich Gräfin Mikes auf das Holz sinken. Anna blieb stehen, um den Ausblick hinunter auf den Ort zu genießen. Die Dächer der Häuser blitzten wie kleine rotbraune Inseln zwischen dem Grün der Bäume auf. In der Ferne bellten ein paar Hunde.

»Anna, reichen Sie mir bitte die Salbe und gehen Sie mit der Gräfin ein Stück dort die Levada hinunter.«

Anna wusste, dass die hohe Frau den Schleier erst heben würde, wenn auch die beiden Hofdamen außer Sichtweite war. Nur sehr selten erlaubte ihnen die Kaiserin einen Blick auf ihr Gesicht, das immer noch schön, aber von Falten durchzogen und durch die ständigen Fastenkuren stark eingefallen war. Anna seufzte. Hätte die Kaiserin nicht die Legende der alterslosen Schönheit aufgebaut und seit Jahrzehnten der Welt den Blick auf ihr Gesicht verwehrt, könnte sie vielleicht zur Ruhe kommen. Wie gerne hätte Anna ihr gesagt, dass auch diese wilde Schönheit, die jetzt in den Zügen der Älteren lag und die nichts mit der glatten, prallen Schönheit der jungen Jahre zu tun hatte, die Welt beeindrucken würde.

»Oh mein Gott! Was ist mit meiner Haut passiert?« Ein verzweifelter Schrei hallte über die Levada.

Anna und Gräfin Mikes sprangen auf und rannten zu ihrer Herrin. Entsetzt blickten sie in das geschwollene, von roten Pusteln bedeckte Gesicht.

»Das muss die Salbe sein. Wir sollten sie so schnell wie möglich abwaschen.« Anna riss sich ihren kleinen Hut vom Kopf und tauchte ihn in die Levada. Dann hielt sie das tropfenden Behältnis hoch. Gräfin Mikes hatte ihr Taschentuch hervorgeholt, welches sie jetzt mit dem dargebotenen Wasser tränkte. Vorsichtig fing die Gräfin an, das Gesicht der Kaiserin abzutupfen.

»Nein, nein, so geht das nicht. Geben Sie mir das Tuch.« Ungeduldig riss die Kaiserin Gräfin Mikes das Tuch aus der Hand und rieb sich über das Gesicht. »Ach, die Kühle des Wassers tut gut. Wir müssen sofort zurück auf die Greif. Dort können wir mein Gesicht behandeln.« Sie schob den Schleier herunter und machte sich an den Abstieg ins Tal.

Drei Stunden später fand Anna die hohe Dame an Deck der Jacht vor, wie sie in Richtung der Insel blickte, die langsam von den Schatten der aufziehenden Nacht verschluckt wurde. Vor ihnen in der Dämmerung lag das Cap Girão, wie die Einheimischen diesen Teil der Steilküste nannten.

Ohne sich umzublicken, fing die Kaiserin an zu sprechen.

»Wussten Sie, mein Kind, dass dieses Kap das höchste Kap Europas ist? Ich habe gelesen, es geht von dort oben fast 580 Meter tief hinunter. Wie wäre es wohl, wenn man von dort oben hinunterstürzen würde? Man braucht keinen poetischen Tod zu suchen, wenn man einen so schönen Tod vor sich hat.« Anna wurde kalt. Hatte der Vorfall mit der Salbe die Kaiserin so aus der Bahn geworfen, dass sie Todessehnsucht bekam?

Anna schluckte, räusperte sich. Was sollte sie sagen?

Eine feste Hand streckte sich nach hinten und ergriff sie.

»Sie brauchen keine Angst um mich zu haben. Es war verrückt von mir, dieses angebliche Wundermittel der Nonnen auszuprobieren. Ich habe bereits einen Boten zu den Nonnen geschickt, um ihnen von meinem Misserfolg zu berichten. Und sehen Sie, was ich hier in der Hand halte? Den Cremetiegel. Ich will mich davor bewahren, noch einmal so dumm zu sein und zu versuchen, die Zeit aufzuhalten.« Sie hob die Hand mit dem Tiegel und streckte sie über die Reling. »Kommen Sie, mein Kind, lassen Sie uns jetzt dieses falsche Versprechen der ewigen Jugend im Meer versenken.«

Ihre Majestät öffnete ihre Hand und mit einem leisen Klatschen versank die Creme im Atlantik.

Garajau, Bar Camarão, 12.09.14 21:22

»Das heißt, weil die Kaiserin von Österreich fast durch die Creme entstellt worden wäre, haben sich die Nonnen entschlossen, das Geheimnis in ihren Büchern zu begraben?« Carlos fuhr sich durch die Haare, die heute endlich mal wieder nicht in wilden Büscheln vom Kopf abstanden. »Was für eine Geschichte. Darüber hätte die Lima schreiben sollen.«

»Vielleicht hätte ihr das aber nicht gereicht, da sie lieber eine Geschichte über Liebe und Mord haben wollte. Das verkauft sich doch bestimmt besser.« Bei dem Blick in das traurige Gesicht seines Freundes bedauerte Avila seine Worte sofort. Warum hatte er nicht die Klappe gehalten?

Carlos schloss kurz die Augen. Dann schüttelte er den Kopf, als wollte er die Erinnerungen abschütteln.

»Wir werden darüber reden müssen, alter Freund. Aber lass mir noch etwas Zeit, bis ich dir von der Liebe meines Lebens erzähle.«

Avila schluckte, erfüllt von einem schweren Gefühl der Trauer wegen des Verlustes des anderen. Seine Augen wurden feucht. Seine Sentimentalität musste daran liegen, dass sie schon so viel getrunken hatten. Normalerweise hatte er nicht so nah am Wasser gebaut. Beim Blick in die wässrigen Augen von Carlos sah er, dass es nicht nur ihm so ging. Verlegen schielte Avila zu Baroso hinüber, der krampfhaft versuchte, sich unsichtbar zu machen, um den Moment zwischen den Freunden nicht zu stören.

In diesem Augenblick fuhr ein Polizeiauto mit heulender Sirene an der Bar vorbei. Sofort setzte sich Urso auf und fing an zu heulen. Ein paar Sekunden später fiel Galina in das Heulen ihres Kumpans ein.

»Da hast du aber in kürzester Zeit die Erziehung eines Polizeihundes zunichtegemacht!« Carlos musste lachen.
»Was meint Leticia eigentlich dazu, dass ihr zwei Hunde im Haus habt? Oder sind es sogar drei? Was ist denn mit diesem Guardinho passiert?«
»Leticia war gar nicht begeistert. Aber aufgrund der Umstände hat sie nichts gesagt. Und nein, es sind keine drei. Dann wäre sie nicht mehr so verständnisvoll gewesen. Aleen Lamont hat den kleinen Guardinho für ihre Orchideenfarm adoptiert. Dort darf er jetzt nach dem Rechten sehen und sich von den Besuchern und Nuno Leckerli zustecken lassen«, schrie Avila seine Antwort gegen das laute Heulen der Hunde an.

※ ※ ※

Auf einmal hörte Galina auf zu heulen und blickte wie erstarrt in Richtung Straße, von wo sich zwei Gestalten näherten. Dann gab sie einen jaulenden Laut von sich und fing wie verrückt an, an der Leine zu ziehen, die Avila unter dem Tischbein fixiert hatte. Fast wäre die Hündin mit dem Mobiliar im Schlepptau abgehauen, hätten sich Baroso und Avila nicht mit aller Kraft auf den Tisch gestützt.

»Was haben Sie mit meinem Hund gemacht, Comissário? Galina benimmt sich ja fast so schlecht wie Ihr Wollknäuel.« Fonseca kam langsam und leicht gebeugt auf die Terrasse und nahm die innige Begrüßung seines Hundes entgegen. Sofort sprang Baroso auf, um einen Stuhl vom Nachbartisch zu holen. Mit angespanntem Gesicht schob er den freien Sitz in Richtung Fonseca und machte Anstalten, ihm beim Hinsetzen zu helfen. Dabei musste er mehrfach die aufgeregte Hündin beiseiteschieben.

»Mensch, Felipe, so gebrechlich bin ich nicht! War doch nur ein bisschen Gift, was meine Eingeweide durchgeschüttelt hat«, begrüßte ihn der Sargento.

»Das ist die Untertreibung des Jahres, Manel«, widersprach ihm Vasconcellos, der hinter Fonseca die Veranda betreten hatte. »Dir ging es die letzten Tage so dreckig, dass du noch nicht einmal mit den hübschen Schwestern im Krankenhaus angebandelt hast.«

»Ist das so?« Avila zog mit einem übertriebenen Ausdruck des Erstaunens die Augenbrauen hoch. »Das klingt wirklich nicht nach Ihnen, Sargento.«

»Spottet alle nur. Aber eines habe ich aus dem Ganzen gelernt ...«

»Keinen Kuchen von fremden Frauen zu essen?« Vasconcellos grinste breit. Avila wusste aber, dass er hinter dem Spott für seinen Freund die Sorge versteckte, die er die letzten Tage empfunden hatte. Der Subcomissário war jeden Tag am Bett von Fonseca im Krankenhaus gewesen und war abends bei Avila und Leticia vorbeigekommen, um zu berichten. Jeden noch so kleinen Fortschritt hatten sie gefeiert.

»Das auch.« Fonseca fing an zu lachen. »Nein, dass ich mich in Zukunft an die Order von meinem Chef halte, nichts mit möglichen Verdächtigen in einem Fall anzufangen. Seien sie auch noch so schön.« Er wurde ernst. »Comissário, ich habe Ihnen noch gar nicht richtig danken können. Die Ärzte haben mir gesagt, dass ich nur überlebt habe, weil Sie bis zum Eintreffen des Krankenwagens mein Herz massiert haben.«

»Ich bin froh, dass es funktioniert hat, Manel.« Wieder merkte Avila, wie er feuchte Augen bekam. Das war heute alles zu viel für ihn. Oder war es doch eine Allergie?

»Hast du schon dem schicken Intendente Costa von dem Erfolg deiner Erste-Hilfe-Maßnahme berichtet?«, wollte Vasconcellos wissen. »Damit müsste doch seine Androhung einer weiteren Unterrichtsstunde vom Tisch sein.«

»Nein, das habe ich nicht. Im Gegenteil, ich habe mich freiwillig gemeldet, eine weiterführende Stunde bei ihm zu nehmen. Wer weiß, wozu es gut ist.«

»Na, darauf sollten wir anstoßen. Comissário Avila macht freiwillig einen Erste-Hilfe-Kurs.« Vasconcellos hob sein gut gefülltes Ponchaglas, welches Ana vor ihn gestellt hatte.

»Um momento, Ernesto. Darfst du jetzt eigentlich noch was trinken?« Avila schaute auf die Uhr. »Morgen früh ist doch dein Wettrennen mit Palmeiro, oder habe ich da etwas falsch verstanden?«

»Das stimmt.« Vasconcellos nickte. »Aber wegen dieses Invaliden hier bin ich die letzte Woche überhaupt nicht zum Laufen gekommen. Da macht es jetzt auch nichts mehr aus, wenn ich einen Poncha oder zwei trinke. Morgen werde ich gegen Palmeiro untergehen.« Dann leerte er das Glas in einem Zug. »Ana, bringst uns noch eine Runde?«

Epilog

Leise vor sich hin plätschernd lief das Wasser die schmale Levada neben dem Pfad hinunter in Richtung Portela. Kein Stück Holz, keine Gräser versperrten ihm den Weg ins Tal. Die Levaderos hatten einmal mehr gute Arbeit geleistet.

»Müssen wir wirklich da hoch? Wieso können Palmeiro und Vasconcellos ihren Lauf nicht unten vor den Autos aufhören lassen?«

Avila blickte den steilen Weg empor, auf dem im Abstand von einem knappen Meter Holzbalken eingelassen worden waren, um den Aufstieg zu erleichtern.

»Wie willst du denn zwischen all den Autos die beiden gebührend feiern?« Leticia schüttelte den Kopf und kletterte Stufe für Stufe den Hang hoch. Dabei hatte Avila den entzückenden Anblick ihres leicht schwingenden runden Popos auf Augenhöhe. Aber auch das half ihm nicht, sich zu motivieren, diesen steilen Pfad in ihrem Tempo hochzusteigen.

»Aber der arme Fonseca, so kurz nach seinem Krankenhausaufenthalt. Es ist ihm doch nicht zuzumuten, diesen Berg hoch zu laufen«, versuchte Avila es mit einer anderen Taktik.

»Sei froh, dass du nicht noch Felia hier hochtragen musst. Bedank dich bei Ana, die so lieb ist und heute die Babysitterin spielt«, erklang Leticias Stimme mehrere Meter über ihm. Sie war wirklich um einiges fitter als er und hatte in den letzten paar Minuten einen deutlichen Vorsprung erarbeitet. »Fonseca ist übrigens mit Baroso schon längst oben.« Leticia entschwand Avilas Blicken, da der Aufstieg eine Rechtskurve machte.

Als Avila eine gefühlte Ewigkeit später um die Kurve bog, empfingen ihn dort seine lachende Frau, der grinsende Fonseca und ein verlegen blickender Baroso.

»Hast du wirklich gedacht, wir lassen den armen Fonseca den steilen Weg laufen?« Leticia hielt Avila die Wasserflasche hin. »Er und Baroso sind von oben mit dem Auto an die Levada gefahren. Von dort ist es nur ein kleines Stück hierher.«

»Ihr habt von Anfang an geplant, mich hier zu überraschen?« Erschöpft stützte sich Avila an einen knorrigen Baum zu seiner Linken und trank in hastigen Schlucken.

»Das Schöne ist, dass du so berechenbar bist. Ich wusste genau, dass ich genug Vorsprung herausholen würde, um aus deinem Blickfeld zu verschwinden. Manel hatte die Idee, dass wir genau diese Kurve für deine Überraschung nehmen.«

Avila schaute seinen Sargento finster an.

»Es geht Ihnen wohl schon wieder ganz gut, Fonseca, wenn Sie mit meiner Frau solche taktisch durchdachten Pläne entwickeln können. Vielleicht sollten wir noch einmal darüber nachdenken, ob Sie wirklich noch eine weitere Woche Genesungsurlaub brauchen.«

Fonsecas Grinsen fror ein.

»Aber wenn Sie ganz viel Glück haben, können Sie Ihren Chef mit einem gekühlten Coral und ein paar Tremoços bestechen.« Jetzt grinste Avila den Jüngeren an.

»Puh, ich dachte schon, Sie meinen es ernst.« Fonseca öffnete eines der in einem Eimer voll Levadawasser gelagerten Biere und reichte es Avila.

»So, nachdem das jetzt geklärt ist, wann werden unsere Helden denn hier ankommen?« Avila blickte den Pfad hoch.

»Der Subcomissário meinte, sie würden kurz nach 11 Uhr hier ankommen, gemessen an seinen Zeiten beim letzten Trainingslauf«, ließ sich jetzt Baroso hören und blickte auf seine Uhr. »Das heißt, es müsste in etwa einer halben Stunde der Fall sein.«

※ ※ ※

Tatsächlich dauerte es nur eine Viertelstunde, bis oben auf dem Pfad die schmalen Gestalten von Vasconcellos und Palmeiro erschienen. Die beiden lieferten sich ein Kopf-an-Kopf-Rennen und sprangen mehr, als dass sie liefen die provisorischen Stufen hinunter.

Avila war sich nicht sicher, ob sie bei dem Tempo rechtzeitig stoppen konnten. Daher tat er das aus einer Sicht einzig Wichtige: Er nahm den großen Eimer mit den Bierflaschen und stellte ihn in die Levada. Sollten die beiden doch den ganzen Weg runterlaufen, Hauptsache, das Bier kam nicht zu Schaden bei der Rennerei.

Aber seine Befürchtung war unbegründet. Mit einem eleganten Schlusssprung hielt Palmeiro direkt vor Avilas Füßen. Vasconcellos folgte, kaum weniger elegant ein paar Sekunden später.

»Ich glaube, Ernesto, du musst dich geschlagen geben«, begrüßte Fonseca ihn. »Wollt ihr erst einmal ein isotonisches Getränk?« Er hielt ihnen zwei Bier hin. »Die alkoholfreien waren aus, aber zur Not tut es auch ein richtiges Bier.« Er stieß mit den beiden an. »Mensch, freue ich mich, wenn ich auch wieder mitlaufen kann.«

Palmeiro schlug ihm auf die Schulter. »Und ich freue mich, wenn ich gegen dich antreten kann. Ich brauche einen richtigen Gegner. Ernesto hat es mir heute viel zu leicht gemacht. Also sieh zu, dass du wieder fit wirst.«

»Klar, mache ich. Aber freu dich nicht zu früh, Romario. Ernesto hat dich heute gewinnen lassen. Zusammen machen wir dich platt!« Die drei lachten vergnügt und fingen an, Pläne für ein nächstes Wettrennen zu schmieden.

»Siehst du, Fernando. Das ist die richtige Einstellung zum Sport«, flüsterte Leticia Avila zu. »Nicht immer Gelegenheiten suchen, sich zu drücken, sondern sich darauf freuen, Sport zu machen. Wenn du so denken würdest wie die drei hier, würdest du auch immer noch in deine alten Hosen passen.« Avila sah an dem Grinsen von Vasconcellos, dass Leticia laut genug gesprochen hatte, dass die ganze Gesellschaft ihre Worte mitbekommen hatte. *Na toll*, dachte er, *da haben sie ja wieder genug Futter, um mich in nächster Zeit aufzuziehen.*

Trotzig setzte sich Avila auf einen der Holzbalken, zog Schuhe und Strümpfe aus und hielt seine Füße in das kalte Wasser der Levada. Ach, das tat gut.

Laut sagte er: »So ist es doch viel schöner. Ein kleiner Anstieg, um etwas Wärme zu erzeugen, dann etwas Ordentliches zu trinken und die Füße abkühlen. Wer braucht schon lange Läufe über Stock und Stein, um glücklich zu sein. Die Verletzungsgefahr ist außerdem viel zu hoch.« Provozierend sah er in die Runde. Sollten sie ihm nur alle widersprechen, er wusste, was gut für ihn war.

»Seht ihr, was ich meine?«, meldete sich Leticia. »Dieser Mann ist einfach nicht für Sport geschaffen und lässt keine Gelegenheit für Genuss und Pausen aus.« Ihre Finger fanden den Weg zu Avilas Rettungsring.

Der Comissário schaute die jungen Männer an. Eine solche Steilvorlage würde sich die spitzen Zungen von Vasconcellos, Fonseca und Palmeiro doch nicht entgehen lassen?

Tatsache, Fonseca machte Anstalten, etwas zu sagen. Avila erwartete ähnlich bissige Äußerungen wie die, die der Sargento die meiste Zeit für Ursos Erziehung, oder besser die völlige Abwesenheit einer solchen, parat hatte. Aber die nächsten Worte überraschten ihn.

»Was ich in den letzten Wochen gelernt habe, ist, dass Schönheit und ein gestählter Körper nicht alles sind und es

Momente gibt, wo ganz andere Dinge eine Rolle spielen. Hinter der schönen Fassade von Isabel steckte eine Mörderin. Wäre sie nicht von Schönheit und den Möglichkeiten, die ihr dieses alte Rezept bieten konnte, besessen gewesen, hätte sie ein ruhiges Leben als Nonne führen können. Sie könnte jetzt den Klostergarten pflegen, anstatt hinter Gittern zu sitzen. Was hat ihr also die Schönheit gebracht? Nichts.« Fonseca griff nach dem nächsten Bier und öffnete es geschickt an der Kante eines großen Steins. »Bei Ihrem Mann ist es ganz anders. Beim Erste-Hilfe-Kurs hat er nicht einmal fünf Minuten ausgehalten, ohne dass wir dachten, er bräuchte gleich selbst lebenserhaltende Maßnahmen.«

Palmeiro und Vasconcellos grinsten von einem Ohr bis zum anderen. Baroso hielt sich die Hand vor den Mund, aber Avila hatte schon das verräterische Glucksen gehört. Das war mal wieder typisch. Eben dachte er noch, der Sargento würde ernstere Töne anschlagen und hätte aus dem letzten Fall gelernt, da machte er sich schon wieder über die Unsportlichkeit und fehlende Ausdauer seines Chefs lustig.

Fonseca fuhr fort. »Auch kann er nicht fünf Minuten am Stück laufen und ist schon außer Atem, wenn er die paar Stufen zum Polizeipräsidium hochgeht. Aber ich werde nie vergessen, dass er über eine halbe Stunde ohne Unterbrechung eine Herzdruckmassage bei mir gemacht hat und mir so das Leben gerettet hat.« Fonseca wischte sich kurz über die Augen. Avila merkte, wie auch ihm die Tränen hochstiegen. Der Sargento hob die Bierflasche. »Saúde Comissário, auf Ihr großes Herz und Ihren Einsatz, ohne die ich heute nicht hier wäre! Bleiben Sie genau so, wie Sie sind, denn das ist gut so!«

Nachwort

Bevor ich mit den Recherchen für dieses Buch anfing, hatte ich ein ganz bestimmtes Bild von Sisi, der Kaiserin von Österreich, vor Augen. Das Bild aus den alten Filmen, die jedes Jahr zu Weihnachten wieder aus den Senderarchiven ausgegraben werden.
Als ich mich dann mit ihr beschäftigte, habe ich einen ganz anderen Menschen kennengelernt. Vielseitig interessiert, mit einer spitzen Zunge und scharfer Beobachtungsgabe, die aus Briefen und Gedichten der Kaiserin spricht. Bei der Recherche fand ich auch heraus, dass Sisi nicht nur als junge Kaiserin auf Madeira war, ein Umstand, den ich auch wieder aus den oben genannten Filmen wusste, sondern ebenso in älteren Jahren. Dort war sie schon deutlich gezeichnet vom Leben, dem Freitod ihres Sohnes Rudolph und immer noch bemüht, das Bild der schönsten Frau der Welt nicht verblassen zu lassen. Ein Mensch also, der in seiner Gebrochenheit viel besser zu den dramatischen Umständen meines Krimis passte.
Wie immer habe ich mich in meinen historischen Kapiteln von realen Ereignissen inspirieren lassen. Vor allem haben mir dabei die Bücher von Brigitte Hamann und Egon Caesar Conte Corti geholfen, die mit sehr unterschiedlichen Ansätzen ein lebendiges Bild dieser Kaiserin vermittelten. Wer jetzt aber in den Büchern einen Hinweis auf das vergessene Schönheitsrezept der Nonnen sucht, wird enttäuscht werden. Sowohl das Kloster der Ewigen Jugend als auch das Schönheitsrezept entspringen vollständig meiner Fantasie. Auch die Figur der Baroness Anna Concini, aus deren Sicht ich die historischen Teile meines Krimis schildere, hat es nicht gegeben. Die Gräfin Janka Mikes und

der Griechischlehrer Constantin Christomanos haben dagegen wirklich die Kaiserin auf ihrer zweiten Reise nach Madeira begleitet. Die Anekdoten zu den Gewaltmärschen der Kaiserin, Fluchten vor der Geheimpolizei über Zäune und das Kürzen der Röcke, um beweglicher zu sein, habe ich mir nicht ausgedacht. Allerdings habe ich einige der überlieferten Geschichten zur Kaiserin aufgrund der Dramatik nach Madeira verlegt, die historisch interessierten Leser mögen mir das verzeihen.

Die Confeitaria Felisberta hatte ihr Geschäft in der Rua das Pretas. Noch heute kann man die verblassenden Schriftzüge des Ladenschildes dort sehen. Die Confeitaria wurde im Jahr 1837 von Felisberta Rosa gegründet und konnte sich tatsächlich damit rühmen, dass die Kaiserin von Österreich dort eingekehrt ist, um sich mit den herrlichen Marmeladen zu versorgen.

Außer den oben erwähnten historischen Personen sind sämtliche Personen dieses Buches frei erfunden und in meinem Kopf entstanden. Zwar sind einige von ihnen in den letzten Jahren so lebendig geworden, dass ich anfange, mich mit ihnen zu unterhalten. Dennoch: Es sind alles Fantasieprodukte und Ähnlichkeiten mit lebenden Personen sind rein zufällig. Allerdings muss ich gestehen, dass zwei der in meinen Büchern vorkommenden Hunde sehr reale Vorbilder haben und ein glückliches Hundeleben auf Madeira führen. Der eine von ihnen liebt es, neben uns durch eine Levada zu waten, und der andere ist tatsächlich wie ein kleiner Polizist. Immer aufmerksam und stets auf der Hut.

Die beschriebenen Bars und Restaurants, die Avila und seine Leute besuchen, kann man, mit etwas Glück, alle auf Madeira finden. Ich wünsche viel Spaß beim Entdecken der Küche und der Getränke der Insel.

Wer auch zukünftig aktuelle Nachrichten rund um meine Bücher, Madeira und vieles mehr erfahren möchte, kann unter https://www.joycesummer.de/newsletter-abonnieren/ meinen Newsletter bestellen.

Ich fände es schön, wenn ich in diesem Buch meine Liebe zu der Blumeninsel transportieren und Sie gut unterhalten konnte. Ich würde mich sehr freuen, wenn Sie sich die Zeit nähmen, um eine kleine Rezension auf der Plattform hinterlassen, auf der Sie das Buch erworben haben. Für mich als Autorin, die ihre gesamten Werke in Eigenregie erstellt, sind Rezensionen besonders wichtig, um zwischen den Büchern der großen Verlage sichtbar zu sein. Haben Sie vielen Dank.

Hamburg, 14. Juni 2020

Danksagung

Auch bei diesem Buch waren wieder viele Menschen an der Entstehung beteiligt. Wie die letzten Male an dieser Stelle möchte ich meinen wunderbaren Testlesern Hatho, Volker, Anja und Ute danken, die mit ihren Anmerkungen geholfen haben, die Geschichte abzurunden.

Während der Entstehung dieses Buches hatte ich die Gelegenheit, einen Nachmittag in der Polizeihundeschule in Hamburg zu verbringen. Ich hoffe, dass ich das erworbene Wissen zu den unterschiedlichen Spürhunden richtig umgesetzt habe. Sollten mir dennoch Fehler unterlaufen sein, geht dies vollständig zu meinen Lasten.

Danken möchte ich auch Frau Mann-Stein, der Museumsleiterin des Sisi Museums in Possenhofen, und Frau Olivia Lichtscheidl, der Kuratorin des Sisi Museums in Schloss Schönbrunn, die mir wertvolle Hinweise auf den Aufenthalt der Kaiserin auf Madeira und Fachliteratur gegeben haben. Ich hoffe, sie verzeihen mir meine künstlerischen Freiheiten in Bezug auf Sisi und erkennen dennoch in den Grundzügen den vielschichtigen Charakter der Kaiserin wieder.

Susanne Lipp-Breda und Oliver Breda haben mir auch bei diesem Buch durch ihre Kenntnisse über die Insel und besonders über die dort wachsenden Pflanzen (danke für den Tipp mit der Fischfangwolfsmilch, liebe Susanne ...) geholfen.

Danken möchte ich auch Verena Pregetter, die mir die Anekdote mit den herrenlosen Hunden erzählt hat, die die Kaiserin aufgabelt hatte und mit ins Hotel brachte. Verenas Familie lebt seit mehreren Generationen auf der

Insel und ich hoffe, dass der Orchideengarten der Familie bald wieder in altem Glanz erstrahlt.

Auch unserem lieben Freund Charles Watson gebührt Dank. Durch ihn und seine Frau Tatiana haben wir Garajau kennen- und lieben gelernt. Da war es auch selbstverständlich, dass Avila sein Häuschen in der Nachbarschaft erworben hat. Die Pastelaria, der Avila ein treuer Kunde ist, ist auch eine meiner ersten Anlaufstationen, wenn ich mal wieder auf Madeira bin.

Auch Emmanuelle Loret möchte ich danken. Wie die letzten Male hat sie sich immer wieder die Zeit genommen, die Fragen der Autorin, ob es nun zu Parkplätzen bei Weinfesten oder anderen typischen Madeiraereignissen ging, zu beantworten. Ich bin froh, dass sie es mir nicht übel genommen hat, dass ihr schönes Hotel Atrio in »Madeirasturm« als Inspiration hergehalten hat und es damals doch einen Toten im Pool gab ...

Danke auch an alle Mitglieder des Madeiraforums, die einer Autorin auch mal helfen, wenn sie nicht weiß, ob des Nachts der Christo Rei erleuchtet ist oder nicht.

Wieder ist ein Großteil dieses Buches an einem Tisch im Café mit meiner Freundin Eva Almstädt gegenüber entstanden. Nur zum Ende des Schreibprozesses mussten wir leider auf das lieb gewonnene Ritual verzichten und uns »Sozial distanzieren«. Dennoch haben wir es nicht versäumt, uns täglich von unseren Schreibfortschritten zu berichten und die andere mit der Anzahl der geschriebenen Worte zu pushen. Während mein Avila seine letzten Kräfte bei der Rettung von Fonseca aufbrachte, fand sich auch Evas Pia in einer furchtbaren Situation wieder ... Was genau es war, wird hier natürlich nicht verraten ...

Wie immer an dieser Stelle gebührt mein abschließender Dank Dirk, der mir nicht nur bildlich in unserem gemeinsamen Arbeitszimmer im Nacken saß, wenn ich mich in Nachrichten oder anderen Dingen verlor, anstatt zu schreiben. Dazu wurde ich wie immer von ihm fürstlich und reichlich bekocht. Einen besseren Gefährten kann man sich nicht wünschen.

Personenverzeichnis

Hier finden sich die Hauptcharaktere der Geschichte:

Brigada de homicídios und weitere Polizei
Comissário Fernando Avila – leitet die Abteilung »Brigada de homicídios« und kämpft sonst mit seiner neuen Rolle eines frischgebackenen Vaters.
Subcomissário Ernesto Vasconcellos – seine rechte Hand mit einer Schwäche für die Frauenwelt, Spitzname »Belmiro«.
Aspirante a Oficial Filipe Baroso – jüngstes Mitglied im Team.
André Lobo – Director de Departemento, Chef von Avila und seinem Team, wird auch »der Wolf« genannt.
Doutora Katia Souza – zuständige Gerichtsmedizinerin und Patentante von Vasconcellos.
Sargento Manuel (Manel) Fonseca – Hundeführer und Herrchen von Galina.
Intendente Costa – der prinzipientreue neue Chef der Polícia de trânsito, der Verkehrspolizei.

Weitere Personen:
Leticia Avila – Ehefrau von Avila, Katalanin und Mutter.
Inês Lobo – Ehefrau von Avilas Chef und Leticias beste Freundin.
Romario Palmeiro – Inhaber von Palmer's Winery und Hotelier.
Aleen Lamont – Besitzerin einer Orchideenzucht und Vermieterin von Vasconcellos.
Nuno – Aleen Lamonts alter Gärtner und Pflanzenexperte.

Carlos Santos – Müllmann, Gärtner und Mann für alles in Garajau, Freund von Avila.
Sofia Lima – Journalistin und Gast in der Quinta da beleza.
Isabel Delgado – Inhaberin von Quinta da beleza.
Clara Pinto – Kosmetikerin von Quinta da beleza.
Dunja – Kosmetikerin von Quinta da beleza.
Abadessa Benedita – ehemalige Äbtissin des Klosters Mosteiro de Santa Maria-a-Velha.
Jaimy Dias – Bruder von Clara Pinto.
Engenheiro José Cunha – zuständig für die Wasserversorgung rund um Camacha.

Personen im Jahr 1893:
Baroness Anna Concini – Hofdame.
Gräfin Janka Mikes – Hofdame.
Gräfin von Hohenems
Constantin Christomanos – Griechischlehrer.
Gabriella Andrade – Großmutter von Aleen Lamont.

Portugiesische Begriffe, Speisen und Getränke

Hier ein kleiner Überblick der im Buch vorkommenden Begriffe, Speisen und Getränke:

Advogado – Portugiesisch für Advokat. Höfliche Anrede für einen Rechtsanwalt.
Aleluia – Portugiesisch für »Gott sei Dank«.
Até domingo– Portugiesisch für »bis Sonntag«.
Atenção – Portugiesisch für »Achtung«.
Boa ideia! – Portugiesisch für »Gute Idee!«.
Bolas – Portugiesisch für »Oh nein« (freundlich übersetzt).
Caneca de cerveja – auch kurz »Caneca«. Ein Krug gefüllt mit Bier.
Caramba– Portugiesisch für »Verdammt«.
Desculpe – Portugiesisch für »Entschuldigung«.
Devagar – Portugiesisch für »Langsam«.
Deixe para lá – Portugiesisch für »Schon gut«.
Entende – Portugiesisch für »Verstanden«.
Infelizmente – Portugiesisch für »Leider«.
Inaceitável – Portugiesisch für »Inakzeptabel«.
Instantâneo – Portugiesisch für »Sofort«.
Merda – Portugiesisch für »Scheiße«.
Meu deus – Portugiesisch für »Mein Gott«.
Não basta – Portugiesisch für »Genug jetzt«.
Não entendo – Portugiesisch für »Ich verstehe nicht«.
Não sei lá – Portugiesisch für »Ich weiß es nicht«.
Obrigado/Obrigada – Portugiesisch für »Danke«.
Parada – Portugiesisch für »Stopp«.
Pasteis de Nata – Törtchen aus Blätterteig, mit Vanillecreme gefüllt.

Pão de Deus – Milchbrötchen mit Kokoskruste
Perdão – Portugiesisch für »Tut mir leid«.
Polícia de Segurança Pública – Polizei für die öffentliche Sicherheit (Verkehr etc.).
Poncha – Madeirensische Spezialität: meistens eine Mischung aus Zuckerrohrschnaps, Honig und Zitronensaft.
Queijadas – Frischkäsetörtchen
Saúde – Portugiesisch für »Auf die Gesundheit«.
Serio? – Portugiesisch für »Wirklich?«.
Silêncio – Portugiesisch für »Ruhe«.
Terrível – Portugiesisch für »Schrecklich«.
Tremoços – eingelegte Lupinenkerne, werden gerne als Snack gereicht.
Tudo bem – Portugiesisch für »Alles gut«.
Você está bem? – Portugiesisch für »Sind Sie in Ordnung?«.

Bereits erschienen

Falls Sie nach dem Lesen dieses Buches Lust bekommen haben, einen weiteren Ausflug nach Madeira zu machen, auf den Spuren der Tempelritter im sommerlichen Malta zu wandeln oder an das von Trockenheit geplagte Kap der Guten Hoffnung zu reisen, finden Sie hier im Anschluss weitere Bücher von mir.

Madeirasturm

STÜRMISCHE ZEITEN FÜR DEN COMISSÁRIO

Der zweite Fall von Comissário Avila.

Ein Sturm braut sich über der Atlantik-Insel zusammen und im Hafen von Funchal wird die Leiche eines Touristen angespült. Hat der junge Mann wirklich nur das tobende Meer unterschätzt? Comissário Avila hat kein gutes Gefühl bei der Sache, aber er kann sich nicht darum kümmern: Ein romantisches Wochenende mit seiner Frau in Madeiras malerischer Bergwelt steht an. Doch nicht nur der aufziehende Sturm stört die Idylle: Im Hotelpool schwimmt plötzlich die Leiche einer jungen Frau. Von der Außenwelt abgeschnitten versucht Comissário Avila den Mörder zu finden – ein Wettlauf gegen die Zeit, denn inmitten des tosenden Sturms jagt der Mörder schon sein nächstes Opfer – und das betrifft Avila ganz persönlich ...

Leseprobe zu »Madeirasturm«

PROLOG

Leise tauchte das schwarze Paddel in das graue Blau des Atlantiks. Francisco konzentrierte sich auf seine Armhaltung. Das weiß-grüne Rennkajak schoss links an den zwei großen Passagierschiffen vorbei, die am neuen Kreuzfahrtterminal festgemacht hatten. An Bord rührte sich nichts. Irgendwo bellte ein Hund. Eine kleine Unachtsamkeit und sofort neigte sich das kippelige Boot gefährlich zur Seite. Francisco riss die Hüfte herum und schlug mit dem Paddel aufs Wasser.

Uff, gerade noch einmal gut gegangen. Das Meer ist heute unruhiger als gestern.

Das passierte ihm sonst nie. Es musste an dem gestrigen Abend liegen. Heute Morgen beim Aufwachen hatte er schon bemerkt: Er hatte mit seinem Freund Ernesto eindeutig zu viel Coral getrunken. In seinem Kopf hallten bei jeder Bewegung dumpfe Schläge wider. Dennoch wollte er sich nicht seine morgendliche Trainingsrunde im Hafenbecken von Funchal verderben lassen und war hinunter an den Hafen zum Centro treino mar, einem der örtlichen Kajakklubs, gefahren. Erneut widmete er sich seinen Armen. Er musste das Paddel höher führen und an der Hüfte wieder aus dem Wasser nehmen. Das Kajak schoss über die Wellen, als er die Schlagzahl erhöhte. Rechts neben ihm tauchte eines der grau-weißen Marineschiffe auf. Francisco hielt auf die Kathedrale Sé zu. Der gemauerte Turm mit seinem spitzen silbernen Dach diente ihm als Landmarke für den Kurs. Er machte eine leichte Linkskurve, um näher an die Marina mit ihrer berühmten Mauer zu gelangen. Dort hatten Segler aus aller Welt über Jahrzehnte ihre bunten Botschaften auf dem Stein hinterlassen. Er liebte es, nach dem Training noch einen kleinen Abstecher dorthin zu machen, um zu sehen, ob er wieder etwas Neues entdeckte.

Jetzt war er ziemlich nah am Ufer und musste aufpassen, dass ihn die Wellen nicht auf die Wellenbrecher schoben, die, wie die ausgefallenen Zähne eines Riesen, scheinbar ohne Planung vor der Mauer am Ufer verteilt lagen. Oben auf dem mit einem eleganten grünen Metallzaun gesäumten runden Platz, der am Ende des Piers gebaut worden war, sammelten sich die ersten morgendlichen Angler. Einer winkte ihm zu.

»Bom Dia, Advogado! So früh schon unterwegs? Passen Sie bloß auf, ein Sturm zieht auf. Wir werden uns in den nächsten Tagen auf etwas gefasst machen müssen«, rief der Mann.

Francisco fuhr näher heran, um zu erkennen, wer ihn grüßte. Da passierte es. Etwas stieß gegen sein Steuerblatt. Das Kajak drehte sich seitwärts zur Welle, eine weitere Welle erwischte ihn auf der Längsseite. Sofort neigte sich das Boot um beinahe 90 Grad. Er versuchte noch, mit dem Paddel zu stützen. Die nächste Welle besiegelte sein Schicksal. Mit einem lauten Platsch landete er im Atlantik. Sofort griff er nach dem Kajak, damit es kein trauriges Ende auf den Wellenbrechern fand. Vom Pier konnte er die Angler hören, die ihm zuriefen, ob er Hilfe benötige.

»Obrigado, nein danke! Als Kajakfahrer darf ich keine Angst davor haben, nass zu werden! Ist doch Wassersport«, rief er hinüber.

Wenn er nachher in die Kanzlei kam, würden ihn sicher seine Mitarbeiter schon feixend empfangen. Das war der Nachteil an Madeira. Es war einfach zu klein. Jeder kannte jeden und sein Kentern heute Morgen würde sich bei Bica und Galao schnell verbreiten. Er legte sich auf den Rücken. Das Paddel hielt er in der rechten, den Bug des Bootes in der linken Hand. Sein Körper schob sich beim Schwimmen unter das Boot. Etwas Großes, Weiches strich an seinen Beinen längs. Sein Herz setzte einen Schlag aus. Ein Hai? So nah am Ufer? Normalerweise verirrten sie sich nicht in den Hafen. Mit der immer größeren Anzahl von Kreuzfahrtschiffen waren die grauen Jäger seit einigen Jahren im Hafen von Funchal nicht mehr anzutreffen. Dann wohl eher ein neugieriger Delfin, der sich seinen Bootsunfall aus der Nähe ansehen wollte. Hatte der Tümmler ihn vielleicht aus Übermut angestoßen und er war deswegen gekentert? Das wäre das erste Mal, dass ihm das passierte. Er drehte sich zur Wasseroberfläche, um zu sehen, wer da mit ihm auf Tuchfühlung ging.

Das war kein Delfin. Sein Kajak war nicht mit einem neugierigen Meeresbewohner kollidiert. Ein Mann schaute ihn jetzt aus trüben grauen Augen an. Die Haut schimmerte weißlich durch das von den ersten Sonnenstrahlen hellblau erleuchtete Wasser. Francisco ließ das Kajak los und schwamm mit zwei schnellen Zügen näher heran, um genauer sehen zu können. Das rechte Bein des Mannes stand unterhalb des Knies in einem fast Neunzig-Grad-Winkel ab. An den Armen konnte Francisco mehrere große Wunden ausmachen, soweit er es im Wasser sehen konnte. Dort, wo einmal der linke Fuß gewesen war, war nur noch ein zerfranster Stumpf. Der Mann musste mehrfach gegen die Brecher geschleudert worden sein. Wahrscheinlich hatte sich dabei der Fuß verhakt und war abgerissen. Aber das spielte keine Rolle mehr.

Funchal, Polizeipräsidium, 11.02.2014 – 08:11

Ernesto Vasconcellos lief die grauen Stufen zum Comando Regional da Madeira hoch. Das Polizeipräsidium lag an einer der größeren Straßen von Funchal in der Innenstadt. Gegenüber in dem kleinen schmalen Park hatten sich bereits die ersten Rentner versammelt, um eine Partie Schach zu spielen.

Als er in sein schmuckloses Büro kam, welches er sich mit Aspirante Baroso und zwei Sargentos teilte, empfing ihn der junge Polizeianwärter schon aufgeregt.

»Es wurde ein Toter an der Mole im Hafen gefunden! Advogado Francisco Guerra hat eben angerufen!«

»Chico hat angerufen? Hat ihn unser Gelage gestern so mitgenommen, dass er jetzt meint, auch die Toten verteidigen zu müssen? Er ist doch nie am Tatort.« Vasconcellos schüttelte grinsend den Kopf, während der junge Baroso krampfhaft versuchte, den Sinn seiner Worte zu verstehen.

»Hast du Doutora Souza benachrichtigt?« Die Gerichtsmedizinerin zog es vor, eine der ersten am Auffindeort einer Leiche zu sein, um sich ein möglichst unverfälschtes Bild der Lage zu machen.

»Das hat alles der Advogado gemacht. Er ist mit der Hafenpolizei vor Ort. Sie haben alles abgesperrt und die Spurensicherung ist auch auf dem Weg.«

»Gibt es irgendwelche Anzeichen, dass es sich um ein Verbrechen handelt?«

Baroso schüttelte den Kopf. »Sieht im Moment nach Tod durch Ertrinken aus.«

Die Tür zu ihrem Büro öffnete sich und ihr Chef, Comissário Avila, kam herein. Schwer atmend ließ er sich auf einen der Besucherstühle aus Plastik sinken.

Baroso sah ihn besorgt an, während sich auf Vasconcellos' Gesicht ein Grinsen abzeichnete.

»Gerade wollte ich Baroso vorschlagen, dass wir hinunter zum Hafen gehen, um uns die Leiche näher anzusehen, die mein Freund Chico aus dem Wasser gefischt hat. Aber es sieht so aus, als ob du dich ausruhen müsstest. Hast du heimlich mit dem Marathontraining angefangen?«

»Deinen Spott kannst du dir sparen, Ernesto«, grummelte Avila. »Ich musste unten im Parkhaus bei der Seilbahn parken, weil irgendein Idiot auf die Idee gekommen ist, unsere Parkplätze am Präsidium abzusperren. Jetzt musste ich den ganzen Weg von unten laufen.« Der Comissário versuchte, die obersten Hemdknöpfe zu öffnen.

»Hast du die E-Mail letzte Woche nicht bekommen? Sie hatten doch angekündigt, dass es Straßenbauarbeiten gibt und wir uns für die nächsten zwei Wochen andere Abstellmöglichkeiten suchen müssen.« Vasconcellos kannte die Abneigung des Comissários in Bezug auf moderne Kommunikationsmittel. Höchstwahrscheinlich lag die E-Mail noch ungeöffnet in seinem Posteingang.

»Merda, Mist! Die muss ich übersehen haben!« Avila zerrte jetzt mit Macht an den Hemdknöpfen, die tapfer Widerstand leisteten. Vasconcellos erwartete, jeden Moment von einem umherschießenden Knopf getroffen zu werden, der der rohen Gewalt nicht länger standhielt.

»Wir könnten uns auf dem Rückweg vom Hafen einen kurzen Stopp für ein zweites Frühstück in der Rua dos Aranhas gönnen, was meinst du?« Der Subcomissário wusste genau, wie er das Gemüt seines Chefs wieder beruhigen konnte.

»Das ist eine gute Idee! Vamos! Gehen wir! Bevor der Advogado noch den Fall aufklärt.« Mit neuem Schwung durch die Aussicht auf ein leckeres Bolo de arroz hievte sich Avila aus dem Stuhl und strebte Richtung Ausgang.

Eine Viertelstunde später waren sie unten an der Mole.

Schon von Weitem konnten sie einen Krankenwagen und einen blauen Polizeijeep sehen. Als sie gerade über das rotweiße Absperrband kletterten, hielt ein schwarzer Sportwagen neben ihnen. Zu Avilas Erstaunen öffnete sich die Tür und die sportliche Gestalt von Doutora Souza erschien. Nie hätte er die kühle Gerichtsmedizinerin in diesem Wagen erwartet.

»Die gesamte Brigada de homicídios? Comissário, wissen Sie mehr als ich?« Die Doutora zog eine Augenbraue hoch.

Avila biss sich auf die Zunge. Die disziplinierte Souza würde ohne Zweifel wenig Verständnis haben, dass der Hauptgrund dieses Ausfluges der Besuch des kleinen Ladens mit der gemütlichen Innenhofterrasse und seinen fantastischen Kuchen in der Rua dos Aranhas war. Bevor er mit irgendwelchen Erklärungen anfing, sprang ihm Vasconcellos zur Seite und begrüßte seine Patin herzlich.

»Dona Katia, wie schön, dich zu sehen! Wir waren auf dem Weg zu einer Besprechung, als Chico sich bei mir meldete. Da dachten wir, schauen wir gleich mal selbst vorbei.«

»So, so, eine Besprechung.« Sie ging ohne eine weitere Bemerkung zum Kofferraum und holte einen weißen Overall heraus.

»Sie kommen mir aber nicht in die Nähe der Leiche, bevor ich mein Okay gebe, verstanden?« Sie hielt den drei Polizisten Plastiküberzieher für die Schuhe hin. Einer der Mitarbeiter der Spurensicherung, die bereits unten an der Mole zugegen war, hatte sie bemerkt und kam jetzt auf sie zu.

»Doutora, Comissário, wie gut, dass Sie da sind. Wir warten jetzt noch auf jemanden von der Hundestaffel.«

»Hundestaffel? Wieso?« Avila musterte den jungen Kollegen.

»Der Tote ist nur mit einer Unterhose bekleidet und hat ansonsten nichts bei sich. Wir wollen jetzt sehen, ob wir seine Kleidung finden.«

»Zu meiner Zeit haben wir das noch selber gemacht. Wozu braucht ihr einen Hund?« Bevor Avila weiter ausholen konnte, hielt ein weiß-blauer Streifenwagen der Polícia de Segurança Pública neben ihnen. Das Auto zog eine etwa einen Meter lange und einen halben Meter hohe zweirädrige Box hinter sich her.

Ein Polizist, den Avila auf Mitte bis Ende dreißig schätzte, sprang aus dem Wagen und hob halb spöttisch seine Hand an eine imaginäre Mütze zum Gruß.

»Sargento Fonseca und Polizeihund Galina melden sich zur Stelle.«

Fonseca ging hinüber zu der Campingkühlbox, wie Avila das seltsame Anhängsel an dem Polizeiwagen mittlerweile für sich nannte, und öffnete die kleine Flügeltür. Ein scharfes Bellen erklang, was sofort durch eine hartes »Tschsch« des Polizisten gestoppt wurde. Kurze Zeit später stand Fonseca vor den anderen mit einem Belgischen Schäferhund an der Leine. Avila streckte aus alter Gewohnheit dem Hund seine Hand zum Schnüffeln entgegen.

Fonseca riss den Hund hart an der Leine zurück und fuhr Avila an: »Nicht anfassen, nicht ansprechen und auf keinen Fall ansehen. Der Hund ist im Dienst!« Galina senkte den Kopf und begann, an Avilas Hosenbeinen zu schnüffeln.

»Ich habe auch einen Hund, wahrscheinlich riecht sie den«, meinte Avila und hob beschwichtigend die Arme.

»Natürlich tut sie das. Sie ist ein ausgebildeter Spürhund«, erwiderte Fonseca sofort. »Haben Sie ebenfalls einen Polizeihund? Worauf ist Ihr Hund spezialisiert?« Er musterte Avila von oben bis unten, als suche er nach Hundehaaren oder ähnlichen Anzeichen, dass er einen Hundebesitzer vor sich hatte.

Vasconcellos fing an zu lachen. »Der Hund von Comissário Avila kann Fressen im Umkreis von mehreren Kilometern aufspüren. Und bei Katzen ist er ähnlich gut. Aber ob ihn das gleich zu einem Polizeihund macht, wage ich zu bezweifeln.«

Der neugierige Ausdruck auf Fonsecas Gesicht erlosch und er drehte Avila betont den Rücken zu. Dabei meinte der Comissário ihn leise flüstern zu hören: »Wieder so ein verweichlichter Familienhund.« Mit lauter Stimme fuhr Fonseca fort: »Wir wurden gerufen, um die Habseligkeiten eines verunglückten Schwimmers aufzuspüren? Gibt es etwas, was wir als Riechprobe verwenden können?«

»Ich schlage vor, Sie lassen die Hündin einen tiefen Atemzug von unserem Toten nehmen«, meinte Doutora Souza mit ausdrucksloser Stimme. »Aber das macht sie erst, wenn ich es erlaube. Zunächst muss ich mir die Leiche ansehen.« Sie kletterte über das Absperrband.

Avila sah, wie seine beiden Mitarbeiter sich bemühten, nicht zu lachen, während Fonseca der Gerichtsmedizinerin, nun nicht mehr ganz so selbstsicher, hinterherblickte.

»Lassen wir Doutora Souza ihre Arbeit machen«, meinte Avila. »Sieht jemand von euch Advogado Guerra? Wir können die Zeit nutzen, um uns mit ihm zu unterhalten.«

»Dort hinten ist er!« Vasconcellos zeigte auf eine schlanke Gestalt in kurzen Sportshorts und T-Shirt, die gerade mit einem geschulterten Kajak in Richtung der Lagerhalle des Centro treino mar lief.

Sie gingen die Stufen am Pier hinunter zu den Hallen und warteten, bis Guerra wieder aus der Halle kam.

»Chico, was machst du denn für Sachen? Du weißt schon, dass wir normalerweise Polizeiboote und Taucher für die Suche nach Wasserleichen verwenden?«, begrüßte ihn Vasconcellos mit Handschlag.

»Ich dachte, ich nehme euch mal ein bisschen Arbeit ab. Aber wenn ich sehe, dass hier die ganze Mordkommission auftaucht, bin ich mir gar nicht mehr so sicher, ob ihr wirklich so viel zu tun habt, wie du immer behauptest, Belmiro.« Der Advogado lachte, als er Vasconcellos' Spitznamen, der »Schöne« benutzte, den Vasconcellos seit ihrer gemeinsamen Kindheit innehatte. Er ging mit ausgestreckter Hand auf Avila zu.

»Comissário, ich freue mich, Sie wieder zu treffen. Belmiro hat mir erzählt, dass Sie in der Zwischenzeit Vater geworden sind? Auch wenn es schon etwas her ist, meinen herzlichen Glückwunsch! Ich hoffe, Dona Leticia und dem Baby geht es gut? Es ist ein kleines Mädchen, richtig?«

»Danke, Advogado, uns geht es bestens. Und die kleine Felia macht uns große Freude. Sie ist jetzt schon über fünf Monate alt.« Wie immer, wenn ihn jemand auf seine Tochter ansprach, merkte Avila, wie ein warmes Glücksgefühl in ihm aufstieg und er erst einmal schlucken musste. Er zwang sich, zum eigentlichen Grund zurückzukehren. »Sie haben die Leiche gefunden? Können Sie uns beschreiben, wann und wo genau?«

Mit kurzen knappen Worten schilderte Guerra das morgendliche Geschehen. Baroso machte fleißig Notizen, während Avila versuchte, sich das Erzählte bildlich vorzustellen.

»Haben Sie den Toten erkannt, Advogado?«, setzte er die Befragung fort.

»Ich glaube schon. Er ist mir die letzten Tage ein oder zweimal begegnet, wenn ich morgens trainiert habe. War ein guter Schwimmer, der sich immer recht weit hinauswagte.«

»Haben Sie eine Ahnung, von wo er gestartet sein könnte? Wir suchen noch seine Habseligkeiten, damit wir ihn identifizieren können.«

»Ich vermute, er muss irgendwo bei den Hotels hinter der Seilbahn ins Wasser gegangen sein, da er mir zweimal auf meiner Runde entgegenkam. Mehr weiß ich leider auch nicht.«

»Dann bin ich mal gespannt, ob die Funcionária pública da eine Spur findet«, warf Vasconcellos trocken ein.

»Funcionária pública? Was für eine Beamtin?« Avila kratzte sich am Kopf. Hatte er irgendetwas nicht mitbekommen?

»Na, der Hund natürlich. Hast du nicht gehört, was Fonseca gesagt hat? ›Der Hund ist im Dienst!‹« Vasconcellos lachte. Avila musste grinsen. Als er gerade etwas Passendes erwidern wollte, klingelte sein Mobiltelefon.

»Comissário, wenn Sie möchten, können Sie jetzt kommen und unseren Toten in Augenschein nehmen, bevor ich ihn in die Gerichtsmedizin transportieren lasse«, erklang Souzas kühle Stimme. »Aber Sie werden enttäuscht sein. Bei der oberflächlichen Leichenschau würde ich im Moment ›Tod durch Ertrinken‹, ohne äußere Gewalteinwirkung diagnostizieren. Ich konnte bei der Leiche einen Schaumpilz feststellen. Das bedeutet, dass es eine vitale Reaktion gab.« Avila wollte gerade fragen, was das bedeutete, als die Doutora die Erklärung nachlieferte: »Das heißt, der Tote ist lebend ins Wasser geraten und hat demzufolge beim Ertrinken Wasser eingeatmet. Ich werde noch eine Vergleichswasserprobe nehmen, um auszuschließen, dass das Ertrinken nicht am Fundort geschehen ist und der Tote nicht später in den Hafen verbracht wurde.« Avila wollte gerade unterbrechen und fragen, ob es Neuigkeiten von Fonseca gebe, da kam ihm die Doutora wieder zuvor: »Bevor ich es vergesse, dieser Sargento mit seinem Hund hat sich bereits auf die Suche gemacht. Sie sind auf den Weg in Richtung Seilbahn, weil dort der Einstieg des Toten zum Schwimmen vermutet wird. Wir sehen uns.«

Avila, der kein großer Fan von Leichen war, traf sofort eine Entscheidung: »Doutora, ich schicke Ihnen Ernesto vorbei. Mein Aspirante und ich werden uns in Richtung Seilbahn aufmachen und schauen, ob der Sargento und sein Hund erfolgreich waren.«

Er hörte Doutora Souza leise lachen. »Das hätte ich mir denken können, dass Sie die Spurensuche den Toten vorziehen, Comissário. Aber so schnell lasse ich Sie nicht vom Haken: Besuchen Sie mich heute Nachmittag im

Institut, dann kann ich Ihnen den ersten genaueren Bericht geben.«

Avila verkniff sich ein Stöhnen, versicherte der Doutora, dass er am späten Nachmittag vorbeikommen würde, und beendete das Gespräch.

Ende Leseprobe »Madeirasturm«

Madeiragrab

AUF EINEN GALAO MIT MADEIRAS MÖRDERISCHER HIGH SOCIETY ...

Der erste Fall von Comissário Avila.

Eine Mordserie in Madeiras feinen Kreisen erschüttert die Atlantikinsel.
  Nach einem feierlichen Dinner im elitären Golfclub der Insel liegt die Organisatorin am Morgen tot auf dem Gelände. Hat sich die junge Frau durch ihr ausschweifendes Liebesleben Feinde gemacht? Oder war sie einem dunklen Geheimnis auf der Spur?
  Comissário Avila hat eigentlich Besseres zu tun: Sein erstes Kind ist auf dem Weg. Doch statt mit seiner Frau Leticia Babybücher zu wälzen, sucht er in der High Society von Madeira nach einem Mörder. Und zu allem Überfluss stellt Leticia mit ihrer Freundin Inês ihre eigenen Ermittlungen an – und kommt dabei dem Mörder gefährlich nahe. Kann der Comissário seine kleine Familie retten?

Tod am Kap

IN DEN TOWNSHIPS VON KAPSTADT BRODELT ES

Captain Pieter Strauss ermittelt

Drückende Hitze liegt über Südafrika und das Wasser wird knapp. Eine brutale Mordserie erschüttert das Kap der Guten Hoffnung. Mitten im idyllischen Nationalpark wird die Leiche einer jungen Touristin gefunden. Captain Pieter Strauss von der Spezialeinheit „Der Valke" muss den Mörder fassen, bevor es ein weiteres Opfer gibt. Haben die grauenhaften Verbrechen mit dem alten Aberglauben an die Regenkönigin zu tun, die in Dürrezeiten nach Opfern verlangt? Oder steckt etwas ganz anderes dahinter?

Pieter gerät mit seinem alten Freund Nick Aquilina in einen Strudel, der sie bis tief in die erbarmungslose Welt der Townships zieht und sie in die Machenschaften skrupelloser Großkonzerne verwickelt. Um das dringend benötigte Trinkwasser entbrennt ein erbitterter Kampf, während der Mörder sein nächstes Opfer jagt.